Placer Corrompido

CAPOS DE LA MAFIA

EVA WINNERS

Visita: www.evawinners.com y suscríbete a mi boletín.

Grupo de Facebook: https://bit.ly/3gHEe0e

Página de Facebook: https://bit.ly/30DzP8Q

Instagram: http://Instagram.com/evawinners

BookBub: https://www.bookbub.com/authors/eva-winners

Amazon: http://amazon.com/author/evawinners

Goodreads: http://goodreads.com/evawinners

TikTok: https://vm.tiktok.com/ZMeETK7pq/

Colección Capos De La Mafia

Cada libro en la serie **Capos de la Mafia** puede ser leído como tomo único.

Si quieres un avance de **Capo Perverso**, asegúrate de leer el prólogo al final de Placer Corrompido.

¡Que lo disfrutes!

Playlist

https://open.spotify.com/playlist/6agXiSGPBsrQQFJMgcjlvx?si=
fuYaIsi9S6Kmh7OO7Lvt1A

Prólogo

DAVINA

O 8-29-19-98.

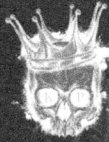

Mi corazón latía con fuerza con cada número del código que marcaba. La sangre corría por mis venas y la anticipación zumbaba en mi organismo. Todo dependía de que esto saliera bien.

Con un dedo tembloroso, introduje el último número y sonó un suave *clic*.

Mi suave jadeo rompió el silencio de la habitación mientras miraba, estupefacta, la puerta ligeramente abierta de la caja fuerte, demasiado asustada para asomarme. ¿Y si robábamos al jefe de la mafia irlandesa para nada? No importaba que fuera el padre de Juliette... Ante todo, era un mafioso.

Tragando saliva, abrí la puerta de un tirón e inhalé con fuerza. Había montones y montones de dinero. Más de lo que había visto en toda mi vida.

Miré a mi alrededor y vi la mochila negra que Juliette había dicho que Quinn siempre dejaba aquí. La agarré, abrí la cremallera con manos temblorosas y empecé a meter el dinero. No tenía ni idea de cuánto había en cada montón, así que hice un estimado.

Entonces, me asaltó un pensamiento y me detuve.

—Debería llevármelo todo —murmuré en voz baja—. Por si acaso.

Si el amigo de Wynter no hacía lo que prometió, no me extrañaría que Garrett siguiera chantajeándonos. Una y otra vez.

La determinación se instaló en mí. No tenía sentido hacerlo a medias, así que lo tomaría todo. Me temblaban mucho las manos. De vez en cuando, no le atinaba a la bolsa y la pila de billetes acababa en el suelo.

—Concéntrate, Davina —me regañé en voz baja.

Otro montón de billetes en la bolsa. ¡Jesucristo! Aquí había más dinero del que la mayoría de la gente vería en toda su vida.

Una vez vacía la caja fuerte, me arrodillé para recoger los que no habían entrado en la bolsa. Tirando de la cremallera, intenté cerrarla, pero se atascó.

—Maldición, maldición, maldición —reviré en voz baja, force-jeando con la puta cremallera. Finalmente cedió y exhalé un suspiro de alivio.

—Palabras sucias saliendo de una boca tan bonita. —Una voz profunda llenó la habitación.

Levanté la cabeza, olvidándome de la cremallera, y emití un pequeño grito. Intenté incorporarme, pero perdí el equilibrio y caí sobre mi trasero, mientras observaba una mirada océano tormentosa.

Qué mala suerte que te atraparan con las manos en la masa. Esta no ha sido mi semana en absoluto. Solo podía esperar que mis amigas tuvieran mejor suerte que yo.

Mi respiración se entrecortó mientras esperaba que Liam Brennan llamara a la policía. O me matara. Que hiciera algo. Cualquier cosa.

Santos Cielos, dos crímenes en una sola semana. ¿Podría ser peor? Me preguntaba cuál sería la sentencia por incendio provocado y robo.

¡Mierda!

No podían arrestarme. Estaba a punto de graduarme de Yale University.

—Déjame adivinar —anunció el señor Brennan, con un tono pere-zoso que dejaba entrever algo peligroso y despiadado. Imaginé que el jefe de la mafia irlandesa contemplaría la posibilidad de atarme los pies a un bloque de cemento y arrojarme al río Hudson—. Las otras tres eran para distraerme mientras me robabas —continuó, casi sonando divertido.

Aparté la vista, asustada de que viera la verdad en mis ojos. Además, era demasiado agradable de mirar. Algo sobre él encendía mi piel y calentaba mi interior. Era tan guapo como lo recordaba. Era tan alto, todo músculos y fuerza bruta. Dios, apuesto a que sería un placer explorar su cuerpo.

Genial, ahora estaba excitada y asustada.

—Tan equivocado —protesté, sonando más fuerte de lo que me sentía.

Mis ojos miraban hacia la puerta que estaba bloqueando, deseando que se apartara de ella. Tal vez podría pasar corriendo junto a él y salir de este club loco.

—Ilumíname entonces. ¿Por qué está abierta mi caja fuerte y por qué tienes las manos en mi dinero? —preguntó.

¿No era esa la pregunta del siglo? Por supuesto, decirle la verdad estaba fuera de la ecuación, así que me encogí de hombros con indiferencia, ligeramente molesta.

—Para resguardarlo —solté, porque era la única respuesta estúpida que se me ocurrió.

Con suerte el hombre no me mataría, ni a su propia hija, ni a su sobrina y ni a Ivy.

—Me encanta tu boca descarada. —Sonrió satisfecho—. Sigue así y voy a averiguar lo bien que funciona.

Tragué saliva y sus palabras me calentaron las venas. Dios, ¿por qué me resultaba tan excitante? Apretando los muslos, traté de ignorar las palpitaciones de mi punto dulce.

«*Momento equivocado. Lugar equivocado. Hombre equivocado*».

—¡Eres el padre de mi mejor amiga! —pronuncié con voz ronca, aunque no estaba segura de si trataba de recordármelo o de convencerlo de que su insinuación era inapropiada.

—¿Qué te hace pensar que algo tan pequeño me mantendría alejado de ti?

Negué con la cabeza mientras un escalofrío recorría mi espalda. Abrí la boca para decirle que era un viejo asqueroso, no obstante, fui físicamente incapaz de pronunciar esas palabras. Porque el señor Liam Brennan era el hombre más *sexy* que había visto alguna vez. Y la escena de la ducha de hacía tres meses se repetía en mi mente.

—Es hora de que pagues tu deuda —afirmó—. La apuesta aumentó ahora que me has robado.

¡Ahora saca el tema de la deuda! Tres meses demasiado tarde. Incapaz de pensar en algo inteligente que decir, me quedé mirándolo.

—Levántate —ordenó, y parpadeé confundida—. ¡Ahora!

Entrecerré los ojos ante su grosería, pero me puse en pie, aunque antes me aseguré de tomar la mochila y terminar de cerrar la cremallera. Aún esperaba conservar el dinero. De alguna manera.

Las chicas y yo lo necesitábamos para no ir a la cárcel.

—¿Y ahora qué? —desafié con una valentía que no sentía.

Sus ojos recorrieron mi cuerpo y, de repente, sentí que mi vestido era demasiado revelador. Mi piel se erizó por el peso de su mirada, dejando un rastro de fuego a su paso. Entonces sus ojos volvieron a mi cara, y algo en la forma en que me miraba me robó el aliento de los pulmones.

La puerta se cerró tras él con un suave chasquido y la adrenalina corrió por mis venas.

Esto estaba muy mal, sin embargo, quería ver a dónde iba.

Se acercó a su escritorio y se apoyó en él despreocupadamente, con su atención clavada en mí.

La puerta se abrió de golpe.

—Se escaparon —informó Quinn al señor Brennan—. Wynter se quitó la puta ropa.

Parecía que todo iba según lo previsto. También debía de tener éxito. Por las cuatro.

Los ojos del señor Brennan regresaron a los míos, con expresión fría.

—Señorita Hayes, díganos qué es lo que usted y sus amigas están tramando. —Este era un hombre acostumbrado a conseguir lo que quería.

—No —objeté.

—¿Quieres que entregue las pruebas a la policía? —Esa era la

4

pregunta del siglo. ¿Por qué molestarse en preguntarla? Nadie cuerdo diría que sí.

—¿Cómo qué? ¿La mochila? —me burlé. Técnicamente aún no había robado nada.

—Para empezar, sí. Esa mochila le pertenece a Quinn, y el dinero que escondiste en ella me pertenece.

Levanté una ceja, aparentemente indiferente ante sus palabras.

—Hay un millón de mochilas como esta, y la posesión es nueve décimas partes de la ley. —Recé para que mi intento de engañarlo fuera correcto. Estaba estudiando negocios, no las malditas leyes—. Así que no toques mis cosas. —Levanté la barbilla, desafiándolo a disputarlo.

Señaló a la esquina de la habitación donde había una cámara. Bueno, mierda. Juliette debió de olvidarse de la seguridad y a mí ni se me ocurrió inquirir sobre ello. Cualquiera con esa cantidad de dinero tendría cámaras de seguridad.

Las. Peores. Criminales.

—Miras eso, dulzura. —Su voz era profunda y casi seductora—. Esa es nuestra prueba.

—Mierda —refunfuñé—. Jodida. Simplemente jodida.

—Más o menos —consintió.

Era hora de huir. Era lo único que quedaba por hacer. Diablos, y ahora eran dos. Miré entre ellos, preguntándome cuál sería la mejor manera de deslizarme entre dos hombres.

—¿Los italianos están aquí? —cuestionó el señor Brennan.

Su hombre asintió.

—Ocúpate de ellos y mantenlos lejos de aquí —decretó el señor Brennan.

Antes de irse, los ojos del hombre volvieron a mí.

—Veo que las chicas siguen nuestros pasos. Una hora —informó, nos dejó y cerró la puerta tras de sí.

—Que empiece la maldita diversión —murmuré para mis adentros.

La aprensión se retorcía en mi estómago mientras esperaba que el padre de Juliette hiciera algo. Cualquier cosa. Un escalofrío me recorrió la base de la espalda, junto con todo tipo de escenarios que pasaban por mi mente. Nuestros cuerpos bañados en sudor. Su voz profunda susurrándome palabras al oído. Su fuerte cuerpo bombeando dentro de mí con rapidez y fuerza, cada embestida destrozándome.

«Mantén la cabeza fría, Davina».

Dios, ojalá se decidiera de una vez. O me mataba o llamaba a la policía. O me follaba, para poder acabar con esta tensión entre nosotros.

—¿Qué quiere, señor Brennan?

—¿Qué crees? —Sonó sugerente, haciéndome sentir caliente y nerviosa.

—Probablemente su dinero de vuelta —declaré secamente, aunque deseé que fuera otra cosa—. Pero es *nuestro* dinero.

Soltó una suave burla.

—No te lo has ganado. *Todavía.* —Así que había una forma de ganármelo... Esa era la mejor noticia de la noche—. Pero podemos arreglarlo —añadió.

—¿Cómo? —inquirí. La mirada oscura y posesiva que me dirigió se clavó en mi piel—. Algo raro probablemente.

Intenté sonar digna. De verdad. Sin embargo, mis palabras salían entrecortadas, con algo caliente ardiendo en la boca del estómago. Las mariposas revoloteaban por mis venas y sentía una gran expectación en cada una de mis respiraciones.

—Bueno, no estoy interesada en cosas raras. —Respiré, con las mejillas sonrojadas y la sangre ardiendo—. O viejos.

El señor Brennan no parecía viejo. En realidad, era el hombre más *sexy* que había visto. Sin lugar a duda. Pero no podía decirle lo atractivo que me parecía. Ya me había avergonzado lo suficiente la última vez que lo vi.

—Apostaría todo el dinero en esa bolsa y en mi cuenta bancaria a que te agradan las cosas raras —me provocó.

Me burlé. Estuve tentada de apostar, mas luego temí que cada una de sus palabras fuera una trampa.

—¿Y ahora qué? —indagué en su lugar.

—¿Te están esperando? —Mis ojos se abrieron ligeramente. Negué con la cabeza, sin confiar en que mi voz no traicionaría mi mentira. No

PLACER CORROMPIDO

obstante, debió leer la verdad en mis ojos—. Envíales un mensaje y diles que vuelvan a la universidad sin ti.

Mis pulmones no recibían suficiente oxígeno. Este hombre debía de estar robándomelo todo. Una parte de mí pensaba que él también podía sentir esta atracción abrasadora, y la otra que quería matarme.

—Ahora —siseó, y salté, apresurándome a obedecer su orden. Había un límite para la desobediencia que le podía dar a un maldito mafioso—. Quiero ver el mensaje antes de que lo envíes.

—Fanático del control —solté, mirándolo con furia. Aun así, di unos pasos hacia él y le mostré la pantalla de mi teléfono—. Aquí está. ¿Contento?

Asintió y pulsé el botón de enviar.

Ahora que me le había acercado, el corazón me latía con más fuerza. Me llegó el aroma de su colonia de sándalo e inhalé profundamente. Era como apagar un fuego con gasolina, mi cuerpo ardía demasiado por su contacto.

—Primero te bebes mi botella de coñac más cara —expresó. No tenía ni idea de cómo lo sabía. Acabábamos de hacerlo ayer—. Luego, me robas.

—Lo siento. —Sí, lo siento no sería suficiente en este caso.

—Quítate las bragas —ordenó, y el dolor entre mis muslos palpitó con avidez. Aunque mi cuerpo quería obedecer, mi mente me advertía que no lo hiciera.

—¿Q… qué vas a hacer? —Odiaba haber tartamudeado. Sí, era mayor que yo, pero desde luego no era una virgen tímida.

Dejó escapar un suspiro de diversión.

—Quítate. Las. Bragas.

Imbécil.

—¡De acuerdo!

Puse la mochila con el dinero junto a mis pies, metí la mano bajo mi ajustado minivestido y deslicé las bragas por mis piernas.

—¿Y ahora qué? —Me ardían las mejillas, aunque sospechaba que no tenía nada que ver con la vergüenza.

Extendió su enorme mano, con la palma hacia arriba. ¿Él...?

7

Sí, lo hizo... Me exigía las bragas. Se las tiré a la cara, aunque las atrapó.

—Ahora date la vuelta e inclínate sobre mi escritorio.

¡Mierda! ¿Me follaría ahora? Mi cuerpo cantaba *sí, sí, sí*. Mi mente me advertía que era una mala idea. Acababa de salir de una relación que me había causado demasiados problemas.

—¿Esperas instrucciones por escrito? —bramó.

—Maldito mafioso.

Hice lo que me ordenó y me incliné sobre su escritorio. Dio un paso y se colocó justo detrás de mí. Su dedo recorrió mi espalda y tuve que luchar contra un delicioso escalofrío. Apenas me había tocado, sin embargo, nunca había sentido un toque así.

Sus grandes manos bajaron hasta mis muslos y mi cuerpo reaccionó, empujando hacia su tacto. Dios, me estaba volviendo loca. Me subió el vestido, dejando mi trasero desnudo a su vista.

—Tan hermosa. —Su voz era como la caricia de un amante—. Voy a castigarte por robarme.

Dios mío. Estaba tan excitada. Quería suplicarle que me castigara, que me cogiera, que me hiciera correrme, pero eso sería una recompensa. Debía tener otra cosa en mente.

—Espero que no seas frágil —retó, su voz oscura y pecaminosa.

—Adelante, viejo —respiré.

¡Y sí lo hizo!

Capítulo Uno

LIAM

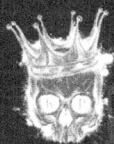

Tres meses atrás

Disparos.

Salté de mi asiento tras el escritorio y saqué la .45 de la funda que llevaba atada al pecho. Los sonidos de gritos y pisadas fuertes llegaron desde la entrada del club nocturno.

«Joder, ¿por qué hoy?». Juliette, mi hija, estaba de visita y le había pedido que fuera al *penthouse* y me esperara allí antes de ir a cenar a nuestro restaurante favorito con Killian, mi hijo mayor.

Otro disparo.

Más disparos y gritos en ruso, italiano y gaélico. Obviamente, estos últimos eran mis hombres, pero ¿qué demonios hacían aquí los italianos y los rusos? Hasta ese momento, había luchado estrictamente contra ambos por separado.

Tal vez esos dos habían decidido llegar a un acuerdo y atacar juntos.

Maldición, esperaba que no fuera el caso.

El pavor me invadió al recordar a mi hermana en su propio charco de sangre. El terror que vi en sus ojos. Eso se quedaba contigo para siempre. Todo lo que había hecho era para proteger a mi familia. Había fallado a más de una persona aquel día hacía veintiún años.

No era momento para recuerdos. Los aparté de mi mente, me centré en la situación y mientras corría por el pasillo. Con el arma preparada, me dirigí hacia al salón principal, cada paso me acercaba más a los gritos.

En cuanto llegué a la pista de baile, vi a la gente correr más allá del pasillo y salir directamente por las puertas principales. Era una puta estampida.

Una mujer cayó al suelo y le rodeé el codo con la mano izquierda, con la pistola aún en la derecha, listo para disparar. La levanté de un tirón y la empujé hacia delante.

Escaneé la habitación. El lugar era un desastre: mesas y sillas volcadas y cuerpos tendidos en el suelo. La sangre se acumulaba a su alrededor, convirtiendo mi suelo de mármol blanco en un estanque rojo.

Vi tres cuerpos inmóviles, tumbados boca abajo. A juzgar por la calidad de sus trajes y el tenue contorno de sus pistoleras, tenían que ser los italianos. Los idiotas ni siquiera desenfundaron sus armas.

—¡Joder! —maldije en voz baja. Esperaba un ataque al *The Eastside Nightclub*, pero aquí, en el Lado Oeste de New York, me tomó por sorpresa.

«Será un problema explicárselo a la policía», pensé secamente.

Mis ojos recorrieron la sala y vi a Quinn, mi primo y mano derecha. Nuestras miradas se cruzaron y levantó cinco dedos, indicando cuántos hombres quedaban aún. Incliné la cabeza en señal de reconocimiento, manteniendo mi atención fija. Quinn y yo llevábamos mucho tiempo haciendo esto.

Me giré y fui en dirección contraria. Quinn tenía claramente controlado este lado, así que me dirigí hacia la puerta arqueada que conectaba esta habitación con la gran pista de baile. Me mantuve en las sombras, utilizando las columnas para ocultarme. Divisé a tres de mis empleados acurrucados juntos, escondidos al final del bar con terror en sus ojos.

Me llevé el dedo a los labios, indicándoles que guardaran silencio.

Todos me miraron fijamente, luego uno levantó la mano y señaló el extremo opuesto del bar. Asentí con la cabeza, haciéndole saber que entendía.

Al pasar a la siguiente columna, mantuve mis pasos en silencio. Di gracias a Dios y a todos los santos por haber dejado las columnas como parte de la estructura cuando renovamos este lugar. De lo contrario, ahora estaría al descubierto.

Desde mi posición, pude ver a dos hombres trajeados agachados, discutiendo en voz baja. Debían de ser italianos. Me molestó no poder ver a los otros tres individuos.

Por un momento, escuché su conversación en voz baja mientras se quejaban de los rusos. Al parecer, habían abandonado a estos tipos italianos. La pregunta era, ¿por qué los rusos trabajaban con ellos?

A juzgar por los idiotas aquí, eran hombres de bajo rango, así que no me enteraría de nada de ellos.

Silbé, llamando su atención. Ambos se giraron, aseguraron sus armas y me apuntaron.

Antes de que alguno de los dos pudiera hacer algo, apreté el gatillo y mi bala se alojó justo entre los ojos del primero. Luego volví a disparar y le di al otro en el pecho.

Corriendo hacia el segundo, el débil sonido de las sirenas quedó registrado en mi cerebro. No teníamos mucho tiempo.

Me detuve sobre su cuerpo, observando cómo sus ojos se desorbitaban de miedo mientras gorgoteaba y se ahogaba con su propia sangre.

—¿Cuál era tu misión esta noche? —inquirí.

Abrió la boca, de la que brotó sangre que se deslizó por su barbilla. Solo le quedaban unos segundos de vida.

—Dame la información o iré por tu familia.

—Una advertencia.

Capítulo Dos

DAVINA

Cuatro meses más.

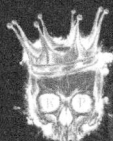

Nuestras copas chocaron entre sí y nuestras risas llenaron la habitación, mezclándose con el álbum de Taylor Swift que sonaba de fondo y con Wynter tarareando la canción.

Éramos solo nosotras, como siempre. Wynter, Juliette, Ivy y yo. Las cuatro estábamos sentadas en la lujosa sala de la casa en la ciudad del padre de Juliette. Era finales de enero, y nuestros niveles de estrés habían empezado a aumentar con los exámenes. Los próximos meses serían brutales, así que las cuatro tomamos la decisión de última hora de conducir casi dos horas hasta New York y tomarnos un fin de semana largo para relajarnos en la seguridad de la casa del señor Brennan.

No podía evitar que la bola de ansiedad que tenía en la garganta burbujeara cada vez que pensaba en la graduación y en qué haría después. Quería estar cerca de mi abuelo para poder visitarlo siempre. Vivía en una residencia asistida en Texas ya que necesitaba cuidados a tiempo completo, pero el objetivo era trasladarlo a donde yo acabara, y la presión por no estropearlo era inmensa.

—Otra ronda de *shots* —demandó Juliette.

A pesar de actuar con despreocupación, me di cuenta de que estaba tensa. La noté inquieta, y eso lo hacía cuando estaba estresada. No creía que tuviera algo que ver con nuestras clases, aunque no podía imaginarme cuál era la causa. Había algo más. Algo que se negaba a compartir con nosotras, lo cual era inusual.

—Quizá ambas deberían tomárselo con calma —recomendé, mirando a Juliette con preocupación.

Tanto Juliette como Ivy me ignoraron y levantaron sus vasos, casi derramándolos. Wynter, que no bebía debido a su intenso programa de entrenamiento olímpico, se limitó a negar con la cabeza. ¿Y yo? Había dejado de beber esas cosas hacía tres *shots* atrás. O quizá cuatro, no estaba segura. Solo sabía que era lo bastante lista como para dejarlo antes de sentirme demasiado relajada o estúpida.

Miré por las grandes ventanas francesas. El cielo oscuro acechaba y, de algún modo, me parecía siniestro por lo que estaba por venir. Era estúpido, pero no podía evitar la sensación de que algo malo iba a ocurrir. En lugar de concentrarme en el cielo oscuro, mantuve la vista fija en los árboles nevados y en el reflejo de la nieve blanca que brillaba bajo la luna.

No era la primera vez que veníamos. A lo largo de nuestros casi cuatro años en Yale, habíamos visitado con frecuencia para escapadas de fin de semana. Cuando teníamos vacaciones más largas, todas me acompañaban y venían conmigo a Texas a ver a mi abuelo. Era la única familia que tenía, me había criado solo, y lo menos que podía hacer era asegurarme de visitarlo cada vez que podía.

A diferencia de mí, Juliette, Wynter e Ivy preferían no visitar a sus familias. La mayoría de las veces, Wynter estaba ocupada con su entrenamiento. Juliette e Ivy no tenían ninguna excusa que supiera. Sinceramente, podían ser unas mimadas, sin embargo, así las amaba. Aunque, sabiendo cómo se ganaban la vida sus familias, no estaba segura de culparlas por mantener la distancia.

La primera semana en Yale, Juliette e Ivy estuvieron más que encantadas de informarme sobre sus familias. Quizás esperaban que huyera o que me negara a ser su amiga. No hice ninguna de las dos cosas. En cambio, encontré amigas para toda la vida. Wynter y Juliette eran primas y prácticamente se habían criado juntas en California, al cuidado de la madre de Wynter y tía de Juliette por parte de su padre.

Los padres de Ivy y Juliette dirigían sus respectivas familias en un sindicato criminal mucho mayor.

El padre de Juliette dirigía la mafia irlandesa de los Brennan. Según mi amiga, era dueño de buena parte del oeste de New York y del norte de la Costa Este. También tenía contactos y dirigía parte de la mafia en Irlanda. Nunca había conocido a su padre, y una parte de mí se alegraba. Ya tenía suficiente estrés en mi vida.

El padre y los hermanos de Ivy dirigían la mafia irlandesa Murphy. Se dedicaban principalmente a Irlanda y a los países europeos. Ivy los llamaba los imbéciles irlandeses. Y hasta ahí llegaban nuestros conocimientos, tanto los suyos como los míos.

Tuve la sensación de que se sentían menospreciadas de alguna manera. Ninguna de sus familias las incluía en ninguno de sus negocios, simplemente porque eran mujeres.

A Wynter le daba igual. Lo único que le gustaba a aquella chica era el patinaje artístico. Ganó su primera medalla de oro a los catorce años en los Mundiales Juveniles, los Nacionales a los quince y dieciséis, y luego los Juegos Olímpicos a los diecisiete. Su madre era su entrenadora, no obstante, desde que empezó a ir a Yale, había perdido eso. En nuestros cuatro años aquí, habíamos visitado California dos veces. La mayoría de las veces, las chicas preferían ir a Texas conmigo. A mi abuelo le encantaba tanto como a mis amigas.

Aun así, me pareció extraño que la madre de Wynter nunca visitara la Costa Este, sobre todo teniendo en cuenta que había nacido aquí. Juliette mencionó que la señora Flemming no había pisado New York desde hacía más de veinte años y que lo más probable era que nunca volvería a hacerlo. Había una historia en alguna parte, aunque ninguna de nosotras supiera cuál era.

Wynter se entrenó prácticamente sola mientras estudiaba en Yale. Después de ganar la medalla de oro en las Olimpiadas en patinaje artístico individual, decidió que quería competir en patinaje en parejas. Una especie de "ya lo he hecho, ahora vamos con otra cosa", supongo. La búsqueda de su pareja de patinaje sobre hielo fue tan estresante para las tres como para ella. Todas habíamos viajado a California para apoyarla, mas Juliette casi ahuyentaba a todos los posibles candidatos con sus preguntas.

«*¿Alguna vez has dejado caer a una mujer? ¿Alguna vez has intentado tocar a una compañera mientras la elevas en el hielo? ¿Haz manoseado alguna vez a una mujer? ¿Eres un voyerista? ¿Tomas drogas? ¿Algún cargo por agresión?*», recordé.

Jesucristo, nunca olvidaré esa línea de cuestionamiento. Juliette los interrogó y los hizo sentir como si fueran una especie de depredadores sexuales. No podía ni imaginarme lo incómodos que se sentían los hombres, teniendo en cuenta lo incómoda que me había hecho sentir solo de escucharla.

Wynter había estudiado su patinaje técnico y artístico sobre el hielo, mientras la madre de Wynter se limitaba a observarlos, murmurando algo para sí de vez en cuando. Ivy y yo nos quedamos mirando con la boca abierta, sintiéndonos fuera de nuestro elemento.

Al igual que Ivy y Juliette, nunca conocí a mi madre, pero no podía imaginar que se pareciera en nada a la madre de Wynter. La señora Flemming era una mujer peculiar, por no decir otra cosa. Crio a Juliette y a Wynter cuando ambas niñas no estaban con el señor Brennan, el padre de Juliette. A pesar de eso, siempre parecía distante. Solo la había visto un puñado de veces, pero esa parecía ser su personalidad. Tal vez porque no solo era la madre de Wynter, sino también su entrenadora de patinaje.

Al final, Wynter eligió a un compañero que vivía a tiempo completo en California. Justo después de su último examen, volaría allí para empezar a entrenar vigorosamente con él de cara a los campeonatos Regionales, Nacionales y Mundiales de patinaje artístico de este invierno. Juliette también pensaba ir, ya que prácticamente se había criado allí.

—No tengo ni maldita idea de qué hacer después de graduarnos —comentó Juliette, repitiendo mis propias preocupaciones mientras se limpiaba la boca con el dorso de la mano. Aún no habíamos descubierto quién podía beber más que la otra entre Juliette e Ivy. Esas eran unas borrachas y podían ganarles a beber a los chicos de Yale. Sin embargo, no íbamos de fiesta tanto como otros chicos que se graduaban con nuestra clase—. Killian sabía lo que quería cuando estaba en pañales —continuó—. Y aquí estoy, con veintiún años, y sin tener ni idea de qué hacer conmigo misma. No es que pueda ayudar a papá como lo hace Killian.

—Tal vez pregúntale a tu padre si podrías ayudar con algo en su... *ummm, negocio* —sugerí.

Una sombra cruzó su rostro.

—Dirá que no —replicó, agitando la mano—. Dirá que quiere una vida mejor y más segura para mí, *blah, blah, blah*.

—No lo sabrás si no lo intentas —animé, lo que provocó que pusiera los ojos en blanco—. Y no puedes culparlo por querer una vida mejor para ti.

—Si quiero hacer algo —expresó Juliette con una ligera amargura en su voz—, tengo que empezarlo sola. O con ustedes.

Ladeé la cabeza pensativa. No era mala idea.

—¿Podrías bailar? —propuso Ivy, con los ojos cerrados y la cabeza apoyada en los cojines. Las cuatro estábamos sentadas en el suelo alrededor de la mesa de centro.

—Cuando dices bailar, ¿quieres decir cómo *stripper*? —cuestionó Wynter con curiosidad. Había mirado el reloj varias veces en la última hora, lo que me indicaba que intentaría escaparse más tarde... otra vez.

Ivy, Juliette y yo nos reímos.

—No me refería como *stripper,* aunque ahora que lo mencionas... Claro, ¿por qué no? Vi un programa de televisión que hablaba de cómo las mujeres pueden obtener buen dinero de ello. —Ivy abrió los ojos y los puso en blanco, e inmediatamente después gimió—. Me duele la cabeza —se quejó.

—Esa no es exactamente una carrera —le objeté a Ivy—. Y tu cabeza se sentirá mejor si bebes un poco de agua en lugar de alcohol.

—¿Qué programa era? —Curioseó Juliette, como si lo estuviera contemplando seriamente—. Sobre *strippers* o lo que sea.

—*Heidi Fleiss*. Una madame o algo así —respondió Ivy.

Me burlé.

—Dirigía una red de prostitución. No un club de *striptease*.

Ivy se encogió de hombros.

—Como sea. Hizo toneladas de dinero.

—Madame Juliette. —Le seguí el juego—. Suena bien. Y una celda. Ya te imagino a rayas naranjas.

—Se trata de que no te atrapen. Me vería horrible de naranjas —agregó Ivy como si lo supiera todo.

Wynter volvió a mirar el reloj.

—Si vas a ganar dinero ilegalmente, no debería ser de esa forma. Tendrás que esperar que todos los clientes mantengan la boca cerrada o hacerlos firmar un acuerdo de confidencialidad, y eso parece mucho papeleo. Es mejor robar en una tienda.

Las tres nos quedamos observándola. De vez en cuando, Wynter decía o hacía algo que nos sorprendía a todas. Por supuesto, lo que decía tenía sentido. Solo que sonaba escandaloso viniendo de ella. Si lo hubieran dicho Juliette o Ivy, ni me habría inmutado. Sin embargo, cuando Wynter lo decía, las tres nos preguntábamos si la conocíamos.

—Intenta bailar *ballet* en serio —añadió Wynter, encogiéndose de hombros—. Eso te mantendrá ocupada.

Juliette llevaba tiempo tomando clases de *ballet*, pero nunca se había presentado. Incluso llegó a tomarla como una de sus clases optativas, solo para no tener que estudiar otra asignatura.

—No soy tan buena en ello —murmuró Juliette.

—Tienes que darte más crédito —protestó Wynter.

—De acuerdo —añadimos Ivy y yo al unísono.

Juliette no parecía convencida.

—No, no soy buena como tú, Wynter, y solo tomas clases de *ballet* para ayudarte con tus coreografías. —Wynter abrió la boca para protestar, mas Juliette levantó la mano, con la palma hacia su prima—. No lo hagas.

Intentaba parecer autoritaria, no obstante, se inclinaba tanto hacia un lado que pensé que podría caerse en un estupor de borrachera. Estuve tentada de gritarle: *¡Fuera abajo!*

Mirando entre ambas, no habrías sabido que eran primas. No podían ser más diferentes en apariencia, así como en personalidad. Wynter, con sus largos rizos dorados y sus ojos verde claro, siempre se destacaba. Y cuando sonreía, captaba la atención de todos. Pero también era impulsiva y tenía una fuerte dosis de sentido común.

Juliette, en cambio, tenía el cabello castaño que reflejaba tonos rojizos bajo la luz, una pizca de pecas sobre su piel clara de marfil y unos ojos azules que casi parecían los de una muñeca de porcelana. Era hermosa a su manera. Puede que tuviera ambición, pero normalmente era hacia el caos, y no estaba segura de que supiera deletrear sentido común, y mucho menos de que poseyera alguno.

—Tampoco sé muy bien qué hacer —confesó Ivy—. La verdad, me asusta ser una adulta responsable. —Las tres miramos a Ivy—. Sí, papá tiene dinero, pero viene con condiciones y la expectativa de casarse con alguien que él apruebe. Y no aprobará a nadie excepto a otro irlandés que tenga conexiones con el sindicato o con la mafia irlandesa.

—¿El sindicato? —pregunté, confusa.

—Otras organizaciones criminales.

—¿Pero por qué te obligaría a hacer eso? —cuestioné.

—Ampliar su poder. Ganar más dinero. Formar alianzas —explicó Ivy—. ¿Quién demonios lo sabe? Es ridículo. Primero, nos mantienen a oscuras sobre sus negocios, y luego nos utilizan como parte de sus transacciones comerciales.

—¡Desgraciados! —reviró Juliette, sirviéndose otra bebida y tragándosela de un sorbo.

—Sí, eso es jodido —musité—. Probablemente por eso deberíamos asegurarnos de que nos vaya bien en los exámenes finales para poder ser mujeres independientes.

Se escapó un bufido y giré la cabeza hacia Ivy. Su salvaje cabellera roja le caía por los hombros y tenía las mejillas sonrojadas.

—Lo siento, tienes razón. Es un asunto serio.

—Así es —asintió Wynter con sensatez—. Fuimos a Yale. Podemos hacer cualquier cosa que nos propongamos. —Wynter tomó la mano de Ivy y la apretó suavemente—. Y si tu padre o el tío Liam, o incluso tu dulce abuelo, Davina —continuó mirándome—, intentan decirnos con quién casarnos, les daremos una paliza y sobreviviremos sin su dinero. Porque nos tendremos la una a la otra.

Siguió una ronda de vítores y acuerdos.

Si bien Wynter podría tener una habitación llena de trofeos y medallas de oro, no había otra persona con los pies muy bien puestos en la tierra como ella. Sin importar lo que pasara, nunca despreciaba a nadie. Ni a los vagabundos de la calle, ni a los idiotas ricos de la universidad, aunque ella no aceptaba las estupideces de nadie.

—Podríamos abrir una tienda juntas —propuse—. Una tienda de equipo de patinaje artístico, ya que todas hemos aprendido mucho sobre ello en los últimos cuatro años. Definitivamente quiero empezar mi propio negocio algún día. Solo que aún no sé de qué tipo.

Todas nos reímos. Era un chiste recurrente del mucho tiempo que pasábamos en las tiendas de equipo deportivo.

—A estas alturas ya sé la diferencia entre los patines de hielo Jackson y Edea, qué abrillantadores y protectores E usar, así como la mejor herramienta para afilar cuchillas —explicó Ivy, lanzándome una sonrisa borracha—. La verdad es que es triste, porque la única vez que me he puesto unos patines me caí de culo.

—Llevo veinte años alrededor de Wynter. Sé qué cuchillas funcionan mejor sobre qué hielo. Tal vez deberías tratar eso —se burló Juliette.

Juliette e Ivy podían beber más que yo y que la mayoría de la población masculina. Debía de ser lo irlandés que llevaban dentro. Nunca intenté competir con ninguna de ellas. No necesitaba una resaca. No en ese momento ni nunca. Tenía la agenda llena con mis estudios y mi trabajo en la cafetería del campus.

—De acuerdo, ¿qué piensan sobre un *sugar daddy*? —soltó Juliette de la nada, sorprendiéndonos a las tres. Wynter, Ivy y yo compartimos una rápida mirada antes de girar la cabeza en dirección a Juliette—. Podría ser una forma de conseguir algo de dinero.

—¿*Sugar daddy*? —preguntamos a la vez. Los cambios de tema de Juliette podrían marearte.

—Sí. Puede que quiera uno. Por supuesto, necesitaré un proceso de entrevista. —Juliette lo hizo sonar como si fuera perfectamente normal tomar solicitudes para un *sugar daddy*. Recordando por lo que hizo pasar a los potenciales compañeros de patinaje sobre hielo de Wynter, no pude evitar sentir lástima por los posibles *candidatos*.

—¿Pueden manejar eso? ¿O incluso a ti? —dije entre dientes, pensando que necesitaba una botella de agua para quitarme esta neblina del cerebro. Alguien tenía que vigilar a Ivy y Juliette, porque estaba segura de que Wynter nos abandonaría pronto—. Podrías provocarles un infarto.

Wynter negó con la cabeza y se levantó.

—Ni siquiera sé qué decir a eso, Juliette. Si quieres una carrera, prefiero que te plantees otra cosa. Estoy a favor de la tienda de equipo de patinaje artístico.

—Estoy de acuerdo. No creo que sea una opción profesional —opinó Ivy, en uno de sus raros momentos de cordura—. Sin embargo, los hombres mayores podrían saber qué hacer en la cama. Cómo hacerte gritar.

Y su momento de cordura se esfumó. Y el mío también, porque de repente me imaginé a un hombre mayor y atractivo inclinándome y dándomelo duro. Mi exnovio definitivamente carecía en ese departamento, entre otras cosas.

Se me escapó una risita al imaginarme ese escenario. Y posiblemente como prueba de que el alcohol persistente en mi sangre necesitaba diluirse más. Tomé otro trago de agua.

Juliette se rio.

—¡Brindemos por eso!

—No lo hagamos. —Le impedí que sirviera otra ronda de bebidas—. Vamos con calma. Podemos hablar y divertirnos. No tienes que estar totalmente borracha.

—Esta noche necesito olvidar —respondió crípticamente. Wynter se quedó mirándola, perpleja.

—Los hombres mayores pueden ser súper calientes, ¿sabes? —continuó Juliette, imperturbable ante su ofensiva potencial elección de carrera—. Han experimentado en su vida y saben lo que funciona y lo que no. Podríamos utilizar su experiencia para nuestro propio placer. Apuesto a que saben cómo hacer que te corras sin tener que meterte la mano en los pantalones. Con el último tipo, tuve que enseñarle dónde estaba mi clítoris. ¿Qué sentido tiene? Podría hacerlo yo misma si ni siquiera saben anatomía básica. —Puso los ojos en blanco y casi se cae de nuevo. Quizás había llegado el momento de esconder la botella.

Las tres nos reímos a carcajadas mientras Wynter se limitaba a poner los ojos en blanco, sin dignarse a contestar.

—Te juro que me corro más fuerte cuando me toco —refunfuñó Ivy—. Estos malditos chicos de Yale no pueden encontrar el lugar ni siquiera para salvar sus vidas.

—Espera —protesté—. ¿No siguen ambas siendo vírgenes?

Juliette se encogió de hombros.

—¿Y? Eso no significa que nunca hayamos hecho nada *risqué*.

Fue mi turno de poner los ojos en blanco.

—Me sorprende que puedas decir esa palabra con tanto licor en tu sistema. Las dos están borrachas.

—*Risqué, risqué, risqué.* —Ivy incluso llegó a deletrearla—. Totalmente no borrachísima, como dicen los americanos.

—Son unas idiotas cuando están ebrias —murmuró Wynter, rebuscando en su bolso. Sacó el teléfono y miró los mensajes, confirmando mi sospecha anterior. Probablemente se escaparía para practicar su rutina de patinaje sobre hielo. Era su idea de diversión.

—No tienes problemas de papi, Juliette, ¿verdad? —cuestioné antes de pensarlo mejor—. Creo que yo podría tener problemas de papi y mami —admití, aunque no sabía por qué. No me gustaba decirlo ante la gente que no tener a ninguno de mis padres conmigo, mientras crecía, me molestaba.

Juliette palideció y se le escapó un suave jadeo. No entendí qué la alteró.

—Lo siento —me disculpé rápidamente, tomando su mano—. No quise incomodarte.

Se le escapó un suspiro tembloroso y, por un momento, pensé que empezaría a llorar. En nuestros cuatro años juntas, aún no la había visto hacerlo.

—En... encontré algo —susurró, con la nariz enrojecida por intentar contener las lágrimas.

Ivy, Wynter y yo compartimos una mirada.

—¿Qué? —inquirí en voz baja.

Tragó saliva con fuerza y luego respiró hondo para exhalar lentamente.

—Encontré dos certificados de nacimiento —comunicó en voz baja, con los ojos fijos en la puerta, como si quisiera asegurarse de que no entraría nadie. Por lo que sabía, éramos las únicas en la casa—. El mío y el de Killian. Nuestros padres son Aiden y Ava Cullen.

Una ronda de suaves jadeos resonó en la sala y el silencio que siguió fue ensordecedor.

—¿Estás segura de que no son los documentos falsos de tu padre para ti y Killian? —Ivy preguntó—. Ya sabes, en caso de emergencias.

Juliette tragó saliva y, por la expresión en sus ojos, supe que había pensado mucho esto. Debía de llevar un buen rato meditándolo.

—Eso pensé al principio —añadió—. Pero lo investigué, y esa gente existía. Tenían hijos de la misma edad que Killian y yo. Parece demasiada coincidencia.

—¿Podrías preguntarle a tu padre? —cuestioné con voz ronca. No sabía mucho de mi madre y la identidad de mi propio padre era un misterio, así que podía entenderlo.

—El tío Liam te lo diría. —Wynter también parecía visiblemente disgustada—. A ambas. —Cuando Juliette no respondió, susurró—: ¿*Verdad?*

—No lo sé —musitó Juliette.

—Cullen, Cullen, Cullen —repetía Ivy el nombre—. Mierda, mi cerebro no funciona tan bien con tantos *shots* en mi torrente sanguíneo.

—¿Tú crees? —pregunté secamente.

Me fulminó con la mirada, aunque no era muy eficaz cuando estaba ebria. Entonces, como si recordara algo, se le abrieron los ojos.

—Cullen era otra familia de la mafia irlandesa —pronunció—. Fueron aniquilados, al igual que los O'Connor.

—¿Quién los aniquiló? —inquirí, frunciendo el ceño—. ¿Y qué quieres decir con aniquilados?

—Un accidente —replicó Juliette—. Leí que toda la familia murió en un incendio.

—Creo que fueron asesinados en realidad. Tanto los Cullen como los O'Connor.

Wynter negó con la cabeza.

—Olvídate de los Cullen y los O'Connor. El tío Liam nos lo habría dicho. Si no él, lo habría hecho Killian. Los certificados de nacimiento tienen que ser falsos. Tienen que serlo. Ya sabes cómo son los irlandeses sobre la familia. Killian se hará cargo de la mafia Brennan. Si no fuera de la familia, probablemente no se lo permitirían.

—¿En serio? —Me quedé boquiabierta—. Parece un poco injusto.

Ivy se encogió de hombros.

—Los irlandeses son todo sobre la familia. Justo o no.

—¿Pero no te parece raro que no sepamos nada de mi madre? —debatió Juliette.

—Y no sé nada de mi padre —continuó Wynter.

—No es que estemos compitiendo, sin embargo, no sé nada de ninguno de mis padres —añadí.

—Mi madre murió cuando era niña, pero sé demasiado sobre mi familia —refunfuñó Ivy—. Aunque estoy de acuerdo con Wynter.

—Tu padre incluye a Killian en su negocio, ¿verdad? —le pregunté a Juliette, apretando suavemente su mano en señal de consuelo. Asintió con la cabeza—. Ves, no tienes nada de qué preocuparte.

—Probablemente tengan razón —admitió—. Simplemente me asustó.

—Asustaría a cualquiera de nosotras. —Estuvo de acuerdo Wynter—. Mas no hay nada de qué preocuparse.

Solté la mano de Juliette y bebí otro trago de agua sin dejar de mirarla. Tenía la sensación de que Juliette seguiría buscando respuestas. No le importaban demasiado los estudios, pero su curiosidad sería su perdición.

Nunca hablaba de su madre, y Wynter nunca hablaba de su padre. No obstante, sospechaba que ellas se preguntaban por sus padres al igual que siempre yo lo había hecho por los míos.

—De todos modos, volviendo a los *sugar daddies*. —Juliette cambió bruscamente de tema—. Creo que el proceso de entrevistas debería ser tan riguroso como lo fue cuando buscábamos al compañero de patinaje de Wynter.

Al instante, el resto de nosotras gimió. Fue un proceso muy doloroso.

—Bueno, si quieres mi opinión —anunció Wynter, encorvándose sobre sus rodillas y poniendo su teléfono en su bolsa de lona—. No creo que necesites un *sugar daddy*. O más alcohol en tu organismo.

Juliette hizo un gesto con la mano, ignorando la respuesta de Wynter. Estaba claro que no era lo que buscaba.

—Solo ten cuidado —advertí a Juliette, esperando no estar diciendo algo equivocado—. ¿Quizás deberíamos ayudarte con el proceso de la entrevista? —ofrecí.

—¿Estás loca? —Ivy refunfuñó—. ¿Recuerdas lo que les hizo a esos pobres hombres la última vez?

Wynter soltó una risita, pero no hizo ningún comentario.

—Bueno, tal vez podamos... —La declaración de Juliette fue cortada por la puerta abriéndose, y todas nuestras cabezas giraron en su dirección.

Mis ojos se encontraron con los océanos azules más hermosos en la nota más aguda de la canción de Taylor Swift, "Don't Blame Me". Y demonios, si hubiera sabido que el amor me volvería loca, igual que la letra de la canción de Taylor, habría hecho algunas cosas de forma diferente desde aquel día.

El hombre era guapísimo, con G mayúscula. Era alto, musculoso y tenía la piel bronceada por el sol. Su cabello oscuro tenía toques blancos en las sienes, pero nada en él gritaba *viejo*. Su rostro era fuerte, con una mandíbula cincelada cubierta por una barba corta y recortada.

Dios, incluso en mi estado de semiembriaguez, podía ver que su ropa ocultaba un cuerpo apetitoso, del tipo creado para ofrecerle a una mujer el máximo placer. Apostaría mi vida en ello.

Sus ojos se detuvieron en mí apenas un segundo, sin embargo, me marcaron para toda la vida. Aquel hombre tenía un aura de peligro y dominante, a pesar de su atuendo informal. Unos *jeans* le abrazaban los muslos y una camisa de botones informal, pero claramente costosa dejaba entrever su pecho bronceado. Se me hizo agua la boca cuando mis ojos recorrieron su torso desde sus anchos hombros hasta sus fuertes muslos y lo que había entre ellos. Me entraron ganas de comprobar si estaba babeando.

—¿Podría ser mi aspirante a *sugar daddy*? —solté, no tan sutilmente—. Se me acaban de derretir las bragas —añadí sin aliento.

Sin darme cuenta de que había dicho estas últimas palabras en voz alta, sus ojos volvieron a enfocarse en mí y las chicas estallaron en carcajadas. Sentí que el carmesí inundaba mis mejillas mientras la humillación me engullía por completo. No podía creer que hubiera dicho esas palabras en voz alta. De todos los momentos en que el filtro entre mi cerebro y mi boca tenía que romperse... era en ese instante.

Y ni siquiera podía echarle la culpa a estar borracha. Estaba mareada, sí, pero no borracha. Toda la cordura que poseía se había ido por la ventana, junto con mi dignidad, en cuanto vi a este hombre.

No podía apartar la mirada de él. Se oyó una risita detrás de mí, pero me ahogué en sus ojos y no me molesté en salir a tomar aire. Sabía que me daría placer. Solo quería placer.

«Inclíname, azótame. Cualquier cosa. Solo fóllame». Sí, había pasado el punto de estar razonablemente mareada. Me había convertido en una borracha cachonda sin el uso del alcohol.

—Davina, ese *es* su papi. —Wynter soltó una risita, sus ojos verdes brillaban divertidos.

«Creo que debería ser mi papi», pensé. Dios, estaba tan excitada en ese momento. *«Ahora quiero mi propio sugar daddy. Ahora mismo. Azótame el trasero. Te llamaré papi y todo lo que quieras».*

Fruncí el ceño y me puse la palma de la mano fría en la mejilla. Solo una mirada de este hombre y estaba ardiendo. Tal vez Juliette podría decidir qué no le gustaba este tipo.

A juzgar por la forma en que me miraba, puede que lo haya dicho en voz alta. ¡Mierda!

Los ojos de Ivy estaban un poco desenfocados mientras observaban a todos de un lado a otro de la habitación.

—Estoy confundida. ¿Este tipo es un papi papi o un *Daddy* de verdad?

Aquella pregunta era demasiado confusa y mi cerebro no funcionaba correctamente. Juliette y Wynter se echaron a reír, agarrándose el estómago. A Wynter incluso se le salieron las lágrimas.

—Es mi tío Liam —respondió Wynter, con una voz cargada de humor—. El padre de Juliette.

Espera. ¿Qué? *¡Papá!* ¿Acababa de llamarlo el *papá* de Juliette?

Esas palabras me hundieron el corazón. Quería gritar a pleno pulmón, pero no podía. No solo estaba completamente fuera de mi alcance, sino que era el padre de Juliette, y había algunas líneas que uno no podía cruzar.

—Juliette, no me dijiste que tú y tus amigas iban a venir a quedarse aquí este fin de semana. —Dios, su voz—. No esperaba verte tan pronto después de la visita de la semana pasada.

Su voz derritió el resto de mí, porque en este punto, mis bragas estaban empapadas. Santo cielo, nunca había visto a un hombre tan *sexy*. Quería acercármele, arrinconarlo y aprovecharme de él. O tal vez podría aprovecharse de mí.

—Graduada cachonda —me murmuró sutilmente Ivy en voz baja. O no. Porque al parecer todo el mundo la escuchó. Las chicas se rieron, pero no el padre de Juliette.

—Lo siento, papá. Lo decidimos en el último minuto —explicó Juliette, todavía riendo—. Necesitábamos relajarnos.

No había suficiente alcohol para borrar este estúpido sentimiento. Mis ojos se giraron lentamente hacia el padre de Juliette, sintiéndome la mayor idiota de este planeta. La idiota más cachonda, pero aun así una maldita idiota.

Se veía demasiado bien para ser el criminal rumoreado. Quiero decir, no se suponía que los mafiosos irlandeses tuvieran tan buen aspecto. ¿Verdad? Siempre que Juliette hablaba de él, me lo imaginaba con una barriga redonda y una botella de *whiskey* en las manos.

Me aclaré la garganta y luché por encontrar mi voz. Tardé dos intentos en pronunciar una palabra.

—Señor B…Brennan —balbuceé, intentando sonreír. Sin dejar de tartamudear—. E…encantada de conocerlo.

Ni siquiera me miró. *Ouch.*

—Las cuatro quédense aquí —ordenó en tono estricto, y mi

corazón tronó de forma antinatural cuando sus ojos volvieron a verme. Demonios, sentí como si hubiera electrificado toda la habitación. Era como si hubiera estado de pie junto a una chimenea encendida durante demasiado tiempo—. Tengo una reunión con un visitante abajo. No quiero ver a ninguna merodeando por la casa.

¿Por qué me observaba cuando dijo ninguna? Casi sonaba como si estuviera insinuando que lo buscaría y lo seduciría. Jesucristo, si fuera un extraño, tal vez, mas era el padre de Juliette. Seducirlo y follármelo estaba fuera de la discusión.

Dios, el corazón me latía contra las costillas y la adrenalina me inundaba el torrente sanguíneo con imágenes de lo bien que se sentiría follármelo. Simplemente lo *sabía*.

La puerta se cerró firmemente tras él y solté un suspiro que no me había dado cuenta de que estaba conteniendo. Incluso si pudiera encontrar mi voz en este momento, no podría pensar en una sola cosa que decir. Excepto... *lo deseo*.

La idea era ridícula, mas no podía quitarme esa sensación.

—Eso no tuvo precio —Wynter rompió el silencio, riendo mientras cerraba la cremallera de su bolso de lona—. Me alegro de haberme quedado el tiempo suficiente para verlo.

La fulminé con la mirada y luego le saqué la lengua.

—¿Por qué no me avisaron?

Ivy se encogió de hombros y dio otro trago a su bebida.

—No lo sabía.

—Intenté decírtelo. —Wynter sonrió satisfecha—. No escuchaste.

Juliette rodó por el suelo, todavía riendo.

—La mejor parte fue cuando dijiste: "Azótame el trasero y te llamaré papi" —Se rio a carcajadas—. ¿No me digas que te parece *sexy*?

—Juliette, tu padre *es* sexy —afirmé—. Nunca había visto a un hombre más ardiente, padre o no. ¡Jamás!

Ivy se rio entre dientes.

—¿Vas a pedirle su número?

—Ja, ja, ja —repliqué secamente—. No le pediré nada. Es el padre de Juliette.

Juliette se encogió de hombros.

—No me importa que le pidas su número. Pero te lo advierto. No mantiene novias por mucho tiempo. Aún no le he conocido una.

«*¿Quizá me estaba esperando?*». Pensé en silencio, agradecida de que esas palabras se quedaran detrás de mis labios.

—Tal vez ha estado esperando a Davina todo este tiempo — expresó Wynter, como si hubiera leído mis pensamientos.

—No seas tonta —gemí, avergonzada de que en realidad fuera un pensamiento esperanzador para mí. Todavía no podía creer aquellas palabras que se habían deslizado por mis labios, y que el señor Brennan escuchó.

No todos los días se veían tantos músculos duros y una mirada que literalmente te robaba el aliento de los pulmones. Nunca olvidaría esos ojos, esos labios, ese cuerpo mientras viviera. Puede que incluso pensaría en este hombre que era al menos veinte años mayor que yo mientras me daba placer esta noche. Esa era una manera segura de correrme.

—Bueno, tengo que irme —anunció Wynter.

—¿Qué? —preguntaron Ivy y Juliette al mismo tiempo. No me sorprendió, porque había estado mirando el reloj desde que llegamos.

—Esta es una noche de chicas —protestó Juliette—. Quédate.

—Lo sé, pero necesito aprovechar cada hora que pueda para practicar —explicó Wynter con naturalidad. Nunca había conocido a otra mujer tan decidida. Sabía lo que quería y nadie podía disuadirla. Ni una intensa carga lectiva, ni los profesores de Yale, ni su prima, ni una amiga. Nadie.

—Bueno, oíste a mi padre —indicó Juliette con suficiencia—. No podemos vagar por la casa.

Wynter se encogió de hombros y se puso los zapatos. Llevaba medias negras con calentadores por encima y un suéter blanco grande.

—Es la razón por la que voy a salir por el balcón —contestó con calma—. Que alguien me tire la bolsa una vez que baje.

Ivy parpadeó y volvió a parpadear.

—¿Es prudente? Podrías romperte las piernas.

Wynter se limitó a hacer un gesto con la mano como si no le preocupara.

Salió al balcón, mientras Juliette se servía otro *shot*, reprendiéndola y asignándole el título de la peor prima de la historia. Me mantuve atenta al balcón, justo en el borde, para poder saltar y ayudar, ya que era la única relativamente sobria que quedaba. Lástima que las alturas me dieran pánico. Mucho bien haría.

—Tira mi bolsa. —La voz de Wynter llegó a mí y, antes de que pudiera llegar hasta su bolsa, Juliette se acercó, la agarró y se pavoneó hacia el balcón. Apenas puso un pie fuera, arrojó la bolsa por encima de la barandilla sin ni siquiera mirar hacia abajo.

Aterrizó con un fuerte ruido sordo.

—¿Qué. Demonios? —¿Era la voz de un hombre?

Intenté asomarme por la barandilla, pero no veía nada desde mi sitio. Ni siquiera a Wynter.

—Malditas borrachas. Intentan matarnos —espetó.

—¿Nosotras? —inquirí, confundida.

Pasaron dos latidos antes de que ella respondiera:

—Yo y mi fabuloso yo. *Nosotras*.

Sacudí la cabeza. Wynter siempre sería un misterio para mí.

—¿Estás bien, Wyn? —solté con voz ahogada, tratando de sobrellevar mi miedo a las alturas. La angustia familiar se deslizó por mi espina dorsal y me obligué a dar otro paso, pero hasta ahí llegué. Mis palmas presionaron contra la pared de piedra de la mansión mientras apoyaba la frente en ella.

Era un bicho raro, incapaz de ver cómo estaba mi amiga por culpa de este miedo paralizante. Apenas podía mirar hacia la barandilla de mármol, no obstante, era inútil.

—Sí, estoy bien —aseguró. Escuché pisadas y juré que oí el gruñido de un hombre, pero dijo que estaba sola—. Déjame adivinar. Juliette está enojada y tiró mi preciosa carga con la esperanza de que me cayera en la cabeza.

—No —protesté débilmente, aunque no podía negarlo del todo—. Ten cuidado —advertí—. Y mantén tu teléfono encendido.

Capítulo Tres

LIAM

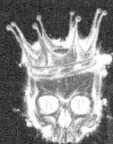

—Qué demonios —gruñí para mis adentros mientras bajaba las escaleras. Era el peor momento para la visita de las chicas. No quería italianos en la misma ciudad que ellas, y menos en la misma casa—. ¡Maldición!

Juliette estaba borracha otra vez. Wynter estaba completamente sobria, pero no estaba seguro de las otras dos. Al menos Davina, aquella belleza morena, no estaba tan ebria como las otras, pero dudaba que hubiera dicho esas cosas sobre mí en voz alta si el alcohol no le hubiera soltado la lengua. Dios, pensar en su lengua y en lo que podía hacer con ella me la estaba poniendo dura.

Era hermosa. Un tipo de belleza exótica, con una larga cabellera de ébano que caía en una sedosa cortina por encima de sus pechos. Sabía que Juliette y Wynter compartían dormitorio con ella e Ivy. Mi trabajo era mantener a salvo a mi familia, pero más allá de asegurarme de que no fuera una amenaza, nunca la investigué más a fondo. Ahora me arrepentí.

Tenía que concentrarme en las amenazas viniendo de los italianos y los rusos. Una chica universitaria no tenía nada que hacer en mi vida.

Además, la belleza de cabello negro era amiga de mi hija. No podía cruzar esa línea.

Sacudiendo la cabeza, me concentré en la tarea que tenía entre manos: la reunión de esta noche.

El objetivo de la reunión era llegar a un acuerdo con los DiLustro sobre el territorio de New York. Estaba cansado de pelearme con todo el mundo por la región. Quería a mi familia a salvo, y la advertencia del último ataque era clara: los rusos no iban a desaparecer.

Eso significaba que eliminar la guerra con los italianos era una necesidad. Me enfurecía tener que tratar con estas escorias, los DiLustro, después de todo lo que pasó hace veinte años. El mundo sería un lugar mejor sin ellos. Al menos uno de ellos... Gio DiLustro.

Su hijo, Basilio, me había propuesto una oferta de paz. Los italianos de New York se quedarían en el Lado Este y los irlandeses en el Oeste. Se acababan las peleas y los enfrentamientos. Se había derramado demasiada sangre en los últimos veintidós años. Había empezado con mi hermana y lo que el maldito Gio DiLustro le había hecho.

Nada me haría más feliz que matar a ese hijo de puta y luego culpar a los rusos. Mataría dos pájaros de un tiro.

Si no creía que eso podría agravar las cosas, me encargaría yo mismo, sin embargo, mantener a salvo a mi familia era mi máxima prioridad. Si algo me pasaba, los dejaría a todos vulnerables, y no podía dejar que eso sucediera. Sabía que Killian se haría cargo, pero primero tenía que perseguir a sus propios fantasmas.

El hijo y los sobrinos de Gio habían expandido el sindicato. Ahora cubría Chicago, Philadelphia, Las Vegas y, para mi consternación, una buena parte de New York. Basilio DiLustro dirigía New York, a pesar de que su padre seguía vivo. Tenía un don para los negocios y había aumentado su riqueza de manera significativa.

El primo de Basilio, Dante, sobrino de Gio por parte de su hermano, dirigía Chicago, mientras que el hermano de Dante dirigía Philadelphia. Y luego estaba el Capo que dirigía Las Vegas, pero no había podido descubrir su identidad.

También estaba su conexión con la familia Ashford, que se había mantenido bajo el radar durante las dos últimas décadas. Aunque, esa parte no me preocupaba tanto.

En cambio, Gio DiLustro, sí.

La reunión de esta noche era solo entre Basilio DiLustro y yo para empezar a limar los detalles. El joven fue inteligente al reconocer que trabajar con su padre no lograría nada. La crueldad en nuestro trabajo era necesaria de vez en cuando, pero Gio la disfrutaba. Al jodido monstruo le encantaba, disfrutaba torturar e infligir dolor. Se sabía que maltrataba a sus mujeres con una sonrisa en su rostro.

Una risa ahogada se filtró por el piso superior justo cuando la música subió de volumen de repente.

«Va a ser una noche larga», pensé con un gemido silencioso.

Capítulo Cuatro

DAVINA

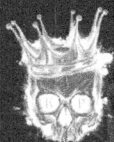

Juliette e Ivy estaban tumbadas en la cama grande. Roncaban tan fuerte como marineros borrachos, fácilmente capaces de despertar a los muertos. Y también a mí, por lo visto.

Era casi medianoche, mas no podía dejar de dar vueltas en la cama. Hacía como una hora que Wynter se había escabullido de nuevo en la casa, se había duchado y ahora estaba desplomada en el sofá *lounge*. Inteligente, teniendo en cuenta que dormir con dos borrachas en la cama era imposible.

—¿Wynter? —llamé en un susurro. No hubo respuesta. Estaba profundamente dormida. No era de extrañar, ya que había estado despierta desde antes del amanecer.

Me di la vuelta y jalé de la manta, pero la maldita cosa no se movía. El zumbido constante de la calefacción debería haberme tranquilizado, aunque en lugar de eso me puso nerviosa. Sentía la piel tensa. La habitación estaba fría y se podría pensar que el alcohol me mantendría caliente, sin embargo, no fue así. Debería haberme emborrachado como Juliette e Ivy. En cambio, ahora estaba seriamente sobria. Y con frío.

Intenté jalar de nuevo del edredón, pero era como si Juliette e Ivy lo hubieran pegado a la maldita cama.

Me bajé de la cama enfadada y miré a mi alrededor, preguntándome si habría alguna manta más por aquí. Me asomé al armario más cercano a la cama, pero no encontré nada, y luego miré en el otro. Tampoco había nada. ¿Dos armarios y ninguna manta? *«Debería quejarme al manager de cómo se maneja este lugar»,* pensé sarcásticamente. Cada vez tenía más frío, así que necesitaba encontrar una manta que no tuviera que luchar para conseguir.

Atravesé la habitación descalza, con los pies silenciosos sobre las suaves alfombras. Abrí la puerta, salí de la habitación y caminé por el pasillo. La casa estaba tan silenciosa que escuchaba crujir la madera de vez en cuando.

—Solo busco mantas —susurré para mis adentros. La casa estaba a oscuras, la única luz provenía de la suave luna. Eché un vistazo al tercer piso y escuché atentamente en busca de algún ruido. No oí nada, lo que tenía que significar que el padre de Juliette se había ido.

Me dirigí a la puerta que había al final del pasillo, con la esperanza de que fuera otra recamara que tuviera mantas de repuesto. Puse la mano en el picaporte, empujé y la puerta se abrió suavemente. Al asomar la cabeza, vi que la habitación estaba vacía y a oscuras.

Una gruesa manta cubría la gran cama tamaño *king.*

—Perfecto —murmuré. Era lo bastante grande para mantenerme caliente toda la noche. Entré de puntillas en la habitación, tirando del edredón justo cuando se escuchó el sonido de la ducha.

Me quedé helada y giré la cabeza en su dirección. La puerta del baño estaba apenas entreabierta y se oía el ruido del agua. Había alguien en la ducha.

Tragué con fuerza mientras se me aceleraba el pulso y se me cortaba la respiración.

Me quedé inmóvil con los ojos pegados a la puerta del baño. Lo más inteligente sería salir corriendo, pero no, me quedé mirando en dirección al baño como si fuera un cristal transparente.

Lo único que sabía era que, si no me movía, estaba tentando a la suerte al quedarme allí de pie.

—Maldición. —Un gemido sonó desde el baño. *El padre de*

Juliette. Estaba segura de que era su voz. Un infierno estalló en mí al imaginármelo en la ducha. Desnudo, mojado y grande.

Mi respiración se entrecortó y el corazón me retumbó en las costillas. Apostaría a que aquel hombre estaba magnífico con el agua cayéndole en cascada por su gran cuerpo, haciendo que su piel estuviera mojada y resbaladiza. Tenía tantas ganas de verlo.

«Solo un vistazo», susurraba mi mente. *«Solo un vistazo»*.

Se me apretaron mis adentros y sentí fuego en el estómago. Solo quería obtener una miradita de aquel hombre. Instintivamente, sabía que nadie podría comparársele. Esos músculos voluminosos y grandes. Ese torso. Demonios, ese trasero. Todo lo que vi en esos pocos minutos, me gustó.

Con la mente decidida, me acerqué cada vez más a la puerta del baño.

Otro suave gemido.

Un paso más y mis dedos se enredaron en la manija de la puerta del baño.

Y entonces se me ocurrió algo. ¿Y si...?

¿Y si el padre de Juliette estaba con otra mujer? Eso no era algo que quisiera ver. Una envidia irracional y venenosa se deslizaba por mis venas. No tenía sentido. Acababa de conocerlo ese día y, sin embargo, egoístamente lo quería como mío.

La puerta se abrió más. El señor Brennan apareció a la vista y mi respiración se entrecortó. Se veía mejor de lo que mi mente podría haber conjurado. Nunca había visto algo tan hermoso. Tan erótico.

«Se estaba masturbando».

Se me hacía agua la boca. Me gustaría ser el tipo de mujer que con seguridad se desnudaba y se le unía en la ducha, se arrodillaba dándole la mamada de sus sueños.

«Genial, también estaba delirando». Aun así, no me impidió imaginar el escenario salvajemente caliente.

El señor Brennan estaba a plena vista, completamente desnudo. Los músculos esculpidos de su espalda y su piel resbaladiza y brillante eran lo más *sexy* que había visto alguna vez. Un único tatuaje de un nudo celta cubría su espalda, pero aparte de eso, estaba libre de tinta.

Estaba solo. Gracias a Dios, porque si veía a una mujer con él, no estaría segura de poder soportarlo. Inclinó la cabeza hacia la pared de la ducha y deseé que se girara un poco para poder verle toda la parte delantera. Su cabello oscuro brillaba con el agua, impidiéndome ver su perfil.

Su bíceps se flexionaba con cada bombeo, sus movimientos convulsivos. De arriba a abajo. Abrí la boca, imaginándome de rodillas frente a él, con su longitud en la boca, metiéndolo y sacándolo. Apreté los muslos, con el corazón palpitante por la necesidad de sentir a este hombre dentro de mí.

Apoyado contra la pared, sus músculos se tensaron mientras bombeaba cada vez más fuerte y rápido. El torrente recorría su hermoso y enorme cuerpo, haciéndome agua la boca. Nunca me había sentido tan sedienta en toda mi vida.

Y demonios, ese *trasero*.

Era el más bonito que jamás había visto en un hombre. La humedad se acumuló entre mis muslos y mi respiración se volvió agitada. Casi errática. Los dioses griegos envidiarían a este hombre por su cuerpo fuerte y lleno de músculos. Su físico se flexionaba con cada movimiento mientras empuñaba su miembro.

Sus caderas se movían más rápido, su puño bombeaba con más fuerza. En mi mente ya podía imaginar lo bien que me sentiría si me penetrara. Sin piedad. Rápido. Rudo. Desgarrándome como una bestia.

Otro suave gemido vibró contra la baldosa. Echó la cabeza hacia atrás y pude ver cómo cerraba los ojos. Sus gemidos eran ásperos y roncos, seduciéndome sin siquiera intentarlo. Mis muslos se apretaron desesperadamente, imaginando cómo se sentiría dentro de mí.

Hipnotizada, no podía dejar de verlo. Debería irme, sin embargo, nada ni nadie habrían podido apartarme. El espectáculo era magnífico.

—Joder. —Sus bíceps se flexionaron mientras se corría con un gemido gutural, encendiéndome en llamas. Mientras tanto, mi corazón retumbaba bajo mis costillas.

Un sonido parecido a un gemido se deslizó por mis labios y al instante me di cuenta de mi error. No se giró, pero juraría que sus hombros se tensaron ligeramente.

Lentamente y sin hacer ruido, di un paso atrás. Y otro más.

Cuando por fin llegué al pasillo, me di la vuelta y salí corriendo. Por mucho que quisiera ver qué pasaba si me quedaba, sabía que no debía arriesgarme. Sentía como si tuviera un infierno dentro de mí y necesitaba *algo* para apagar las llamas.

Ese hombre. Era el único que podía extinguirlas.

Caminé de puntillas por el pasillo, apresurándome a volver a mi habitación. El camino de vuelta a mi dormitorio parecía definitivamente más largo. Mi corazón retumbaba tan fuerte que estaba segura de que todos en este piso podían oírlo.

Cuando volví a la habitación, cerré la puerta suavemente. Apoyada en la puerta cerrada, intenté recuperar el aliento, lo que me resultó imposible porque mi mente no dejaba de repetir lo que acababa de ver. No podía sacarme de la cabeza la visión de él tocándose. Fue tan caliente, su mano moviéndose arriba y abajo.

Ojalá fuera a mí a quien estuviera tocando. Deseaba poder recorrer con mis dedos aquel cuerpo fuerte y sentir su piel contra las yemas de mis dedos.

Se me endurecieron los pezones y tragué saliva mientras volvía a la cama, cuando recordé.

Olvidé la manta.

Capítulo Cinco

LIAM

lic.

C Mi cabeza se movió de golpe ante el suave sonido. Me quedé quieto y miré la pistola que había en la encimera del baño.

Cerré la ducha, me envolví rápidamente la cintura con la toalla, tomé mi pistola y me dirigí a mi dormitorio.

La mayoría de las veces me quedaba en mi *penthouse*. La única razón por la que estaba aquí esta noche era por la reunión con Basilio. No me gustaba que las chicas estuvieran aquí cuando DiLustro venía de visita. No confiaba en ninguno de los miembros de la familia DiLustro.

No podía permitir que la historia se repitiera.

La habitación estaba vacía y la puerta de mi dormitorio cerrada, pero sabía que había oído algo.

Me puse el pantalón de la pijama y me dirigí directamente a la sala de vigilancia. Introduje el código, desbloqueé la computadora y empecé a ver el vídeo de la planta superior.

Y fue entonces cuando una sombra que caminaba por el pasillo llamó mi atención. Era la amiga de Juliette, Davina. No necesitaba ver su rostro para saberlo. Tenía un cuerpo distinto al de cualquier otra mujer que hubiera conocido. Su cabello era como una sedosa cortina negra que te hacía desear envolver su melena alrededor de tu mano unas cuantas veces y sostenerla cerca de ti.

Vi cómo Davina entraba en mi dormitorio y luego cambié a la cámara de mi habitación. Parecía que la belleza de cabello negro era una mirona. Y por su aspecto, parecía que le gustaba lo que veía.

Sus palabras de antes lo dijeron todo, aunque supuse que estaba borracha, igual que Juliette e Ivy. Me preocupaba saber con quién salían Juliette y Wynter, y sabía que Davina Hayes era la amiga más responsable. A diferencia de Ivy Murphy, que podía ser salvaje, igual que Juliette.

Cerré la computadora y volví a mi recamara, con la esperanza de dormir al menos unas horas.

Cuando salí de la habitación, me encontré con Quinn. La alarma debió de sonar cuando entré en la sala de vigilancia, porque solo nosotros teníamos acceso a ella. Cuando Killian, Juliette y Wynter eran más jóvenes, tenía a un hombre vigilándola en todo momento. No es que las dos últimas pasaran mucho tiempo en New York. Pero desde que empezaron la universidad, era raro que alguien se quedara aquí, así que solo Quinn y yo la habíamos utilizado.

—¿Todo bien? —Quinn frunció las cejas por la preocupación.

—Sí. Tuve que revisar las cámaras de los pasillos de arriba.

—¿Eh?

—Me pareció oír algo. Era solo un ratón de medianoche arrastrándose por la casa.

Esta vez, sus cejas se alzaron.

—Ratón, ¿eh? —Asentí con la cabeza—. Tienes que dormir un poco, Liam.

Me reí entre dientes, imperturbable, y subí las escaleras de vuelta a mi dormitorio. Al pasar por delante de la habitación donde dormían las chicas, no pude evitar sentir satisfacción por el hecho de que la pequeña señorita Hayes disfrutara del espectáculo en la ducha. A cualquier otra mujer la alejaría de mí, sin embargo, había algo en ella que me atraía.

A la mañana siguiente, estaba tomando el café en mi despacho con la puerta abierta de par en par cuando pasó Wynter. Apenas eran las seis de la mañana.

—No irás a correr al amanecer, ¿verdad? —llamé—. ¿Sola?

Dio un paso atrás, sus ojos se encontraron con los míos y una amplia sonrisa apareció en su rostro. Dios, se parecía tanto a su madre y a su abuela con la cual compartía nombre. Algunos días era como ver un fantasma.

—Buenos días, tío —saludó con esa sonrisa capaz de iluminar una habitación completa—. De hecho, iré a correr sola. ¿A menos que quieras acompañarme?

—¿No preferirías acompañarme? —pregunté. Ya había pasado una hora en el gimnasio y estaba disfrutando de mi café antes de meterme en la ducha, mas dejar que Wynter corriera sola no era una opción—. Podríamos tomar un café y puedes contarme en qué líos sea han metido tú y las chicas.

Wynter entró en mi despacho y se sentó en el escritorio.

—¿Y luego irás a correr conmigo?

—Puede que sí.

—Entonces esto debería ser rápido. —Empezó, con una pequeña sonrisa traviesa en los labios—. Solo hemos estado estudiando. No hemos asistido a muchas fiestas últimamente. Ayer solo queríamos relajarnos un poco, por eso las bebidas fluyeron, pero hoy volveremos a estudiar. Eso resume nuestras vidas. Somos demasiado aburridas. —Se levantó, enderezando las piernas—. Ahora, vamos y quememos esos kilómetros —anunció.

—Estafadora. —Estaba seguro de que no me había contado ni la mitad—. Y apostaría mi vida a que sus vidas son todo menos aburridas.

Se encogió de hombros.

—Estás asumiendo que estamos haciendo cosas —objetó—. No las estamos haciendo.

—¿Qué fue todo eso de un *sugar daddy* ayer? —cuestioné con curiosidad.

Mi sobrina echó la cabeza hacia atrás y sus rizos saltaron salvajemente mientras reía. Su risa musical sonó por todo el primer piso, y esperaba que despertara al resto de las chicas. Me daría tiempo para ponerme al día con Juliette, y había una parte de mí que esperaba volver a ver a Davina.

Una parte sádica de mí quería llamarle la atención sobre lo que había presenciado la noche anterior y ver cómo se le sonrojaba la cara. Por supuesto, no adelante de las otras chicas. Eso sería solo para sus oídos.

—Eso fue solo una broma para la que apareciste en el momento adecuado —explicó Wynter, riendo entre dientes—. O en el momento equivocado, según la perspectiva en que la mires.

Sacudí la cabeza.

—Será mejor que no me entere que alguna de ustedes está haciendo algo con hombres, *sugar daddies* u otra cosa. —Excepto Davina. Si quisiera un *sugar daddy*, me apuntaría.

Wynter puso los ojos en blanco.

—De acuerdo entonces —murmuró—. Seremos monjas. —Durante unos segundos, noté la agitación que se reflejaba tras aquellos grandes ojos verde claro.

—Di lo que piensas, Wynter.

Se mordió el labio inferior.

—Sé que tienes secretos relacionados con tu negocio. —Ladeé una ceja ante su inesperada afirmación—. Pero nos contarías cosas personales de la familia, ¿verdad?

Le sostuve la mirada.

—¿Cómo qué?

Se encogió de hombros.

—Como cosas sobre mi padre. O cosas sobre la madre de Juliette. Mamá y tú nunca hablan de ello.

—Son recuerdos difíciles de contar.

Sabía que surgiría la curiosidad. Lo esperaba hace años, cuando era niña. Pero no en ese instante.

—Es raro, ¿sabes? —continuó—. Veo este nombre en mi acta de

nacimiento y no sé absolutamente nada de esa persona. —Mantuve el rostro estoico—. Lo mismo con Juliette.

—Es natural —intenté tranquilizarla—, cuando cada una de ustedes nunca conoció a uno de sus padres.

Me observó pensativa durante unos instantes y luego se levantó.

—¿Ya estás listo? ¿O te preocupa no poder seguirme el ritmo?

No se me escapó el brusco cambio de tema, aunque le seguí la corriente. La alternativa no era una opción. Todavía no.

—Oh, ahora lo has hecho —me burlé—. Voy a ganarte hasta *Central Park* y de regreso.

—Apuestas. —Sonrió—. ¿Cien dólares?

La chica podía gastarse mucho dinero, sin embargo, al menos sabía que todo iba a parar a su equipo de patinaje sobre hielo.

—¿Qué tal quinientos dólares? —desafié.

Estrechamos las manos y salimos por la puerta.

Capítulo Seis

DAVINA

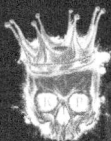

Me desperté a la mañana siguiente, y el primer recuerdo que me llegó fue la imagen del señor Brennan masturbándose en la ducha.

¡Dios mío! Ese fue un espectáculo para la vista.

Por un lado, me mortificaba haberme quedado ahí mirándolo como una acosadora. Y, por otro lado, deseaba haber visto más. No podía deshacerme del deseo que me quemaba en la boca del estómago.

Mi teléfono empezó a sonar y gemí al ver que era mi exnovio. Decidí no contestar y lo mandé al buzón de voz.

—Dios, ¿quién te está llamando tan temprano? —gimió Juliette, enterrando la cara en la almohada.

—Nadie. —Mirando el reloj de la mesa de noche, continué—: Son casi las diez, definitivamente no es temprano. Levantémonos, comamos y pongámonos en marcha. Tengo el turno de la tarde en la cafetería.

Además, no podía arriesgarme a encontrarme con el señor Brennan. La vergüenza que había pasado me duraría todo el año, y este apenas acababa de empezar.

—Deberías haberte tomado el domingo libre —murmuró Ivy.

Eché un vistazo al lugar donde Wynter durmió anoche y la encontré sentada, con la cara en su libro. Probablemente ya había corrido quince kilómetros, desayunado y regresado a estudiar.

—Buenos días, bellas durmientes —anunció Wynter—. Pensé que dormirían todo el día.

—Deberías habernos despertado —declaré.

—Estuve a punto —admitió, sonriendo—. Las esperé para que pudiéramos comer juntas. Así que dense prisa, me muero de hambre.

Diez minutos después, todas bajamos a la cocina para un *brunch*. Juliette e Ivy tenían mal aspecto. Probablemente yo también, pero más por la falta de sueño que por el alcohol que había bebido la noche anterior.

La imagen del señor Brennan en la ducha se repitió en mi mente una y otra vez. Durante toda la noche. Lo que había visto y lo que no. Había pasado media noche en vela fantaseando sobre cómo sería su miembro y lo que podía hacer con él.

«Todas las cosas correctas», mi mente susurraba. Iba a irme al infierno. No había ninguna duda.

Cuando entramos en la cocina, el olor a comida me llenó los pulmones al instante y me rugió el estómago.

Menos mal que el padre de Juliette tenía un cocinero, o esta mañana no habríamos tenido suerte. Ivy y Juliette se saltaron la fruta fresca y se lanzaron por el tocino crujiente y las salchichas llenas de grasa, hace mucho tiempo que aprendieron que la grasa era la mejor cura para la resaca.

Wynter, por su parte, se estaba cargando de carbohidratos para tener algo que quemar mientras practicaba más tarde. Agarré una banana y un *bagel* con queso crema. No tenía exactamente resaca, pero no quería arriesgarme a la ira de los dioses poniendo algo en mi estómago nervioso que podría no querer quedarse allí.

Estaba bastante segura de que el señor Brennan había abandonado la casa. No creía poderlo enfrentar después de lo que había presenciado.

Nos sentamos alrededor de la gran mesa del comedor y empezamos a comer. Apenas había probado el primer bocado cuando sentí una presencia detrás de mí.

—Buenos días, señoritas —saludó una voz definitivamente masculina y muy familiar desde la entrada del comedor, y me puse rígida al instante. *Que se joda mi vida.*

Ya era bastante malo que mi bocota me hizo hacer el ridículo la noche anterior. ¿No podía tener un respiro hoy? Al menos no me había visto. Había consuelo en eso. Nunca se lo contaría a nadie.

—Buenos días —murmuramos Juliette, Ivy y yo, evitando mirarlo. Probablemente por diferentes razones.

—Buenos días otra vez, tío Liam —comentó Wynter, agarrando otra banana.

—Buenos días, Davina. —La voz del señor Brennan era relajada, y yo era dolorosamente consciente de su presencia en la habitación.

Vi hacia él, pero mantuve los ojos a su izquierda. No podía encontrarme con su mirada.

—Buenos días. —Apenas pude pronunciar las palabras, con la garganta repentinamente seca.

El corazón me martilleaba contra las costillas y el calor me coloreaba las mejillas, recordando el brillo de su piel bajo las gotas de la ducha, los gruñidos que emitía cuando su mano empuñada se deslizaba arriba y abajo por su longitud. Una verga que, por desgracia, no vi.

Un dolor punzante me palpitaba entre los muslos y apreté las piernas, necesitaba acabar con esta sensación antes de que fuera demasiado incómoda.

«No te vio, Davina», me consolé mientras me concentraba en evitar mirar en dirección al señor Brennan.

Se sentó a mi derecha, y gemí en silencio. Y yo que quería salir corriendo de aquí antes de encontrarme con él otra vez.

—¿Cómo durmieron? —preguntó, y la tensión se disparó por mi columna vertebral. Mi paranoia estaba en pleno efecto.

«No me vio. No me vio». Los cánticos de mi cerebro no me hicieron sentir mejor. Mis ojos estaban puestos en mi plato, pero todo mi cuerpo era hiperconsciente de él a mi lado. Juraba que sus ojos me estaban quemando un agujero en la mejilla derecha.

Esperaba que alguien respondiera a la pregunta y me ahorrara cualquier oportunidad de conversación con él.

—Bien —refunfuñó Juliette, poniendo los ojos en blanco—. Hubiera sido aún mejor si el teléfono de Davina no nos despertara.

Un latido de silencio.

—¿Y cómo *dormiste*, Davina?

¡Dios mío, que alguien me mate ya! Mi cuerpo estaba en llamas. El deseo era tan intenso que me temblaba la mano al agarrar el jugo de naranja.

No me atrevía a mirarlo, pero cada fibra de mi ser estaba alerta, consciente de él. Por el rabillo del ojo, pude verlo observándome.

—Bien, gracias —musité, negándome a verlo. Tomé un sorbo de jugo de naranja y volví a dejar el vaso sobre la mesa, cayendo un poco más fuerte de lo que pretendía.

Los ojos de Juliette e Ivy se dirigieron a mí por un momento, no obstante, luego volvieron a ver sus teléfonos. Incluso Wynter me miró antes de volver a su libro.

—Que bueno —continuó el señor Brennan, con su voz grave que me producía escalofríos—. Queremos que te sientas cómoda aquí. En *cualquier* habitación.

Tragué con fuerza y mis ojos se abrieron de par en par. ¿Él...?

«*No, no, no. Que no cunda el pánico*».

Salí a hurtadillas de su recámara y volví directamente a la mía. No me vio espiándolo. *¿Verdad?*

—Gracias —comenté con voz ronca, esperando que mi sonrisa no pareciera una mueca de dolor. Seguía negándome a mirarlo a los ojos. Temía caer en un profundo abismo y nunca volver a salir a tomar aire.

—Estás estudiando negocios, ¿cierto?

Me hubiera gustado que me ignorara, mas siguió hablando, reconociendo mi presencia. Fue mejor anoche cuando ni siquiera se molestó en mirarme.

—Davina es la mejor de su clase —intervino Juliette, dando más detalles en mi nombre—. Es muy buena y algún día quiere poner su propio negocio.

Gemí en silencio, deseando que el foco de atención se desviara hacia otra persona.

—¿Qué tipo de negocio? —cuestionó el señor Brennan, con curiosidad en su profunda voz.

—Desde luego, no será para nada parecido a su negocio. —Ivy soltó una risita y luego, como si se hubiera dado cuenta de que lo había dicho en voz alta, se llevó la mano a la boca—. *Umm,* no quise decir eso. Salió de la nada. El alcohol debe estar todavía en mis venas. Necesito desintoxicarme.

—Deberías hacer eso, Ivy —la regañó el señor Brennan—. Y no te pases con el alcohol la próxima vez. Todas ustedes.

Las mejillas de Ivy se pusieron tan rojas que hacían juego con el color de su cabello. Tenía que ser una persona horrible, porque me alegré de que la atención del señor Brennan estuviera en ella y no en mí.

Aunque duró poco.

Capítulo Siete

LIAM

Davina se retorció en su asiento, evitando mis ojos como si su vida dependiera de ello.

Debería sentirme mal por atormentarla así, sin embargo, no lo hice. Me divertía ver las emociones reflejadas en su expresivo rostro. Podía estar haciendo todo lo posible por no mirar en mi dirección, pero sabía que era consciente de cada uno de mis movimientos. Cada vez que me movía, juraba que ella también lo hacía. Como si hubiera un campo magnético entre nosotros.

En todos mis años en esta tierra, nunca lo había experimentado. Lo había visto, sí. Con mi propio padre y la mujer por la que había empezado una guerra. Era irónico, realmente, porque en este preciso momento, podía entenderlo. Habría hecho cualquier cosa para proteger a mi familia, Juliette y Killian.

Nunca una mujer. Hasta este momento. Porque sabía que lo haría por Davina. Fue aquí y ahora que decidí que sería mía.

Vi cómo la belleza de cabello negro agarraba su vaso con los dedos ligeramente temblorosos. ¿La había asustado el comentario de Ivy?

No todo el mundo podía soportar este tipo de vida. Por eso había protegido a Juliette y a Wynter a toda costa. Incluso cuando Juliette había hecho preguntas a lo largo de los años, la mantuve al margen. Le prometí a Aiden que la mantendría a salvo, la misma promesa que le había hecho a mi hermana.

De la misma manera que protegería a Davina. La resolución ya se había formado en mi mente.

Durante una fracción de segundo, los ojos de Davina se desviaron hacia mí, y vi un atisbo de deseo acechando en ellos. Algo en mi pecho tembló de satisfacción. Se pasó la lengua rosada por su labio inferior y tuve que ignorar el calor que me recorría hasta la entrepierna. El gesto era inocente, pero demasiado excitante.

Maravilloso. Sería mejor que me controlara. De lo contrario, me encontraría envuelto alrededor de su dedo meñique.

—¿Tienes planes para después de graduarte, Davina? —Volví a centrar mi atención en la mujer que me fascinaba.

—La única que tiene planes es Wynter —intervino Juliette, con voz tensa—. No me dejas ayudar con tus negocios, y la familia de Ivy no deja que los ayude con los suyos. Davina está intentando planear de cómo cuidar de su abuelo y ser una adulta responsable.

Juliette se había comportado de forma extraña últimamente. Al principio, lo achaqué a los cambios que ella sabía que se avecinaban cuando se graduara, no obstante, empezaba a pensar que era algo más que eso. Si bien era cierto que Juliette se había ofrecido a ayudar con el negocio, los riesgos que conllevaba eran mayores que los beneficios, así que fue un no rotundo.

—Me alegro mucho de que hayas podido responder por Davina —opiné secamente a mi hija.

—Esperen y verán —añadió Ivy—. Les ganaremos a todos... ustedes... —Intentó inventar un nombre creativo, aunque al parecer fracasó, porque se apartó un mechón de su cabello rojo de la cara con frustración y continuó con un—: Criminales. Y tendremos un negocio aún mejor.

—Sí, con la tienda de equipo de patinaje artístico —replicó Davina, sus ojos se encontraron con los míos—. Dominaremos el mundo con eso. O quizá solo los Estados Unidos.

Y entonces, como si se hubiera dado cuenta de que se había metido sin querer en nuestra conversación, se sonrojó y desvió la atención.

La diversión me invadió. Realmente me gustaba la chica. Sensible con una pizca de fuego en ella.

—Bueno, podríamos ser una tienda de equipo de patinaje artístico de renombre mundial —declaró Wynter.

—Es posible —manifestó Davina—. Especialmente con una doble medallista de oro olímpica como parte de ella.

—Eso espero —pronunció Wynter—. No me eches la sal. Todavía me queda camino por recorrer.

—Lo conseguirás —animé a mi sobrina. Era decidida cuando quería algo. También lo era Juliette, salvo que a esta última le gustaba rebelarse cuando se topaba con un bache en el camino. Y cuando estaba estresada, tendía a cerrarse por completo.

Cuando Juliette era más joven, Killian y Wynter eran siempre los únicos que podían llegar a ella durante esos episodios.

—Y tú también, Juliette —afirmé a mi hija adoptiva. Juliette tenía un corazón de oro, pero un carácter propio de una pelirroja. Era la irlandesa que había en ella—. Te lo prometo. Te ayudaré a conseguir tus sueños, mas tiene que ser algo seguro.

Juliette tenía el cabello oscuro y los ojos azules, así que fue fácil venderle al mundo que era mi hija biológica. Los escondí tanto a ella como a Killian del bajo mundo para mantenerlos a salvo. No dejaría que todo se fuera por la borda. A diferencia de sus padres, Killian y Juliette vivirían hasta la vejez y verían crecer a sus hijos. Y, si Dios quería, a sus nietos.

Fue mi promesa a Aiden, mi mejor amigo.

Observé a Juliette y, para mi sorpresa, en sus ojos brillaban lágrimas sin derramar y la alarma inmediatamente se disparó en mí.

—Juliette, ¿qué pasa? —inquirí. El silencio y la tensión en la habitación eran palpables, sin embargo, toda mi atención se centraba en mi hija.

Esperé una respuesta, pero entonces sus labios se curvaron en una sonrisa traviesa.

—Te atrapé —anunció, y por un momento solo pude quedarme mirándola. La expresión que puso me recordó mucho a la de mi difunto mejor amigo. Siempre me jugaba bromas. Su mujer era la seria en su matrimonio. Killian podía parecerse a su padre, pero tenía el temperamento de su madre.

Habían pasado veintiún años. Todos esos años, y sus vidas aún no habían sido vengadas. Killian y yo estábamos trabajando en ello, pero no iba lo suficientemente rápido. Para ninguno de los dos.

A decir verdad, deseaba que Killian no recordara aquel día para haberle ahorrado el conocimiento y el dolor. Hubiera preferido cazar a los culpables por mi cuenta para que él estuviera a salvo. No obstante, Killian recordaba demasiado bien y, con los años, había ido alimentando su sed de venganza.

Muy a mi pesar.

Incluso después de todos estos años, la rabia por la muerte de mi mejor amigo me atravesaba, junto con la culpa. Nunca debí haber metido a Aiden en la mierda con los rusos. Era el único en quien confiaba, y le costó todo, incluida su propia vida. Y todo fue culpa mía.

Juliette e Ivy se levantaron y el ruido de las sillas contra el suelo me sacó de mis pensamientos.

—Voy a darme una ducha rápida —informó Juliette, y luego le puso los ojos en blanco a Davina—. Parece que mi amiga ha tomado el turno del domingo por la tarde en la cafetería.

Davina se encogió de hombros.

—Vivirás. Hazlo rápido.

—Iré a empacar nuestras cosas —añadió Ivy—. Sé lo imbécil que puede llegar a ser el señor Foger si llegas tarde. Duré una semana con él. Cómo has sobrevivido cuatro años, no tengo ni maldita idea.

—Es todo ladrido y nada de mordida. —Davina se levantó como si fuera a marcharse también, pero su desayuno aún estaba sin terminar.

—Termina de desayunar, Davina —alenté. Tenía unas curvas increíbles y, egoístamente, quería que las conservara. ¿Me estaba adelantando? Sí, probablemente. Mas la vida era corta, y teníamos que tener algo a lo que aspirar.

—Sí, quédate y termina —animó Juliette a su amiga—. Wynter tampoco ha terminado.

A Juliette le faltaba capacidad de observación, porque mi sobrina llevaba cinco minutos que había terminado.

—Termina tu desayuno —indicó Wynter, sin levantar la mirada—. Mi entrenador siempre dice que el desayuno es la comida más importante del día. —Luego resopló y continuó—: Aunque, hasta el día de hoy, no estoy segura de si era el entrenador quien hablaba o mi madre.

—Ambos —dije.

Davina se sentó de mala gana. Wynter tardó otro minuto en levantarse y marcharse también.

Por fin estábamos solos.

Davina dio otro bocado. La observé con interés, a pesar de que hacía todo lo posible por no mirarme.

Me recosté en la silla y me concentré en ella. Tomó un cuchillo de mantequilla y se dispuso a untar el *bagel* con queso crema, aunque sus movimientos parecían exasperados. Quería estar en cualquier sitio menos aquí.

—¿Qué te pareció anoche? —pregunté, y soltó el cuchillo con un sonoro ruido seco. Sus ojos grises se dirigieron a los míos, con la boca ligeramente entreabierta. Pude ver el rubor en su pecho que su camiseta de tirantes no ocultaba.

—¿Disfrutaste el espectáculo? —Esta vez me invadió una especie de sardónica diversión, y probablemente era un desgraciado por no dejarlo pasar.

Respiró hondo y exhaló.

—S... sí —balbuceó, y luego añadió rápidamente—: Quiero decir, no. —Tragó saliva fuertemente—. Fue un accidente.

Alcé las cejas.

—Fue un accidente que te encontraras en mi habitación. —Asintió con tanta fuerza que temí que se provocaría un latigazo cervical—. Y fue un accidente que te asomaras por la puerta del baño. —Volvió a asentir y sus ojos se empañaron con lujuria. ¡Bien!—. Y estoy seguro de que fue un accidente que te quedaras allí y me vieras masturbarme.

Un suave jadeo llenó la habitación y sus ojos grises se volvieron un tono más oscuro. Realmente tenía unos ojos de un color increíble. Eran del color de las nubes justo antes de una tormenta. Algo en ellos enfriaba el calor que me quemaba por dentro.

De repente, se levantó, golpeando la silla tras de sí con un fuerte golpe.

—Tengo que irme. —Exhaló, con las mejillas sonrojadas.

Se preparó para salir corriendo, pero la agarré por la muñeca. Sus ojos se desviaron hacia donde mi gran mano rodeaba su pequeña muñeca, y un visible escalofrío recorrió su cuerpo. Y cuando sus ojos volvieron a los míos, eran de plata fundida y estaban llenos de deseo.

Davina me recordaba a una hechicera enviada para seducir a un simple mortal, una de las historias que solía contarme mi efímera madrastra. Una noche y estaba bajo su influencia. ¿Qué demonios pasaría si estuviera cerca de ella durante meses?

—Primero, arreglamos esto —declaré, con la yema del pulgar rozando su suave piel. Otro estremecimiento y su respiración se volvió superficial—. Después de verme anoche, ¿te tocaste?

Se lamió los labios y sacudió la cabeza.

—Las chicas estaban en el dormitorio —explicó, y luego pareció mortificada por haber dejado escapar esas palabras entre sus labios—. Quiero decir... por supuesto que no.

«Demasiado tarde», pensé con suficiencia. Dios, era realmente preciosa.

Tiró suavemente de su muñeca, pero me negué a soltarla.

—Alguien podría entrar y ver —susurró, con los ojos desviándose por todos lados. Me importaba una mierda quién me viera agarrándola de la mano—. No quiero que alguien se lleve una impresión equivocada.

—Es mi casa —declaré, con una pizca de posesividad en la voz—. Y me importa un carajo la opinión de los demás.

—Tengo que irme. —Volvió a intentar débilmente.

—Primero, llegaremos a un acuerdo —dije—. Me debes un favor por el espectáculo gratuito de anoche.

Sus ojos se abrieron de par en par y sacudió la cabeza como un ciervo sorprendido por los faros.

—Por todos los infiernos, no. Te dije que fue un accidente. —Se lo aplaudiría, era valiente.

Hice un ruido de desaprobación.

—Tal vez fue un accidente que entraras en mi habitación, pero no fue un accidente que te quedaras a mirar.

Cerró los ojos un momento y luego los abrió. Parecía más tranquila, más fuerte, con una resolución latente bajo su expresión.

—¿Qué quieres entonces? —inquirió.

¿De verdad tenía que preguntar?

—A ti.

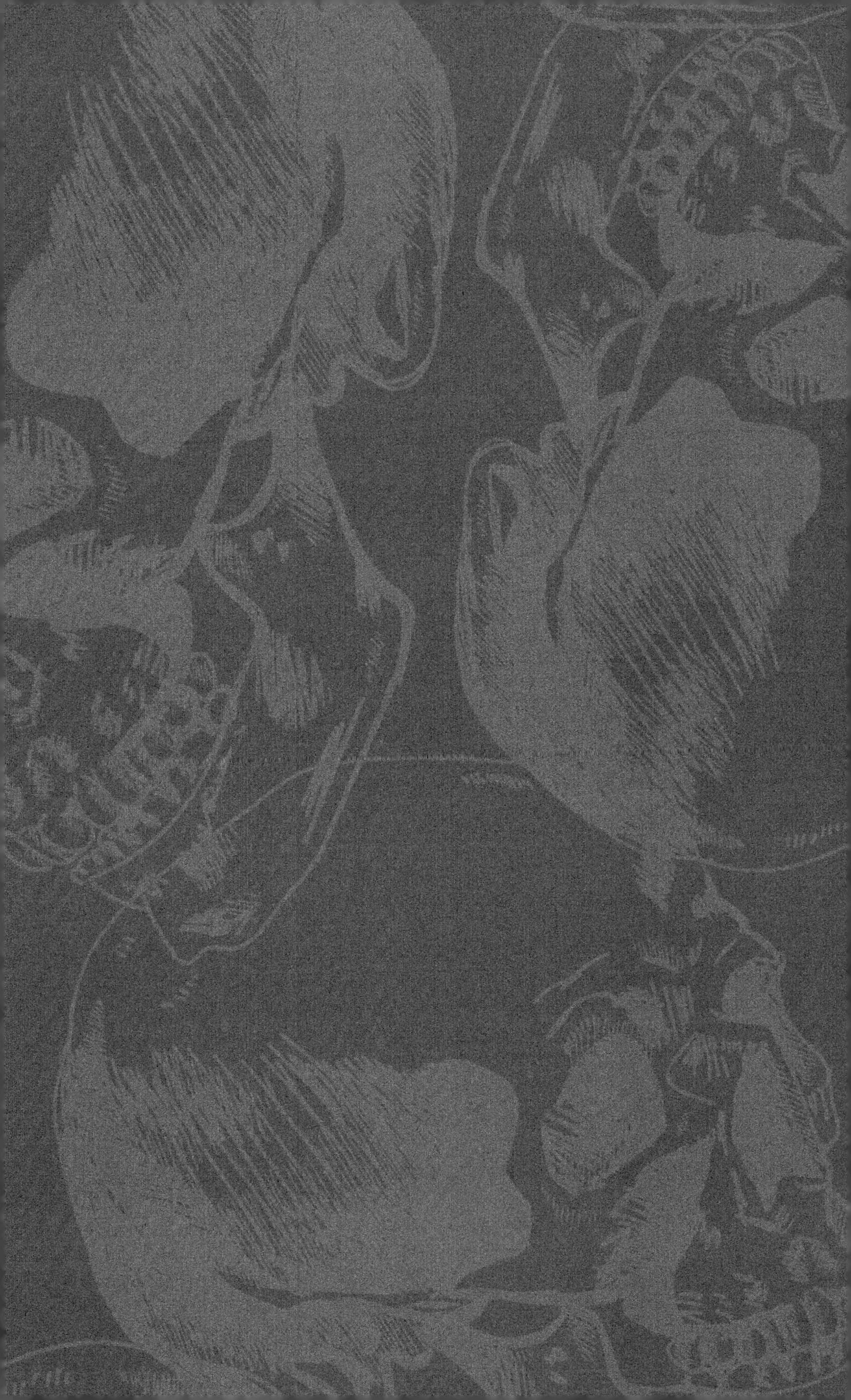

Capítulo Ocho

DAVINA

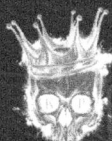

Tres meses después

Después de aquella noche tres meses atrás, estuve en vilo durante semanas, esperando a que Liam Brennan cobrara la deuda que le debía. Pero pasaron unas semanas, y luego un mes, y luego otro, y nada. Finalmente decidí que solo quería darme una lección y que nunca había tenido la intención de cumplirla. Para mi decepción.

Así que decidí continuar con mi vida, haciendo todo lo posible por olvidar al mafioso irlandés. Había vuelto con Garrett, mi novio con el que había terminado y vuelto varias veces. Al menos me había estado persiguiendo activamente. A diferencia de cierto mafioso irlandés que probablemente se olvidó de mi existencia en cuanto salí de aquella cocina.

Era casi medianoche del domingo cuando me detuve en la entrada de la casa de Garrett. Supongo que oficialmente también sería mi casa. Muy pronto. La mayoría de mis cosas fueron mudadas a su domicilio hace dos semanas.

Después de una pausa, decidimos retomar nuestra relación hace unas seis semanas. Con la graduación a la vuelta de la esquina, quería que me fuera a vivir con él, aunque me había llevado mis cosas, seguía quedándome en la residencia universitaria la mayoría de las noches. Era más conveniente, y las chicas eran mucho más divertidas que estar en casa de Garrett.

Después de todo, maquinar la dominación del mundo era más importante que un novio. ¿Verdad? Y también estudiábamos, así que tenía una excusa perfecta. Si fuera inteligente, me habría quedado en el dormitorio esta noche y ya estaría profundamente dormida.

Pero sabía que evitar a Garrett no era un buen comienzo para nuestra convivencia, y no he tenido sexo en semanas. Seis semanas, para ser exactas. Después de que volvimos a estar juntos, la vida siguió interponiéndose. Y también las fantasías sobre el señor Brennan. La forma en que se masturbaba en la ducha.

Ahora que habíamos decidido tomar en serio nuestra relación, el señor Brennan seguiría siendo una fantasía para siempre. Engañar a mi pareja era un rotundo no para mí.

No obstante, esta noche iba a romper mi sequía sexual de seis semanas, y más valía que Garrett cumpliera. No más fantasías sobre el padre de Juliette.

Giré la llave en el contacto y el motor de mi pequeño Honda Civic se quedó en silencio.

Frotándome los ojos ardientes por las horas de estudio, abrí la puerta del coche y salí al aire fresco de la noche. Aún me quedaban unos días para terminar los últimos exámenes finales.

«Y luego este será mi hogar», pensé en silencio.

Aún luchaba con esa idea. Wynter volvería a California; Juliette la seguiría. Ivy intentaba decidir qué haría. No quería volver a Irlanda y que la casaran. Las chicas intentaron convencerme de que me mudara a California, pero el costo de vida allí era ridículamente caro.

Incluso contemplamos la posibilidad de compartir un apartamento, sin embargo, no tenía suficiente para cubrir mi parte de los primeros meses de alquiler, y no lo haría hasta que encontrara trabajo allí. No quería estar tan en bancarrota que pasaría mucho tiempo sin ver a mi abuelo. Las chicas insistían en que me cubrirían, pero eso me hacía sentir inadecuada.

Así que aquí estaba. Nada como comprometerte con alguien a cambio de alojamiento. Me gustaba Garrett, solo que no sabía si lo amaba.

Estiré los brazos y las piernas después de haber estado encerrada en el Honda. Mirando a mi alrededor, me di cuenta de que el coche de Garrett no estaba, aunque eso no era extraño dado su horario de trabajo. Aunque había dicho que hoy saldría del trabajo antes de lo normal.

Mis ojos se fijaron en el elegante Tesla rojo estacionado en la acera frente a la casa. Levanté una ceja en señal de confusión. Tal vez pertenecía a uno de nuestros vecinos. Desde luego, no pertenecía en la entrada de Garrett. Me encogí de hombros, me dirigí a la puerta principal, introduje la llave en la cerradura y la giré.

Garrett dijo que como tenía la llave de su casa, ahora también era mi casa. Para ser sincera, me costaba aceptar ese concepto. La casa de mi abuelo era mi verdadero hogar, y mi dormitorio en la universidad me parecía más mi hogar que la casa de Garrett. Sospechaba que tenía algo que ver con mi relación con las personas con las que compartía el espacio, pero seguía ignorando los pensamientos irritantes que me rondaban por la cabeza.

Siempre les daba demasiadas vueltas a las cosas. La vida no era un cuento de hadas. Si lo fuera, mis padres habrían hecho planes para mí y estarían encantados de tenerme. En lugar de eso, se deshicieron de la responsabilidad. Por suerte, tuve a mi abuelo, que me cuidó y fue el padre más cariñoso.

Atravesé la puerta. Todas las luces del primer piso estaban apagadas, la luna brillaba a través de la pared de grandes ventanales que delineaban mi camino. Me pareció extraño que Garrett apagara todas las luces porque habitualmente dejaba al menos una encendida.

Atravesé el vestíbulo, luego subí las escaleras y, a cada paso que daba, aumentaba el miedo en la boca de mi estómago.

«Algo está mal».

Cada fibra de mi ser gritaba la advertencia. Mi cerebro tenía alarmas encendidas, banderas rojas y sirenas sonando. *«Date la vuelta. Date la vuelta»*.

Sin embargo, continué. Cada paso que daba hacia nuestro dormitorio, la débil voz se hacía más clara.

—Joder, sí. —El sonido fue amortiguado.

Empujé el picaporte de la puerta del dormitorio de Garrett y mis ojos se clavaron en la cama vacía. La habitación estaba a oscuras, la única luz que entraba era la de la puerta del baño, ligeramente agrietada. Por fin escuché el sonido de la ducha.

«A lo mejor Garrett se está masturbando», pensé, divertida. En retrospectiva, no estaba segura de si era mi fe en él lo que me hacía ser tan estúpida o la esperanza de haber elegido a un hombre mejor que mi madre, que había quedado embarazada de un hombre casado.

Oí un suave gemido y mi corazón dio un doloroso golpe. Ese gemido no había venido de Garrett. Era un gemido femenino de alguien a quien realmente le gustaba lo que le estaba pasando.

«No entres ahí», susurró mi mente. La ignoré. Nunca prefería la ignorancia sobre la verdad.

Un paso. Otro paso. La puerta estaba entreabierta, la empujé suavemente y entré en el gran cuarto de baño con baldosas de mármol.

La traición me retorció el corazón mientras me quedaba helada, contemplando la escena que tenía adelante. Garrett estaba efectivamente en la ducha, aunque no solo. La cabeza de una mujer se balanceaba arriba y abajo mientras él gruñía y gemía a través de ello.

La rabia se disparó por mis venas, drenando todas mis emociones. Salí del baño a trompicones. Me fijé en el jarrón de cristal lleno de flores que me había comprado.

Flores para nuestro amor, había dicho.

Con un rápido movimiento, levanté el jarrón y lo lancé al otro lado de la habitación, viéndolo volar por los aires y estrellarse contra la gran ventana francesa. El fuerte zumbido en mis oídos amortiguó el ruido del cristal al romperse. Las cosas se difuminaron, mas no pude evitar continuar. Le siguió un cuadro. Otro jarrón. Una mesita auxiliar que había traído de mi dormitorio. Era el único mueble que Garrett me permitió traer, y aun así insistía en que lo escondiera en un rincón de la habitación para que nadie lo viera. ¡Qué imbécil egocéntrico!

La levanté, la mesa barata apenas pesaba unos kilos, y la arrojé por la ventana, siguiendo todos los demás objetos.

—Toma, que los malditos vecinos vean la mesa barata —bramé.

Detrás de mí, podía oír a Garrett y a la mujer moviéndose rápidamente, pero no me importó. No esperé. No podía quedarme en este lugar ni un maldito minuto más, o perdería la cabeza y le prendería fuego.

A veces, era la ironía del universo la que nos alcanzaba.

👑

—Ese pedazo de mierda —siseó Juliette, todavía enfadada por lo que hizo ese hijo de puta. Apenas pude terminar mi examen sin llorar a mares. Juliette, Wynter e Ivy terminaron antes que yo y esperaron, luego nos dirigimos a nuestro dormitorio.

En ese instante estábamos sentadas en el suelo de la habitación a medio empaquetar, con las cajas rodeándonos. Era viernes y acabábamos de terminar una semana entera de exámenes. Algunos estudiantes de último curso ya habían vaciado sus habitaciones y estaban a punto de empezar sus vidas. La mía se desmoronó incluso antes de empezar.

Vaya manera de empezar mal.

—Quiero ir a asesinarlo —añadió Juliette con una voz decididamente aterradora—. Tomar una pistola y dispararle.

Tenía que ser su educación mafiosa irlandesa la que hablaba. Tuve que convencerla de que no sacara el *whiskey*. No necesitaba emborracharme con los exámenes esta semana, aunque estaba muy tentada. Tampoco necesitaba lidiar con una Juliette borracha además de todo lo demás. Juliette siempre guardaba varias botellas de *whiskey* para las emergencias, y esta era una según ella.

Tenía que recoger mis cosas de casa de Garrett. Ya había trasladado la mayor parte de mi ropa y otras posesiones a su casa, y las necesitaba de vuelta. Las únicas cosas que aún tenía en mi dormitorio eran libros, pequeñas baratijas y un cambio de ropa.

La crema del pastel de mierda de anoche fue mi maldito coche.

Murió a medio camino entre la casa de Garrett y Yale. En medio de la noche. Por suerte, Wynter tenía el sueño ligero y contestó su teléfono. Las chicas vinieron a buscarme, y ahora estaba de vuelta en el punto de partida. Y encima de todo, también fui descuidada.

Al menos así se sentía.

Eché un vistazo a la habitación que había sido nuestro hogar durante los últimos cuatro años. Como siempre estábamos juntas, las cuatro habíamos convertido dos pequeños dormitorios en uno más grande en nuestro primer año de universidad. Este lugar se sentía como nuestro hogar por la amistad que compartíamos.

—No me gusta mucho la violencia —pronunció Wynter—, pero tengo que estar de acuerdo en esto. Creo que ese pedazo de mierda merece ser torturado y luego asesinado.

—Ni siquiera nos habíamos ido a vivir juntos oficialmente y ya me había engañado —murmuré. Me sentía muy humillada.

Mi teléfono sonó y me estremecí. No tuve que mirar para saber quién era. Garrett había estado llamando a mi teléfono desde que salí de su casa. *Su* casa. Nunca fue mía. Nunca fue nuestra.

—Tenemos que ir a buscar tus cosas —razonó Ivy—. Al menos tus documentos legales y esas cosas.

Tenía razón. Por supuesto que la tenía, pero me preocupaba ir allí. La rabia que hervía en mis venas no se parecía a ninguna otra que hubiera experimentado antes. Tenía zumbando a mis oídos y mi temperamento encendido. Al parecer, destruí bienes por valor de diez mil dólares en mi huida, si nos fiábamos de los mensajes de Garrett. Debía de ser un jarrón Ming lo que tiré por la ventana. Me reiría si no estuviera a punto de llorar otra vez.

—Estúpida —reviré por lo bajo—. Soy tan estúpida.

No debería haber perdido tanto los estribos. Siempre lo había controlado. Quizá fue una combinación de frustración sexual, traición y furia.

—No, no eres estúpida. —Wynter me tomó la mano y la estrechó suavemente—. Ni se te ocurra decirlo. Es un desgraciado infiel y sucio. Él es el estúpido.

Las lágrimas se me agolparon en los ojos y amenazaron con empezar a rodar de nuevo.

—Me convenció la idea de vivir en una casa bonita, la posibilidad de que mi sueldo se destinara a ayudar con los gastos de la residencia de ancianos del abuelo en New York, en vez de en Texas. Cuando encontrara un trabajo corporativo aquí, había planeado traerlo. Y ahora...

Lo peor era que ni siquiera estaba enamorada de Garrett. Habíamos salido de forma intermitente durante más de un año y, con la universidad a punto de terminar, tenía sentido hablar de los siguientes pasos. Volver a Texas era una opción, pero tendría que trabajar de camarera en un restaurante o en un bar. En Port Aransas, las opciones eran limitadas. La pequeña ciudad de ensueño en la costa del Golfo era un paraíso para pescadores y gente que le gustaba la playa, así como para jubilados. Era un lugar estupendo para crecer, pero no tanto para aplicar mi título de Yale.

Sin embargo, con un trabajo en New York, por otro lado, podría permitirme traer al abuelo aquí y cuidar de él. Solos él y yo, como en los viejos tiempos. Aunque echaría de menos a las chicas. Él también. Había empezado a preocuparse por ellas casi tanto como por mí.

—Tan estúpida. —Me presioné las sienes con los dedos. Debí haber escuchado a mi instinto que me advertía que mudarme con Garrett era un error. Lo evalué como una transacción comercial, recordando que estudié negocios porque a veces era lo único que tenía sentido.

Una idea se disparó en mi cerebro.

—¿Qué hora es?

Tres pares de ojos parpadearon confundidos ante tan brusco cambio de tema.

Contestó Wynter mientras Juliette e Ivy se quedaban mirando, confusas, murmurando en voz baja:

—¿Es una pregunta capciosa?

—Son las tres en punto —respondió Wynter, mirándome con curiosidad—. ¿Por qué?

—Garrett no llega a casa hasta después de las seis —me apresuré

—. Si vamos ahora, podríamos llegar, agarrar mis cosas e irnos antes de que llegue a casa.

Nos pusimos de pie, Juliette e Ivy refunfuñando que deberíamos esperar a que el desgraciado infiel llegara a casa y luego matarlo.

Wynter y yo pusimos los ojos en blanco y las empujamos hacia la puerta, con la esperanza de poder mantenerlas bajo control el tiempo suficiente para tomar mis cosas y largarme de allí antes de que Garrett llegara a casa. No quería volver a ver a ese imbécil en toda mi vida.

Capítulo Nueve

DAVINA

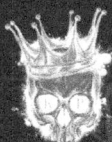

S ujeté la *laptop* y me quedé mirando la enorme sala. Tenía razón, Garrett no estaba en casa, gracias a Dios, pero teníamos que salir de aquí antes de que apareciera. Probablemente no nos llevaríamos todas mis posesiones, pero sí las más importantes.

La foto de mi abuelo. Mis documentos legales. Mi *laptop*. La mayor parte de mi ropa.

—No estés triste, D —me consoló Juliette con simpatía, rodeándome con sus brazos.

Me hizo perder el equilibrio y no tenía fuerza suficiente para sostenernos a ambas, así que caímos hacia atrás y el sofá nos atrapó.

—No estoy triste, Juliette —afirmé en voz baja—. Estoy furiosa. Tan enojada que quiero quemar esta maldita casa. Tan molesta que quiero cortarle la verga. Tan enfadada que podría gritar hasta que mi garganta se pusiera en carne viva.

Pasaron tres latidos, el silencio se alargaba con mi admisión. Era una locura. No era yo. No obstante, algo en toda esta situación me estaba molestando.

Me había enviado más de cincuenta mensajes de texto desde que lo atrapé la noche anterior, rogándome que lo perdonara y le diera otra oportunidad, diciendo que había sido un error y que nunca volvería a hacerlo. Excepto que creía firmemente que una vez que eras infiel, siempre lo serías. Y a medida que pasaban las horas y me negaba a responderle, sus mensajes se volvían desagradables, culpándome y llamándome zorra fría.

Su último mensaje para mí fue:

> Garret: Tus padres no te querían. Nadie más te querrá tampoco.

Si había una pizca de posibilidad de que lo perdonara, y no la había, desde luego no volvería con él después de que eso llegó a mi teléfono. Esas palabras me dolieron, y él sabía exactamente lo personal que me lo tomaría. Mis padres era un tema que me lastimaba.

—Entonces quememos el lugar —concluyó Juliette.

Parpadeé. Una vez. Dos veces. Tres veces.

—¿Qué?

Se levantó y se dirigió al pequeño minibar. Sabía dónde estaba todo en esta casa. Ella y las chicas me habían ayudado a traer mis cosas y a desempacarlas.

Buscó en el minibar y sacó tres botellas de vodka.

Suspiré.

—No es momento para beber, Juliette. Tenemos que salir de aquí.

Juliette negó con la cabeza.

—Esto no es para beber.

Estaba demasiado cansada para todo esto. Funcionando con dos horas de sueño horrible después de toda esta mierda, simplemente no podía seguirle el ritmo.

—¿Entonces para qué? —pregunté, aunque en realidad no me importaba.

—Para quemar la casa —explicó, como si estuviera anunciando que iba a llover. Luego miró la etiqueta—. Mira esto. En realidad, es inflamable. Alcohol de grano *Everclear*. Hasta suena barato, como Garrett.

—¿Qué? —cuestionó Ivy despreocupadamente, y mi cabeza se movió detrás de mí. No la oí entrar en la sala—. ¿Vamos a quemar la casa?

—Sí —dijo Juliette.

—¡No! —grité al mismo tiempo.

—Vamos, D —agregó Juliette—. El idiota se lo merece. Sabes que es así. —Negué con la cabeza. Garrett se lo merecía, pero nosotras no. Nos meteríamos en problemas por destrucción de propiedad o incendio provocado—. Es esto, o le cortamos la polla.

—Bueno, demonios —chirrió Ivy—. Tengo el estómago sensible. Así que, si vamos a votar, voto porque quememos la casa.

—¡Yo también! —exclamó Juliette, feliz de tener a alguien a bordo —. Cortar una polla me haría vomitar.

Luego tuvo una arcada, haciéndome creer que vomitaría si continuábamos esta conversación. Definitivamente no tenía ni siquiera un hueso de asesina en su cuerpo.

—Quememos su casa —insistió Juliette—. No podemos dejar que los hombres nos traten como basura.

No podía creer que estuviera considerando seriamente hacer esto. Ni siquiera Juliette estaba tan loca, ¿verdad?

—¿Qué está pasando? —La voz de Wynter sonaba alarmada.

—Vamos a quemar la casa —replicó Juliette sin perder un segundo mientras intentaba darme una de las botellas de vodka. Me alejé de ella con las manos en alto. De ninguna manera iba a aceptar eso.

—¿Estás loca? —siseó Wynter, sus rizos rubios rebotando salvajemente mientras sus ojos se movían entre nosotras tres—. Nos van a atrapar. Por no mencionar que es ilegal quemar la casa de alguien.

Gracias a Dios por Wynter, la voz de la razón.

—No nos atraparán —declaró Juliette con confianza mientras le entregaba a Ivy una botella, un trapo y una caja de cerillos. No tenía ni idea de dónde diablos había sacado trapos y cerillos.

—No dejen fluidos corporales —aconsejó Ivy—. Rastrearán esa mierda hasta nosotras.

Mientras Juliette y yo nos quedábamos mirando a Ivy por saber algo así, Wynter gemía en voz alta, probablemente dispuesta a asesinarnos.

—Juliette, no seas tonta —reprendió Wynter. Aunque solo por unos meses, era la más joven de las cuatro, pero actuaba como la más madura—. Los vecinos nos vieron. La policía sabrá que fuimos nosotras. Tiene cámaras de seguridad afuera.

Ivy ya no prestaba atención a nada más que a la botella de vodka que había abierto y colocado sobre la mesita, a la espera de saber cuándo podría empezar a causar estragos. Seguía jugando con los cerillos, con una expresión casi de aburrimiento en el rostro.

«*Deslizaba, encendía, apagaba. Deslizaba, encendía, apagaba*». Era como ver a un niño jugar con un juguete nuevo. Y cada vez que encendía el cerillo, las brasas me recordaban a su cabello.

—Wynter tiene razón —insistí—. Vámonos antes de que nos metamos en problemas y acabemos entre las rejas.

Ivy siseó y todos giramos la cabeza para mirarla. El fuego de su cerillo le había quemado el dedo, haciéndola saltar y golpearse contra la mesita. Me levanté y, al instante, se desató el infierno. La botella de vodka que había sobre la mesa cayó al suelo, chocando contra la madera, y el vodka se derramó por la alfombra decorativa. El olor del alcohol en el aire fue instantáneo. Las cuatro contemplamos horrorizadas cómo el cerillo encendido salía volando de los dedos de Ivy y caía en medio de aquel charco creciente.

Fue como ver en cámara lenta cómo su fósforo ardiendo revoloteaba por el aire, cayendo cada vez más bajo hasta chocar contra la alfombra. Una inhalación aguda y luego un silbido... las llamas se extendieron y empezaron los gritos. Un segundo era un parpadeo, al siguiente era un infierno.

Ivy tropezó con sus propios pies y Juliette la atrapó antes de que se cayera de bruces al suelo. Agarré una manta y empecé a abanicar las llamas, pero solo conseguí empeorar la situación.

Mientras las tres gritábamos, Wynter mantenía la cabeza fría.

—¡¿Hay extintores aquí?! —vociferó, tratando de hacerse oír por encima de los agudos gritos de Juliette e Ivy.

—No lo sé.

Mis ojos se abrieron de par en par al ver cómo Juliette vertía su botella de alcohol barato directamente sobre las llamas como si estuviera vaciando una botella de agua. Esperaba que hubiera intentado apagarlas, pero había sido una tontería.

—Juliette —regañó Wynter, gritando—. ¡Qué demonios! ¡Deja de echarle alcohol al fuego!

Su prima no se movió. Ivy gritó, agitando la mano, mientras Juliette se limitaba a mirar las llamas como una especie de muñeca vudú poseída. Agarrando su otra mano, la aparté de un tirón.

Ivy me arrancó la manta de un tirón y la arrojó sobre el fuego, pero las llamas seguían creciendo.

—¡Mierda, eso no funcionó! —exclamó Ivy.

—¿Extintor? —Wynter repitió.

—Prueba en la cocina —dije, alejando a Juliette del alcance del fuego.

Wynter salió corriendo al pasillo en dirección a la cocina. La vista de Juliette se posó en la mía, y había algo inquietante en su mirada.

—¿Dónde está la otra botella? —cuestionó, de repente extrañamente tranquila.

Parpadeé.

—¿Por qué?

—Porque voy a quemar este maldito lugar —informó, inquietantemente tranquila—. Y luego, voy a encontrar a la gente que mató a mis padres.

El *shock* me hizo olvidar el infierno que nos mataría si nos acercábamos demasiado.

—¿Los mataron? Pero tu padre...

Antes de que pudiera terminar la frase, Juliette encontró la botella de alcohol barato y la lanzó contra el corazón de las llamas.

Boom.

Di un tirón hacia atrás, arrastrando a Juliette e Ivy. Los gritos de Ivy me taladraron los oídos. Juliette recuperó por fin la razón y sus gritos se unieron a los de Ivy, aunque en ellos se percibía cierta angustia y rabia.

Todas habíamos perdido la maldita cabeza. Y el extintor llegó demasiado tarde.

Capítulo Diez

LIAM

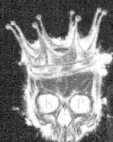

Me recosté en la silla de la sala de conferencias de mi empresa de construcción. Era mi floreciente negocio legítimo y, a menudo, la tapadera para lavar el dinero de mis negocios ilegítimos.

La inquietud flotaba bajo mi piel. Era una sensación constante desde hacía meses, desde que vi a una joven de cabello negro que me miraba con ojos de mar tempestuoso. Nunca había visto a una mujer con una melena negra tan espesa y brillante. Sabía que, si la agarraba, sería sedosa bajo las yemas de mis dedos.

«¿Entonces por qué no vas tras ella?», seguía preguntándome.

Tal vez había una pizca de decencia en mí que reconocía que debía mantener la distancia. Sobre todo, porque sabía que se avecinaba una guerra con los rusos. Era inevitable. O tal vez instintivamente, sabía que, si iba por ella, no habría vuelta atrás. La querría para siempre.

Y fue duro aplastar décadas de preocupación por que otra persona acabara herida por culpa de esta guerra que estaba librando, cortesía de mi viejo.

Cada vez que pensaba en ella, el hueco de mi pecho se llenaba y mi corazón latía desbocado. Era impresionante. La deseaba. Follármela hasta dejarla sin sentido. Oír sus gemidos mientras penetraba su apretado coño. Fuerte y rápido.

«¿Podría ser mi aspirante a sugar daddy?». La suave voz de Davina tenía un lugar permanente en mi cerebro.

No tenía edad para ser el *sugar daddy* de nadie. Demonios, ¿me llamaría papi mientras me la follaba? Esperaba que no. No era mucho mayor que ella.

De acuerdo, de acuerdo.

Tal vez, comparado con su edad, podría ser clasificado como un *sugar daddy*. Aunque me hacía sentir demasiado viejo, así que me opuse a la etiqueta. El asunto de derretir sus bragas era un tema completamente diferente. Sí, estaba totalmente dispuesto a eso.

Como mínimo, tenía que dejar que se graduara. Luego, si seguía sin poder sacarme a esa mujer de la cabeza, buscaría la forma de cobrarme el favor que me debía.

Por supuesto, después de aquel día tres meses atrás, me encargué de investigar a Davina con más detalle.

Novio. Un abuelo en Texas que la crio. Sorprendente conexión con la familia Ashford. Los padres no eran parte de su vida. Se especializó en negocios.

Eché un vistazo a mi teléfono. Aún no había respuesta de Juliette. Le había enviado tres mensajes hoy, pero nada. No solía ser del tipo que ignoraba mis textos, pasara lo que pasara. También lo intenté con Wynter y obtuve el mismo resultado. Aunque esta última solía olvidarse de responder. Entre su entrenamiento y sus estudios, a menudo ignoraba por completo su móvil.

Necesitaba hablar con ambas. Iban con frecuencia al Lado Este, y con lo que estaba a punto de hacer, no las quería cerca de ese lugar de ahora en adelante.

Killian, mi hijo mayor, entró en la sala de conferencias.

—Ya están aquí —anunció.

Asentí, mirando detrás de las grandes paredes de cristal. Nuestra seguridad registró primero a Gio DiLustro. Su hijo Basilio fue el siguiente. Luego su sobrino, Dante DiLustro, que formaba parte del *Chicago Outfit*.

Hace tres meses, justo después del ataque a mi club por parte de los italianos y los rusos, Basilio se me acercó con una oferta de paz. Los italianos de New York se quedarían en el Lado Este y mi organización en el Oeste. Se acabaron los enfrentamientos y cruzar bandos. Se había derramado demasiada sangre a lo largo de los años. Comenzó con mi padre y Winter Volkov, luego se intensificó con mi hermana y el maldito Gio DiLustro.

—¿Sabes algo de tu hermana o de Wynter? —le pregunté, sin dejar de observar a la familia italiana rival.

—Solo un mensaje. —Killian mantuvo su mirada en los italianos también—. Un emoji del dedo medio.

Al menos consiguió eso.

—Juliette y Wynter traman algo —indiqué en voz baja.

—¿Cuándo no? —afirmó a regañadientes—. Después de esta reunión, tomaré un vuelo al extranjero.

Giré la cabeza para mirarlo a los ojos. Comprendía por qué necesitaba hacerlo y lo apoyaba incondicionalmente. Solo deseaba que me dejara ayudarlo.

Killian estaba listo para recuperar lo que era suyo y vengar a sus padres. Él los recordaba. Juliette no. Era una bebé cuando sus padres fueron asesinados. A veces deseaba que Killian también lo hubiera sido. Ningún niño debería ver lo que él había visto.

Fue la razón por la que protegí a Wynter y Juliette a toda costa. Hice que Nico Morrelli ocultara las huellas de ambas en la red y las hiciera imposibles de encontrar. Con Wynter fue más difícil debido a sus logros y popularidad en el patinaje artístico, de ahí la razón para contratar a Nico.

—Estoy preocupado, hijo. —Puede que no seamos parientes biológicos, sin embargo, lo consideraba mío. Tanto a Killian como a Juliette. Le prometí a mi mejor amigo antes de que diera su último suspiro que cuidaría de ellos como si fueran míos.

Y lo hice.

Solía haber cuatro familias que dirigían la mafia irlandesa en Irlanda: Brennan, Murphy, O'Connor y Cullen. Los O'Connor habían sido aniquilados. El mundo creía que los Cullen también habían sido destruidos, pero la verdad era que había adoptado a dos de ellos y los mantenía bajo mi protección.

Killian tenía un coeficiente intelectual de un genio. También vio lo brutal que era la vida en la mafia a una edad temprana, y eso lo alteró para siempre.

Ambos hicimos un pacto cuando los encontré a él y a su hermana escondidos en el pasadizo secreto de su casa en Irlanda: se lo ocultaríamos todo a su hermana menor. Para su protección, yo era su padre. Juliette se crio con Wynter, a escondidas de la mafia. Killian se crio bajo mi tutela, aprendiendo y haciéndose más fuerte cada año.

—Debería ir contigo —añadí—. Si esperas un poco más, puedo eliminar la amenaza aquí, y luego podemos ir juntos.

—Tendré cuidado —prometió—. Además, no podemos irnos los dos. ¿Quién protegerá a la familia?

Nuestra conversación se detuvo cuando los tres italianos se dirigieron a la sala de conferencias, los tres con trajes negros de tres piezas de primera calidad. Apuesto a que sus vestimentas también estaban hechas en Italia. A los italianos les encantaba vestir bien. A mí me gustaba llevar traje, pero cada maldito día era demasiado. Incluso para un mafioso. Era más fácil pelear y matar usando *jeans*. Pero quien era yo para criticar su estilo.

La puerta se abrió y Quinn entró.

—Están limpios.

Asentí con la cabeza.

—Caballeros, tomen asiento.

Los tres sacaron sus sillas y vi cómo se desabrochaban las chaquetas y se sentaban. Jesucristo, ¿habían ido a la escuela y ensayado eso? Gio se sentó en el centro, su hijo a su derecha y su sobrino a su izquierda.

Mi propio hijo y mi primo se sentaron a mi izquierda y derecha, respectivamente.

La tensión se extendía por la sala, aunque a mí no me molestaba en lo más mínimo. Había más de veintidós años de animosidad entre irlandeses e italianos. Específicamente, los DiLustro y los Brennan.

Gio la había jodido cuando tocó a mi hermana, y era algo que nunca perdonaría.

Gio y yo nos sostuvimos la mirada. DiLustro tenía el mismo aspecto que veintidós años atrás: arrogante, cruel y despiadado. Al hombre no le quedaba humanidad. No estaba seguro de si alguna vez la tuvo.

—Liam, acabemos con esto de una vez —espetó Gio—. No tengo el puto día entero para esta tregua.

Mis labios se curvaron en una sonrisa cruel.

—Y yo que pensaba que lo apreciarías, considerando que fuiste tú quien empezó este lío entre nuestras familias.

No se me escapó la sorpresa que relampagueó en los ojos de su hijo y de su sobrino, aunque apenas fue un parpadeo, y ambos rectificaron sus facciones de inmediato. No era sorprendente que Gio se guardara para sí los detalles de cómo comenzó esta guerra entre los Brennan y los DiLustro.

Jadeaba detrás de mi hermana como un perro en celo. Dondequiera que ella iba, Gio se encontraba allí. Cuando mi hermana rechazó los avances del hombre, el desgraciado no pudo soportarlo. Así que le disparó en la rodilla y mató a su compañero. Ambos habían sido estrellas en ascenso en el hielo. Destruyó todos los sueños de mi hermana y le robó un padre a mi sobrina.

—¿Trajiste los documentos? —inquirí. No quería ver su horrible cara más tiempo del necesario.

Tenía una carpeta delante e intercambiamos los documentos. Mientras él inspeccionaba mis títulos de traspaso de las secciones del Lado Este que poseía, yo examinaba los títulos del Lado Oeste. Estaba cansado de esta guerra constante, y Wynter y Juliette estaban a punto de acabar Yale. Esto era para mi familia. No quería preocuparme por su seguridad las veinticuatro horas del día.

Después de lo sucedido, hice que Nico Morrelli les diera una nueva identidad a Aisling y a su hija. Confiaba en el hombre, y tenía recursos increíbles.

Para los demás, Aisling Brennan murió y nació Aisling Flemming.

Para el mundo, mi sobrina era Star Flemming, una patinadora olímpica. Para mí, era Wynter, una chica a la que protegería a toda costa. Y Dios, era el reflejo de su abuela. Mi hermana se parecía a su madre. Pero Wynter... Tenía la risa de su abuela, su voz, su amabilidad. Incluso sus modales. Mi padre cobraba vida a su alrededor, incluso después de décadas de luto.

La pequeña Wynter lo sacó de allí.

Mi hermana crio a Wynter en California, lejos de toda esta mierda, y pude ver que ambas estaban mejor gracias a ello. La mayoría de las veces, Juliette corría hacia ellas, deseosa de normalidad en su vida.

—Mañana por la noche, nos pasarás el *Eastside Club* —se regodeó Gio, convencido de que había ganado esta pelea.

Eso creía el hijo de puta. Estaba aseverando la seguridad a largo plazo de mi familia. El futuro de Juliette y Wynter. No podíamos luchar contra los italianos y los rusos. El ataque de hace tres meses puso de manifiesto que había que aplastar cualquier tipo de alianza entre rusos e italianos. Basilio juró que no fueron los DiLustro quienes atacaron el club, y que querían centrarse también en contra de los rusos.

Al parecer, Gio guardaba muchos secretos, incluso a su propio hijo. De lo contrario, Basilio sabría que el *Pakhan* ruso buscaba pistas sobre los descendientes de su hija. Si conocía las costumbres del *Pakhan*, esperaba encontrar a un hombre al que pudiera torturar para sonsacarle cualquier información sobre su hija, nieta y bisnieta.

—Basilio estará allí mañana para hacerse cargo —expresó Gio, ignorante de mi motivo oculto de hacer las paces con los italianos para poder concentrar mi energía contra el *Pakhan*—. Tiene una manera de convertir cualquier cosa en oro. Un hombre de negocios y un donjuán. Igual que su *Papà*.

No hice ningún comentario. No confiaba en no estirar la mano por encima de la mesa y retorcerle el cuello a Gio. Nada me daría más placer que ver cómo se extinguía la luz de sus ojos.

Veinte minutos después, los italianos se fueron.

Y todavía no había ningún mensaje de mi hija ni de mi sobrina.

Capítulo Once

DAVINA

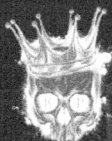

Las cuatro nos quedamos mirando el mensaje de texto.

> Garret: Zorras estúpidas. Sé que fueron ustedes cuatro. Las cámaras estaban encendidas. Quinientos mil dólares. Veinticuatro horas. Tráiganme el dinero mañana a las 10 p.m. o iré a la policía.

Estábamos sentadas en el estacionamiento de *Whole Foods*, en el *Upper West Side* de New York. La capota del *Jeep* rojo brillante de Wynter estaba bajada, las cuatro hechas un desastre tras el incendio que provocamos en casa de Garrett hacía apenas unas horas.

Wynter había intentado apagarlo con el miniextintor que Garrett tenía bajo el fregadero de la cocina, pero no sirvió de nada. El fuego ya era demasiado grande, consumiéndose y extendiéndose. Era seguro decir que el alcohol vertido en él ciertamente no ayudó.

Por otro lado, Juliette definitivamente se había vuelto fuera de control. Fuera o no nuestra intención, seguíamos siendo responsables. Bueno, Juliette e Ivy eran responsables. Wynter y yo solo estábamos incluidas en la situación, por así decirlo.

Wynter mantenía la cabeza entre las manos con la frente apoyada en el volante, y me preguntaba cómo mi vida se había jodido tanto cuando no había hecho otra cosa más que confiar en un tipo en el que no debí.

—Lo siento —lloriqueó Ivy. Sus ligeras pecas apenas se distinguían en la suciedad de su cara—. Fue un accidente. Quizá podamos explicarlo.

—¿Explicar qué? —murmuró Juliette, con los ojos muy abiertos por la sorpresa. Supongo que se le había pasado el efecto de su locura temporal y de lo que significaba aquella afirmación sobre sus padres. Tendríamos que hablar de eso más tarde. No en ese momento—. Teníamos cerillos y alcohol. Teníamos intención.

—¡Tú tenías la intención! —reviré—. ¡Solo quería agarrar mis cosas y largarme de allí!

—Davina tiene razón —susurró Juliette, con aire ligeramente derrotado.

—No debería haberlas dejado ir. —Una retahíla de maldiciones salió de los labios de Wynter—. No debí haberlas llevado. Debí haber hecho que nos quedáramos en el dormitorio universitario. Deberíamos haber llamado al tío Liam y pedirle que enviara a alguien.

La mención de su tío disparó la adrenalina por mis venas. *«Mal momento»*, advertí a mi cuerpo.

Los rizos rubios de Wynter enmarcaban su rostro. Se enderezó, con la mejilla manchada de hollín y las pupilas dilatadas por la adrenalina que aún corría por sus venas.

—Quizá deberíamos pedirle ayuda al tío —sugirió Wynter, pasándose las manos temblorosas por sus rizos rubios. No es que mis manos estuvieran sin tiritar—. Estamos fuera de nuestro elemento aquí.

—¡No! —gritó Juliette, con los ojos desorbitados.

—No. —Estuve de acuerdo. No podíamos involucrar al tío *sexy* y mafioso de Wynter. Especialmente considerando lo que pasó la última vez que lo vi—. Ya han hecho bastante. Debería ir a la policía y simplemente decirles que lo hice, decirles que estaba enfadada y que perdí el temperamento.

Tres pares de ojos se giraron hacia mí.

—Maldita sea. ¡No! —exclamaron todas al mismo tiempo.

—Además, ese desgraciado dijo que nos tiene a las cuatro grabadas —reflexionó Wynter—. No tiene sentido admitir nada con semejantes pruebas.

—Esa pequeña comadreja imbécil —soltó Juliette—. Deberíamos matarlo.

—Sí, añadamos asesinato a los cargos de destrucción de la propiedad e incendio provocado —condenó Wynter irónicamente.

—Pero el video demostrará que ocurrió por accidente —razonó Ivy.

Tragué saliva. No creí que se notara que había sido un accidente. Los acontecimientos previos mostraban a Juliette preparándose para incendiar el maldito lugar y a nosotras aparentemente acompañándola.

—Juliette, deberíamos salir de la ciudad —sugirió finalmente Wynter, con determinación en el rostro—. Vayamos a la casa de playa del tío en los Hamptons.

—¿Quieres irte de vacaciones, en este momento? —preguntó Ivy, con incredulidad en sus ojos color avellana. No la culpaba. Tampoco creía que fuera el momento adecuado para ir a la playa.

—Puede que tengas razón —coincidió Juliette con su prima. Ambas asintieron con la cabeza y Juliette explicó—: Quizá podamos encontrar algo de valor en la casa de los Hamptons y pagarle a ese idiota. O, como mínimo, pasar desapercibidas hasta que averigüemos cómo salir de este lío.

Respiré hondo. Eso estaba muy bien, pero de alguna manera, no creía que sería el final. Garrett lo mantendría sobre nuestras cabezas para siempre. Y, además, ¿robarle al jefe de la mafia irlandesa era más inteligente? Nos mataría. Bueno, definitivamente a mí. Ivy, Wynter y Juliette eran de alguna forma inmunes.

—¿Y si no se detiene en quinientos mil? —cuestioné—. A estas alturas, no me sorprendería que nos chantajeara el resto de nuestras vidas.

—Entonces lo matamos —concluyó Juliette, no podía negar que era la hija de un mafioso.

—No nos convirtamos en asesinas todavía —objetó Wynter,

poniendo los ojos en blanco. Arrancó el *Jeep* y salió del estacionamiento.

—Dios, necesito un trago —enunció Juliette desde el asiento trasero.

—Yo también —apoyó Ivy.

Ambas empezaron a discutir sobre la necesidad de alcohol para olvidar lo que había pasado hoy, mientras Wynter y yo nos sentábamos adelante en silencio mientras ella conducía. La culpa me carcomía. Wynter tenía razón, no deberíamos haber ido a casa de Garrett. No debí haber expresado mi enfado. Había tantas cosas que no debí haber hecho, empezando por darle otra oportunidad a Garrett.

Conduciendo a toda velocidad por las calles de New York, Wynter mantenía los labios firmemente apretados. Era su signo revelador de que estaba pensando las cosas. Sabía que tenía mucho que perder si esto salía a la luz, como llegar a los Juegos Olímpicos de Invierno.

Llegamos a un semáforo en rojo en un paso de peatones de cuatro vías, y puse mi mano sobre sus nudillos blancos que agarraban el volante.

—Lo siento, Wyn —susurré mi disculpa.

Sus grandes ojos se volvieron hacia mí, los rizos salvajes rebotando alrededor de su rostro, y sacudió la cabeza, resignada y cansada. A diferencia de las demás, se levantaba a las cuatro de la mañana para empezar el día.

—Es tanto culpa mía como tuya. —Ofreció una débil sonrisa, nuestras miradas fijas—. Todo sucedió tan rápido.

Un coche detrás de nosotras tocó el claxon y las cuatro saltamos en nuestros asientos. Como auténticas neoyorquinas, Juliette e Ivy se dieron la vuelta para fulminar con la mirada al vehículo que estaba detrás y gritarle maldiciones. Wynter se desvió por el cruce y noté que sus ojos se abrían de par en par al ver el auto que nos rebasaba yendo en dirección contraria.

El conductor del elegante deportivo negro se quedó mirando a Wynter, y no pude distinguir si era porque tenía hollín en la mejilla o si estaba admirando su belleza. Con las puertas retiradas del *Jeep*, probablemente tenía una buena vista de sus largas piernas vestidas con unos *shorts* blancos ajustados y una blusa rosa sin hombros, ambos ahora ligeramente manchados de hollín gracias a su prima demente. O quizá la conocía.

—¿Qué pasa, Wynter? —pregunté. Vi por encima del hombro y observé que el conductor miraba hacia nosotras mientras se alejaba, con los ojos aún fijos en Wynter.

Quizá la reconoció como una de las mejores atletas del país, posiblemente del mundo.

—T… tengo una idea —balbuceó, como si hablara consigo misma.

—¿Qué? —cuestionamos las tres.

Nuestra respuesta fue el chirrido de los neumáticos al hacer un giro brusco en U en medio de la ciudad, violando múltiples leyes de tráfico. Acelerando, se adelantó a dos coches antes de encontrarnos detrás del deportivo negro.

McLaren.

Ese coche pagaría el chantaje de Garrett. ¿Quizás podríamos robar el auto? Con el conductor todavía al volante, era un plan cuestionable. Cuatro contra uno las probabilidades eran bastante buenas, sin embargo. Podríamos ser capaces de vencerlo.

«Jesucristo, ¿a esto hemos llegado?», me pregunté en silencio.

Wynter pulsó el claxon.

—¿Qué haces? —inquirí, mirando a mi alrededor. Lo último que necesitábamos era llamar la atención. Las cuatro estábamos hechas un desastre. Me ignoró y volvió a tocar el claxon.

Honk. Honk. Honk.

El coche que nos precedía se detuvo y Wynter frenó en seco.

—¿Qué estás haciendo? —cuestionó Juliette.

—Tengo una idea —anunció Wynter a todas—. Podría haber una manera de borrar la vigilancia.

—¿Cómo?

Saltó del *Jeep*. Incluso con tierra en la mejilla, sus rizos salvajes cayendo en cascada por la espalda y manchas de ceniza en la ropa, seguía brillando.

Sus ojos nos recorrieron a las tres.

—Solo confíen en mí.

Nos quedamos boquiabiertas al verla alejarse a grandes zancadas hacia el deportivo.

Las tres la observamos, conteniendo la respiración. Con una mano temblorosa, se recogió el pelo detrás de la oreja. Sus labios se movieron mientras miraba fijamente al conductor, y maldije que no pudiéramos oír lo que decía. Hubo un par de palabras más y, al segundo siguiente, la puerta del *McLaren* se abrió y salió un hombre.

Se oyó un grito ahogado en el asiento trasero, pero no pude apartar los ojos del tipo que sobresalía por encima de Wynter.

Santa madre de Dios y todos los santos de arriba.

Cabello negro despeinado. Mandíbula fuerte. Rostro hermoso. Preciosa boca. Pómulos altos que arrojaban sombra sobre una expresión feroz. Enarcó una ceja como sorprendido por lo que acababa de saber. Sus ojos oscuros se dirigieron hacia nosotras y, de repente, me di cuenta de que aquel hombre podía ser encantador y despiadado al mismo tiempo. Toda su personalidad gritaba poder, y su atractivo sexual rezumaba a su alrededor. Prácticamente podía saborearlo desde aquí.

Mis ojos recorrieron su traje negro de tres piezas, que lo hacía parecer un diablo italiano que te tentaba y te destrozaba con su aspecto devastadoramente apuesto. Este tipo era peligroso, mortal, y él lo sabía. Algo parecido a la diversión cruzó su expresión mientras sus ojos se giraban hacia nosotras.

Al segundo siguiente, toda emoción desapareció de su rostro y cambió a una máscara ilegible que se centró en su presa. *Wynter.*

La deseaba.

No había duda, aunque no creía que fuera el hombre adecuado para ella. Wynter era demasiado suave y cálida bajo su apariencia de princesa de hielo. Las cosas no iban a salir bien para ella, porque este hombre tenía despiadado escrito por todo su cuerpo.

Se metió las manos en los bolsillos mientras sus ojos se centraban en la mujer de cabellos dorados y suaves rizos, acordes con su personalidad. Había algo oscuro y posesivo en su mirada mientras la observaba, y tuve la clara sensación de que era demasiado tarde para Wynter.

Porque este hombre ya había tomado una decisión respecto a ella. Aunque la pregunta seguía siendo, ¿qué había decidido?

—Jesucristo —murmuraron Juliette e Ivy al mismo tiempo.

Mis ojos se desviaron hacia ellas.

—¿Qué? —inquirí, preguntándome qué las tenía incomodas.

—Wyn, aléjate de él —siseó Juliette, aunque Wynter no podía oírla—. Parece un maldito italiano.

Las tres observamos fascinadas cómo el tipo le tomaba el antebrazo derecho y le pasaba un pulgar por la piel quemada, luego sacaba un pañuelo y se lo envolvía en el antebrazo.

—¿Quién lleva pañuelos todavía? —farfullé.

—Malditos italianos, esos los llevan. —Juliette hacía sonar como que ser italiano era malo. Sabía que las mafias irlandesa e italiana no se llevaban bien, pero no sabía que su odio iba más allá. A menos que...

—¿Ese tipo es de la mafia italiana? —indagué.

Juliette se encogió de hombros.

—Lo parece, pero no estoy segura de quién es. Pasé más tiempo con Wynter en California que aquí en New York. Aunque todos los italianos son unos desgraciados.

Me pareció un poco excesivo que Juliette aplicara su aversión a la mafia italiana a todos los italianos. Especialmente a uno tan guapo como el tipo que teníamos delante de nosotras.

Le ofreció un bolígrafo a Wynter y ella le tomó la mano, le dio la vuelta y escribió algo en la palma. Una vez que terminó, la sostuvo un momento y levantó la cabeza. Ambos se miraron a los ojos, y la intensidad de su mirada era tan fuerte que palpitaba en el aire de principios de mayo. De algún modo, el tiempo parecía ralentizarse y se respiraba agitadamente mientras todas observábamos el intercambio. Wynter se sonrojó y miró hacia abajo, donde el pulgar de él rozaba su piel.

Una sonrisa y una inclinación de su cabeza, y luego se apresuró a volver con nosotras. Sus ojos la siguieron todo el camino, y solo cuando subió al *Jeep*, él se subió a su propio coche.

Algo me decía que el apuesto desconocido italiano había caído bajo el hechizo de Wynter Star.

Y nunca la dejaría marchar.

🛡

—Prueba este código. —Juliette ofreció otra combinación mientras daba un trago a su bebida. Ivy y Juliette se habían metido en el gabinete de los licores, como si no tuviéramos suficiente mierda ya.

Tecleé los números. *Bip.*

—No. —Las cuatro habíamos estado en ello durante horas. A menos que tomáramos todo de la casa del padre de Juliette, no había manera de pagarle a Garrett.

—¿Necesitamos el dinero ahora si el tipo de Wynter se encargará de las grabaciones de vigilancia? —preguntó Ivy, retorciéndose las manos nerviosamente. Le preocupaba que, si esto salía a la luz, su familia la obligaría a volver a Irlanda y casarse con algún irlandés idiota. Sus palabras, no las mías.

—Bas no podía prometer que lo haría en un día —comentó Wynter—. Tendremos que callar a Garrett hasta que sepamos que se ha borrado toda la vigilancia.

—¿Bas? —Las tres elevamos las cejas—. ¿Ya se llaman por apodos?

Puso los ojos en blanco.

—Basta, ustedes tres.

—¿Parar qué? —desafió Juliette, con los labios curvados en una sonrisa.

—Dejen de suponer —declaró con frialdad. Se sentó en el sofá, con los pies metidos debajo mientras estudiaba. No tenía ni idea de cómo podía estudiar con todo aquel alboroto.

—¿Cómo lo conoces? —inquirió Ivy—. Parece italiano. ¿Es italiano?

Wynter se encogió de hombros.

—No le pregunté de donde provenía.

—Dejen de discriminar —ordené a Juliette e Ivy—. Tenemos que estar agradecidas de que nos está ayudando.

—La pregunta es: ¿qué está haciendo Wynter por este favor? —Juliette sonrió satisfecha antes de imitar una mamada con las manos, sugiriendo el pago de Wynter por el favor.

—¡Me ofrezco como tributo! —gritó Ivy de la nada, haciéndonos chillar a todas y pegándonos un susto de muerte—. Italiano o no.

—Eres todo palabrería y nada de acción. —Juliette soltó una risita. Ivy no perdió el ritmo.

—*Oh,* y eres toda acción, ¿verdad?

—Deténganse, ambas —espeté—. Las dos son pura palabrería y nada de acción. Dejen de obsesionarse con hombres mientras tenemos un problema mayor entre manos.

—Pues ese hombre está muy bien, y lo sabes —refunfuñó Ivy, poniendo los ojos en blanco como una mocosa que ha perdido su caramelo favorito.

Juliette se encogió de hombros.

—Prefiero encontrar un viejo para follar. Los italianos no son lo mío.

—*Oh,* ¿volvemos a los *sugar daddies*? —Se rio Ivy—. Pensé que habías cambiado de opinión cuando viste la foto del primer *sugar daddy.* Tenía la piel muy arrugada. —Juliette puso los ojos en blanco. Todas la oímos chillar cuando repasó los candidatos. Ninguno estaba tan *sexy* como su padre. *Uff,* todavía me ponía cachonda con tan solo pensar en él—. Y te apuesto a que ese pedazo de culo italiano tiene más aguante —continuó Ivy con suficiencia—. Así que, sí, le pagaría a ese hombre lo que me pidiera si eso significaba que borraría esa vigilancia. Que me folle el culo, el coño, la boca. Lo que demonios quisiera.

—Basta —las reprendí, sacudiendo la cabeza, aunque no pude resistirme a sonreír. Entonces la preocupación se apoderó de mi mente y observé a Wynter, frunciendo el ceño—. Tú no... —vacilé. No quería que se vendiera para salvarnos. Wynter cerró el libro de golpe y nos miró a todas.

—No, no me va a obligar a pagarle en forma de una mamada —replicó, molesta—. O cualquier forma de sexo. Bichos raros.

Juliette e Ivy compartieron una mirada, pasó un latido y entonces estallaron en carcajadas. Se rieron tan desenfrenadamente que parecían dos niñas hablando del primer chico guapo que habían visto en su vida.

—¿Entonces qué? —cuestionó Juliette, ofreciéndole a Wynter su botella de *whiskey*.

—No es asunto tuyo —respondió, mirando a su prima—. Ahora, centrémonos en el verdadero problema. Somos pésimas en esto de allanar las cajas fuertes.

Juliette exhaló, exasperada, y dio otro trago a su bebida.

—Lo sé —asintió, lo que hizo que todas miráramos hacia ella. No era propio de Juliette admitir la derrota—. Esperaba que papá... —se interrumpió, frunciendo las cejas. De nuevo, su comportamiento me pareció extraño—. Esperaba que la combinación fuera la misma aquí que en el club.

Fruncí el ceño, preguntándome a qué se refería, pero antes de que pudiera abrir la boca, Wynter se me adelantó.

—¿El *Eastside Club*? —inquirió a Juliette, y esta asintió—. ¿Segura que conoces esa combinación?

—Sí, me la sé de memoria. Aunque aquí no nos está ayudando —pronunció secamente.

Wynter miró por la ventana, pensativa. La noche era oscura, pero de vez en cuando se vislumbraba la espuma blanca y brillante de las olas cuando el resplandor de la luna daba en el punto justo. El padre de Juliette tenía que ser adinerado, porque esta casa era incluso más bonita que la que tenía en la ciudad.

Wynter dejó el libro en el sofá, se levantó y se dirigió al gabinete de los licores. Estudió el surtido hasta que encontró lo que quería. Agarró una botella de vino, abrió el cajón y sacó un sacacorchos.

—¿Qué? —preguntó Ivy, inquieta—. Tu pensamiento silencioso me está asustando.

—Tienes una idea —afirmé—. Una buena.

Después de cuatro años juntas, conocía bien a Wynter. Las cuatro nos conocíamos muy bien. Estábamos tan en sintonía que incluso nuestros profesores y compañeros pensaban frecuentemente que las cuatro habíamos crecido juntas. Y aunque nuestras personalidades eran diferentes, también se complementaban. Y siempre nos cubríamos las espaldas. *Siempre*.

El sonido del descorche rompió el silencio y las tres nos estreme-cimos ante el repentino sonido a pesar de ver cómo Wynter lo abría.

—Es sencillo. —Empezó, clavando sus increíblemente grandes y hermosos ojos en nosotras—. Vamos al *Eastside Club* y distraemos a mi tío en la zona del bar mientras una de nosotras entra en su oficina trasera y abre la caja fuerte. Tomamos el dinero y ya está resuelto.

Tum Tun. Tu tum. Tu tum.

Se me escapó una carcajada. Tenía que estar bromeando.

—Nadie guarda quinientos mil dólares en efectivo. Ni siquiera en una caja fuerte —consideré.

—El tío sí —aseguró Wynter, aunque no parecía reconfortante.

—Realmente lo hace —confirmó Juliette—. Siempre hay grandes cantidades de dinero en efectivo por ahí. Supongo que para emergen-cias o algo así.

—Tendremos que hacerlo mañana —propuso Wynter—. Tengo entrenamiento por la mañana, pero luego podemos arreglarnos e ir al *Eastside Club* a robarle. Probablemente sería mejor si lo hacemos temprano por la tarde.

Tenía que estar alucinando. No había otra explicación para esto. Wynter nunca sugeriría un robo. Era la *niña de oro* entre nosotras.

—¿Le robaremos mientras está allí? —cuestionó Juliette dubitativa.

Wynter se encogió de hombros.

—Tendremos que hacerlo esté o no. Se nos acaba el tiempo.

¿Cómo podía estar tan tranquila?

Robarle a un mafioso irlandés cuando no estaba ahí era una cosa, pero robarle cuando estaba en el edificio era algo totalmente distinto. Esta debería haber sido mi primera pista de que había perdido la cabeza, porque debí haberme opuesto a robarle en absoluto.

—Lo juro, ahora mismo me siento como si viviera en la serie *Good Girls* —dije en voz baja, pasándome las dos manos por el cabello. Me agarré los mechones y tiré de ellos, el dolor me recordó que esto era real.

—¿Es una serie divertida? —Fue Wynter quien hizo la pregunta, con curiosidad en sus ojos.

—Esa no es la cuestión, mujer —espeté, probablemente reflejando el pánico que sentía—. Robarle a un mafioso mientras no está cerca es una cosa, pero ¿mientras está en el edificio? —expresé mi preocupación.

Sentí que debía poner diez signos de interrogación después de eso para enfatizar mi punto.

Además, si veía al irlandés, podría combustionar. Había visto al hombre masturbarse. Incluso después de todos estos meses, mis bragas todavía se derretían cuando pensaba en ello. ¡*Demonios!*

—Papá no nos hará nada —discutió Juliette.

—No *te* hará nada —objeté, aunque mi interior estaba caliente y molesto—. Eres su familia. Ivy es la hija de otro mafioso. Pero yo...

¡Dios mío! Las cuatro éramos idiotas. Probablemente las peores criminales que habían pisado esta tierra. Quizá si salía viva de esta, podría iniciar una escuela para futuros criminales y enseñarles a los niños lo que no deben hacer. «*Pensándolo bien, no es una mala idea*», me felicité.

—¿Quizá deberíamos preguntarle si nos lo presta? —sugerí, esperanzada.

—¿Y qué? ¿Le decimos que quemamos la casa de un hombre y ahora nos chantajea? —Ivy puso los ojos en blanco—. Nos torturaría. Y a Garrett. —Los hermanos de Ivy eran sicarios de la mafia de su familia en Irlanda y ella aprendió un par de cosas.

¿Cómo demonios había acabado rodeada de mafiosos y sus parientes?

—Mataría a Garrett. Literalmente —auguró Juliette—. Entonces nos mataría, en sentido figurado. Tal vez literalmente.

Dios mío. Esto era malo. De repente, tenía la boca demasiado seca y estaba sedienta. Corrí hacia el gabinete de los licores, desesperada por beber algo. Wynter me ofreció su copa de vino, sin embargo, necesitaba algo más fuerte. Mis ojos recorrieron la selección y entonces lo vi.

Croizet Cognac Cuvée Léonie, una botella de coñac de ciento sesenta mil dólares, más o menos.

Mi abuelo tenía una pequeña licorería cuando era niña. Conocía las marcas de alcohol y reconocía las botellas costosas. Me subí al pequeño mostrador del bar y alcancé el estante superior, donde estaba la botella de coñac. Si tenía dos más de esas, podríamos agarrarlas y venderlas sin tener que ir al club y robar dinero de la caja fuerte del mafioso mientras rondaba por el edificio.

Salté del mostrador, aterricé con los pies en el suelo y la botella en la mano, se oyó una gran ovación detrás de mí.

—Eso, Davina. —Juliette soltó una risita—. Ve por lo mejor.

Abrí la botella y bebí un trago directamente. El alcohol me quemó la garganta y directamente en el estómago. Me limpié la boca con el dorso de la mano temblorosa y se la ofrecí a Wynter, que negó con la cabeza.

—Yo si quiero. —Me tendió la mano Juliette. Bebió de la botella y se la pasó a Ivy, quien me la devolvió—. Vaya, no me extraña que mi querido papá se la guardara para él.

—¿Tendrá algo que ver con su precio? —Wynter dijo, burlándose de su prima—. Volviendo al tema que nos preocupa. Tenemos que elegir a una de nosotras para entrar en la caja fuerte y tú, Juliette...

—Lo haré —la interrumpí. Tres pares de ojos se clavaron en mí—. Todo esto empezó por mi culpa. Abriré la caja fuerte, y ustedes tres distraerán al mafioso irlandés.

«Porque necesitaba evitar a ese hombre».

—Pero... —Juliette intentó protestar y la detuve levantando la mano.

—Sin peros —la corté—. Lo haré. Solo mantén a tu padre distraído.

—A alguien le gustan los hombres mayores —se burló Ivy—. Recordaré mantenerte alejada de mi padre.

Me burlé. Un criminal *sexy* era suficiente para mí. No es que el padre de Juliette fuera mío, pero mentiría si dijera que no estaba en mi mente. Todo. El. Maldito. Tiempo. Cuando necesitaba liberación. O en mis sueños.

¡Diablos! Sería mejor que no lo volviera a ver.

—Así es como haremos esto —declaré—. Las tres arman un alboroto en la zona del bar. No sé, súbanse en la barra y muevan el trasero o algo así. La multitud se pondrá salvaje y emocionada. Mientras tanto, me colaré en la habitación con la caja fuerte. —Parecía un plan razonable—. ¿Dónde está la caja fuerte? —le pregunté a Juliette.

—Está en el despacho del tío —respondió Wynter en lugar de su prima, ya que Juliette estaba demasiado ocupada dándole otro trago a su alcohol—. Detrás de un cuadro. Su oficina es la última puerta del pasillo. No te puedes perder. Doble puerta, madera de caoba oscura.

Respiré hondo y exhalé lentamente.

—De acuerdo, entonces agarro el dinero mientras ustedes lo distraen enloqueciendo a la multitud. Necesitaré quince minutos. Nos encontraremos en el estacionamiento junto al *Jeep* de Wynter.

—Cuando salgas de su oficina, vete por la puerta de atrás —apuntó Juliette—. Así estarás fuera del edificio y será menos probable que te atrapen.

Miradas compartidas. Oraciones silenciosas. Aunque no estaba segura de que Dios escucharía a un grupo de chicas borrachas.

—Trabajo encubierto número uno: distracción —exclamó Juliette —. Sacudir el trasero. No hay problema.

Con una risita, estaba decidido.

Mañana, robaríamos dinero de la caja fuerte del jefe de la mafia irlandesa, Brennan.

Capítulo Doce

LIAM

Riiing. Riiiing.

No había nada que quisiera hacer más que tirar mi maldito teléfono contra la pared. Había sido un ciclo interminable de llamadas y desastres de una cosa equivocada tras otra durante todo el puto día.

Un cargamento incautado de mis armas. Un ataque a mi almacén del muelle, del negocio legal, de todas las malditas cosas.

No hacía falta mucho cerebro para darse cuenta de que eran los DiLustro o los rusos. Siempre eran uno de ellos.

Aunque, esta vez, no creí que fueran los DiLustro. No si eran inteligentes. No pondrían en peligro nuestro trato antes de que fuera definitivo, y eso no ocurriría hasta mañana por la noche.

Lo que me dejaba con la única otra conclusión lógica. Eran los rusos. Dios, no tenía ganas de lidiar con la *Bratva*. ¿Por qué demonios mi padre se metió en la cama con una de sus mujeres y luego me dejó para limpiar el maldito desastre?

Miré el identificador de llamadas y vi un código de área de Irlanda.

¡Encantador! Justo lo que necesitaba hoy.

—Hola, *Athair*.

—Liam, he oído que estás preparando un acuerdo con los italianos —saludó mi progenitor. Sí, directamente en modo de ataque.

No tenía ni maldita idea de cómo demonios se había enterado mi padre de esta mierda desde el otro lado del océano, pero siempre se enteraba de todo. Eventualmente iba a ponerlo al día. *¡En algún momento!* Probablemente cuando el trato estuviera sellado y superado para asegurarme de que no hiciera nada loco para echarlo a perder.

Y mi padre era *famoso* por sus movimientos locos.

Después de todo, se creyó invencible y fue en contra del propio *Pakhan* llevándose a su preciosa hija. Sí, se enamoró de ella, pero eso no era parte de su plan. Casi consigue que nos mataran, y a todos los relacionados con nosotros. Una persona normal habría sabido que no debía cruzar esa línea. Cualquier desgraciado sabría que ir por el hijo o la mujer de alguien era ir demasiado lejos. El problema era que mi padre no era como cualquier otro desgraciado. Y tampoco lo era Gio DiLustro. Mi padre tomó del *Pakhan*. Gio tomó de mi padre.

Era irónico cómo la rueda gira y gira.

Mi padre cometió tantos errores contra el poderoso *Pakhan*, que tuvimos que refugiarnos en Irlanda. Tenía la edad de Killian cuando todo se vino abajo. Era la razón por la que podía verme reflejado en el chico.

Y cuando me hice lo bastante fuerte, volví para reclamar lo que era nuestro.

—Encantado de hablar contigo también, *Athair* —repliqué secamente. No iba a comentar sobre mis acuerdos. Yo llevaba el negocio aquí. Era la cabeza aquí. Le gustaba actuar como si él lo fuera, sin embargo, hacía mucho tiempo que no formaba parte de este negocio, gracias a que le hizo caso a su verga. Mantenía el control en Irlanda, mas aquí en los Estados Unidos, había cometido demasiados errores, y fui yo el que tuvo que recuperarlo todo.

—¿Por qué no me consultaste? —demandó, con la voz temblorosa por la ira.

—Porque este territorio es mío —afirmé con calma.

—Obtuve ese territorio primero, muchacho. —Y aquí íbamos—. Harías bien en recordarlo.

—Y también lo perdiste —recordé—. Hago lo mejor para *mi* familia.

Demonios, mala elección de palabras. Incluso antes de oír sus siguientes palabras, supe que la había cagado.

—¿Qué familia? —ladró—. No tienes esposa. Ni hijos.

—Tengo dos hijos y una sobrina —le recordé.

—Tienes una sobrina. —Podía ver su ceño fruncido incluso a través de la línea telefónica. Un maldito océano entre nosotros no era suficiente—. Esos chicos no son tuyos.

Mi padre solo entendía de sangre. Si no eras de sangre, no eras nada. Independientemente de quién fueras y de lo que hubieras hecho por él.

—Liam, a menos que te cases —refunfuñó—, no podrás mantener el control de los irlandeses en New York y aquí en Irlanda. —Mantuve la boca cerrada. Discutir con mi padre era como ir a la guerra. Hoy estaba demasiado cansado para esa mierda—. Los irlandeses aquí son muy tradicionales. Te verán como un líder sin futuro. —Tenía razón, aunque no expresé mi acuerdo—. Wynter se ha mantenido protegida.

Aisling quería darle una vida diferente.

Era mi turno de burlarme. Ahora se preocupaba por Aisling y lo que ella quería. Llegaba dos décadas demasiado tarde. Aunque estaba de acuerdo con él sobre Wynter. No estaba hecha para el bajo mundo criminal. Al igual que su madre no lo estaba. Aisling lo vivió y pagó un alto precio por ello.

—Killian puede dirigir cuando yo no esté. —Estaba desperdiciando mi aliento, porque sabía que no lo reconocería.

—Esos dos no son tus hijos biológicos, Liam. Sé razonable. Encuentra una esposa, embarázala y luego haz lo que quieras. Mantendrás a tu hermana y a tu sobrina protegidas.

Al igual que mi padre hizo lo que quiso una vez que tuvo a su hijo. Después de todo, así fue como nació Aisling.

—Vete a dormir, *Athair*. Es tarde allá —respondí en su lugar—. Hablaremos mañana.

O tal vez podría conseguir una semana de tregua antes de volver a hablar con él.

Terminé la llamada y me recosté en la silla. Seguía en mi oficina del centro, mi cubierta para el negocio legal. Me giré en la silla y mis ojos se clavaron en la pared de ventanas que daban a la ciudad que nunca dormía.

Manhattan, New York.

Este había sido mi patio de recreo desde que tenía memoria, mas entendía el punto de vista de mi padre. Desgraciadamente.

Combatías el poder con poder. Haciéndote más poderoso. Mi mejor amigo y su esposa podían dar fe de ello. Lo pagaron con sus vidas. El recuerdo de aquel día de hace veinte años se hizo presente y juré que hasta el día de hoy podía sentir el calor de aquellas llamaradas en mi piel.

Las llamas ardían, su calor lamiéndome la piel.

El pavor me llenaba el pecho.

Nadie podría sobrevivir a esto. El olor a gasolina persistía en el aire y se mezclaba con la rabia que sentía arder en mis venas.

Mataron a mi mejor amigo y a su esposa. A mi ahijado. Su hija recién nacida. Todos muertos.

Les fallé. Debería haber llegado antes.

El sabor a cenizas del humo permanecía en mi lengua mientras mi corazón se apretaba con fuerza en mi pecho. El último año había sido duro.

¡Primero mi hermana, y ahora esto!

—¿Por qué no corriste, Aiden? —susurré en voz baja, con la voz flotando en la brisa caliente. Marzo en Irlanda era frío, pero la rabia que ardía en mi interior y el infierno frente a mí me hacían sentir como si estuviera entre los fuegos del infierno. Excepto que este era el noveno círculo del infierno causado por la traición. Y joder, sentí el pecho helado.

Mis puños se cerraron a mis costados mientras corría hacia delante. Tenía que entrar, ver si podía recuperar sus cuerpos. Merecían ser enterrados como era debido. No así. Se lo debía, ya que fue mi familia la que empezó esta guerra contra los rusos.

Me apresuré a acercarme al barril colector de lluvia en el que insistió la mujer de Aiden. Incluso en esta remota cabaña escondida, había insistido en métodos respetuosos con el medio ambiente. Me quité la camiseta, la sumergí en el agua, me la volví a poner y seguí adelante.

A pesar del calor que me rodeaba, el metal de la pistola que llevaba guardada en la parte trasera del pantalón era fría contra mi piel. Me mantenía centrado. Empujándome hacia adelante.

El fuego se extendió demasiado rápido mientras buscaba los cuerpos de mi mejor amigo y su familia.

Las llamas devoraban la escalera de madera que conducía al segundo piso. Era la única forma de subir, así que busqué por la sala. Nada. Entonces corrí a la cocina y fue allí donde vi a Aiden y Ava. Ambos yacían en un charco de su propia sangre, con las manos tendidas hacia el otro.

Me arrodillé y busqué el pulso. Primero presioné con los dedos el cuello magullado y ensangrentado de Ava. Nada. Me desplacé hacia Aiden, cuyo rostro estaba casi irreconocible. La sangre me hervía y el corazón me latía con fuerza en los oídos.

Encontraría a cada uno de esos hijos de puta y se los haría pagar, juré.

—Liam. —Mi nombre apenas fue un susurro y mis ojos se desviaron hacia mi mejor amigo—. Llévate a los niños. Mantenlos a salvo.

Mis ojos recorrieron la habitación. ¿Dónde estaban los niños? ¿Se los habían llevado?

Me zumbaron los oídos, el silbido casi me ensordecía. Respiré entrecortadamente, conteniendo mi rabia. Ya habría tiempo de enfadarme más tarde. Era el momento de salvar a mi mejor amigo.

—Más te vale que no te me mueras —advertí. El humo me quemaba los malditos pulmones. El miedo me apretaba la garganta, haciendo casi imposible la respiración. Aunque la culpa era aún peor.

Al encontrarme con los ojos de mi amigo, el terror que vi en su rostro me destripó.

—*Te sacaré de aquí* —*juré, levantándolo*—. *Lo siento mucho, mierda.*

Todo fue mi maldita culpa. No jugué bien mis cartas.

—*Demasiado tarde* —*declaró. No dejaba de mirar por encima de mi hombro, y seguí su mirada. ¿Por qué observaba la pared en blanco?*

—*Demasiado tarde para mí. Toma a mis hijos* —*suplicó, con la respiración errática y la sangre corriéndole por la cara*—. *En la pared.*

Me retumbó el pulso y me obligué a aflojar los latidos para poder concentrarme.

Fue entonces cuando lo escuché.

El aire se llenó de gritos ahogados, mezclados con el estallido y el crepitar del fuego.

Salvé a Juliette y a Killian, sin embargo, no pude salvar a mis amigos.

Si nos debilitábamos, Aisling y Wynter podrían acabar pagándolo. Mi hermana ya había pagado el precio, y todo por las deudas de los pecados de nuestro padre.

Gio supo quiénes eran los abuelos de Aisling por parte de su madre. Y así como mi padre quiso usar a la hija del *Pakhan*, Gio tuvo el mismo plan. Quería acercarse al *Pakhan*. Me daba asco trabajar con los DiLustro, pero tenía que elegir el menor de dos males.

Siempre eran los débiles los que pagaban el precio. La madre de Aisling. Mi hermana. Mi sobrina sería la siguiente, a menos que la mantuviera protegida.

Si lo hiciera por alguien, me casaría para protegerlos, así como a Juliette y Killian. Puede que mi padre no los considerara familia, mas yo sí, carajo, y serían mis hijos para siempre.

Mi teléfono volvió a sonar. Número desconocido. Mierda, hoy no podía tener un maldito respiro. Mi teléfono era como la maldita *Grand Central Station*.

—¿Hola? —ladré al teléfono, demasiado agitado.

A estas alturas, estaba convencido de que tanto Wynter como

Juliette ignoraban mis llamadas. Y las de mi hermana, porque hice que Aisling también las llamara. Al menos tuve unos momentos para ponerme al día con ella. No iba mucho a verla, y ella hacía más de veinte años que no pisaba New York.

Tenía la sensación de que por más seguro que lo hiciera, ella nunca volvería.

—Señor Brennan. —Mejor que no fuera una maldita llamada de ventas, o rodarían cabezas. Todos en nuestra familia tenían teléfonos desechables por una razón: ser ilocalizables y la ventaja de no tener llamadas de ventas.

—Soy el Sargento Matthews de la policía de los Hamptons, llamo sobre su casa.

—¿Qué pasa con ella?

—La alarma se activó y la compañía de alarmas nos avisó. Parece que la alarma se detuvo, pero perdieron la conexión. Creen que existe la posibilidad de que alguien haya cortado la conexión. ¿Quiere que vayamos a checarlo?

Fruncí el ceño. Nadie se atrevería a entrar en mi casa de la playa. Se sabía que era nuestra.

A menos... A menos que mi hija rebelde y mi sobrina decidieran hacerlo.

—Gracias por avisarme —informé—. No hay motivo para alarmarse.

Si fuera un ladrón de verdad, me encargaría de él a mi manera. Si Juliette y Wynter fueron a la casa de la playa, también me encargaría de ellas. No quería que tuvieran problemas con la policía.

—Muy bien, señor. Gracias.

Miré el reloj. Eran casi las nueve de la noche. Si me subía al coche, podría llegar a las diez.

♛

Había ocho habitaciones en mi casa de playa en los Hamptons, pero al entrar me encontré a cuatro mujeres jóvenes tiradas por el suelo de la sala. Parecía que había pasado un maldito huracán o una fiesta salvaje que me había perdido.

Botellas de *whiskey*, vino y cerveza tiradas por el suelo junto con cajas de *pizza* y envoltorios de caramelos *Starburst*. Juliette llevaba una maldita bata de baño con putos caramelos pegados al cabello. Wynter llevaba pantalones cortos de pijama y una camiseta de tirantes a juego con trozos de pepperoni pegados a la ropa. Ivy tenía la cara plantada encima de la *pizza*.

¿Qué demonios le pasaba a esta generación?

Destrozaron mi casa de playa. Un trozo de *pizza* estaba pegado al bendito techo y un rastro de crema batida manchaba mis ventanas francesas con vistas de un millón de dólares al océano.

Mis ojos se desviaron hacia la cuarta joven. Davina.

Estaba destrozada. No tenía comida en la cara ni en la ropa, pero su camisa estaba al revés y llevaba unos calcetines raros. La letra grande de su camisa decía FÓLLAME, y luego un dedo apuntando al sur. Imaginé que, si se la colocaba bien, apuntaría a su trasero.

Mi polla se endureció al instante ante la imagen de ella agachada y yo follándole el culo. *Hmmmm.* Aquí no habría objeciones.

Incluso ebria, la mujer era exquisita.

Su sedoso cabello color ébano cubría una parte de su rostro perfectamente simétrico, con una pizca de pecas en la nariz. Sus espesas y largas pestañas negras ensombrecían sus mejillas. Su exuberante y carnosa boca entreabierta y su respiración hacía que los mechones de su cara se abanicaran con cada exhalación. Me quedé mirándola un momento, fascinado por la expresión tranquila y relajada de su rostro.

Tenía la espalda apoyada en la pared de la sala, las piernas estiradas hacia delante y las manos en el regazo, sosteniendo una botella. Tardé un segundo en darme cuenta de que era mi botella de coñac más costosa.

Me arrodillé y, justo en ese momento, sus párpados se abrieron. Su mirada chocó con la mía. Gris con motas doradas y marrones. La última vez que la vi, estaba demasiado lejos de mí para notarlas, pero ahora podía verlas. Junto con su tenue aroma bajo todo ese alcohol.

Piñas. Olía a la piña más dulce.

—Holaaaa —dijo, con los ojos desenfocados y una sonrisa perezosa—. Bragas que se derriten.

Sacudí la cabeza. Juliette y sus amigas bebían demasiado, incluso para los estándares irlandeses. Y mis amigos y yo sí qué podíamos beber. Aunque empezaba a sospechar que no podríamos competir con estas cuatro. Al menos, ya no.

—Esa es mi botella más costosa —avisé, inclinando la barbilla hacia ella.

Bajó los ojos a la botella que tenía en la mano y sonrió ebria.

—Buen gusto —elogió.

—Lo sé. —Sus ojos se detuvieron en mi boca y luego recorrieron mi cuerpo. La chica estaba borracha. Al instante, mi entrepierna se opuso a llamarla chica. Era una mujer. Una mujer joven, pero una mujer, y la más hermosa de todas.

—Me o-ofrezco como tri-ibuto contigo —balbuceó, con los ojos clavados en la zona de mi ingle, y mi verga respondió de inmediato. Era un hombre de cuarenta y siete años, y lo último que necesitaba era la tentación de una mujer de apenas veintiún años que era amiga de mi hija.

Sin embargo, la deseaba. Desde que la había visto, había estado luchando contra la tentación en forma de cabello negro y ojos grises como tormentas.

—¿Tributo? —pregunté, sin entender la referencia.

—Sí. —Obviamente no quiso dar más detalles. Sus ojos se cerraron durante dos latidos, luego se abrieron de nuevo.

—¿Qué pasó aquí? —cuestioné.

—Una fieeeestaa —enunció, sonriendo estúpidamente. Y, aun así, se veía preciosa—. Una recuperación. No sé.

—¿Qué tan grande fue la fiesta? —Este lugar parecía como si toda una maldita universidad asistiera.

—Cuatro. —No podía ser. Tenía que estar mintiendo. Cuatro mujeres no podían hacer tanto daño y beber tanto alcohol.

¿Podrían?

—Ese coñac costó más de cien mil dólares —reprendí.

—Te lo pagaré —murmuró, moviéndose para tumbarse de lado—. Mañana

Y se quedó dormida, abrazando mi coñac edición especial.

Le quité la botella de las manos, la dejé en el suelo, levanté a Davina en brazos y me dirigí al dormitorio. Se sentía pequeña en mis brazos. Incluso frágil. Su cuerpo se inclinó hacia el mío, como si buscara consuelo o calor incluso en su estado de somnolencia.

—Eres peligrosa para mi autocontrol —gruñí contra su cabello, acostándola en la gran cama del dormitorio principal.

Un suave suspiro se deslizó por sus labios.

—Igual —musitó, dándose la vuelta y tomando mi brazo con ella, como si fuera su propio peluche—. Acuéstate conmigo. Nunca has cobrado la deuda.

«¿Ha estado esperándome todo este tiempo para venir a cobrarla?».

Maldición, quería hacerlo. Sin embargo, no así. Tendría que estar sobria antes de que me deslizara en la cama con ella, y definitivamente cuando me la follara. Sabía que una vez que la tuviera apretada contra mí, no pararía hasta enterrarme profundamente dentro de ella.

Así que la metí en el edredón y me fui a mi *penthouse*. No tenía sentido despertarlas para reprenderlas en este momento.

Estaban demasiado borrachas, y tenía un plan que poner en marcha para Davina Hayes.

Capítulo Trece

DAVINA

E

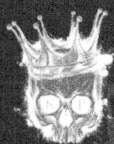

l viaje a la casa de la playa fue inútil, aunque ideamos un plan. Quedaba por ver si era bueno o no. Esta mañana habíamos limpiado la sala. Muchas botellas de alcohol te hacían eso. Pensaba que me había quedado dormida en el suelo de la sala, pero esta mañana me desperté en una cama caliente y cómoda. Mis amigas no fueron tan afortunadas.

Debí de estar más borracha de lo que pensé para llegar al dormitorio sin recordarlo. Aunque recordaba muchos de mis sueños de la noche anterior: el señor Brennan llevándome a la habitación, deslizándose conmigo bajo las sábanas, sus grandes manos recorriendo mi cuerpo. Sabía, *simplemente sabía*, que sería un amante increíble.

Por desgracia, solo fue un sueño. Me desperté empapada, insatisfecha y con resaca. Horrible combinación.

—De acuerdo, nos apegamos al plan —pronunció Wynter en voz baja, caminando con seguridad, como si fuera la dueña de la ciudad—. Alejamos todas las miradas de Davina para que pueda robarle al tío mientras sacudimos nuestros traseros.

—Suena como un plan sólido —confirmó Juliette—. Ojalá no me doliera tanto la cabeza.

—¿Tu cabeza? —se quejó Ivy—. Me duele todo. El cuello, la

cabeza, el estómago. —Se había pasado la mañana vomitando—. Todavía puedo saborear el vómito. ¿Huelo a vómito? —preguntó, lanzándonos una mirada de reojo.

Sacudí la cabeza. Mi estómago tampoco se sentía muy bien, pero eran más los nervios por lo que estaba a punto de hacer. Robarle a un maldito mafioso *sexy* era una idea estúpida, aunque no se me ocurría otra mejor.

—Deja de quejarte —siseó Wynter—. Entraremos y saldremos. Acabemos con esto y sigamos nuestro camino. Y no más alcohol.

—Al menos durante un mes o dos —asintió Juliette, mas luego lo pensó mejor—. En realidad, tenemos que pedir al menos una ronda de bebidas aquí. Si no, será sospechoso.

Wynter y yo la miramos exasperadas.

—Ese razonamiento no tiene ningún maldito sentido —solté.

—Bebemos cada vez que venimos —refunfuñó Ivy, poniéndose ligeramente verde al pensar en beber alcohol—. Si cambiamos nuestro comportamiento, será obvio.

—Vamos a bailar encima de la barra —agregó Wynter—. Eso es cambio de comportamiento.

—Como sea —rezongó Juliette—. Apéguense al plan. Pedimos bebidas y brindamos. Davina desaparece, y Wynter se sube a la barra mientras el *bluetooth* de Ivy conecta la música de su iPhone al equipo de sonido. Luego, Ivy y yo la seguimos.

Wynter suspiró pesadamente.

—Bien. Como quieras.

Las cuatro entramos en el *Eastside Club* sin ningún contratiempo, aunque Wynter no cumplía oficialmente los veintiuno hasta dentro de unas semanas.

Juliette llevaba un minivestido naranja brillante, Ivy un minivestido verde idéntico y Wynter uno blanco. Juntas parecían una bandera irlandesa andante. Yo llevaba uno negro que se ajustaba a mis curvas. Las cuatro decidimos que era mejor que me vistiera de negro para poder mezclarme con las sombras mientras me escabullía en la oficina de atrás.

¿Tenía sentido? Ni idea. Ninguna lo tenía, pero en todas las películas que habíamos visto con ladrones, llevaban *leggings* y camisas negras. Quiero decir, vimos *Entrapment* con Sean Connery y Catherine Zeta-Jones esta mañana. Solo confirmó la necesidad de vestir de negro. Excepto que este club no me permitiría entrar con un *body* como el que llevaba Catherine Zeta-Jones.

Caminamos hacia el bar como si perteneciéramos aquí.

—Una ronda de *whisky* para nosotras —ordenó Juliette. El *bartender* nos miró a todas una por una y acabó en Wynter.

—Esa no tiene veintiún años —declaró, con los ojos clavados en Wynter. Por supuesto que el tipo lo sabría. Su tío era el dueño del club.

Wynter se apartó los rizos de la cara y sonrió.

—No pasa nada. Puedo tener un vaso de agua.

Ivy parecía un poco demasiado verde.

—En realidad, ¿puedo tomar *ginger ale*?

—Yo también. —Aproveché la oportunidad. Mi estómago no podía soportar más alcohol.

—Que sea otro —añadió Juliette. Esto debía dar fe de lo mal que se sentía también.

Tres vasos de *ginger ale* y un vaso alto de agua, las cuatro agarramos nuestros vasos y los chocamos, luego nos los bebimos.

Ivy silbó la canción de *Sinsajo* y mi cabeza se giró hacia ella. Desde el primer comentario de ser tributo, *Los Juegos del Hambre* se habían convertido en el tema de nuestras estúpidas discusiones.

—¿Por qué silbas? —pregunté.

—Será nuestra señal —explicó Juliette, y luego soltó una risita.

Siguió con otro silbido de *Sinsajo*. Wynter frunció el ceño y las dos compartimos una mirada; luego se encogió de hombros. Al menos no era la única confundida. Eso, o a Ivy y Juliette se habían vuelto fanáticas de *Los Juegos del Hambre*. O quizá seguían borrachas por lo del día anterior.

—De acuerdo, Wynter —murmuró Juliette, repentinamente seria —. Es hora de que te subas al bar.

—Subir va a ser un desastre con este vestido tan corto —susurró, mientras se bebía el resto del agua y la dejaba caer de golpe sobre el bar. Todo era parte del espectáculo. Solo nosotras cuatro y el *bartender* sabríamos que estaba bebiendo agua y no algo más fuerte.

—Una maldita ganadora de una medalla olímpica y te quejas por subirte a un taburete de bar —se burló Juliette, poniendo los ojos en blanco—. Sube el culo hasta allí.

Me di cuenta de que el tipo de Wynter se quedaba cerca de la puerta, hablando con otro hombre que nos daba la espalda. Me giré para alertar a Wynter, pero era demasiado tarde.

Ya estaba sobre la barra, dándonos un vistazo de su perfecto trasero olímpico. Juliette chasqueó los dedos y la canción *Hands to Myself* de Selena Gomez sonó a todo volumen.

El fuerte silbido de tres tonos de Juliette atravesó el aire y captó la atención de todos al instante. Los hombres giraron sus cabezas y toda la atención se centró en Wynter, que bailaba encima de la barra. Las tres observamos cómo los hombres la observaban lascivamente mientras se movía sensualmente al ritmo de la canción, con sus rizos dorados reflejando la luz con cada movimiento.

—Quinn está en movimiento —informó Juliette en voz baja, sin mirar hacia mí.

Esa era mi señal. Juliette e Ivy subieron a la barra a continuación, una a cada lado de Wynter. Ahora sí que parecían una bandera irlandesa allí arriba. Me deslicé entre la multitud mientras los vítores se hacían cada vez más fuertes. Justo al salir, miré por encima del hombro y descubrí los ojos de mis mejores amigas clavados en mí. Se llevaron los tres dedos medios de la mano izquierda a los labios y los tendieron hacia mí.

Estábamos llevando *Los Juegos del Hambre* a un nuevo nivel con esto. Era sin duda una exageración.

A la mierda.

Devolví el saludo. También podría caer en llamas, como Katniss. Por el rabillo del ojo, capté la cara de un hombre con *jeans* y una impecable camisa de botones en el extremo más alejado del lugar. Parecía furioso y seguía siendo tan caliente que derretía bragas. Su sola presencia dominaba el lugar y, durante una fracción de segundo, me quedé observando, admirando la vista.

La canción cambió a *Legends Are Made*, de Sam Tinnesz, y supe que el infierno se desataría en cualquier momento. Si alguien podía alborotar a la multitud, era Wynter. Y la actuación de Juliette no se quedaría atrás.

Con una exhalación, avancé por el pasillo hacia el despacho donde Juliette dijo que estaría la caja fuerte. Ignorando a todos con los que me cruzaba, mantuve la cabeza baja y me aseguré de no hacer contacto visual con nadie.

Por fin en mi destino, presioné el pomo de la puerta de la oficina y, para mi sorpresa, se abrió. Viendo por encima del hombro, confirmé que nadie miraba hacia mí y entré en el despacho con un suave clic a mis espaldas.

Sin demora, me precipité hacia el cuadro descrito por Juliette. Auténtico Picasso. Jesucristo, deberíamos robar el cuadro y conseguiríamos el dinero que necesitábamos para mi ex. Nunca pensé que tener un ex sería tan malditamente costoso.

Al retirar el cuadro de la pared, mis manos temblaron nerviosamente al levantarlas.

08-29-19-98.

Debería haber sabido que las cosas no iban a salir como habíamos planeado.

Capítulo Catorce

LIAM

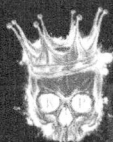

E n cuanto vi que faltaba una de las amigas del cuarteto, supe
que pasaba algo, aunque nunca imaginé que me estuvieran
robando.

Por una belleza de cabello negro que pensó que sería un buen *sugar
daddy*.

—Maldición, maldición, maldición. —Las suaves maldiciones de
Davina llenaban mi oficina mientras dejaba caer un montón de dinero.

Mi decisión de seguir adelante con el plan se afianzó. Sabía exactamente cómo saldaría su deuda.

—Palabras sucias saliendo de una boca tan bonita —anuncié, arrastrando las palabras.

Me acerqué a Davina, quien seguía con el trasero en el suelo, las
bragas a la vista y los ojos llenos de terror. Se sonrojó y el único sonido
que llenaba el despacho era su respiración agitada. La música a todo
volumen del club quedaba ahogada por las paredes insonorizadas que
había instalado.

—Déjame adivinar. —Empecé—. Las otras tres eran para
distraerme mientras me robabas.

Sus hombros se hundieron y su mirada se desvió de mí. Prácticamente podía verla pensar mientras sus ojos recorrían la habitación. Contemplaba sus opciones para salir de esta situación. No había ninguna. Su única salida estaba bloqueada por mi cuerpo.

Entonces sus labios se afinaron y sus ojos brillaron desafiantes.

—Tan equivocado —protestó en un tono sensual.

Pequeña descarada.

—Ilumíname entonces. ¿Por qué está abierta mi caja fuerte y por qué tienes las manos en mi dinero?

Se encogió de hombros y me miró con desagrado. Supongo que su comentario de que era un hombre *sexy* que derretía bragas solo tenía sentido cuando la chica estaba borracha.

—Para resguardarlo.

Sinceramente, tuve que morderme el interior de la mejilla para no reírme. Ella y sus amigas, incluidas mi propia hija y mi sobrina, me estaban robando, y lo llamaba resguardo.

—Me encanta tu boca descarada —afirmé—. Sigue así, y voy a averiguar lo bien que funciona.

Era hora de que esta mujer pagara la deuda que tenía. *Deudas ahora.*

Jadeó, sus ojos se abrieron de par en par.

—¡Eres el padre de mi mejor amiga!—exclamó.

—¿Qué te hace pensar que algo tan pequeño me mantendría alejado de ti? —gruñí.

Sacudió la cabeza, aunque no estaba seguro de si era a mí o a sí misma.

—Es hora de que pagues tu deuda —informé—. La apuesta aumentó ahora que me has robado.

Observé cómo se abría y se cerraba su exquisita boca. Casi me decepcionó que no hubiera otro comentario atrevido.

—Levántate —ordené. Como no se movió—. ¡Ahora!

No estaba acostumbrado a que no me obedecieran. Excepto Juliette y Wynter, por supuesto. Era la razón por la que pasaban más tiempo en California que aquí.

Davina me observó con recelo mientras se ponía de pie, agarraba la mochila donde metió el dinero y cerraba la cremallera.

Dios no quisiera que mi propio dinero se saliera de la bolsa. Aunque, podría dejar que se lo ganara.

Se enderezó, inclinó la barbilla desafiante y me fulminó con la mirada.

—¿Y ahora qué?

Levanté la comisura de los labios. La mujer tenía valor, eso estaba claro. Mis ojos recorrieron su cuerpo, observando el minivestido negro que apenas cubría algo, pero dejaba mucho a la imaginación.

Cerré la puerta tras de mí. Era mejor que no tuviéramos testigos para lo que seguiría para la joven belleza de cabellera negra.

Metiéndome las manos en los bolsillos de los *jeans*, me acerqué al escritorio y me apoyé en él. Ella observaba todos mis movimientos, esperando. Frunció los labios como si le molestara que la interrumpí.

La puerta de mi despacho se abrió y entró Quinn.

—Se escaparon —anunció—. Wynter se quitó la puta ropa.

¿Qué demonios estaba pasando con estas chicas? ¿Robo? ¿No les daba suficiente dinero, carajo? Tal vez Juliette quería un coche nuevo. Al fin y al cabo, se había portado como una mocosa después de destrozar el último y me negué a comprarle otro hasta que volviera a tomar clases de conducir. Maldición, era su décimo vehículo destrozado en veinticuatro meses.

—Señorita Hayes, díganos qué es lo que usted y sus amigas están tramando —demandé fríamente.

—No —siseó, un relámpago brillando en sus ojos, y mierda si no me apaciguó. Era como una diosa del rayo, dispuesta a luchar conmigo. Me puso la polla dura.

—¿Quieres que entregue las pruebas a la policía? —pregunté, observándola por si mostraba algún signo revelador.

Se encogió de hombros.

—¿Cómo qué? ¿La mochila? —Esa boca descarada suya me daba ganas de darle con un cinturón en el trasero.

—Para empezar, sí —expresé, manteniendo el rostro impasible—. Esa mochila le pertenece a Quinn, y el dinero que escondiste en ella me pertenece.

Ladeó una ceja.

—Hay un millón de mochilas como esta, y la posesión es nueve décimas partes de la ley. —Jesucristo, ¿cuántas veces había sido arrestada esta chica para saber todo eso? O quizá veía demasiadas películas —. Así que no toques mis cosas.

Echó los hombros hacia atrás y levantó la barbilla en señal de desafío. Casi me arrepentía de haberle roto sus defensas.

Señalé la esquina de la habitación donde estaba la cámara. No necesitaba saber que la habían desconectado, ya que esta noche íbamos a entregar el club a los italianos.

—Miras eso, dulzura. —Ronroneé—. Esa es nuestra prueba.

—Mierda —soltó, con los hombros ligeramente caídos—. Jodida. Simplemente estoy jodida.

—Más o menos —concordé. Cambió de un pie a otro y sus ojos se movieron entre Quinn y yo, como era de esperarse. Fue entonces cuando tomé una decisión. Volví la mirada hacia Quinn—. ¿Los italianos están aquí?

Asintió. Significaba que tenía una hora para darle una lección a esta mocosa de mujer. Una hermosa.

—Ocúpate de ellos y mantenlos lejos de aquí —declaré.

Los ojos de Quinn recorrieron la oficina, la caja fuerte abierta y la mochila negra, sacando sus propias conclusiones. Llevaba el tiempo suficiente para presenciar los grandes planes de Wynter y Juliette, aunque este los superaba a todos.

—Veo que las chicas siguen nuestros pasos, una hora —avisó, con una expresión divertida. En sus casi cincuenta años, había visto y experimentado de todo. Ya no había muchas cosas que lo sorprendieran.

Los hombros de Davina se tensaron y susurró algo ininteligible en voz baja. Se alejaba cada vez que movía los pies y sus ojos oscilaban entre Quinn y yo. Probablemente la chica lista estaba evaluando quién era una amenaza mayor.

«No me quites los ojos de encima, dulzura», pensé.

—Una hora —repitió Quinn y salió de la oficina, cerrando la puerta tras de sí.

Se le cayó la cara, probablemente por haber contemplado salir corriendo por la puerta y tratar de escapar.

Se alargó el silencio, aunque no me molestó lo más mínimo. Disfrutaba bastante viéndola retorcerse, aunque se esforzaba por ocultarlo.

—¿Qué quiere, señor Brennan? —rompió por fin el silencio.

—¿Qué crees?

Me miró con ojos suspicaces.

—Probablemente su dinero de vuelta —respondió irónica—. Pero es *nuestro* dinero.

Me burlé de eso. Estas chicas de la Generación Z estaban locas.

—No te lo has ganado —dije inexpresivo—. Todavía. Pero podemos arreglarlo.

—¿Cómo? —Bajó un poco la voz y su cuello se balanceó mientras tragaba con valentía—. Algo raro probablemente.

Joder, tenía tanta razón. Quería inclinarla sobre el escritorio y darle nalgadas, y luego follármela hasta dejarla sin sentido por ser tan imprudente. Había estado luchando contra el impulso de reclamarla desde la noche en que la vi por primera vez. Tenía la misma edad que Juliette, demonios, pero no podía quitarme a la maldita Davina Hayes de la cabeza.

—Bueno, no estoy interesada en cosas raras —añadió, y sus mejillas se tiñeron de un tono rojo aún más oscuro, lo que me decía que lo había pensado antes—. O viejos.

Esta mujer sería mi muerte. No por su belleza. Ni por toda la sangre que se disparó directamente a mi verga y la hizo tensarse contra mis *jeans*. Era su boca atrevida y su valor para contestarme lo que me cautivaba más que cualquier otra cosa.

No había una sola mujer en toda mi vida que se atreviera a hablarme así. Ni hablar de ser irrespetuosa.

—Apostaría todo el dinero en esa bolsa y en mi cuenta bancaria a que te agradan las cosas raras —reté, provocándola.

Esta vez, se burló, pero no respondió. *Chica lista.* Disfrutaría enseñándole cosas raras y viendo su cara mientras las disfrutaba. De repente, quería ver lo que mi toque le hacía. Quería sentir cómo se estremecía. Tomar todo de ella.

—¿Y ahora qué?

—¿Te están esperando? —cuestioné en lugar de responder a su pregunta. Tragó saliva y negó con la cabeza. *Pequeña mentirosa—*. Envíales un mensaje y diles que vuelvan a la universidad sin ti.

Su mirada me atravesó, su respiración entrecortada.

—Ahora —exigí cuando no se movió.

Saltó y rebuscó en la mochila. Vi cómo sacaba el teléfono y sus elegantes dedos se movían sobre el teclado.

—Quiero ver el mensaje antes de que lo envíes.

Entrecerró los ojos.

—Fanático del control —reviró por lo bajo.

No tenía ni maldita idea. Dio dos pasos hacia mí y me puso la pantalla en la cara.

—Aquí está. —Leí el mensaje.

> Davina: Todo bien. Váyanse sin mí. Nos veremos en los dormitorios.

—¿Contento?

Asentí y pulsó el botón de enviar, después volvió a meter el teléfono en la mochila.

Su mirada se dirigió hacia mí y esperó. Estaba tan cerca que podía olerla. Intoxicante.

Oh sí, esta fiera era una *freaky*. Solo que ella aún no lo sabía.

—Primero te bebes mi botella de coñac más cara —pronuncié, y en sus ojos brilló la sorpresa. Parecía que anoche estaba demasiado borracha para darse cuenta de que me había visto—. Luego, me robas. —Se mordió el labio inferior y tuve que luchar contra el impulso de tomar su boca.

—Lo siento —musitó, como si eso fuera a mejorar las cosas.

—Quítate las bragas —demandé, decidiendo cómo castigaría a la *pequeña ladrona*. Quería darle unas nalgadas, y en el momento en que abrió la caja fuerte y me robó, me dio permiso. Lo supiera ella o no.

—¿Q... qué vas a hacer? —balbuceó, tratando de ocultar la ansiedad en su voz. Era como si no pudiera decidir si estaba asustada o excitada.

—Quítate. Las. Bragas.

La ira volvió a brillar en sus ojos.

—¡De acuerdo!

Ouch.

Esto era ciertamente un descenso, y no de los buenos. Sin embargo, obedeció. Bajó la mochila junto a sus pies, se metió la mano bajo el vestido y, con cuidado de no mostrarme el coño, deslizó las bragas por sus preciosas piernas.

Mi polla palpitaba, ansiosa por salir y enterrarse en su cálido coño. Pero la ignoré, decidido a cumplir mi castigo.

—¿Y ahora qué? —retó, mirándome como si fuera una escoria, con las mejillas sonrojadas.

Extendí la mano en una demanda silenciosa, y me tiró las bragas. Dios, me encantaba su maldito fuego. Las atrapé antes de que me dieran en la cara y me las metí en el bolsillo.

—Ahora date la vuelta e inclínate sobre mi escritorio.

Sus ojos se abrieron de par en par y tragó con fuerza. Quería cogerme esa boca. Desde el momento en que pronunció esas primeras palabras, tres meses atrás, quise follarme esa bonita boca suya hasta que no pudiera recordar ningún tiempo anterior a mí.

—¿Esperas instrucciones por escrito?

—Maldito mafioso —murmuró mientras se daba vuelta y se inclinaba sobre mi escritorio. Si me hubiera observado una fracción de segundo más, me habría sorprendido sonriendo. Me encantaba su fuego y sus agallas. A diferencia de otras mujeres, era *sexy* cuando hacía pucheros.

Su espalda se arqueó y su culo sobresalió hacia mí, dejando su perfecto trasero abierto para que lo tomara, pero el endeble material de su vestido seguía impidiendo mi vista. Di un paso y me situé justo detrás de ella. Recorrí con el dedo su columna vertebral, trazando una línea desde los hombros hasta las caderas y luego bajando por sus muslos.

Mis fosas nasales se encendieron cuando sentí su olor. *Excitación.* Mi pequeña ladrona estaba excitada, y ya había perdido su apuesta.

Deslicé mis manos por su suave piel desnuda y lentamente le subí el vestido, dejando su culo desnudo completamente expuesto ante mí.

—Tan hermosa —gruñí, con la palma de la mano rozando sus nalgas, y juré que sentí que sus músculos se relajaban un poco.

Capítulo Quince

DAVINA

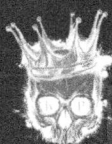

Mis dedos se aferraron al borde del escritorio y mis entrañas se estremecieron de expectación. Había perdido oficialmente la cabeza, o el coñac de anoche seguía nadando por mi torrente sanguíneo.

Era la única explicación lógica para esto.

—Voy a castigarte por robarme —pronunció el señor Brennan con su voz *sexy*.

Dios, estaba tan mojada. Y *dolía*. Aquel delicioso palpitar entre mis muslos se intensificaba con cada latido. Sus ásperas palmas sobre mis muslos se sentían tan bien sobre mi suave piel, y sentí un hilillo de mi excitación en la cara interna del muslo.

Tan vergonzoso.

Recé para que no se diera cuenta.

Sus palmas me rozaron el trasero y me mordí el labio para que no se me escapara un gemido. Aunque me di cuenta demasiado tarde de que mi trasero buscaba su tacto.

—Espero que no seas frágil —añadió, con la voz un poco más oscura que antes.

—Adelante, viejo —exhalé. El intento de sonar desafiante fracasó estrepitosamente, mi nivel de excitación era evidente incluso para mis propios oídos.

Su mano bajó rápidamente y el golpe de su palma contra mi trasero resonó en la oficina vacía.

¡Nalgada!

Un ligero fuego se extendió por mi nalga y mi frente se apoyó en la fría superficie del escritorio de caoba. Para mi horror, un gemido se deslizó por mis labios y mis entrañas se apretaron con anticipación.

En toda mi vida, nunca me habían golpeado. Ni una nalgada, ni una bofetada. Nada.

Hasta ese momento, y estaba tan excitada como nunca.

Mi cerebro gritaba que debía luchar, que debía avergonzarme, mas mi cuerpo se negaba. Esto me gustaba, maldición.

¡Nalgada!

Otro azote, y este fue más fuerte. Mi cuerpo se estremeció y mi respiración se aceleró. Su palma frotó el escozor y empujé mis caderas hacia él.

—Creo que esto es más un castigo para mí que para ti —refunfuñó. Sentí calor en la boca del estómago y su mano separó mis muslos. Inspiró profundamente, su dedo recorrió mi entrada y un fuerte gemido vibró por toda la habitación—. Mierda —gruñó.

Dios mío, quería cogérmelo. Necesitaba que me follara. Sentí cómo sus dedos captaban el brillo de mi excitación entre mis muslos, luego volvió a mi entrada y empujó la punta de su dedo dentro de mi coño.

—Ah... Ah... Dios —gemí, mi vagina apretándose con avidez alrededor de su dedo.

No sabía si morirme de vergüenza o rogarle que no parara, aunque no podía reunir la energía para ninguna de las dos cosas.

Miré por encima de mis hombros y lo sorprendí ajustando su postura. La expresión de su rostro me decía que no se detendría, y no quería que lo hiciera. La mirada asombrada y hambrienta de sus orbes casi me hizo suplicarle más.

Nuestros ojos se encontraron, y lo que vio en mi mirada hizo que me diera otra nalgada. Y luego otra. Todo mi cuerpo se movió hacia delante y apoyé la mejilla en el frío escritorio de madera mientras observaba el cuadro de Picasso.

No podía entender por qué estaba disfrutando esto. Nunca me había excitado tanto. Esto era degradante. ¿Cierto? Entonces, ¿por qué se sentía tan bien?

—¿Quieres que me detenga? —Su voz era gutural y su respiración se había vuelto agitada, como si luchara por contenerse.

—No se contenga, señor Brennan. —Jadeé mientras los latidos de mi corazón retumbaban en mis oídos.

Gruñó, realmente gruñó, mientras bajaba y me mordía la nalga derecha.

—Chica sucia. —Esto era tan caliente.

Nalgada. Luego, otra. El ritmo variaba y cada nalgada alternaba de lado, y luego frotaba la piel ardiente mientras un músculo en lo más profundo de mi vientre se contraía de placer. Tenía que ser lo que sentí la primera vez que lo vi.

Algún tipo de perversión sexual que coincidiera con la mía.

Un profundo gemido se escapó de mis labios y miré por encima del hombro para ver cómo me castigaba por robarle. Sin embargo, no me pareció un castigo en absoluto. Tenía el cabello hecho un desastre, cayendo en cascada sobre mi cara, mas eso no ocultaba el deseo que nublaba mis ojos. Nunca había visto nada tan erótico y *sexy*.

Este hombre poderoso estaba hambriento por mí.

La sangre me zumbaba por los oídos y todo mi ser se concentraba en el guapísimo hombre que tenía detrás. En un abrir y cerrar de ojos, sentí el calor de su cuerpo sobre mi espalda cuando se inclinó hacia mí y acercó su boca a la concha de mi oreja.

—¿Has hecho esto antes? —Su voz era áspera y bastante *sexy*. Sacudí la cabeza y mi cabello largo brilló, arrastrándose por el escritorio—. ¿Cuándo fue la última vez que tuviste sexo?

Parpadeé. Era difícil pensar con el calor de su pecho contra mí, su aliento caliente en mi oído. Moví las caderas y mi trasero rozó algo grande y duro. Se me escapó un grito ahogado y sentí calor en la boca del estómago.

¡Dios mío! Sabía que era grande cuando lo vi masturbándose en la ducha, pero si el impresionante bulto contra la cremallera de sus *jeans* era algo que tener en cuenta, era enorme.

Mi centro palpitaba por la necesidad de sentirlo dentro de mí.

—Contéstame —requirió, mordiéndome el lóbulo de la oreja.

Un gemido salió de mi boca y, a través de la bruma del deseo, se abrió paso una pizca de razón. Este hombre me deseaba. Podría usarlo para negociar con él.

—Si te lo digo… —Respiré, mi voz sonando extraña ante mis propios oídos—. Y dejo que me hagas lo que quieras, ¿me dejarás quedarme con el dinero? Y el favor de espiarte en la ducha también queda saldado.

Ahí. Lo había dicho. De acuerdo, la elección de palabras fue estúpida, pero no podía retractarme ahora. Si había algo que no me gustaba, se lo diría. Y si me presionaba, le daría una patada en las pelotas.

«Buen plan», me di una charla motivacional.

Sus dedos recorrieron perezosamente la cara interna de mi muslo, manchando la piel con la evidencia de mi deseo, y un escalofrío me recorrió la espalda. Nunca me había sentido tan excitada. Estar caliente y excitada adquiría un significado totalmente nuevo con este hombre.

—Tal vez —respondió, acercando su dedo a mis labios. Se abrieron instintivamente y él introdujo los dedos. Los chupé con un gemido.

Se sentía sucio. Prohibido. Y tan bien que pensé que ardería en llamas aquí y ahora.

Vibro con su aprobación mientras mi boca limpiaba sus dedos, imitando la succión como si tuviera mis labios alrededor de su longitud. Dios, la necesidad de saborearlo me carcomía. Me abrumaba.

—Soy muy exigente —expresó—. Te someterás a todo. Solo conmigo.

«Di que no», gritó mi mente. *«¡No seas idiota!»*.

—P… por favor, sí —supliqué, aunque no estaba segura de si era para que me follara, exigiera mi sumisión o me dejara quedarme con el dinero para que mis amigas y yo pudiéramos callar a Garrett.

—Responde a mi primera pregunta —dictaminó.

Me esforcé por recordar lo que me preguntó. Mi mente era un caos.

—¿Qué pregunta? —Respiré.

—¿Has hecho esto antes?

—No, no lo he hecho. —Exhalé—. No he tenido sexo en más de seis semanas.

Demonios, me mudé con Garrett y el sexo cesó al instante. No me extrañaba que estuviera cachonda, actuando como una maldita perra en celo por Liam.

Mentirosa. Me había sentido atraída por él desde el momento en que lo vi por primera vez.

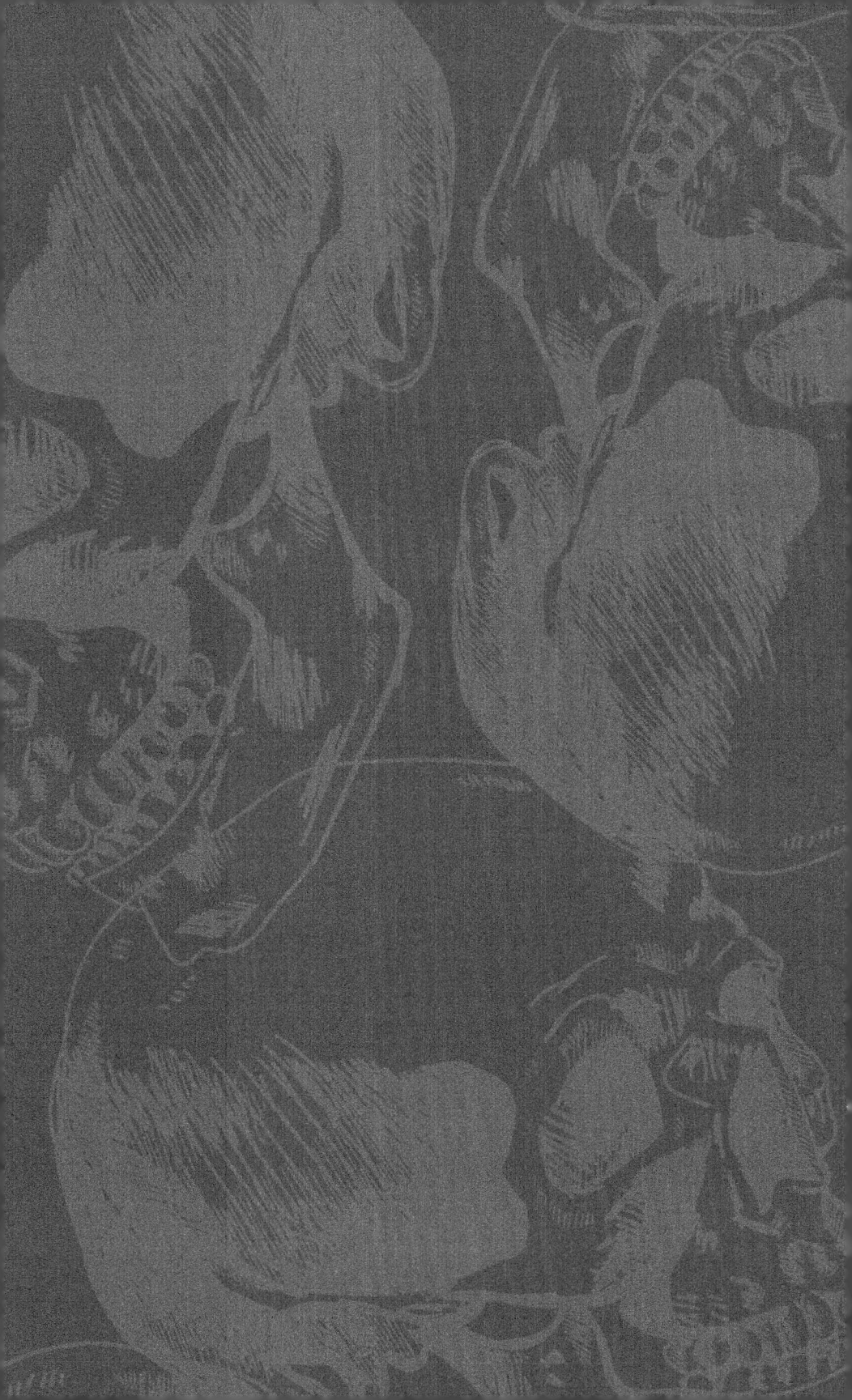

Capítulo Dieciséis

LIAM

Seis semanas.

Ella no había tenido sexo en seis semanas.

—¿No tienes novio? —pregunté. Eso era lo que mostraba su informe. Refunfuñó—. ¿Qué fue eso? —cuestioné.

—Rompimos.

—Bien. —Una cosa menos de la que preocuparse.

Y el hecho de que no hubiera hecho algo así antes me hizo gruñir de satisfacción. La vena posesiva que no había sentido antes me hizo querer reclamar todas sus primeras veces. La idea era ridícula. Tenía cuarenta y tantos años. Demandar sus primeras experiencias estaba fuera de lugar.

Con un movimiento rápido, la giré para que me mirara y observé su expresión. Sus mejillas sonrojadas hacían juego con la piel roja de su trasero. Sus ojos empañados me recordaron las nubes oscuras de Irlanda, justo antes de la lluvia primaveral.

Maldición, era demasiado *sexy*. Demasiado joven.

Al desgraciado que había en mí no le importaba. Luché por mantener el control, por llevar aire a mis pulmones. Estaba listo para inmovilizarla y penetrarla sin piedad. Follármela hasta que olvidara el nombre de todos, incluido el suyo.

Me acerqué al sofá y me senté.

—Ven aquí.

Dudó un instante y luego obedeció. Sus caderas se balancearon a medida que se acercaba. Su vestido seguía ceñido a la cintura, su respiración era agitada y observé fascinado cómo sus generosos pechos subían y bajaban con cada inhalación y exhalación.

Las tenues luces de mi despacho se reflejaban en sus brillantes mechones oscuros. Dios, ese cabello. Era mi debilidad. Lo suficientemente largo como para que pudiera enrollarlo alrededor de mi puño dos veces y mantenerla firme mientras le follaba la boca. *¡Jesucristo!*

Estaba delante de mí, con el coño a la vista. El interior de sus muslos resbaladizos por la excitación. Podría perder la maldita cabeza con esta mujer y no me importaría en absoluto.

«Demasiado tarde», pensé. Debí ya haber perdido la cabeza, porque no perdonaba a la gente que me traicionaba, pero no podía soportar que esta mujer sufriera algún daño. En los últimos cuatro años, había oído hablar mucho de las amigas leales de Juliette. Hasta ese momento, no le había creído hasta que las cuatro intentaron robarme.

Ahora me inclinaba a pensar que la afirmación de Juliette tenía mérito. Porque la actuación que las tres mujeres llevaron a cabo en el bar como distracción, además vistiendo los colores de la bandera irlandesa, era una señal segura de que las cuatro trabajaban bien juntas. La pregunta era ¿por qué robarme? ¿Para qué necesitaban dinero?

Davina se quedó quieta, esperando la siguiente instrucción, y me alegró que no intentaba tomar las riendas. Yo prefería llevar el control en el dormitorio.

Me estiré en el sofá, sin dejar de mirarla.

—Siéntate en mi cara. —Davina jadeó con asombro, y la jalé más cerca, luego le di una nalgada—. Ahora. Quiero tu coño en mi boca.

Se subió al sofá, a horcajadas sobre mí, y se acercó más a mi cuerpo. Mis dedos se aferraron a sus muslos, acercándola, pero ella se cernió sobre mi cara.

—Dije que te sientes en mi cara. De lo contrario, voy a tener que darte unas nalgadas en ese dulce culo.

Incliné la cabeza hacia arriba e inhalé profundamente, luego lamí lentamente su entrada.

—Dios mío —gimió, con los muslos temblorosos.

¡Joder! Estaba empapada. Su excitación perfumaba el aire, y era el mejor tipo de aroma. Rasqué mi barba contra la delicada piel del interior de sus muslos.

La agarré por las caderas y la empujé hacia abajo hasta que su coño se colocó sobre mi cara.

—Maldición —jadeó, y finalmente se sentó del todo. Sus ojos se clavaron en mí mientras mi boca chupaba su coño. Llámame pervertido, pero me gustó que no apartara la mirada. Observaba fijamente donde mi boca y su coño se conectaban, sus ojos llenos de lujuria brillaban como diamantes.

La devoré como si fuera la última comida de mi vida. Como si el mundo fuera a arder en cualquier momento y ambos necesitáramos este último placer para llegar al cielo. Chupé y lamí, sus caderas se balanceaban contra mi lengua.

Sus gemidos eran la más dulce sinfonía. No había nada falso en su reacción, sus caderas se movían con cada lamida que le daba en el coño. Le pellizqué el clítoris y un fuerte gemido vibró en el aire.

—Dios mío —gimió, la desesperación en su voz me alentó.

Estaba húmeda y resbaladiza, la carne de su coño hinchada. La pequeña ladrona estaba necesitada y codiciosa. La lamí, bebiéndola hasta saciarme, y le metí dos dedos.

—¡Señor Brennan! —exclamó entre gemidos, balanceándose hacia delante y hacia atrás, follándose a sí misma sobre mi mano. No pude evitar reírme contra su coño cuando me llamó señor Brennan.

Su movimiento se detuvo e intentó apartarse de mí. Los dedos de mi mano izquierda se clavaron en su cadera.

—¿A dónde crees que vas? —gruñí—. No hemos terminado.

Parpadeó, con una tormenta gestándose en sus ojos.

—T… te reíste —acusó, con un tono ligeramente jadeante.

¿Creía que me burlaba de ella? ¿No sabía lo hermosa que era cuando era dueña de su placer? Era la mejor euforia, la mejor adrenalina. En mis cuarenta y siete años, no había experimentado nada mejor que este preciso momento.

—Que me llamaras señor Brennan me hizo reír —dije en tono suave.

—*Oh.*

—Liam —declaré—. Llámame Liam cuando te esté comiendo el coño.

Se quedó boquiabierta, mas sabía que le gustaban mis palabras sucias. El color que se extendió por su pecho y sus mejillas fue mi confirmación. Me miró como si se estuviera debatiendo si me estaba riendo de ella.

—Eres tan hermosa cuando estás excitada. —Ronroneé.

Se lamió el labio inferior y luego susurró:

—Liam. —Su voz era suave, tentativa, como si estuviera probándolo en sus labios.

Asentí.

—Así es, dulzura. Ahora, devuélveme ese coño para que pueda terminar lo que empecé.

Mierda, si se sonrojaba de forma tan atractiva cada vez que le decía algo sucio, nos la íbamos a pasar muy bien juntos. Volví a bajar su coño contra mi cara y atraje su clítoris entre mis labios. Gimió, balanceándose adelante y atrás. Implacable y ansioso por verla correrse, introduje la lengua en su entrada y sus muslos se tensaron alrededor de mi cabeza.

Tararé mi aprobación mientras sus caderas se mecían con fuerza contra mi cara. Succioné sin descanso, como si mi vida dependiera de ello. Sus dedos se enredaron en mi cabello. Sus párpados se cerraron, con la expresión de dicha más magnífica en su rostro, y supe que estaba enganchado de por vida. Me tiró del pelo, su cuerpo se sacudió y tembló mientras se corría en mi cara. Sus muslos me estrangulaban la cabeza, mas no me importaba. Si había una forma de irme, esta sería mi favorita.

El clímax de Davina Hayes fue el espectáculo más hermoso que jamás había visto. Lo saboreó, lo sintió y definitivamente lo disfrutó. Se desplomó y se bajó por mi cuerpo.

—Santos cielos —murmuró sin aliento, con la cara hundida en el pliegue de mi cuello.

Mi polla estaba dolorosamente dura en mis pantalones. Palpitaba porque quería estar dentro de ella. Pero follármela aquí no estaba bien. Me la acababa de comer con la puerta abierta. Cualquiera podría habernos visto. Era inaceptable perder la cabeza así a mi edad.

Pasé mis manos por su espalda, su respiración se hizo más lenta. Esta chica era tan pequeña y suave. Demasiado vulnerable y quebradiza. Si los italianos la hubieran atrapado robando en la caja fuerte, le habrían arrancado la vida. Ese pensamiento hizo que algo se apretara en mi pecho.

Ahora que la había probado, estaba seguro de que no la dejaría escapar.

Capítulo Diecisiete

DAVINA

Mis músculos temblaban como gelatina.

Había sido el orgasmo más intenso de mi vida. Dado por Liam Brennan, el padre de mi mejor amiga. Su *padre*. Mi razón apareció, y el pánico aumentó.

¿Qué diablos hice?

Me moví y me aparté de él. Me puse de pie y me bajé el vestido, por fin la realidad se asentaba. Tuve el orgasmo más intenso con el padre de Juliette.

¡Santa madre de Dios!

Mis ojos buscaron en el suelo mis bragas, y entonces recordé que se las había metido en el bolsillo.

—*Ummm*, voy a necesitar mi tanga —pedí, mirando a cualquier sitio menos a él.

El padre de Juliette. De todas las personas del mundo, ¿por qué él? Aunque amé cada segundo.

—No.

Mis ojos se posaron en los suyos y lo fulminé con la mirada, molesta. Se movió en el sofá, acomodándose, y no pude evitar fijarme en el impresionante bulto que seguía presionando la bragueta de sus *jeans*. Estaba duro, pero no intentó cogerme. ¿Todo esto era para castigarme?

No fue un *gran* castigo.

—No quiero sentarme en un Uber durante dos horas sin bragas —reviré—. Devuélvemelas.

—Tienes razón —replicó, y suspiré. Al menos tenía algo de sentido común—. Estarás sentada en mi coche durante dos horas sin bragas.

«Espera. ¿Qué?».

Se levantó y su mano se acercó a mi espalda baja, empujándome hacia delante.

—Señor Brennan, usted...

Me cortó.

—Liam.

—¿Q... qué?

—Davina, acabo de comerte el coño como si mi vida dependiera de ello —anunció mientras sus palabras encendían un cerillo por todo mi cuerpo—. Me llamarás Liam. —Abrí la boca, luego la cerré y volví a abrirla, sin embargo, no salieron palabras—. Está decidido. —Una pequeña sonrisa se elevó en sus labios y mi corazón se agitó. Revoloteó, maldición. Un pequeño orgasmo y sexo oral, y era una tonta por este hombre. ¿Qué me pasaba? Era una mujer fuerte e independiente.

—Agarra la mochila con el dinero robado —ordenó, y parpadeé. Casi me había olvidado del maldito dinero. Era la única razón por la que estaba en esta situación. Dios, las chicas y yo éramos las peores criminales que pisaban la tierra.

Di dos pasos y levanté la mochila, luego dejé que me guiara fuera del despacho y por el pasillo. A mitad de camino, nos cruzamos con dos hombres: Quinn y otro que no reconocí.

Evité mirar a Quinn, preocupada de que leyera en mi cara lo que su jefe y yo hicimos en aquella oficina después de que él se marchara. Mis ojos se desviaron hacia el hombre que estaba a su lado.

—Santos cielos —dije en voz baja.

Este tipo era puro sexo en dos piernas. Alto, alrededor de un metro ochenta. Cabello oscuro y ojos aún más oscuros.

—No te hagas ilusiones, *a mhuirnín* —me susurró Liam al oído, mientras su alto cuerpo me atraía hacia él.

Giré la cabeza para observar el perfil de Liam. Lo que fuera que dijo, era tan excitante escucharlo. Quería que lo repitiera otra vez, sin embargo, este no era el lugar adecuado.

—¿Dónde está Basilio? —inquirió Liam, con voz fría, estaba segura de haberlo oído mal. Hace apenas un minuto, estaba gruñendo y riendo entre dientes, y ahora parecía francamente amenazador. Pero al menos no era hacia mí—. Dante, te hice una pregunta —pronunció Liam.

Parpadeé y mis ojos se movieron entre los tres hombres. No tenía ni puta idea de quién era Basilio, pero al parecer era a quien Liam requería, y tenía la sensación de que todo lo que Liam quería, lo conseguía.

—Tenía asuntos que atender —respondió con calma el hombre de cabello oscuro. Parecía italiano—. Le llevaré los papeles, no te preocupes. Su *papà* recibirá una confirmación esta noche.

Si su tono de piel bronceado y sus ojos oscuros no eran prueba suficiente de su linaje italiano, la forma en que decía *Papà* sin duda lo era.

—No me jodas, Dante —declaró Liam con frialdad—. El trato era que Basilio obtendría la escritura. No permitiré que ninguno de ustedes, DiLustro, lo arruinen.

Dante DiLustro.

Hmmm, el nombre me sonaba familiar, aunque no conseguía ubicarlo. Pero por Juliette sabía una cosa con certeza: su familia odiaba a los italianos. Calificaba a su mafia de despiadada, malvada y cruel, sin embargo, nunca daba detalles al respecto y, de algún modo, eso me ponía muy nerviosa.

—Al principio estuvo aquí, pero luego se marchó —añadió Quinn —. Tenía prisa. Así que supuse que su primo se quedó para recoger el papeleo por él.

—¿Se fue solo? —cuestionó Liam y me pareció extraño. Obviamente, el hombre se había ido solo si su primo seguía aquí.

—Por lo que pude ver —replicó Quinn—. La zona del bar estaba alborotada. Era difícil de ver.

Quinn me fulminó con la mirada, culpándome a mí y a mis amigas.

—Te lo aseguro, Liam. No tienes nada que temer —aseguró Dante, aunque todo en él gritaba un peligro sofisticado y crudo—. El trato queda sellado en el momento en que entregues la escritura.

Contuve la respiración mientras mis ojos iban y venían entre los dos hombres. El silencio se prolongaba y, a cada segundo que pasaba, sentía que el pánico aumentaba en mi interior. Me moví, no obstante, la mano de Liam me rodeó la cintura como advirtiéndome que me quedara cerca.

Quinn fue quien finalmente rompió el silencio.

—¿Adónde fue Basilio?

—No es asunto tuyo. —Dante ni siquiera miró hacia él, su voz fría.

El corazón me retumbó bajo la caja torácica y se me secó la boca. Todas las películas que había visto sobre la mafia indicaban que los asesinatos y los conflictos ocurrían todo el tiempo. El peligro siempre acechaba.

—T… tengo que volver a la escuela —tartamudeé, y no fue hasta que las palabras salieron de mis labios cuando me di cuenta de lo estúpidas que sonaban. Me hacían parecer como una colegiala.

Los ojos de Dante me estudiaron y esbocé una débil sonrisa. Esto era tan jodido.

—*Umm*, el instituto no —añadí, sonando aún más tonta—. La universidad. Mañana tengo exámenes finales.

«*¡Uff! Deja de hablar, Davina*», me regañé.

La boca de Dante se movió.

—Estoy seguro de que lo harás muy bien —respondió Dante, aunque no supe si estaba siendo sarcástico o un sabelotodo.

—Gracias —murmuré, viendo a Liam y poniéndome rígida al instante.

La mirada que le lanzaba a Dante era asesina, y me pregunté qué me había perdido.

Capítulo Dieciocho

LIAM

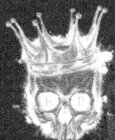

¡**M**alditos italianos!

Nunca cumplían con el plan. Basilio DiLustro debía recoger la última escritura, y el desgraciado no estaba aquí. Tenía la sospecha de que el pequeño imbécil estaba persiguiendo los deseos de su verga.

—¿Vamos a tener una reunión sin el jefe de la *Famiglia* DiLustro? —La voz de Gio DiLustro llegó detrás de Dante. Este no se movió, pero en sus ojos parpadeó una expresión que me dijo que odiaba al viejo.

Pues ponte en la maldita fila. Yo lo odiaba más. Gio DiLustro pertenecía a dos metros bajo tierra. Se lo debía a mi hermana, y me consumía no poder otorgar esa justicia sin provocar una guerra. Mierda, si pudiera conseguir una garantía de que no significaría la muerte de Aisling o Wynter, lo haría.

—Decidí presenciar el traspaso del *Eastside Club* a nuestra organización —se regodeó Gio—. Otro Brennan caído. Después de todo, es un motivo de celebración para los DiLustro. Una victoria.

Gruñí, listo para romperle el cuello a Gio. El descaro de este hijo de puta.

—Ustedes los Brennan se creían demasiado buenos para conectarse con los DiLustro. —La voz de Gio era amarga. Incluso después de todo este maldito tiempo, guardaba rencor.

Me entraron ganas de hacer algo violento y dispararle ahora mismo. Como un torrente de agua tras romperse la presa. Davina debió de notarlo, porque me agarró el antebrazo con fuerza.

Un simple toque suyo y la calma se apoderó de mí. Su contacto me tranquilizó como nunca había sentido antes. Respiré hondo y contuve la ira que amenazaba con descontrolarse.

—Nos encontramos cuando Brennan iba de salida —avisó Dante.

Mi mano derecha serpenteó hasta la parte trasera de mis pantalones, donde llevaba mi pistola. El infierno se congelaría antes de que confiara en cualquier DiLustro.

—¿Basilio tiene la escritura? —Gio preguntó, sus ojos en Davina, lo cual odiaba. Su pequeño cuerpo se puso rígido a mi lado, y el arrepentimiento me inundó. Si no la hubiera mantenido en el club, Gio no la habría visto. No habría estado expuesta a la familia DiLustro, al sindicato ni a ningún Capo.

¡Maldita sea! Debí haber tomado el dinero que intentó robar y haberla mandado lejos.

—Bueno, ¿tiene la escritura o no? —ladró Gio, y Davina se sobresaltó, casi saltando en su sitio. Le temblaban las manos y se las llevó rápidamente hacia atrás. Tenía buenos instintos. Nunca le mostrabas tu miedo a un DiLustro, porque siempre se aprovechaban de esa mierda.

Los ojos oscuros de Dante, tan parecidos a los del resto de su familia, me miraron antes de responder:

—Sí.

Si Gio no estuviera mirando a Davina, se habría dado cuenta de que su sobrino mentía. Y como fue ese maldito el que arruinó la vida de mi hermana, no tenía intención de delatar a Dante. Tal vez la próxima generación de la familia DiLustro sería mejor que la anterior.

—¿Y eres una de las empleadas? —inquirió Gio a Davina, dando un paso más hacia ella—. Follando al jefe, ya veo. —Los ojos de Davina brillaron con ira, pero al menos no le gritó. A Gio le encantaban los retos y romper a las mujeres. La atraje más hacia mí—. Ella se quedará —añadió, seguro de salirse con la suya.

—No es parte del personal —comenté fríamente—. Y no es de tu incumbencia, así que mantente alejado de ella.

Me aseguré de que no hubiera mujeres en mi equipo antes de seguir adelante con el trato. Nunca pondría a ninguna mujer al alcance de ese desgraciado enfermo. De hecho, odiaba que Gio DiLustro hubiera puesto los ojos en Davina, no obstante, yo tenía la culpa de ello. Y pensar que Wynter y Juliette estaban aquí hace apenas una hora.

—¿Los italianos están fuera de Hell's Kitchen? —Cambié de tema. A partir de mañana, el territorio se dividiría en este y oeste. No más guerras territoriales.

Sus ojos oscuros brillaron con rabia. Lo obligué al comprar todos los terrenos y edificios que lo rodeaban hasta que solo le quedó un edificio sin valor. Echó a mi hermana de la ciudad, y me llevó más de veinte años contener por fin a los putos italianos a su lado de New York.

—Sí —alegó Dante por su tío.

Asentí.

—En ese caso, disfruta del club y del Lado Este de la ciudad. Tu hijo es ahora el orgulloso propietario del mejor club en New York. El Capo más rico, ¿*eh?* O eso he oído.

Mi último golpe al viejo hijo de puta.

Sosteniendo a Davina cerca de mí, pasamos junto a ellos con Quinn a nuestras espaldas y salimos del club sin mirar atrás. Estuvo bien mientras duró, pero no lo extrañaría. Lo único que lamentaba era que Gio siguiera viviendo y caminando por esta tierra. Era la escoria de la escoria. Apuesto a que lo consumía saber que su hijo ahora poseía más propiedades en New York de las que jamás tuvo su padre, el hombre que inició el sindicato, nuestra organización. El primer Capo.

Davina se estremeció y noté que se le ponía la piel de gallina. La empujé hacia mi *Mercedes Benz G-class* negro, abrí la puerta y se deslizó en el asiento del copiloto. Luego le di las llaves del vehículo.

—Enciende el coche y caliéntalo —declaré en voz baja—. Si pasa algo, te pones en el asiento del conductor y conduces.

Asintió sin preguntar nada antes de agarrar las llaves, sus ojos se clavaron a mi costado. No tuve que girarme para saber que era Dante. Esperaba que viniera por mí.

Cerré la puerta y me di la vuelta. Quinn me cubría la espalda, no obstante, nunca era inteligente dejarse cegar por el enemigo. Especialmente un DiLustro.

Con su traje de tres piezas, Dante se parecía mucho a su primo y a su tío. Todavía no había visto a ningún hombre DiLustro sin traje. Probablemente también se follaban a sus mujeres con traje.

Lo vi cruzar la calle y, en cinco zancadas, llegó hasta nosotros.

—Gracias —refunfuñó. Sabía por la información que Basilio y Dante eran unidos, como hermanos. Esto demostraba que se cubrían las espaldas mutuamente. Con uno dirigiendo la organización de Chicago y el otro la de New York, algún día serían una fuerza para tener en cuenta. Probablemente demasiado pronto para mi gusto. Eso haría difícil para los rusos, los irlandeses o cualquier otro ir contra ellos con éxito, a menos que unieran fuerzas.

Excepto que los rusos nunca serían una opción debido a nuestra historia. Cuando mi padre secuestró a Winter Volkov, la madre de Aisling, había quemado ese puente. Demonios, destruyó todos los puentes hacia cualquier conexión en Rusia.

Aunque eso tendría que ser motivo de preocupación para otro día.

Saqué el título de la propiedad del bolsillo trasero y se la entregué a Dante.

—El nombre de Basilio ya está ahí —expresé—. Encárgate de que lo reciba y dile que no lo joda.

Se la metió en la chaqueta con un movimiento de cabeza y, de esa manera, el trato estaba hecho.

Capítulo Diecinueve

DAVINA

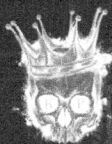

L iam se puso detrás del volante de su coche. Las llaves ya estaban en la ignición, tal y como me había indicado. El ronroneo del motor pareció tranquilizarlo lentamente, o tal vez fue la distancia que nos separaba del club.

Durante un rato, me limité a observar su enorme cuerpo. Sus músculos esculpidos llenaban cada centímetro de su poderosa figura. La sentí mientras montaba su cara. Dios, se sintió tan bien. Y para alguien tan grande, se movía con gracia. Letalmente.

El vehículo olía a él, a limpio con una mezcla de cítricos y cedro, y descubrí que me encantaba el aroma.

Sentado tan cerca de mí, resistía el impulso de inclinarme hacia un lado para estar más cerca de él. Como una atracción gravitatoria.

—¿Estás bien? —Su voz profunda y grave después de lo que habíamos compartido me recorrió la espalda como una suave caricia. Sonaba intranquilo, y algo en el hecho de que se preocupara hizo que un enjambre de mariposas revoloteara en mi estómago.

—Sí. —Extrañamente, me sentía segura cerca de él. Tal vez era algún efecto secundario de la semana que habíamos pasado, o tal vez mis instintos. *«Más probablemente el orgasmo que me dio»*, me burlé irónicamente.

—¿Y *tú* estás bien? —inquirí tímidamente, insegura de si debía aventurarme en un terreno en el que me importaba si el padre de Juliette estaba bien o no—. Preguntaría si esos eran amigos tuyos, pero si así es como tratas a tus amigos, odiaría ver cómo tratas a tus enemigos.

—Definitivamente no somos amigos, y hoy no ha sido el mejor día —aseveró. Me estremecí al recordar lo que habíamos hecho—. Acabo de trasferir el club a los italianos. —Arqueé una ceja, sorprendida de que me lo dijera—. Esa última hora contigo fue la mejor manera de despedirme del club. Hizo que los recuerdos fueran mucho más dulces.

Sentí que el rubor me quemaba las mejillas y, de repente, el auto era demasiado pequeño. Demasiado caliente.

—Pero es importante que tú y las chicas no vuelvan al *Eastside Club* —continuó. Le dirigí una mirada interrogante—. El club pertenece ahora a los italianos. Ustedes ya no podrán aventurarse allí. Es demasiado peligroso. ¿Entendido? —Asentí con la cabeza.

Su mano se acercó a mí, rozando mi muslo antes de tomar mi mano entre las suyas. Y me derretí. *Me derretí*, maldición. Ningún hombre me había tomado la mano o entrelazado nuestros dedos mientras conducía.

—Me vio —murmuré.

—Te lo prometo, Davina. Siempre te protegeré, igual que a Wynter y Juliette.

Su voto me hizo sentir calor en el pecho. Sabía que, si juraba protección, lo cumpliría. Liam Brennan era un hombre de palabra. Juliette y Wynter siempre decían que, si él hacía una promesa, la cumplía.

—*Umm,* yo no... —Me aclaré la garganta, con la boca repentinamente seca y espesa con emociones—. Puedes dejarme en la estación de autobuses, y tomaré un autobús a Yale.

—No lo creo —musitó, como entretenido.

—No puedes llevarme hasta allá y luego volver —protesté débilmente. En realidad, quería pasar más tiempo con él—. Es tarde.

Se bufó.

—Son poco más de las ocho. Sé que tú y las chicas pueden estar de fiesta toda la noche.

Hice un gesto de dolor.

—*Ugh,* sobre eso...

—Tienes buen gusto, lo reconozco —manifestó, sin preocuparse de que hubiera abierto una botella de coñac de cien mil dólares.

Mis ojos lo recorrieron y mis muslos se apretaron.

—Lo sé —solté con voz ronca. Las palabras se me escaparon antes de darme cuenta de cómo sonaban. Tiré del dobladillo de mi vestido, moviéndome incómoda. A su lado, la excitación parecía ser un efecto secundario permanente. Casi como si hubiera estado privada de ella hasta el momento en que nos cruzamos y ahora estuviera infectada por su suciedad. Peor aún, me encantaba.

Continué hablando rápidamente para asegurarme de no cometer ninguna estupidez. No sería capaz de resistírmele durante todo el viaje de vuelta a Yale. Acabaría rogándole que parara y me hiciera suya.

—Es un viaje largo. Estaré bien —hablé rápido, mis palabras sonaban sin aliento—. Y tengo dinero de sobra. —De acuerdo, quizá fui realmente estúpida al recordarle que le había robado—. Puedo enviarte un mensaje para que sepas que llegué bien.

Se rio suavemente, pero con un borde sombrío.

—En primer lugar, *yo* te voy a llevar a Yale. Nadie más lo hará. Mi barco estará listo cuando lleguemos al muelle. En segundo lugar, tu cuerpo será mío siempre que yo lo diga. Esta es una de esas veces. Te follaré hasta que atraquemos en New Haven. —Dios mío, estaba totalmente de acuerdo con eso. Jesucristo, este *tributo* valía totalmente la pena. Sentí que me recompensaban, no que me castigaban—. Y tercero, si tú y las chicas van a robarme, me aseguraré de que mi dinero no termine en las manos equivocadas.

De acuerdo, en cuanto a razonamiento, este era bueno. Placer y seguridad. ¿Qué más podría desear una chica?

Excepto...

Pensamientos desagradables cruzaron mi mente.

—Vas a tirarme por la borda, ¿verdad? —susurré, con mi mano aún en la suya—. Voy a ir a nadar con los peces. —Sucedió en *El Padrino.*

Su estruendosa carcajada llenó el pequeño espacio. Su cuerpo se estremeció y, sin querer, mi mano también tembló.

—Davina, tirarte por la borda sería un desperdicio —bromeó, y mi agudo suspiro vibró en el aire—. Pienso hacer valer mi dinero. Te follaré tan duro que nunca querrás a otro hombre. Ahora eres *mía.*

Dios, me encantaba la posesividad grabada en su voz. Era dominante y posesivo en partes iguales.

—Si vas a nadar con los peces —concluyó—, yo también. Los peces pueden ver cómo me meto dentro de tu apretado coñito y te lleno con mi semilla.

La humedad se acumuló entre mis muslos y me moví incómoda, con un dolor que palpitaba por la necesidad de que cumpliera esas palabras.

—¿Siempre eres tan controlador? —cuestioné con curiosidad.

—Nunca se me ha dado bien compartir —admitió sin ningún sentimiento de culpa. No es que debiera sentirse culpable—. ¿Te molesta?

Incliné la cabeza.

—No, no en este asunto.

—¿Cuándo te molesta el control? —Parecía realmente interesado.

—*Hmm.* —Lo pensé un momento—. Bueno, mi abuelo siempre dice que cuando me propongo un objetivo, no hay quien pueda detenerme. Así que supongo que será mejor que no intentes controlarme en ese momento.

Su profunda risita llenó el espacio entre nosotros.

—Significa que eres decidida —confirmó, observándome—. Es una buena cualidad.

—Gracias. A veces volvía loco a mi abuelo. —Aún recordaba cuando decidí que era hora de saber quiénes eran mis padres. Insistí e investigué hasta que finalmente tuvo que sentarme y decirme que mis padres no querían tener hijos. Se negó a revelarme mucho más, no obstante, lo hizo con delicadeza, y me aseguró que era su mayor tesoro —. Así que, para que quede claro —añadí—. Te doy lo que quieres y me dejas quedarme con el dinero. No hay posibilidad de recuperarlo. *¿Correcto?*

—Correcto.

Tenía que admitir que en realidad no me parecía un sacrificio. Llevaba tres meses fantaseando con él, esperando a que viniera a cobrar su deuda, pero nunca lo hizo.

Hasta ese momento.

Sin embargo, volví a tener la sensación de que estaba obteniendo lo mejor del trato.

—Eres muy unida a tu abuelo —comentó Liam.

—Lo soy. Fue mi madre, mi padre y mi todo —admití en voz baja.

—¿Cuáles son tus planes después de la graduación? —inquirió con indiferencia.

Un leve parpadeo pasó por la expresión de Liam, aunque no pude fijarme en él.

—Voy a conseguir un trabajo, preferiblemente aprovechando mi título, y luego me gustaría trasladar a mi abuelo a donde esté.

—*Hmmm.*

—¿Fuiste a la universidad o...? —Mis palabras vacilaron. No quería sonar grosera.

—Fui a Princeton —respondió—. También mi padre.

—*Oh,* pensé que tu padre vivía en Irlanda. —Estaba bastante segura de que eso era lo que Juliette me había dicho.

—Tienes razón, lo hace ahora. Mas para ese entonces solo visitaba Irlanda y pasaba la mayor parte del tiempo aquí, en Estados Unidos.

—¿Te visita?

Su mandíbula crujió y sus dedos se aferraron al volante antes de aflojarlos.

—No, no lo hace —contestó, con la voz endurecida—. No lo ha hecho en mucho tiempo.

Intuí que había una historia, y no parecía que fuera una buena.

—Lo siento —murmuré—. Debe de ser duro. ¿Es por eso que Juliette pasó la mayor parte de su tiempo en California con Wynter?

Se rio entre dientes.

—Realmente no guardan secretos entre ustedes, *¿eh?*

Sonreí.

—En realidad, sí —afirmé—. Pero juro que lo que me digan, nunca se lo repetiré a nadie más. Y... —Hice una pausa antes de continuar—.

Y tampoco repetiré nunca lo que me digas —prometí en voz baja—. A nadie.

Nos detuvimos y me tomó la mano. Levantó nuestros dedos entrelazados, rozó con su boca mis nudillos y un escalofrío me recorrió la espalda.

—Gracias, Davina. —Comenzó a crearse una frágil confianza—. Ahora eres mía. Cada centímetro tuyo, por dentro y por fuera.

Jadeé, mis dedos se apretaron alrededor de los suyos.

—¿No crees que tengo demasiadas curvas?

—Davina Hayes, eres perfecta —declaró—. Cada centímetro de ti es precioso. Tu jugoso trasero, tu coño. Cada maldito centímetro tuyo es perfecto.

Había perdido mis palabras. Mis pensamientos. Mi mente.

Capítulo Veinte

LIAM

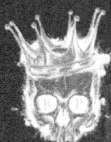

Podía oler su excitación.

Se resistió con uñas y dientes, pero a Davina le excitaban mis palabras sucias. Tal vez había encontrado en ella mi pareja ideal.

—Enséñame tu coño —demandé, con los ojos puestos en el coche que teníamos adelante—. Pero solo a mí —gruñí—. Como dije, no soy exactamente del tipo que comparte.

—Empiezo a verlo —murmuró, sus ojos se oscurecieron—. Todavía tienes mis bragas.

La observé desde mi periferia. Estaba sonrojada, su pecho subía y bajaba. Dios, era tan hermosa. Vi la indecisión cruzar su rostro.

—Asegúrate de que yo sea el único que pueda verte.

Suspiró resignada. Le costaba admitirse que esto le encantaba.

Se subió el vestido por sus muslos tonificados, aunque mantuvo las piernas juntas.

—Puedo oler tu excitación. —La miré—. No tiene sentido ocultarlo.

—Oh Dios mío —resopló.

—No, Dios no te está haciendo que te empapes —señalé—. Yo sí lo hago. Ahora dame tu pie.

—¿Por qué? —preguntó con suspicacia.

—Quiero asegurarme de que soy el único con una visión clara de tu coño —murmuré—. Ahora obedéceme.

Se quitó los zapatos y estiró la pierna sobre la consola de mi auto. Le acaricié el suave pie y el tobillo, rozándole la pierna con los dedos.

—Estás tan *sexy*. Quiero pararme y follarte. —Mis dedos se introdujeron entre sus muslos y los rocé sobre su centro resbaladizo—. Tan húmeda.

Su risa ahogada fue mi respuesta.

—Nunca había hecho algo así —chilló.

—¿No? Dime que no te gusta esto —exigí, rodeando su clítoris, pero sin llegar a tocarlo. Se retorció, intentando que la tocara ahí—. Quiero dártelo todo.

Se estremeció al oír mis palabras.

—También quiero dártelo todo —musitó, mirándome a través de sus párpados llenos de lujuria.

Y demonios, sus palabras me complacían. Mucho.

Como recompensa, rocé su clítoris con los dedos y luego volví a rozarlo antes de empezar a frotarlo lentamente. El aroma de su excitación llenó mi coche, y maldición, quería saborearla otra vez.

Me detuve y su queja llegó en forma de un gemido.

—Liam —protestó—. No puedes provocarme así. —Su mano rodeó mi muñeca y empezó a moverse contra mi mano—. Deja de torturarme.

Le golpeé el coño lo bastante fuerte como para hacerla gritar.

—¿Qué demonios? —gimoteó, pero no apartó mi mano de su coño —. No puedes hacer *eso*.

—Lo que yo quiera —le recordé, sonriendo sombríamente—. Y te gusta.

—No, *no* me gusta —refutó.

—Entonces, ¿por qué tus muslos están apretados alrededor de mi mano, y por qué estás chorreando?

Su respiración se entrecortó y sus ojos se desorbitaron como si no se hubiera dado cuenta hasta ahora de que tal vez le gustaba que le golpeara el coño.

Le metí el dedo. Sus entrañas se apretaron alrededor de mi digito y se retorció mientras se la follaba. Bombeé dentro de ella una vez, dos veces, y luego lo saqué.

—Suéltame la muñeca, Davina. —Obedeció al instante, y me llevé el dedo a los labios.

—*Mmmm* —alagué—. No puedo esperar a que me montes la cara otra vez. Quiero enterrarme tan profundo en tu coño que me sentirás durante días. Montarte tan fuerte que ninguna otra verga será suficiente para ti. La mía será la única que te dará placer.

Se le escapó un gemido lleno de deseo.

—No puede decir cosas así, señor Brennan.

Dejé escapar una risita oscura.

—Volvimos al señor Brennan, *¿eh?* —Rocé con mis dedos su coño desnudo, haciéndola estremecerse—. ¿Sabes cuántas veces he pensado en ti desde aquella noche?

Me miró con ojos pesados y llenos de lujuria.

—También pensé en ti —confesó mientras sus mejillas se teñían de rosa.

—He pensado en ti todas las malditas noches —concedí, rozando con el dedo su sexo empapado. Estaba durísimo y hacer esto era una tortura para mi polla. Sin embargo, me importaba un demonio. Quería tocarla, inhalar su aroma en mis pulmones—. Imaginé cómo te veías cuando me mirabas en la ducha. Eres aún más hermosa en la realidad. La forma en que separaste los labios mientras me veías comerte el coño fue magnífica. Y tus jadeos... joder, es suficiente para hacer que me derrame ahora mismo.

En este momento decidí que Davina Hayes sería *mi esposa*.

Capítulo Veintiuno

DAVINA

Nos detuvimos en el muelle, e incluso desde aquí pude ver la hilera de enormes y lujosos yates. No es que esperara un barco pequeño y desgastado, mas no pensé que tomaríamos un yate enorme con un aspecto tan inmaculado e impecable incluso bajo el oscuro cielo estrellado de la noche.

Cuando nos estacionamos, Liam se acercó y me abrió la puerta antes de que pudiera ponerme los zapatos. Tirando de mi vestido, me aseguré de que nadie viera que no llevaba bragas.

Nos dirigimos al muelle y, en pocos minutos, subimos la rampa para embarcar. Otros cinco minutos y el yate se agitó cuando empezó a moverse.

Liam me puso la mano en la parte baja de la espalda mientras recorríamos la cubierta, como si fuera suya y nunca me dejaría ir. La parte que me molestaba era que me gustaba. En el fondo, sentí que no me entregaría a la policía. No después de prometer protegerme.

—¿Qué te gustaría beber? —indagó, con el profundo timbre de su voz que me calentó por dentro.

—Agua —respondí.

Se rio entre dientes.

—¿Qué tal una copa de *champagne*?

—No, prefiero apegarme al agua. —Se giró hacia un hombre en el bar de la cubierta. Un maldito bar. Le hizo un gesto con la cabeza y luego devolvió su atención a mí.

—¿Estamos celebrando algo? —Curioseé.

Me dedicó una gran sonrisa, y algo en ella me hizo sentir que había caído en una trampa. Una llena de placer y actos pecaminosos y sucios.

Juliette e Ivy nunca me dejarían olvidar esto si se enteraban. Suponiendo que Juliette pudiera superar el hecho de que me atraía su padre. Me parecía increíblemente guapo, y de algún modo sabía que lo que había entre nosotros era una atracción única.

—Estamos celebrando a nosotros, Davina. —Sonrió.

Apareció uno de los miembros de su tripulación, y Liam se apresuró a darme mi agua, descartándolo. Di un largo sorbo, esperando que calmara mis nervios. Había sido una noche extraña, pero me sentía como si estuviera flotando.

Liam se llevó la bebida a la boca y tomó un sorbo. Sus ojos azules me recorrieron y un ligero escalofrío me bajó por la espalda. Me encantaba cómo me miraba. Me hacía revolotear el estómago. Liam Brennan era devastadoramente atractivo, aunque era más que eso.

—¿Quieres que te dé un tour? —Ofreció—. Quiero que te sientas cómoda en este barco.

—Estoy bien en los barcos —declaré—. Pasé buena parte de mi infancia en el de mi abuelo.

Tomó mi mano entre las suyas, uniendo nuestros dedos mientras nos adentrábamos en la cubierta. Las mariposas se agolparon en mi estómago. En las últimas horas, me había tomado de la mano dos veces, y me encantaba. Sonaba patético, como una niña hambrienta por atención.

Pero no era eso. Sino la forma sin esfuerzo en que intimaba conmigo.

Era imposible enamorarse de alguien tan rápido, ¿verdad? Debió ser todo el alcohol que las chicas y yo consumimos esta semana que aún afectaba mi juicio.

Mientras caminábamos por su enorme yate, señaló la cocina, el bar, las recámaras, la sala. Se podía vivir en este barco y tenerlo todo.

Luego lo seguí por las escaleras hasta la cubierta superior. Allí había otra sala, incluso más íntima. Y sin tripulación merodeando.

La habitación estaba rodeada de cristal por tres lados y, en este momento, las ventanas estaban abiertas. Una ligera brisa recorría la estancia, seguida del sonido de las olas rompiendo contra el enorme yate.

Entonces el zumbido del motor rugió, indicando que el barco había acelerado a toda velocidad.

Sentí sus ojos clavados en mí todo el tiempo, y algo en la forma en que me miraba hizo que mi corazón se estrujara hasta parecer que iba a explotar. Tal vez era el resultado del orgasmo fuera de este mundo que había experimentado antes. O tal vez este hombre simplemente tenía el impacto más peculiar en mí.

Liam acechó hacia mí y algo en la forma en que me observaba hizo que mi corazón latiera rápido y con fuerza.

Me quedé quieta, sin ganas de moverme. A decir verdad, tal vez quería experimentar más de cualquier placer que me ofreciera. Llámame codiciosa, mas había sido una semana difícil. Era un buen calmante para el estrés.

Creo.

La gran mano de Liam me acunó la nuca, posesiva y firme, y acercó su boca a la mía. Nuestro primer beso fue explosivo. Me cambió la vida. Se tragó mi siguiente aliento en la boca mientras empujaba su lengua contra la mía, y mi sangre ardió.

No podía respirar. La dura presión de sus labios contra los míos me robó todos mis pensamientos. Su cuerpo musculoso me hizo perder todos mis sentidos. Quería más de él.

Me mordisqueó el labio inferior y luego lo lamió, calmando el escozor con su cálida lengua, y la necesidad se disparó por mis venas. Deslizó la lengua más adentro en mi boca, como si quisiera consumirme.

Y que Dios me ayudara, quería ser consumida por él tanto como yo quería consumirlo a cambio. Un escalofrío recorrió mi cuerpo al sentir sus grandes palmas recorriendo mi cuerpo. Deslizó una mano por mi cadera hasta la curva de mi trasero y lo agarró con firmeza, mientras su otra mano permanecía en mi garganta.

Firme. Inflexible. Posesivo.

Como si fuera mi imán, mi polo opuesto, mi cuerpo se inclinó hacia él. La atracción magnética entre nosotros era imposible de resistir. Una mujer más fuerte no cedería ante ella, no obstante, estaba lejos de ser fuerte.

Me agarró un puñado de cabello y me inclinó la cabeza para poder besarme más profundamente. Más fuerte. Me succionó la lengua como si su vida dependiera de ello. Ciertamente sentía como si la mía lo hiciera.

Todo en este hombre me robaba el aliento, los pensamientos y la razón.

Su boca recorrió mi cuello, mordisqueándome y lamiéndome como si quisiera marcarme para que todo el mundo lo viera. Me subió el vestido hasta que toda la parte inferior de mi cuerpo estuviera a la vista y rompió el beso para que sus ojos pudieran contemplar mis muslos desnudos.

—Eres perfecta —gruñó.

Me dio un vuelco el corazón al oír sus elogios.

—Mis muslos son demasiado gruesos. —Respiré. Garrett siempre soltaba comentarios sobre mis muslos regordetes.

—Son perfectos —repitió—. Cuando te sentaste a horcajadas sobre mi cara, tus muslos me ofrecieron el paraíso.

El calor de su mirada me quemó la piel. No había tocado mi sexo, pero con sus palabras y su mirada ardiente era como si lo hubiera hecho. Sentí un tirón de calor en el vientre bajo y, de repente, necesité acortar la pequeña distancia que nos separaba.

Era el único que podía aliviar este dolor dentro de mí.

Giré las caderas, cerrando el espacio. En su pecho sonó un estruendo, como si apreciara mi cuerpo contra el suyo. Sus palmas recorrieron todas las curvas de mi cuerpo, primero las nalgas, luego las caderas y de nuevo el trasero.

—Y tu maldito culo. —Ronroneó, su acento irlandés aflorando de repente—. Tan perfecto para que pueda sostenerte cuando te folle profundo y duro.

Un gemido se deslizó por mis labios ante esa imagen. Quería que lo hiciera. Su palma bajó por mi trasero y me dio una nalgada. A continuación, acarició el escozor con sus grandes y ásperas palmas. Me lo frotó, arriba y abajo.

Todo mi cuerpo ardía. Uno pensaría que después del orgasmo que me había dado antes, no tendría energía para esto. ¡A la mierda con eso! Tenía toda la energía del mundo. Si el Apocalipsis o la muerte llamaran a la puerta, los ignoraría con tal de terminar lo que habíamos empezado.

Este hombre me estaba poniendo más caliente que nunca. La desesperación y el deseo me carcomían, me arañaban por dentro y exigían este placer.

—Por favor... —supliqué. Lo deseaba tanto que temblaba—. Liam, por favor.

Mi mano se deslizó por su cuerpo y acarició su erección. Dios mío, era grande. Enorme, si la pesada longitud bajo mis dedos era una indicación.

Inhaló con fuerza, un rugido resonó en su pecho, un gruñido en sus labios, y sus ojos ardían con fuego mientras me miraba fijamente.

—Lo quiero —rogué. Una difusa oleada de lujuria nadaba en mis venas y no había forma de detenerla.

Me apartó la mano a un costado y presionó su cara en mi cuello, justo debajo de la oreja.

—Una vez que te tenga, no habrá vuelta atrás —advirtió con un gruñido. Su boca recorrió el borde de mi oreja con la lengua y un escalofrío brotó bajo mi piel. Caliente y fría, y la combinación me hacía delirar.

—Bien. —Una palabra. Aceptación.

Debí saber en ese momento que nunca podría volver atrás. No había antes ni después de Liam Brennan.

Solo él.

Capítulo Veintidós

DAVINA

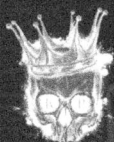

Un gruñido de satisfacción vibró desde su enorme cuerpo hasta mi centro.

—Envuelve tus piernas a mi alrededor.

Escuché sus órdenes, ansiosa y hambrienta por esta sensación. El calor floreció en mi interior y se me erizó la piel de los brazos.

Sus manos me sostuvieron mientras nos llevaba al sofá. La brisa del mar me refrescaba la piel, aunque no apagaba el fuego que me ardía en el estómago.

Se sentó en el sofá y me senté a horcajadas sobre sus caderas. Me miraba con los párpados pesados mientras le pasaba las manos por el pecho, luego por el cuello hasta llegar a su espesa melena oscura. En cuanto mis ojos se posaron en él, tres meses atrás, me obsesioné con él. Entonces, la escena de la ducha se grabó para siempre en mi mente como un tatuaje en mi piel.

Desabroché los botones de su camisa, mis dedos temblaban con urgencia. Me moría de ganas de sentir su piel. Se sacó la camisa de los pantalones, ayudándome con impaciencia. Mis manos recorrieron su piel caliente y el dolor entre mis muslos aumentaba con cada segundo que pasaba.

Me incliné hacia él y presioné los labios contra su piel, donde se unían su cuello y su hombro. Era mi turno de marcarlo. Mordisqueé, chupé y lamí, con la esperanza de dejarle una marca como él me había dejado.

Me rocé contra su erección, moviendo las caderas hacia delante y hacia atrás. Me agarró por la nuca y me tiró de la cabeza hacia atrás. Sus profundos ojos azules se clavaron en los míos mientras seguía montando sobre su erección. Jesucristo, ni siquiera estaba dentro de mí y sentí que mi liberación aumentaba cada vez más.

Jadeé, un gemido necesitado se deslizó por mis labios. Mi respiración era agitada, cada exhalación más aguda.

—Detente —gruñó—. Esta vez, estaré dentro de ti cuando te corras.

Un escalofrío me recorrió y la lujuria me lamió la piel.

—P… por favor —susurré con voz desesperada. No reconocía a esta mujer que lo necesitaba desesperadamente. No solo físicamente, y esa admisión me aterraba bastante.

Me empujó las mangas del vestido de los hombros y me bajó las copas del sujetador para dejarme los pechos al descubierto. Lo miré con los ojos lujuriosos mientras los admiraba.

—Perfectos —elogió—. Tus senos son tan perfectos como tus muslos.

Se metió un pezón en la boca y nuestros fuertes gemidos se propagaron por la cálida brisa primaveral. Su otra mano buscó mi otro pecho y lo apretó mientras seguía mordisqueando, lamiendo y marcando.

No podía soportar más esta dulce tortura. Necesitaba sentirlo dentro de mí. Alcancé la hebilla de su cinturón y mis caderas rodaron contra él, provocando fricción.

—¿Estás ávida de mi verga? —gimió.

—Sí. —No tenía sentido fingir. La saqué y envolví mis dedos alrededor. Estaba dura como una roca, caliente y pesada. Y tan grande.

Con un movimiento rápido, me agarró por las caderas y me empujó hacia abajo en su longitud.

—Mierda —soltó con voz ronca—. Tan apretada.

Jadeé. Me sentía tan llena que me temblaban los muslos.

—Puedo sentir tu coño codicioso apretándose alrededor de mi polla —gruñó—. Tomarás todo. ¿Verdad?

—Sí —gemí, deslizándome hacia abajo y dejando que me llenara hasta lo más profundo.

Sus ojos ardían, mirando hacia abajo, entre nuestros cuerpos, donde estábamos conectados.

—Mueve ese dulce coñito en mi verga —ordenó, y mi cuerpo tembló con la promesa de placer.

Apoyé la cara en su cuello y moví las caderas en círculos. Mi clítoris chocaba contra su pelvis, provocándome escalofríos por la espalda. Tenía sus manos sobre mí y cada vez que me rozaba contra él, un gemido se escapaba de mis labios.

Se sentía tan bien dentro de mí. Tan adictivo. Tan correcto.

Sus manos se aferraron a mis caderas y empezó a apretarme contra él cada vez más rápido y fuerte. Su boca me chupaba la garganta, sus dientes me mordisqueaban el cuello, su palma me daba nalgadas. Estaba alcanzando nuevas alturas.

—Quiero oír tus gritos. —Su voz era ronca, como si estuviera a punto de perder el control. Por mí.

—Demonios, qué rico. —Jadeé—. Dios, por favor. No pares.

Seguí moviéndome contra él. Fuerte y rápido. Profundo y luego superficial. Y entonces sus caderas empujaron hacia arriba, duro y profundo dentro de mí en un movimiento enérgico. Lo cabalgué con más fuerza, sus ojos recorriéndome. Mi cuello. Mis pechos grandes rebotando. Y terminando donde nuestros cuerpos estaban conectados. Mi excitación goteaba por mis muslos. El sonido de la piel chocando contra la piel y mis gemidos llenaban el aire.

Me llevé la mano al clítoris, pero la apartó de un manotazo. En su lugar, las manos de Liam me agarraron por las caderas y me hicieron rebotar sobre su erección como si su vida dependiera de ello. Arriba y abajo. Duro y profundo, su pelvis rozando contra mi clítoris. Su longitud golpeando ese punto dentro de mí de la manera más perfecta.

Me estaba consumiendo. Llenándome.

—¡Maldición! ¡Mierda! ¡Dios mío!

Me corrí tan fuerte que manchas bailaron detrás de mis párpados.

Terminó justo después de mí con un último empujón mientras mi coño se apretaba a su alrededor. Ordeñándolo.

Un calor lánguido se extendió por mí, mi respiración errática. Me sentía como si hubiera muerto y subido al cielo. Apoyé la frente en su hombro mientras el mundo volvía a enfocarse.

Nuestras respiraciones entrecortadas llenaban el silencio. Apoyé la cara en el pliegue de su cuello, llena de satisfacción y felicidad, mientras mis dedos se enroscaban en su cabello.

Me dio un mordisco en el cuello.

—Eres una chica sucia, Davina.

Me burlé, demasiado eufórica por el éxtasis post orgásmico como para sentirme insultada.

—Lo dice el hombre que parece no poder quitarme las manos de encima.

Un profundo estruendo sacudió su pecho y no pude evitar sonreír.

—Tienes razón, sabelotodo. Me encanta tu culo. —Luego, como para enfatizar sus palabras, me lo apretó—. Razón por la cual estarás a mi disposición cuando y donde yo quiera.

El zumbido del motor del yate volvió a hacerse evidente y la realidad se asentó lentamente. Le robé a este hombre. Sí, provocaba orgasmos increíbles, pero eso no disminuía lo peligroso que era.

A medida que mi razón volvía, también lo hacían mis dudas. ¿Por qué me quería? Estaba segura de que, con su aspecto, su evidente resistencia y sus conocimientos sobre cómo dar un placer increíble a una mujer, y no olvidemos su riqueza, no le faltaban parejas.

—¿Por qué necesitan el dinero? —preguntó, y mi columna se puso rígida.

No podía responder con la verdad. No sin darle más munición contra mí. Era la única responsable de habernos metido en esta situación. Si no le hubiera dicho esas estúpidas palabras a Juliette, nunca se le habría ocurrido quemar la casa.

Su palma recorrió mi espalda, y me di cuenta de que la tensión que me producía su pregunta iba desapareciendo poco a poco. Este hombre tenía un peligroso control sobre mi cuerpo. Y lo peor era que no me importaba. Sin embargo, seguía sin poder compartir este secreto con él.

Apreté los labios, mientras mis músculos se relajaban bajo la palma de la mano que me frotaba la espalda. Arriba y abajo. Izquierda y derecha.

—¿Se trata del coche de Juliette? —cuestionó en voz baja, pero no me engañaba. Estaba buscando información, esperando que, bajo el placer de su contacto, se lo contara todo.

—Sí —murmuré, mis labios rozando la piel de su cuello. Era mejor mentirle sin mirarlo a los ojos—. Un auto para las cuatro —añadí, mintiendo descaradamente—. Juliette aceptó tomar clases.

—Juliette es una conductora horrible —comentó—. No puede conducir hasta que apruebe la escuela de conducir.

En eso tenía razón. Juliette era la peor conductora que había visto o con la que había viajado. Nadie se atrevía a sentarse en el coche con ella después de experimentar su forma de manejar y tener la suerte de salir ilesa.

—Debería tomar ese dinero para que eso no ocurra.

¡Demonios! Y esta era la razón por la que no mentía.

—No puedes retractarte —protesté débilmente—. Si no, no estaré disponible para ti siempre que quieras.

Se rio entre dientes.

—Eres valiente.

«Más bien estúpida».

No obstante, tenía mucho más que perder si Garrett no conseguía su dinero. Las cuatro teníamos *demasiado* que perder. Acabaríamos tras las rejas.

Capítulo Veintitrés

LIAM

E
n cuanto desapareció de mi vista y entró en su dormitorio universitario, llamé a Quinn.

—Jefe —contestó. No importaba la hora, siempre lo hacía. Era la razón por la que había sido mi mano derecha durante décadas.

—Necesito que me envíes candidatos más aptos para hacer investigación y rastreo —ordené.

—¿A quién vamos a seguir?

—Davina y las chicas.

Una risita llenó la línea.

—Esas chicas son problemas, te lo digo. Las cuatro.

—Soy consciente —respondí secamente. Aunque Davina era otro tipo de problema, del tipo que podría ser peligroso para mi corazón—. Por ahora, solo quiero candidatos. ¿Cómo están tus habilidades de *hacker* estos días, Quinn?

—Sí, no tan bien —replicó—. Me estoy haciendo demasiado viejo para estar al día con la tecnología.

—Anciano —bromeé.

—Tu culo no está muy lejos de mí, jefe —señaló. Por desgracia, tenía razón.

—Tendremos que encontrar a alguien de confianza —declaré—. Killian estará un tiempo fuera y hay ciertas cosas que no puede hacer por mí.

—Supongo que querrás rastrear a las chicas y Killian estaría en contra.

—O le avisará a Wynter y Juliette —añadí. Killian era muy unido a ellas y siempre se sentía extremadamente protector.

—Empezaré a buscar candidatos en los que podamos confiar —notificó Quinn.

—Gracias.

Terminé la llamada justo cuando entraba en la marina, donde esperaba mi barco. Tenía un acuerdo con la marina desde que Wynter y Juliette comenzaron en Yale. Y esta noche había resultado muy beneficioso.

Justo cuando pisé la cubierta, mi teléfono vibró.

> Cassio King: ¿Dónde demonios estás?

> Yo: New Haven. ¿Me echas de menos?

> Cassio King: Terriblemente. Así que trae tu trasero aquí.

> Yo: ¿Dónde es aquí?

> Cassio King: Mi propiedad. Es nuestra noche de juegos.

> Yo: Ocupado.

> Nico Morrelli: El desgraciado lo olvidó. La vejez, supongo.

> Yo: Estás justo detrás de mí. ¡Imbécil!

Me di cuenta de que había estado tan ocupado con los problemas con los DiLustro y la amenaza del *Pakhan* que hacía meses que no iba a jugar. Cassio tenía su propio grupo, pero de vez en cuando me les unía. Las alianzas eran importantes en mi negocio, y Nico Morrelli me había ayudado más de una vez.

Entonces me di cuenta. En realidad, era el momento perfecto. Nico podría tener algunas recomendaciones de *hackers*, y Cassio podría tener algunos tipos que podría usar para seguir a las mujeres.

> **Yo: Allí estaré.**

No se me escapó cómo Davina se puso rígida cuando le pregunté por qué necesitaban el dinero. Había mentido sobre el motivo y averiguaría por qué.

Una hora más tarde, tras un viaje en barco y helicóptero, estaba en la propiedad privada de Cassio. En cuanto salí de la cabina del helicóptero, me dirigí directamente al guardia de seguridad, quien me reconoció y me abrió la puerta.

Desde que tuvo hijos, Cassio celebraba sus noches de juego en una casa separada que no estaba conectada a su mansión. Se tomaba muy en serio la seguridad de su familia, y no lo culpaba por ello.

Cuando entré, un fuerte rugido llenó la habitación.

—Teníamos una apuesta de que no vendrías —comunicó Nico cuando ocupé el último lugar de la mesa. Ya estaban metidos de lleno en la partida de póquer.

—Dije que estaría aquí.

—No dudé de ti —dijo Cassio—. Y gracias a mi fe, esta noche me he llevado una buena cantidad de dinero.

Luca, su hermano, soltó una risita.

—Como si lo necesitaras.

—Justo a tiempo para perderla con Liam. —Nico se rio—. Tiene que haber algo en las aguas irlandesas que alimenta sus habilidades para el póquer.

—Más bien tus habilidades con el póquer son lamentables. —Luciano, también conocido como *Ruthless King* entre el grupo de Cassio, se burló.

Mis ojos recorrieron la habitación. Nunca sabías a quién encontrarías en la mesa de Cassio. A veces eran los rusos que dirigían Louisiana. A veces eran los canadienses. Otras veces, los colombianos.

Jugamos una ronda y gané. Tenía toda una vida de práctica con mi padre. Wynter también era buena en el juego. Excelente, de hecho.

—¿Cómo está la familia? —inquirió Nico. Era el único de la mesa que conocía las verdaderas identidades de Aisling y Wynter. Su empresa tenía un programa diario para eliminar cualquier huella digital sobre cualquier cosa relacionada con mi familia.

—Bien —manifesté con firmeza—. Escuché que estás ampliando tu familia.

—Otra vez, maldición —murmuró Luca—. A este paso, la familia Morrelli gobernará el mundo.

Cassio se rio entre dientes.

—Los King no estarán muy lejos.

—Teniendo otro *bambino*, ¿eh? —pregunté.

Cassio asintió. Todo el mundo sabía que su mujer y sus hijos eran su debilidad. No le importaba. Se limitaba a armarse con defensas extras. A decir verdad, la familia era una debilidad para todos nosotros. Haríamos cualquier cosa para protegerlos.

—Necesito un *hacker* en el que pueda confiar —le comenté a Nico, y luego me giré hacia Cassio—. Y un hombre que pueda seguir a cuatro mujeres sin ser visto.

Ambos elevaron las cejas.

—Killian es bueno hackeando, la última vez que lo comprobé —comentó Nico.

—Lo es —confirmé, bajando una escalera real—. Pero esto no puede hacerlo. Es demasiado cercano de las mujeres.

—*Ah.* —Se tomó un momento para pensar—. Tengo a una persona en mente, pero déjame regresarte la llamaba sobre eso.

—Alexei Nikolaev es uno de los mejores hombres para andar en las sombras —intervino Cassio—. Aunque es costoso.

Negué con la cabeza.

—El dinero no es problema, pero no puede ser ningún miembro de la familia Nikolaev.

La sorpresa cruzó la expresión de Cassio, pero no arriesgaría a

Davina a cruzarse con ellos y con su hermanastra hasta que tuviera elección.

—De acuerdo, déjame pensarlo —expresó Cassio mientras se volvían a barajar las cartas.

—Tiene que ser alguien de confianza —expliqué—. A quien me recomiendes, haré otra comprobación por mi cuenta. No puedo arriesgarme con esto.

Un asentimiento, y eso fue todo.

Capítulo Veinticuatro

DAVINA

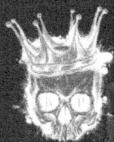

—¿**D**ijo que había borrado toda la vigilancia? —Juliette volvió a preguntarle a Wynter.

Las cuatro estábamos empaquetando cajas con cosas que no necesitaríamos en las próximas semanas, como utensilios de cocina, ya que ninguna parecía encontrar nunca la manera de entrar en la pequeña cocina. Cruzábamos el campus o incluso íbamos a la ciudad, pero no a nuestra propia cocina.

—Sí, Juliette —respondió Wynter en tono exasperado, empacando el mueble con los vasos. Un libro abierto estaba a su lado en la encimera y sus ojos estudiaban las páginas mientras metía papel de periódico en cada vaso y luego lo envolvía en plástico burbuja.

—¿Entonces por qué le daremos el dinero a Garrett? —cuestionó Juliette, y las cuatro dejamos lo que estábamos haciendo para mirarla.

—¿Qué quieres decir? —inquirí, frunciendo las cejas.

—¿Por qué le daremos el dinero a Garrett? —repitió—. El novio de Wynter...

—Por enésima vez, no es mi novio —la interrumpió Wynter.

Juliette ni se inmutó, mientras Ivy y yo nos reíamos a carcajadas. Todas sabíamos que aquel tipo era para siempre el novio de Wynter en la mente de Juliette.

—Como sea —replicó Juliette—. Como iba diciendo... el *no-novio* de Wynter —las tres pusimos los ojos en blanco porque era tan típico de Juliette encontrar una forma de provocarla—. Borró todas las pruebas de que estuvimos involucradas en aquel incendio. Entonces, ¿para qué le pagamos a Garrett?

Parpadeé. Juliette podía ser un poco engreída, y su brújula moral estaba ligeramente sesgada, pero no podía decirlo en serio. ¿No?

—Porque quemamos su casa —enuncié despacio, asegurándome de que entendía las palabras.

Juliette se encogió de hombros.

—Bueno, no debió haber sido un idiota metiendo la polla donde no debía.

—*Mmmhmmm* —Ivy tarareó su acuerdo.

Mis ojos se desviaron hacia Wynter, que siempre era la más tranquila y razonable de las cuatro, y la encontré con una expresión pensativa en el rostro.

—¿Qué? —solté—. ¿No me digas que estás de acuerdo con ella?

Garrett nos acosaría hasta el fin de nuestros días. Sí, fui una estúpida por tener una relación con él, y durante tanto tiempo, pero sabía lo incesante que podía llegar a ser.

—Y los vecinos nos vieron —señalé—. Puede que incluso nos hayan captado sus cámaras de vigilancia.

Wynter negó con la cabeza.

—Dijo que se encargó de todo. Lo eliminó todo. Nadie tiene ni una sola prueba.

No tenía ni maldita idea de lo que eso significaba. ¿Cómo podía una persona hacer todo eso? A lo mejor era un *hacker*. *«Un hacker súper brillante»*, pensé secamente.

De repente, la cocina parecía demasiado llena. No ayudaba que hubiera estado al borde de mi asiento desde la noche anterior. Si respiraba mal, podía estallar. Si decía la palabra equivocada, me ponía al borde del abismo, a punto de perder la cabeza. Cada vez que mi teléfono zumbaba, me sobresaltaba.

El padre de Juliette... Señor Brennan... Liam... Maldita sea, no sabía cómo llamarlo. Mi hombre del orgasmo. Puso una cláusula para quedarme con el dinero.

Estar disponible. Cuando él quisiera. Donde él quisiera.

Estaba demasiado aturdida para hacer preguntas cuando me dejó en los dormitorios anoche, pero ahora tenía muchas. Necesitaba detalles. Algunas aclaraciones. La duración de nuestro acuerdo. ¿Esperaba que simplemente obedeciera? Quiero decir, estaba bien mientras lo disfrutara, pero y si...

Dios, esperaba que no esperara actividad por la puerta trasera.

Por supuesto, ya me había enviado un mensaje, exigiendo verme esta noche. Mientras mi cuerpo zumbaba ansioso por verlo y experimentar de nuevo orgasmos fuera de este mundo, ignoré su mensaje, igual que había hecho con el de Garrett. Acababa de ver a Liam anoche. Necesitaba tiempo para procesar toda la mierda que había pasado, y realmente tenía que estudiar.

Al menos lo suficiente para poder terminar mis cuatro años de estudios con una nota alta.

Sin embargo, unas horas más tarde, llegó otro mensaje de Liam.

> Liam: Señorita Hayes, no olvide que aún tengo una cinta que la muestra robando de mi caja fuerte. Espero que me responda, no que me ignore. Después de todo, un millón de dólares debería comprarme eso.

Al instante respondí con una mentira.

> Yo: Estoy estudiando, señor Brennan.

Luego seguí con un emoji poniendo los ojos en blanco.

> Liam: No seas atrevida.

Casi podía imaginármelo gruñendo.

> Liam: O te azotaré ese precioso culo.

Me burlé suavemente.

> Yo: No me amenace con un buen rato, señor.

Vi cómo las burbujas llenaban el cuadro de texto y sonreí con suficiencia. Hasta que llegó el siguiente mensaje.

> Liam: Voy a amordazar esa bonita boca tuya.
> Con mi polla.

Se me escapó un sonido ahogado y los ojos de todas se clavaron en mí.

—Estaba revisando mis calificaciones —mentí entre dientes—. Todavía nada.

Llegó otro mensaje.

> Liam: Vuelve a estudiar, Davina. Si lo haces bien, te recompensaré. Con pinzas en los pezones y un plug anal.

¡Con unas malditas pinzas en los pezones y un *plug* anal! ¿Qué demonios? Mis adentros se estremecieron ante la posibilidad. Ese hombre me estaba corrompiendo.

Exhalé un suspiro lento, calmando mi corazón que latía desbocado. Me había dejado en paz. Debería centrarme en eso, no en un *plug* anal y unas pinzas en los pezones.

Como no podía dejar que pensara que me había puesto nerviosa tan fácilmente, le respondí con un emoji poniendo los ojos en blanco y un GIF de un anciano.

Un millón de dólares en efectivo estaba ahora en nuestro dormitorio universitario.

Wynter cerró el libro con fuerza y me sobresalté como si hubiera oído un disparo. Se deslizó hasta el suelo. Las tres la seguimos. Así que allí estábamos, las cuatro amontonadas en el suelo, una frente a la otra. Cuatro delincuentes en edad universitaria. Nos estábamos graduando, terminando los finales, y ni siquiera le habíamos dado a nuestras vidas una oportunidad justa. Fuimos directamente al crimen.

Nos quedamos en silencio sentadas en el sucio suelo de la cocina, rodeadas de cajas y cinta adhesiva. Probablemente era el mayor tiempo que habíamos pasado en esta cocina desde que nos mudamos.

—Juliette podría tener razón —murmuró Wynter, como si estuviera hablando consigo misma.

—Garrett nos fastidiará hasta el cansancio —protesté—. ¡Y podría ir a la policía! Con pruebas o sin ellas.

—Garrett tiene una boca grande —espetó Juliette—. Nunca me agradó.

Gruñí. Eso no era lo importante ahora.

—Quizá deberíamos matarlo —sugirió Ivy, y puse los ojos en blanco. Ni siquiera podíamos robar propiamente a alguien; ¿cómo íbamos a matar a alguien y salirnos con la nuestra?

Los ojos de Wynter nos recorrieron a las tres.

—Olvídate de matar. Volvamos al dinero. Si le pagamos el rescate, será una admisión de culpabilidad —razonó—. Ahora, no tiene pruebas, y darle el dinero podría darle ventaja.

De acuerdo, en cuanto a razones, no era la más loca que había escuchado.

—Mi tío siempre dice que nunca admitas la culpa ni des a los demás la posibilidad de echarte algo en cara a menos que confíes plenamente en esa persona —expresó Wynter.

Juliette e Ivy asintieron con la cabeza. Me centré en el comentario sobre la confianza. ¿Confiaba en Liam?

—Y no confiamos en Garrett. —Estuve de acuerdo—. Excepto que lo dejamos sin hogar.

—Y seguramente tiene seguro, que pagará los daños y los objetos que haya perdido —declaró Juliette—. Deberíamos quedarnos con ese dinero. Nos lo hemos ganado.

Me burlé en voz baja y las tres entrecerraron los ojos mirándome.

—No nos lo ganamos exactamente —pronuncié—. Lo robamos.

«Me lo estoy ganando. Algo así». Así que era un ingreso ganado, ¿verdad? Solo que libre de impuestos. Dios, parece que la extraña lógica de Juliette se me estaba pegando.

Excepto que no les dije a las chicas que nos habían atrapado. De ninguna manera podía admitir lo que pasó ayer, que acepté estar a disposición de Liam.

—La misma diferencia. —Juliette se encogió de hombros.

—¿A qué maldita escuela fuiste donde te enseñan que robar dinero está bien? —objeté.

Wynter se rio entre dientes.

—¿Escuela de la mafia?

Sacudí la cabeza.

—Quizá también debí haber ido allí —dije por lo bajo—. Aunque no hicieron un gran trabajo con Juliette. O contigo, para el caso, siendo la sobrina de un mafioso irlandés. Debemos de ser las peores criminales de este maldito planeta.

Las tres sonrieron al mismo tiempo.

—Podemos aprender maneras criminales y perfeccionar la profesión —bromeó Ivy.

—Volviendo al asunto que nos ocupa. —Cambié de tema—. No somos criminales. Cuanto antes dejemos esto atrás, mejor para todas.

—Podríamos ser criminales. Las mujeres rudas que gobiernan el mundo... o el bajo mundo —sugirió Juliette, y me burlé de la idea. Debería haberlo sabido, porque a Juliette le gustaban los retos. Enseguida entrecerró los ojos—. Déjame en paz —protestó Juliette—. Papá y Killian me mantuvieron al margen, y pasé más tiempo con tía Aisling y Wynter. Solo recogí pedacitos aquí y allá.

—Quizá deberíamos crear una escuela que enseñaría a las chicas a ser las mejores criminales —solté, medio en broma.

Sus cabezas se giraron hacia mí con múltiples jadeos. Los ojos verdes de Wynter. Los avellana de Ivy. Los azules de Juliette. Y las tres tenían exactamente la misma expresión. Coincidía con mi sentimiento, tratando de determinar si debía ser una broma o algo real.

Años después, me daría cuenta de que fue ese momento el que lo empezó todo. La escuela. Nuestro futuro. Y el futuro de nuestros hijos.

Capítulo Veinticinco

DAVINA

—No es mala idea —consideró Wynter, con los dedos tamborileando contra el gabinete—. En realidad, es una *muy* buena idea.

—Estaba bromeando. —Reí, aunque no era del todo cierto. La noche anterior, acostada en la cama, caí en la cuenta de que, si me hubiera topado sola con los dos individuos de la mafia italiana, habría estado indefensa. Y no me agradó.

—Pero Wynter no bromea —indicó Ivy, sonriendo como una tonta —. Quiero decir, ¿por qué las mujeres no van a ser tan rudas como los hombres o incluso mejores? No hay más que ver a mi familia en Irlanda. Me enviaron lejos para que no me viera envuelta en su guerra. Nunca se les ocurrió que tal vez podría ayudar. —Su pecho y sus mejillas se sonrojaron con frustración, y pude entender su punto de vista—. Deberíamos votar —propuso.

—Sí, votemos —asintió Juliette—. Sobre empezar una escuela y no darle el dinero a ese imbécil de Garrett.

Exhalé. Dios, solo eran las tres de la tarde y estaba agotada. La posibilidad de recibir un mensaje de texto exigente de Liam para que estuviera disponible para vernos y llevar a cabo alguna mierda pervertida me tenía irritada y excitada a la vez. No tenía ningún jodido sentido. Mis muslos se apretaron con anticipación y maldije mentalmente mi cuerpo. De todos los hombres que podía encontrar tan devastadoramente atractivos, tenía que ser el jefe de la mafia irlandesa de New York.

—Primero, votemos si Garrett debe recibir el dinero por el que nos está chantajeando. —Empezó Juliette, sonando como la juez Judy. Nadie levantó la mano, incluida yo—. Que conste en acta que el voto es unánime. El idiota de Garrett no recibirá nuestro dinero.

Las tres pusimos los ojos en blanco. Juliette estaba llevando esto a un nivel completamente nuevo, pero tenía un don para el melodrama.

—De acuerdo, segunda votación —continuó Ivy—. ¿Deberíamos empezar una escuela para mujeres rudas?

—Espero que no sea ese el nombre que usaremos —opiné.

—Ya nos preocuparemos del nombre cuando llegue el momento —indicó Juliette—. Ahora, si votan que sí, levanten la mano.

Ivy y Juliette levantaron las manos al instante. Wynter y yo compartimos una mirada.

—Estoy totalmente a favor —expresó Wynter—, pero con mi programa de entrenamiento, no estoy segura de poder encajarlo en mi calendario hasta que terminen los Juegos Olímpicos. Pero después de conseguir la medalla de oro en patinaje de parejas, me apunto.

—Pues nos llevará ese tiempo, si no más, montarlo —añadí—. Además, tendremos que robar más dinero, porque ese millón no será suficiente. —Esa era otra cosa. En mi cálculo de cuántos montones de dinero llevar, había robado el doble de la cantidad que realmente necesitábamos—. O podemos buscar inversionistas —sugerí inteligentemente. Después de todo, algo había aprendido en Yale. De repente, todas sacudieron la cabeza—. ¿No? —pregunté—. ¿Por qué?

—Los inversionistas tendrían derecho a reclamar lo que construyamos —explicó Juliette.

—Sí, ya sé cómo funciona —concordé—. ¿Por qué nos opondríamos a ello?

—Estoy de acuerdo con Juliette —anunció Wynter—. Si solo somos nosotras, nadie podrá decirnos qué hacer. Seremos solo las cuatro.

Tenía sentido, pero nos llevaría una eternidad reunir ese tipo de fondos.

—Y no podemos preguntarle a ningún criminal —continuó Wynter —. Aunque no reclamaran la escuela, siempre habrá algo que querrán. Esto lo construiremos nosotras mismas y con nuestro dinero ganado... —Su voz se entrecortó al darse cuenta de que no era exactamente dinero ganado con esfuerzo, así que se corrigió—: Está bien, dinero robado.

—¡Sí! —Las tres vitorearon y me encogí de hombros y me uní a ellas. ¿Para qué eran las amigas, si no era para soñar y apoyarse mutuamente?

—Voto porque les robemos a los italianos. —Juliette sonrió—. Y luego a los rusos. Quizá incluso al cártel.

Genial, Ivy y Juliette se estaban emocionando con nuestro brillante futuro como criminales. Todas deberíamos haber estudiado criminología. Para cuando hubiéramos terminado de robar, todo el mundo criminal estaría detrás de nosotras. Al menos mi licenciatura en negocios podría sernos útil una vez que hubiéramos fundado la escuela. Suponiendo que aún respiráramos y no estuviéramos en el fondo de algún lago.

—Bueno, hice mi parte anoche —lancé—. Ahora le toca robar a otra.

Juliette e Ivy exclamaron al mismo tiempo:

—*Soy voluntaria*. Me ofrezco como *tributo*.

Wynter y yo nos reímos.

—Están locas —proclamó Wynter, pero entonces todas lo sabíamos. Era la razón por la que emparejábamos a Ivy con Wynter y a Juliette conmigo cuando salíamos. De lo contrario, acabaríamos en la cárcel—. Si hacemos esto, Davina y yo decidiremos quién robará a quién.

—¿Así que se anotan? —cuestionó Juliette, con la voz llena de esperanza y los ojos saltando de un lado a otro.

Y así de fácil, estábamos de acuerdo, era porque estábamos locas, o porque éramos tan buenas creando problemas como nuestras dos mejores amigas.

—Claro que sí —contestamos ambas al mismo tiempo, sonriendo con picardía. A continuación, chocamos los cinco.

—¿Dónde más utilizaré mi título de Negocios de Yale? —comenté sarcásticamente, sonriendo como una tonta.

—O mis habilidades de campeona de patinaje sobre hielo —agregó Wynter. Cuando las tres la miramos sin comprender, continuó—. ¿O mis matemáticas y física? —Sin comentarios—. De acuerdo, me daré prisa y aprenderé algo útil.

—Parece que Davina es actualmente la única con una habilidad útil —pronunció Juliette—. Mis estudios de teatro y actuación son inservibles. Y lo descubrí justo el día del último examen de mis cuatro años de universidad —continuó exasperada—. ¡Qué maldito desperdicio!

—En realidad, el teatro y la actuación es un gran conjunto de habilidades para un estafador —animé a Juliette—. Probablemente serías capaz de vender lo que sea que decidamos hacer.

A Juliette se le iluminaron los ojos.

—Nunca lo había pensado así.

—Estoy condenada con la fotografía y las artes —se quejó Ivy—. Supongo que podría ser la fotógrafa de nuestra nueva escuela. Hacer que se vea *sexy* y todo eso.

—Porque los padres quieren enviar a sus hijos a una escuela *sexy*. —Wynter soltó una risita y echamos la cabeza hacia atrás, riendo a carcajadas.

—En realidad, creo que también podemos utilizar tus habilidades, Ivy —anuncié—. Sea lo que sea que acabemos haciendo, haremos que te adentres a fondo en aprender las entradas y salidas del edificio. Localizar dónde están las cámaras, las rutas que sigue el personal.

—Eso es brillante —asintió Wynter—. Ivy puede tener imágenes de todo para que podamos orientarnos incluso antes de llegar. Ivy tendría los mejores conocimientos sobre cómo hacer buenas fotos para asegurarnos de que todas las posibles áreas problemáticas están expuestas.

—¡Santos cielos! —exclamé—. Realmente haremos esto.

Todo esto parecía irreal.

—De acuerdo, si vamos a hacerlo —comentó Juliette, con los ojos brillándole con entusiasmo—. Creo que deberíamos robarles a los italianos.

Fruncí el ceño.

—¿Por qué a los italianos?

Se encogió de hombros.

—Bueno, si les robamos a los irlandeses de nuevo, podrían culpar a los italianos. —*No, no lo harán*—. Así que, les robaremos a los italianos. Ya sabes, *repartir* la riqueza.

Wynter se burló.

—Más bien *robar* la riqueza. —Las tres nos giramos para mirarla y esbozó su sonrisa inocente—. No es que me queje. Solo estoy siendo técnicamente correcta, ya sabes.

—¿No culparán a los irlandeses si las ven a las dos? —pregunté. Al fin y al cabo, Juliette y Wynter eran familiares del mafioso irlandés del más alto rango.

—No hay mucha gente en la mafia que conozca nuestras caras —explicó Wynter—. Mi madre no quería formar parte del bajo mundo. Se mudó a Los Angeles y cortó todos los lazos con el mundo de la mafia, con la excepción del tío Liam, Killian y Juliette.

Sus relaciones familiares eran complicadas. Igual que las mías.

—Entonces, ¿dónde robamos a los italianos? —cuestioné, con un tono ligeramente exasperado. No podía creer lo que estaba preguntando. Las cuatro estábamos locas. Quizá cuatro años en Yale nos dieron diplomas certificados de locura.

—No deberíamos hacerlo en New York —aportó Wynter.

—¿Por qué no? —Juliette indagó—. Les robamos a los irlandeses en New York.

Los ojos de Ivy y los míos se desviaron entre las dos primas, la expectación iba en aumento.

—Porque no queremos empezar una guerra —declaró Wynter pacientemente.

—Nadie sabría que fuimos nosotras —rezongó Juliette.

—Es más seguro si lo hacemos en otro lugar. —Wynter tenía un punto, pensé, en mi experiencia criminal no experta—. Demasiados robos en una zona harán que la gente busque por aquí. Y queremos que busquen en cualquier lugar menos aquí.

—Entonces, ¿dónde *vamos* a robarles a los italianos? —inquirí.

—No estoy segura —murmuró Wynter—. ¿Philadelphia? ¿New Jersey? ¿Chicago?

—Caray, Chicago sería una exageración —se quejó Ivy—. Tendríamos que volar y luego alquilar un auto.

—No podemos volar y alquilar un coche —expresó Juliette, sopesando las opciones—. Es rastreable. Tendríamos que conducir; sería un trabajo de entrar y salir. —Dios, quizá Juliette sabía un poco más de lo que contaba sobre actividades delictivas—. Chicago podría ser la mejor opción si vamos a hacer esto.

—¿Por qué Chicago? —preguntó Ivy—. Chicago está muy lejos. —Sobre todo, si teníamos que conducir hasta allá—. ¿Y Philadelphia?

—¿O Baltimore? —sugerí—. Leí que Nico Morrelli es dueño de unos cuantos casinos allí. ¿Podríamos robar uno de los suyos? —insinué con esperanza.

Todas habíamos estado investigando sobre mafiosos. Aunque, Google no era realmente un recurso fiable o vasto sobre el tema.

—Nico Morrelli, ¿eh? —replicó Ivy—. Sabes que lo llaman *The Wolf.* No, gracias. Prefiero ir a Chicago.

Solté una risita.

—Apuesto a que allí también hay diferentes tipos de lobos.

—Sí, los italianos. —Ivy sonrió con satisfacción.

—En Chicago, son sobre todo los italianos los que dirigen el lugar —manifestó Juliette, ignorando nuestra estúpida discusión sobre los lobos—. El sindicato. Y hace poco abrieron un casino súper lujoso.

—Está decidido entonces —concluyó Wynter—. Les robaremos a los italianos en Chicago. Tengo que estudiar un poco. Ustedes investiguen la información sobre el casino que poseen. No queremos robar accidentalmente a una persona honrada.

—Dios mío, realmente estaremos haciendo esto. —Juliette e Ivy jadearon con incredulidad.

—Consigan la dirección e investiguen como es debido. La distribución del edificio —requirió Wynter—. Queremos saber quién es el dueño, sus horas altas, cuáles son las apuestas máximas en cada mesa. Queremos saberlo *todo*.

—No seas maniática del control, Wyn —se quejó Juliette—. Haremos nuestros deberes.

—Será la primera vez —murmuré en voz baja.

Wynter se levantó, agarró su libro y se dirigió a la otra habitación.

Realmente estábamos haciendo esto.

Capítulo Veintiséis

LIAM

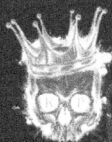

E ran poco más de las tres de la tarde.

    Tenía un cargamento que llegaba esta noche, así que tendría que ponerme en camino pronto. Sin embargo, tuve tiempo suficiente para llamar a Juliette y Wynter. Hacía días que no sabía nada de ellas.

Marqué el número de Juliette y esperé a que sonara la línea. Nada. Luego Wynter. Nada. Davina. Otra vez, nada.

Estas mujeres eran exasperantes. Tenía la sensación de que se estaban metiendo en problemas, aunque Cassio me consiguió un tipo que las estaba siguiendo. No había llamado, así que supuse que estaban dentro del área designada de New Haven, Connecticut.

No obstante, mi instinto me advirtió lo contrario, así que llamé a Nico Morrelli.

—Dos veces en una semana —opinó—. Debe ser un récord.

—Sé que acabas de enviarme la información sobre el *hacker* —confirmé—. No he tenido oportunidad de revisar sus antecedentes. Sin embargo, confío en *ti* y necesito un favor.

—¿Qué necesitas?

Recité los tres números de teléfono, aunque estaba seguro de que las tres mujeres se encontraban en el mismo lugar.

—Necesito que me digas dónde está la ubicación de estos números.

Tardó dos segundos.

—Los tres números están juntos. Parece que están en Chicago.

—Mierda —siseé—. Estas mujeres serán mi maldita muerte.

—¿Algo que pueda hacer? —Ofreció.

—No, gracias —refunfuñé—. Tienes dos hijas, ¿verdad?

—Sí. Gemelas.

—Quizá quieras empezar a buscar un internado de alta seguridad —declaré—. Para mantenerlas encerradas en un solo lugar.

Se rio entre dientes, mas yo hablaba muy en serio.

Capítulo Veintisiete

DAVINA

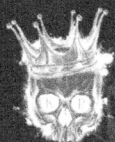

Este motel apesta —se quejó Juliette por décima vez—. Ni siquiera tienen servicio de habitación.

—Aunque lo hicieran —espetó Wynter—, no estaría abierto a medianoche.

Ni que decir que Wynter estaba cansada y de mal humor. Había faltado a su entrenamiento de hoy y se negaba a que Ivy o Juliette condujeran. La primera no se acostumbraba a conducir por la derecha y la segunda lo hacía fatal. Para llegar sanas y salvas a Chicago, Wynter y yo nos alternábamos en el manejo.

Paramos en McDonald's y pedimos mucha comida antes de registrarnos en el motel. Juliette se quejaba de que las calorías se le irían al trasero, a Wynter le molestaba que utilizara su capricho de una vez a la semana en una elección tan mala e Ivy odiaba la comida rápida.

—Vamos, chicas. —Intenté apaciguarlas, sacando la comida de las bolsas de papel grasientas de McDonald's—. Comamos y recapitulemos lo que todas sabemos.

Juliette y Wynter se tiraron en el sofá mientras Ivy se tumbaba en la cama.

—Realmente no... —Juliette comenzó, y la miré.

—Come, maldición —ordené, dando vueltas—. Y escucha.

De acuerdo, también estaba un poco de mal humor. Ha sido un día largo para todas. Una semana larga. Había utilizado cada momento libre en los últimos días investigando el casino, los propietarios, las horas de trabajo, incluso las personas que laboraban allí. Busqué en LinkedIn a todos los que habían puesto como su empleador a *Royally Lucky*.

El dueño del casino figuraba bajo una corporación llamada *Heathen Royals*. No había mucho que averiguar. Pero le pedimos a uno de los *nerds* de Yale que rastreara la corporación, y gracias a Dios por los cerebritos brillantes. Este rastreó la corporación hasta Franco DiLustro, quien era miembro de la mafia italiana.

—De acuerdo, conocemos al dueño. —Empecé—. Pude encontrar el nombre y la foto de los gerentes de piso. Este es el tipo que dirige el primer piso. Queremos mantenernos alejadas del señor Gruñón. —Levanté la *laptop* y les enseñé a las tres la foto de un tipo de cuarenta o cincuenta años, cabello oscuro, delgado y con gafas redondas—. Sin embargo, según mis investigaciones, a veces el encargado del segundo piso y el del primero se intercambian los pisos. Así que también tenemos que mantenernos alejadas de este tipo. —Les enseñé una foto de un hombre calvo de unos cincuenta años, con barriga redonda y una gran sonrisa en la cara—. Lo llamaremos señor Feliz —continué en tono serio—. Así que tenemos que estar al pendiente del señor Feliz y del señor Gruñón. Mantenerlos a ambos alejados de la mesa de póquer donde jugaremos.

Juliette mordió su *Big Mac* y la masticó como si quisiera asesinarla. Me dieron ganas de decirle que la maldita hamburguesa ya estaba muerta.

—Robar una caja fuerte es mucho más fácil que toda esta mierda —protestó.

Claro que diría eso, porque no fue a quien atraparon. Y luego se inclinó sobre el escritorio para recibir unas nalgadas. Todavía no lo había compartido con ellas. Quiero decir, ¿cómo le das ese tipo de noticias a tus amigas?

—¿Cuánto dinero vamos a llevar a las mesas? —Wynter hizo una pregunta razonable—. Estaba pensando en cinco mil. Si lo perdemos, nos vamos.

—Bueno, esa es otra cosa —informé—. Cada casino tiene límites sobre cuánto puedes ganar en la mesa sin levantar una alerta. Busqué y busqué en el *website* de este casino y en todos los sitios de *blogs* de apuestas. Ninguno indica cuál es ese límite en este lugar.

—Entonces, si estamos ganando, ¿cómo sabemos cuándo parar? —Ivy preguntó—. Quiero decir, no queremos alejarnos demasiado pronto.

—Diría que vayamos a lo seguro —sugerí—. Vamos con cincuenta mil y nos retiramos.

—¿Vamos a hacer todo esto por cincuenta mil? —Juliette se rio—. ¿Cuál es el maldito punto? Nunca pasaría por la ansiedad del juego de cartas solo por cincuenta mil.

Wynter me miró, pero no dijo nada. Sabía lo que estaba pensando. A Juliette no se le daban los números. No debería ser ella quien jugara. El problema era que cada vez que Wynter o yo insinuábamos algo, Juliette lo ignoraba y cambiaba de tema.

—De todos modos, encontré algunas fotos de la gran inauguración del hotel. —Ignoré el comentario de Juliette. Después de todo, fue su maldita idea robar otro lugar—. Este viejo cortando el listón es Franco DiLustro. —Les mostré las fotos—. Los periódicos dicen que es hermano de Gio DiLustro, el Capo de la mafia italiana en New York.

Unos cuantos jadeos recorrieron la sala. Esperaba que aquel hombre no estuviera hoy en el casino, porque si se parecía en algo a Gio DiLustro, no sería un encuentro agradable. El del club aún me molestaba.

—¿Estás segura? —inquirió Wynter. En todo este calvario, ella e Ivy se habían centrado en investigar la disposición del casino, aunque el tiempo de Wyn era limitado.

Me encogí de hombros.

—Eso es lo que dicen los periódicos. ¿Por qué?

—No sabía que también había algún DiLustro en Chicago —comentó—. Creí que solo estaban en New York.

—¿No deberíamos hacerlo? —indagué.

La vacilación de Wynter me sentó mal.

—Acabo de escuchar que los DiLustro son una fuerza para tener en cuenta. —También lo era su tío, pero me guardé esas palabras para mí.

—Hemos hecho nuestra investigación —argumentó Juliette.

—Es cierto. Tenemos un buen plan —aseveró Ivy—. Conocemos la disposición del estacionamiento y del casino. Nos mantenemos en la mesa de póquer y nos detenemos en el tope acordado. Luego nos largamos.

—No se olviden del plan de respaldo —les recordé—. Si vemos a los encargados o a cualquier persona sospechosa, tenemos que distraerlos. Por cualquier medio necesario.

—Si todo lo demás falla, tiraré de la manija de la alarma de incendios —bromeó Ivy—. Eso provocará pánico y la gente saldrá de allí a trompicones. Será como una estampida.

—No bromeemos con eso. La gente sale herida en las estampidas —advertí.

—Deberíamos tener una señal de alarma si todas nuestras otras cosas fallan —sugirió Juliette, y fue el mejor consejo que se le había ocurrido hasta el momento.

—Es una idea excelente —concerté—. ¿Un silbido?

—Sí —asintió Juliette con entusiasmo—. *Juegos del Hambre,* el silbido de Rue.

—¿Hablas en serio, maldición? —objeté—. El silbido de Rue.

—Sí —confirmó con indiferencia, y luego tomó rápidamente su teléfono, buscó y pulsó el botón de reproducción. El silbido de la película sonó a través de sus altavoces—. Este. Ves, fácil.

La miré sin comprender.

—Quizás estamos llevando esto de *Los Juegos del Hambre* demasiado lejos —declaró Wynter en voz baja, aunque pude escuchar humor en su voz.

—¿Y qué? —se burló Juliette—. Es un buen sonido, y no hay posibilidades de que nadie más lo silbe en un casino.

—Porque nadie en el casino es así de infantil —murmuré.

—Exacto —armonizó Ivy, sonriendo.

—Así no habrá forma de confundir el silbido —razonó Juliette.

Sacudí la cabeza con incredulidad.

—¿Así que seguimos con el tema de *Los Juegos del Hambre*? —pregunté incrédula. Juliette e Ivy sonrieron estúpidamente, a pesar del cansancio de sus rostros. Incluso los labios de Wynter se curvaron en una sonrisa—. A lo mejor solo estoy de mal humor y cansada —repliqué.

—Necesitas algunos millones —explicó Juliette—. Cuando todas tengamos mucho, mucho dinero, entonces estaremos fenomenal. *Los Juegos del Hambre* continúan, así que, que las probabilidades estén siempre a nuestro favor.

—¡Felices *Juegos del Hambre*! —exclamó Ivy.

Se me escapó una risa ahogada. Nos habíamos graduado en Yale y, sin embargo, actuábamos como las mayores idiotas.

—De acuerdo, será el silbido de Rue. Practicaré por la mañana. Supongo que todas lo haremos. Ahora, volvamos a la preparación —concluí aquella discusión—. Ivy, estarás en el lado sur de la mesa de póquer. —Le mostré el plano de la planta y señalé la zona—. Aquí está la puerta de salida de emergencia que te dejará justo al lado de la zona en la que estacionaremos el *Jeep*. Si pasa algo, sal por ahí. Juliette, estarás en el lado oeste de la mesa de póquer. —Señalé la zona donde estaría ella—. Hay una salida justo aquí. —Toqué la puerta con un círculo—. Si pasa algo, huyes por ahí.

—Espera. Estaré en la mesa de póquer —corrigió Juliette. Maldita sea, ojalá se diera cuenta de que no había ninguna posibilidad de que ganara ni una sola ronda de una partida de póquer. Normalmente era la primera fuera.

—Todas tenemos que echar otro vistazo a todas las salidas del casino —intervino Wynter, ahorrándome una respuesta—. Y en cuanto entremos, tenemos que localizarlas para poder orientarnos hacia ellas.

Juliette e Ivy asintieron con la cabeza.

—De acuerdo entonces —concluí—. Estaremos robando un casino mañana por la noche.

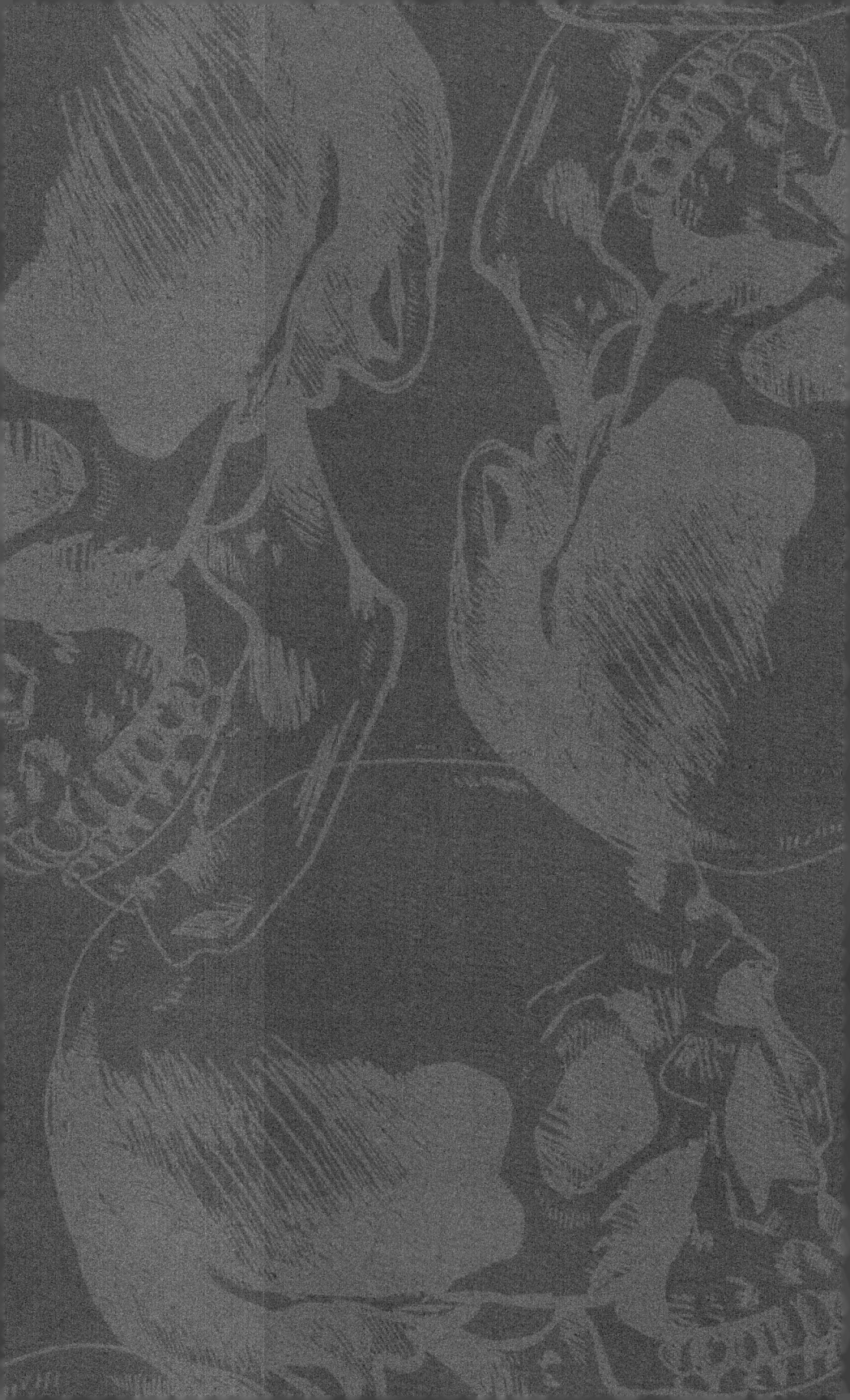

Capítulo Veintiocho

DAVINA

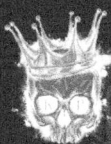

R oyally Lucky.

Más bien *royalmente* jodidas.

Ivy y Juliette identificaron el punto ciego del estacionamiento, no muy lejos de la entrada. Estaba en la esquina izquierda del edificio, justo debajo de un gran roble.

El restaurante de carnes del casino era más extravagante que cualquier cosa que hubiera visto antes. Situado en North Michigan Avenue en Chicago, el alto edificio de cristal brillaba como un castillo del pecado.

—¿Estamos seguras de esto? —pregunté, mis ojos viajando a Wynter sentada en el asiento del conductor y luego al asiento trasero donde Juliette e Ivy estaban.

—¡Sí! —Juliette exclamó—. Hemos llegado demasiado lejos para rendirnos.

—Acabemos con esto de una vez —murmuró Wynter—. Davina, ¿puedes compartir el plano del casino de nuevo?

Juliette e Ivy estaban tratando esto como un juego. Yo no. No tenía ningún deseo de encontrarme a mí misma o a ellas en una situación similar a la que tuve en el *Eastside Club*. Sí, los orgasmos fueron estupendos, pero había llegado a mi límite en cuanto al número de hombres para los que tenía que estar disponible cuando y donde me lo pidieran. Con uno era más que suficiente.

«Y Liam Brennan no es de los que comparten», me recordé.

—Las salas de póquer de apuestas altas están en la segunda planta, pero queremos mantenernos alejadas de esas. —Wynter asintió. Juliette e Ivy preferían que apostáramos todo, no obstante, así era más fácil que nos atraparan. Esos cuartos estaban asegurados y cerrados durante las partidas, así que dejaría vulnerable a la persona en la mesa de póquer—. La primera planta es donde queremos estar —afirmé con naturalidad—. Pasaremos por las máquinas tragamonedas. Después, detrás hay mesas de ruleta. Las mesas de póquer abiertas están al final de la sala, en el primer piso.

—¿Tienes el aceite en tu bolso? —cuestionó Juliette—. ¿Estás segura de que no registrarán nuestros bolsos al entrar?

Era nuestro método de escape. Si la cosa se ponía fea, vertería el aceite por todo el suelo y la gente empezaría a deslizarse por todas partes mientras salíamos corriendo de allí.

—Es aceite de lavanda —razoné—. Pensarán que es para un masaje o algo así.

—El tipo especial de masaje. —Ivy sonrió con satisfacción.

Puse los ojos en blanco.

—Céntrate en la tarea que tienes entre manos —la regañé—. La cuestión importante es si es inteligente que Juliette se siente en la mesa de póquer. Es la peor en Matemáticas y su memoria apesta.

—Es una cabeza hueca —se burló Ivy de buen corazón.

—¡Hey! —protestó Juliette—. Estoy aquí, sabes.

—Tenemos que jugar con nuestras fuerzas —consolé a Juliette, dándole palmaditas en la mano—. Perderás el dinero que le robamos a tu padre. Estamos intentando conseguir más. Piensa en nuestro plan. Hemos venido a ganar y a aumentar nuestro cúmulo de dinero.

Al menos Juliette no se mostró en desacuerdo. De verdad parecía estar considerando mis palabras.

—Deberíamos sentar a Wynter en la mesa de póquer —apunté con firmeza.

Wynter sabía mucho de póquer. Era un juego que había crecido jugando con su madre, su tío y su abuelo, y no había perdido ni una sola partida contra nadie desde que la conocía. Nadie en la universidad quería jugar contra ella porque siempre ganaba.

—Estoy de acuerdo —comentó Ivy—. Wynter es muy buena con los números. Davina también es buena, pero creo que Wynter lo haría mejor. Sobre todo, si hay que contar cartas. Es básicamente invencible en Yale.

—De acuerdo entonces. ¿Qué hago? —Juliette exigió.

Wynter y yo compartimos miradas.

—Intercambiaremos tus papeles y los de Wynter. Ella juega y tú vigilas.

—Como hablamos anoche, las tres vigilaremos —anuncié—. Distraeremos a cualquier miembro del personal que notemos que se acerca. Por cualquier medio necesario.

—Estoy un poco nerviosa —admitió Ivy.

—Nos apegamos al plan —declaré—. Y nos cuidamos las espaldas y nos mezclamos con los jugadores.

—Estamos vestidas apropiadamente para el casino —expresó Juliette—. No debería haber ningún problema para pasar desapercibidas.

Me pareció que nos veíamos bien. Wynter llevaba un vestido rojo largo, sin mangas, con un escote profundo y aberturas que le llegaban hasta los muslos a ambos lados. Llevaba la espalda descubierta, lo que dejaba entrever su piel de marfil. Su melena recogida la hacía parecer algo mayor, con sus rizos dorados enmarcándole la cara. Su identificación falsa la identificaba como una joven de veintitrés años y, con su aspecto actual, lo parecía.

Yo llevaba un vestido largo negro transparente que dejaba ver mi piel y mi ropa interior cuando la luz le daba de lleno. Ivy llevaba un vestido corto de color hueso, alegando que un vestido largo la haría parecer demasiado bajita. Le dije que no, porque yo era la más bajita del grupo. Pero fue Juliette la que se vistió de forma más provocativa. Llevaba un vestido corto azul oscuro que apenas le cubría el trasero y se ajustaba perfectamente a sus curvas. La atrapé jalando del dobladillo hacia abajo un par de veces, así que era un vestido perfecto para distraer.

—No se olviden de las cámaras en el interior —indicó Wynter—. Mantengan las caras bajas y manténganse alertas.

Sonó un teléfono y las cuatro agarramos nuestros teléfonos. Era el mío.

—¿No me digas que es Garrett otra vez? —gimió Juliette.

Garrett me había llamado dieciocho veces y me había enviado demasiados mensajes. No me había llamado tanto en todo el tiempo que habíamos salido. No había respondido ni a un solo mensaje. También se puso histérico por lo de la vigilancia, acusándome de alguna mierda vudú. Luego amenazó con ir a la policía y explicarles que las cuatro habíamos entrado en su casa sin permiso. La verdad era que no tenía ninguna prueba contra nosotras, gracias al amigo de Wynter. Así que seguí ignorándolo. Una sola palabra podía ser usada en nuestra contra, y no le daría esa munición.

Gracias a Dios, esta vez no era Garrett. Abrí el mensaje de Liam.

Liam: Llámame, o te ganarás un castigo.

Al instante, mis mejillas se encendieron y mi corazón se calmó mientras un delicioso escalofrío recorría mi columna vertebral. Dios, ¿era malo que también lo deseaba? Cada vez que pensaba en él, el pulso se dirigía entre mis piernas, invadía mis sentidos y hacía que los rincones de mi mente se volvieran borrosos, la lujuria superando toda mi razón.

Había estado pensando mucho en Liam. Llevaba tres días queriendo verme. Excepto que estaba ocupada preparándome para un robo... más o menos. Por supuesto, esa no era una buena excusa. Una correcta sería que tenía que estudiar para mis exámenes finales, y como él sabía que Juliette y Wynter también estaban estudiando para sus exámenes finales, se lo creyó.

Tuve que admitir que creció dentro de mí una satisfacción por haber sido capaz de engañar al jefe de la mafia irlandesa. No era exactamente algo de lo que estar orgullosa, pero a la mierda.

—Sí, es Garrett —mentí.

Las cuatro nos sentamos en silencio, con los ojos fijos en un desfile de hombres ricos vestidos de esmoquin y mujeres con vestidos relucientes que subían por la escalinata de mármol negro que conducía al vestíbulo del gran casino.

—De acuerdo, hagámoslo. —Alcancé la manilla de la puerta—. Recuerden sus posiciones. Si vemos a alguien de gerencia dando vueltas alrededor de la mesa, tenemos que distraerlo. —Mis ojos se clavaron en Ivy y Juliette—. De cualquier manera posible.

Ambas sonrieron tontamente.

—Mientras esté *sexy* —respondieron al unísono.

Dios sabía que mi distracción en el *Eastside* fue caliente. *«No pienses en el diablo irlandés ahora»*, me reprendí.

—Si vemos a Franco DiLustro, posponemos esta misión —avisó Wynter. Estuve de acuerdo con ella, porque si era como su hermano, habría mucho que pagar.

Juliette e Ivy pusieron los ojos en blanco.

—¿Está claro? —inquirí con severidad. Esas dos necesitaban unas nalgadas.

—Sí, sí, sí —afirmaron molestas.

Ambas nos meterían en un buen lío uno de estos días. No tenía mucho que decir, ya que, para empezar, nos había metido en esta mierda y di el banderazo de salida a nuestra carrera criminal.

Bajamos del *Jeep* y caminamos por el estacionamiento, aparentemente confiadas.

—¿Y si nos equivocamos? —Wynter preguntó en voz baja—. Si Franco DiLustro es el dueño de este casino, deberíamos mantenernos alejadas. El tío nos mataría si supiera que entramos a propósito en un edificio propiedad de un DiLustro.

—Nunca se enterará —respondió Ivy—. Así que no nos estresemos por tonterías.

—Da igual que sea DiLustro u otro italiano el propietario —apuntó Juliette.

—Esto no me agrada —habló Wynter de mala gana.

—El dueño es el que manda, así que se lo quitamos, maldición. Y si es necesario, lo matamos —opinó Juliette, satisfecha de sí misma—. Un DiLustro menos en el mundo. Le haremos un favor a la sociedad.

Wynter casi tropezó.

—¿Qué te pasa últimamente con lo de matar gente? —siseó, con los ojos clavados en su prima—. No somos asesinas, y lo sabes, demonios.

—Todavía —soltó Juliette con frialdad.

—Deberíamos encontrar un casino que pertenezca a alguien más bajo en la cadena alimenticia —refunfuñó Wynter—. Definitivamente uno que no tenga conexiones con DiLustro.

Juliette se encogió de hombros.

—Este tipo tiene más dinero.

—Los DiLustro son letales —lanzó Wynter, y luego, al darse cuenta de lo que había dicho, añadió rápidamente—: Puede que sus hijos sean más indulgentes, mas los viejos son peligrosos. Eso ya lo sabemos, Juliette.

—Cubrimos todos los escenarios y nos preparamos para esto —intervino Ivy, intentando calmarlas—. Céntrate en la partida de póquer. Nosotras nos preocuparemos de la seguridad. Los ojos de Ivy viajaron entre todas.

A Wynter no parecía reconfortarle esa idea.

—¿Deberíamos detenernos? —pregunté, con la adrenalina corriendo por mis venas—. No es demasiado tarde.

La idea de fundar la escuela se había arraigado en nosotras. La verdad era que necesitaríamos millones y tardaríamos años en poder reunirlos, sin embargo, nos proporcionaba una meta.

¿Era la forma correcta de hacerlo? Claro que no. ¿Nos detuvo? Maldición, no.

—No puedo creer que trabajo en la cafetería de día y robo a la mafia de noche —murmuré sarcásticamente en voz baja. Aunque hace dos días fue mi último día. La mayoría de los estudiantes se fueron del campus en verano, así que la cafetería cerró. Volverían a abrir a finales de agosto, pero ya no sería estudiante de Yale.

—Y Wynter es campeona olímpica de patinaje sobre hielo de día y ladrona de noche —puntualizó Juliette, con la voz temblorosa por la risa.

—¿Qué puedo decir? —replicó Wynter secamente—. Me gusta hacer varias cosas a la vez. Aunque, después de esta noche, nos lo tomaremos con calma. Tal vez preparar un plan de negocios. Tengo que concentrarme en mi entrenamiento. Los Nacionales son dentro de seis meses, y con Derek en California mientras estoy aquí, ha sido difícil entrenar.

—De acuerdo.

Y subimos esos escalones de mármol negro.

Capítulo Veintinueve

DAVINA

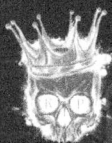

Inhalé profundamente y luego exhalé lentamente. Wynter estaba sentada en la mesa de póquer, con la espalda descubierta y con aspecto de que sabía lo que hacía. La mesa de póquer al aire libre en la parte trasera del primer piso fue una buena elección.

Mis tacones de diez centímetros chasqueaban contra el suelo de mármol del casino. No había estado en muchos casinos, de hecho, en ninguno, aunque había visto muchas películas con ellos. Tenía que admitir que este era uno de los más lujosos que había visto alguna vez. Incluso superaba a las fotos que había visto del Bellagio.

Decoración dorada por todas partes, relucientes candelabros de cristal y paredes de espejos me rodeaban. El centro del casino, donde estaban las mesas de póquer, tenía un techo abovedado de gran altura, y pude ver las ventanas de las oficinas que miraban claramente hacia el suelo del casino. Era como una arena para gladiadores, salvo que aquí solo había apostadores.

Mi estómago no se había relajado desde que entramos en el edificio. Mi corazón latía con fuerza y la adrenalina bombeaba. No sabía cuánta presión podría soportar.

Wynter había comprado fichas con un valor de cinco mil dólares, tal y como habíamos acordado. Los hombres la miraban acalorada-

197

mente. Y, al igual que su nombre, los agraciaba con su mirada helada que congelaba el aire a su alrededor. Era una auténtica reina del hielo, dentro y fuera de la pista, como la llamaban los medios de comunicación.

Excepto que conocía su lado cálido. Se preocupaba profundamente y amaba aún más. Me preocupaba su pequeño acuerdo con el misterioso y hermoso hombre de New York. Sabía cada vez que recibía un mensaje de él, porque su cara se iluminaba con una mirada que nunca había visto antes.

Vi a Ivy en su posición, como habíamos acordado, con los ojos buscando a los guardias. Juliette hizo lo mismo, caminando en un círculo aparentemente perezoso. Sin embargo, estaba nerviosa y veía a Wynter cada dos minutos.

Llevábamos así dos horas. Estaba al borde del suspenso al igual que Juliette. Ivy también, excepto que había empezado a morderse las uñas. Un sudor frío me recorría la espalda mientras las manos se me ponían húmedas sujetando la copa de *champagne* que no me había bebido.

Un fuerte murmullo y voces asombradas me hicieron echar un vistazo a la mesa de Wynter. Había ganado otra mano de póquer. Ahora tenía trescientos mil.

Jesucristo, era buena. La atrapé limpiándose las manos en su largo vestido. También estaba nerviosa. Era extraño. Ganó cincuenta mil en los primeros treinta minutos. No estaba mal, teniendo en cuenta que solo habíamos traído a la mesa fichas con valor de cinco mil dólares. Cuando llegamos a los cincuenta mil, esperábamos que apareciera alguien y la echara. Pero, aún nada.

Y me sorprendió que Wynter siguiera jugando. No era de las que se arriesgaban.

Hace unos treinta minutos, apareció uno de los encargados. El sonriente que normalmente trabajaba en el segundo piso. Igual que en las fotos, seguía sonriendo, parecía feliz mientras observaba a Wynter jugando.

Cuando lo vimos, Juliette corrió hacia él y actuó como una joven borracha. Consiguió distraerlo durante treinta segundos. Imagínate, no era su tipo. Luego continuó hacia la mesa de Wynter.

Sin embargo, le daba crédito a Wynter. Mantuvo la calma. Tal vez fue la razón por la que continuó jugando. Habría parecido sospechoso si escapaba cuando el encargado de piso se presentaba.

Lo vi rodear la mesa por quinta vez y detenerse a dos asientos de Wynter, con los ojos fijos en ella. El viejo podía tener una personalidad jovial, aunque también tenía buen ojo. Temí que nos estuviera descubriendo.

¡Mierda! ¿Debería hacer el silbido de Rue, o esperar a que pasara?

Mis ojos recorrieron la habitación y me puse en alerta al instante. No podía ver sus caras, solo sus perfiles. Ambos se movían al unísono, como dos panteras en busca de su presa. Se movían por el piso y supe, solo *supe*, que formaban parte de la mafia.

Estudió a su alrededor y lo reconocí. Demonios, era el tipo del club de Liam. Dante.

¡Maldición! ¡Maldición! ¡Maldición!

Más altos que la mayoría de la gente en esta sala, era muy difícil ignorarlos. No es que lo pudieras hacer, no con sus rostros. Ambos eran hermosos a su manera, uno tan oscuro como el diablo de Wynter y el otro rubio. Ambos tenían barba y un magnetismo animal que hacía que todo el mundo los observara y luego los mirara dos veces.

Estos dos eran mortales, y ambos lo sabían. El casino se volvió un poco más silencioso, o tal vez el zumbido de mis oídos aumentó, ahogando todo el ruido.

El pánico se apoderó de mí y miré a mis amigas. Ivy y Juliette vieron a los hombres con los ojos muy abiertos. También debían de sentir el peligro.

Se me hizo un nudo en la garganta y se me secó la boca. Me apresuré a agarrar el teléfono, pero antes de que mis manos temblorosas pudieran desbloquearlo, noté que Juliette se les acercaba. Me encontré con la vista de Ivy al otro lado de la habitación y sus ojos se abrieron de par en par. Me pregunté si los conocía. O tal vez estaba tan hipnotizada por ellos como el resto de las mujeres del casino.

Estábamos jodidas. Era el maldito momento del silbato.

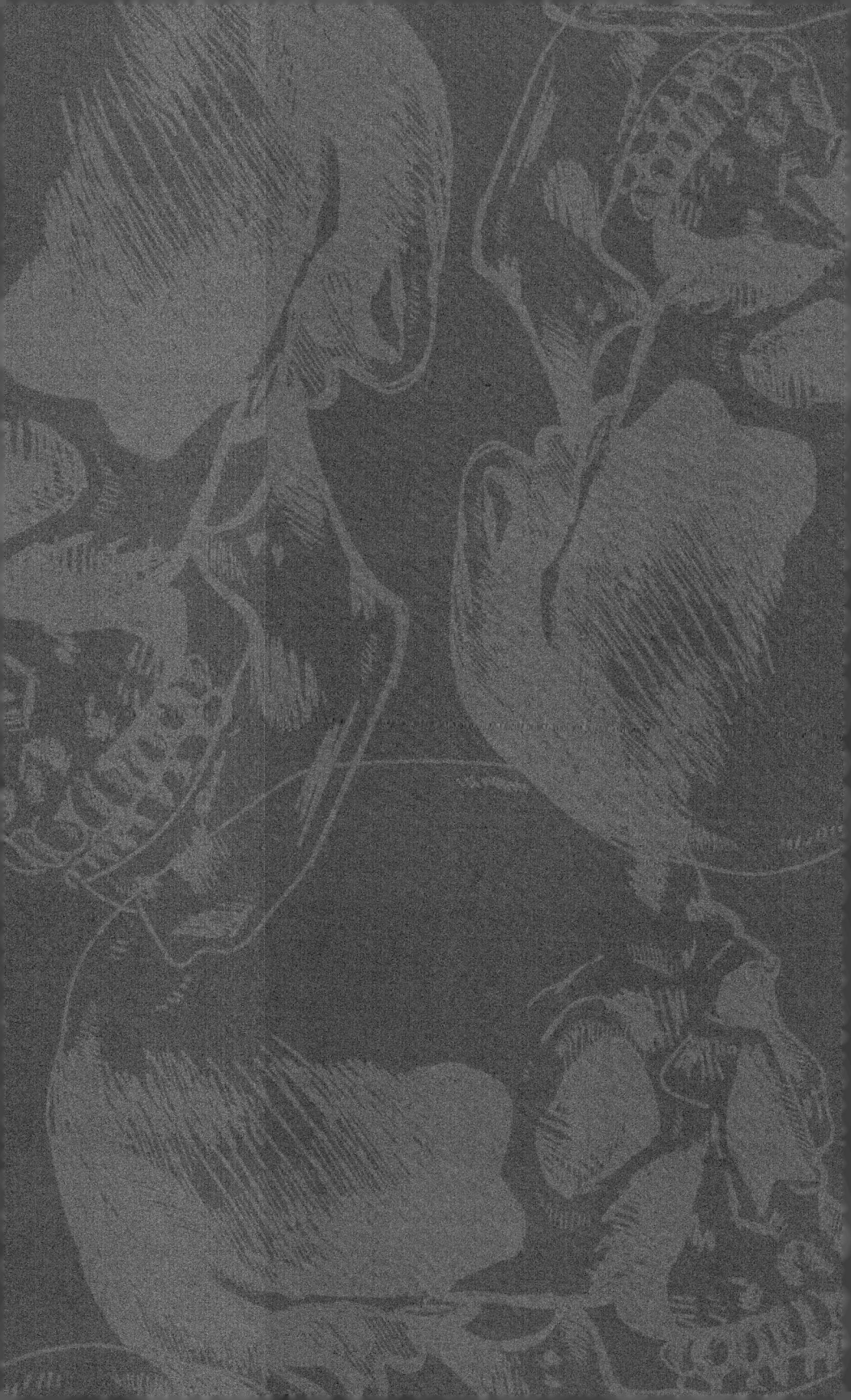

Capítulo Treinta

DAVINA

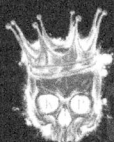

Vi en cámara lenta cómo Juliette tropezaba en el liso suelo de mármol negro y chocaba contra uno de los dos hombres.

Dante la atrapó sin ningún esfuerzo, y la habitual y coqueta Juliette se sonrojó tanto que pude verlo desde aquí.

Me quedé boquiabierta, porque en los cuatro años que llevábamos en la universidad aún no la había visto sonrojarse. Y habíamos hecho muchas estupideces por la que valían la pena sonrojarse.

—Bien jugado, Juliette —murmuré en voz baja. Luego, inhalando profundamente, silbé la melodía de Rue. Los ojos de Dante se desviaron hacia mí y el reconocimiento parpadeó en ellos, sin embargo, antes de que pudiera actuar, la palma de la mano de Juliette presionó su mejilla y devolvió su atención a ella.

El tiempo se detuvo cuando ambos se observaron. Se movía con suavidad, con una mano agarrando a Juliette por el codo y la otra colgando suelta del bolsillo del pantalón. Era un hombre corpulento, con una pared de músculos claramente visible bajo su costoso traje oscuro de tres piezas.

Por el rabillo del ojo, noté que Ivy se movía hasta situarse junto a la manivela de la alarma de incendios. Mi atención se dirigió a Wynter.

También se percató de la escena. Inclinó la cabeza como una reina que desestimaba a sus súbditos y se levantó de la mesa.

—Mantenlo ocupado, Juliette —me susurré.

Wynter recogió sus fichas y se alejó rápidamente de la mesa, pero no de forma que levantara sospechas, dirigiéndose a la zona donde las cobraría. La boca de Juliette se movió mientras hablaba con los desconocidos. Estaba agitada, toda su atención puesta en el hombre de cabello oscuro. Sus manos temblaban mientras las alisaba contra su pecho, haciendo todo lo posible por parecer una seductora experimentada.

El rubio la miró, casi divertido, con sus hermosos labios torcidos en una sonrisa cruel. Dijo algo y la mirada de Juliette se desvió hacia él. Se quedó boquiabierta, como si lo que hubiera dicho la había escandalizado, mas se recompuso y asintió. Pero su atención volvió rápidamente a Dante.

Con la mano aún apretada contra su pecho, le tomó la corbata y luego dijo algo mientras sus ojos viajaban entre los dos hombres.

¡Jesucristo, realmente está trabajando en seducirlos!

Dijera lo que dijera, funcionó. Ambos tenían toda su atención, con su aura y su vibración peligrosas totalmente concentradas en ella. Era como esperar a que una cobra atacara mientras Juliette la pinchaba.

Me moví nerviosamente, mirando a Ivy. Estaba en su sitio. Wynter miró por encima de su hombro, con un pie golpeando nerviosamente bajo su largo vestido mientras esperaba su dinero. Aparte de esa pequeña señal, parecía el epítome de la calma.

El corazón me retumbó bajo la caja torácica y se me pasó por la cabeza un pensamiento reticente: mi abuelo no se imaginó exactamente esto para mí cuando me envió a Yale. Sin embargo, antes de que pudiera seguir reflexionando sobre el error de mis actos, un fuerte silbido me hizo girar la cabeza en su dirección.

La señal de Wynter. Era la única que podía silbar como una verdadera neoyorquina.

—¿Por qué demonios no hizo el silbido de Rue? —refunfuñé en voz baja mientras sacaba la gran botella de aceite de mi bolso de gran tamaño que no coordinaba en absoluto con mi vestido.

Todo lo demás que ocurrió después de aquel silbido fue un borrón. Ivy jaló de la palanca de la alarma y Juliette le hincó la rodilla en las pelotas al demonio oscuro antes de salir corriendo. Antes de que él y su amigo pudieran ir tras ella, volqué la botella de aceite de lavanda por el suelo, la vacié y eché a correr. Fue pura suerte que toda su atención se centrara en Juliette y no me vieran tirar el aceite.

Verlos deslizarse por el resbaladizo suelo de mármol y casi caer sobre sus hermosos traseros fue un espectáculo invaluable. Ojalá lo hubiera grabado.

Salí corriendo mientras el resto de las personas intentaban mantenerse en pie, no me detuve a mirar atrás.

—No te detengas —me animé sin aliento mientras corría—. Llega al *Jeep*.

Santos cielos, debería haberme planteado levantarme por la mañana e ir a hacer esos largos trotes con Wynter porque apenas podía respirar.

La alarma sonó en todo el edificio. Los gritos de la gente detrás de mí eran estridentes, los chillidos de las mujeres y el alboroto crearon exactamente el lío que pretendíamos. Mis talones se clavaron en el asfalto mientras corría por el estacionamiento y rezaba para que todo el mundo estuviera ya allí. No veía la hora de largarme de esta ciudad.

Doblé la esquina y me encontré con que mis tres amigas ya estaban allí. Wynter ya estaba detrás del volante, Juliette e Ivy subían al asiento trasero.

—¡Apresúrate! —gritó Wynter.

Me tiré en el asiento, respirando agitadamente. Ya podíamos ver las luces de la policía, la ambulancia y los bomberos acercándose, con las sirenas a todo volumen.

—¿Cuánto conseguimos? —preguntó Juliette.

—Trescientos mil —respondió Wynter mientras ponía el coche en marcha. Cruzó a toda velocidad el estacionamiento en dirección contraria a la de todos los camiones de bomberos que se acercaban.

—¿Cómo es que no te detuviste en cincuenta mil? —cuestioné con curiosidad.

—No vino nadie, así que tenté a la suerte. Hasta que no superé los doscientos no apareció el gerente —explicó.

Su voz tenía un toque de orgullo. También estaba orgullosa de ella. Fue un juego increíble.

—Demonios —susurramos las cuatro al mismo tiempo.

Si pudiéramos hacer esto durante unos meses, tal vez un año, podríamos tener suficiente dinero para iniciar un negocio. Esta escuela para mentes maestras criminales femeninas, basada en nuestras propias experiencias.

—Salgamos de aquí. —Respiré.

Capítulo Treinta Y Uno

LIAM

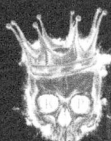

Todo un maldito cargamento de armas, perdido.

Uno de mis camiones fue interceptado cuando se dirigía a mi almacén. El vehículo se acercaba al puente George Washington desde el lado de New Jersey.

Me senté en el coche con Quinn de camino al lugar donde estaba estacionado el camión, según el *hacker* de Nico. El tipo era muy bueno. No confiaba en él con mi familia, pero los negocios eran diferentes. Por suerte para mí, nos avisaron del cargamento interceptado a los cinco minutos, así que localizarlo no llevó mucho tiempo.

Las cuatro mujeres, en cambio, eran una historia completamente distinta. Le había enviado un mensaje a Cassio hacía treinta minutos y esperaba ansiosamente una actualización de la situación. Estaba preocupado, luego furioso y de nuevo preocupado por la temeridad de esas mujeres.

Sonó mi teléfono. Era Cassio. Justo a tiempo.

—¿Por qué tu chico no está siguiendo a las mujeres? —respondí a la llamada, con la mandíbula apretada.

—Mi hombre murió de un disparo mientras las seguía —replicó secamente—. A plena luz del día, en una gasolinera de Pensilvania. ¿Quiénes demonios son estas mujeres, Liam?

¡Mierda!

El pavor me apretó los pulmones. ¿Las habían encontrado los rusos? Si les ponían las manos encima, matarían a Juliette, Davina e Ivy sin pensárselo dos veces. La guerra se acercaba, me gustara o no. Los rusos habían estado atacando mi almacén sistemáticamente con el objetivo de debilitarme. Fueron los rusos quienes sin duda interceptaron mi cargamento.

Era un jodido día cuando yo tenía la esperanza de que hubieran sido los DiLustro, sin embargo, ellos no habrían violado nuestro acuerdo, ni habrían sido tan obvios al respecto.

—Son importantes —anuncié.

—Ya veo —declaró Cassio—. Necesito saber qué tan importantes son, Liam.

Observé a Quinn y solté con voz ronca:

—Llama a Nico Morrelli y pídele que compruebe los mismos números de teléfono que le di antes. —Ni siquiera terminé la frase cuando Quinn ya estaba en ello.

—Muy importantes —contesté a la pregunta de Cassio, apretando los dientes—. Si los rusos les ponen las manos encima, tendrán acceso a todo mi territorio. —*«Porque les entregaré todo con tal de mantener vivas a las chicas».*

—¿Rusos?

—Sí, los malditos rusos —escupí.

—Deberías considerar contratar los servicios de Alexei Nikolaev. —Intentó de nuevo—. Es el mejor en el campo.

¡Demonios! Sabía que era verdad.

—¿Puedes hacer que se ponga en contacto conmigo? —inquirí entre dientes. Me la estaba jugando, aun así, sabía una cosa con certeza: las mujeres estarían a salvo si Nikolaev las seguía.

—Lo haré. —Aceptó Cassio—. Su esposa acaba de tener un bebé, así que puede que tarde unos días.

Maldición, esperaba que todo aquello fuera una coincidencia, aunque me temía que no. Cuando no respondí, Cassio continuó:

—¿Tienes unos días, Liam?

Apreté el puño. Quinn me lanzó una mirada preocupada, pero lo ignoré.

—No tengo ni puta idea —repliqué, con la mandíbula apretada—. He estado bajo ataque durante los últimos tres meses.

—¿Los Capos? —preguntó—. ¿O los rusos otra vez?

—Rusos. —No tenía sentido mencionar el atentado de hace tres meses que los italianos y los rusos coordinaron al mismo tiempo.

—¿Has considerado encerrar a las mujeres en tu propiedad?

Resultaba irónico que le hubiera dado un consejo similar a Nico ese mismo día.

—No crecieron exactamente encerradas —respondí secamente—. Escucha, te deberé mucho si me conectas con Nikolaev. Tengo que irme.

—Si necesitas algo, dímelo —concluyó Cassio—. Mis almacenes, lo que sea.

—Te lo agradezco. —Me di cuenta de que si trasladaba el cargamento que estaba a punto de interceptar de vuelta a mi propio almacén, correría el riesgo de ser atacado. Pero si lo almacenaba en uno de los lugares de Cassio, nadie sabría que estaba allí—. En realidad, ya que te ofreciste. Estoy a punto de recuperar mi cargamento robado. Si tienes un almacén libre, te pagaré para que guardes allí mi mercancía.

—Entendido.

Estaba decidido. Satisfecho con al menos una parte del día, terminé la llamada y regresé mi atención a Quinn.

—Nico las tiene en el satélite —explicó Quinn—. Están en movimiento, y son solo las chicas. Nadie las está siguiendo.

«*¡Gracias, maldición!*».

—Por favor, pídele que las siga hasta que estén a salvo de vuelta, y que me avise inmediatamente si ocurre algo.

Sabía que Nico lo tendría cubierto. No había nadie mejor que él. Ahora, tenía que concentrarme en este ataque.

—¿Cuántos hombres tenemos? —inquirí.

Mi conductor aceleró a través del tráfico, zigzagueando por los carriles para llegar lo antes posible a donde teníamos que estar.

—Diez —respondió Quinn—. Cinco siguiéndonos y cinco nos encontrarán allá.

—Vamos a lanzar un bote de gas en ese lugar antes de entrar —ordené—. Avísales para que tengan sus máscaras preparadas. —Era parte de nuestro equipo de ataque estándar—. En cuanto estemos dentro, maten para defender. Pero, pase lo que pase, mantengan a un tipo vivo para interrogarlo.

Me giré para mirar por la ventana. El cielo estaba gris y me recordó a los ojos de Davina. Esperaba que hoy fuera un día mejor. No estaba de humor para lidiar con esta mierda. Tal vez me estaba haciendo viejo, no obstante, esta batalla constante con los rusos me estaba agotando.

Tardamos treinta minutos en llegar a nuestra ubicación. Primero, repasé el plan con mis hombres. Nos dividiríamos y atacaríamos las puertas oeste y este del almacén, y luego haríamos salir a quienquiera que estuviera allí.

Quinn lideraba un grupo y yo el otro. Levanté la mano y conté hasta tres, luego lanzamos el gas lacrimógeno. Otros cinco segundos y entramos todos. Los disparos resonaron, los hombres rodaban por el suelo, gruñendo y gimiendo.

Solo había cinco hombres aquí, sus armas esparcidas por el suelo, las pistolas de mis hombres apuntándoles a la cabeza.

—¿Quién está a cargo? —pregunté.

Ninguno respondió.

—¿Quién demonios está a cargo?

—*Nyet. Nyet.* —¡Mierda! Rusos. Habría sido mucho más fácil si hubieran sido los italianos.

—¿Quién está al mando? —rugí—. No volveré a preguntar. La próxima vez, dispararé.

Todos los dedos apuntaban al hombre del extremo izquierdo.

—Genial —dije arrastrando la palabra—. Átenlos a todos.

Mientras mis hombres se dedicaban a atarlos, me acerqué al supuesto líder. No parecía gran cosa. Era mayor que yo, con canas en el cabello y barba a juego. Probablemente se acercaba a los sesenta.

Demasiado viejo para estar en este tipo de mierda, lo que significaba que probablemente había trabajado para Volkov durante mucho tiempo. Aquello solo eran teorías, así que necesitaría confirmación verbal. Las suposiciones te mataban.

—¿Para quién trabajas? —demandé. Nada. Saqué mi cuchillo y le dediqué una sonrisa socarrona—. Hagámoslo de la manera difícil entonces, ¿de acuerdo?

Quinn se acercó por detrás, le agarró la cabeza y después la apretó con fuerza.

Empujé la punta de la hoja contra su mejilla y se la rebané. Un grito espeluznante resonó en el almacén. La sangre le chorreaba por la barbilla y la camisa.

—Lo siguiente es tu ojo —advertí, avisándole con una sonrisa amenazadora.

—Destroza el derecho —sugirió Quinn—. Parece favorecer su lado derecho.

Fingí considerarlo seriamente.

—Es una buena idea. —Acepté—. Pero creo que deberíamos torturarlos a todos al mismo tiempo. Es lo justo. Después de todo, esto es una democracia. No estamos en Rusia.

Mis hombres se rieron a carcajadas.

—¡Espera! —gritó uno de los hombres—. Nos acababan de contratar para tomar el camión y traerlo aquí.

—¿Por quién?

—Un ruso.

Me burlé.

—Hay millones de rusos en este mundo. ¿Qué tal si lo reduces?

—¿Nos dejarás ir si te lo decimos?

El tipo de la barba escupió algo en ruso a los demás.

—Los liberaré. —«Mentira».

Los rusos compartieron una breve mirada.

—*Pakhan* Volkov.

¡Demonios! ¿No podía ser otro ruso? Pero entonces, ya sabía la respuesta desde el principio. Solo tenía la pequeña esperanza que fuera otra persona.

—¿Para qué quiere mi cargamento? —cuestioné, aunque ¿realmente importaba? Ya sabía cuál era su objetivo principal. Volkov nunca se detendría, no hasta que él estuviera muerto o todos los Brennan lo estuvieran. Además de cualquiera que trabajara para nosotros.

—Quiere a su nieta.

—Está muerta —declaré. Para el mundo, Aisling Brennan murió hacía más de veinte años—. Y tú también.

Saqué una pistola de la parte trasera de mis pantalones, la levanté y disparé. Sus cuerpos se desplomaron hacia delante en sus sillas y me metí de nuevo el arma en el mismo sitio.

—Limpien esto —ordené a mis hombres mientras Quinn y yo nos dábamos la vuelta para salir por la puerta.

Capítulo Treinta Y Dos

LIAM

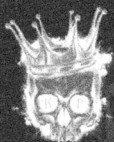

—¿**E**lla qué? —bramé a Dante y Basilio DiLustro al otro lado de la llamada. Todavía no me había ido a dormir después de todo el fiasco del almacén. Recuperé el cargamento robado y lo guardé en el depósito de Cassio, y había estado esperando las actualizaciones de Nico—. ¿Me estás jodiendo?

¿Davina destruyó su casino? ¿Les costó quinientos mil? Eso era lo que hacían las mujeres en Chicago... ¡Apostar!

—No eres mi tipo —replicó Basilio, el muy idiota me estaba sacando de quicio.

—Ni el mío. Aunque tu chica por otro lado... —Dante dejó la frase sin terminar, y apreté los puños.

—Se acercan a Davina y les cortaré la polla —gruñí.

—Me gustaría que lo intentaras —desafió Basilio, con un tono distante incluso por teléfono. Siempre había sido demasiado confiado.

—Tengo unos cuantos años más que ustedes. —Veinte, para ser exactos—. Aún estaban cagando en pañales mientras me ocupaba de los colombianos, los rusos y ustedes, malditos italianos.

—Dios, me siento querido —declaró Basilio—. ¿Y tú, Dante?

—Tan amado —se burló Dante—. ¿Enviaste a tu mujer a mi casino?

—Dime exactamente qué pasó. —Apreté los dientes, negándome a confirmar o negar. Independientemente de lo que hicieron las mujeres, estaban bajo mi protección.

—Debió de tirar de la palanca de emergencia, arruinando las ganancias de la noche, y luego, para colmo, tiró aceite de lavanda por todo el suelo de mármol. El maldito edificio huele como un *spa* —refunfuñó—. No es exactamente la vibra que buscaba.

—¿Estaba sola? —pregunté. Aunque sabía que no, los dos DiLustro no habían mencionado a nadie más.

—El casino estaba lleno, pero estaba sola —alegó Dante, con tono uniforme—. No te preocupes, viejo, no tenía otro *papi* allí con ella.

Apreté los dientes. Durante unos segundos, me planteé ir yo mismo a Chicago y pegarle un tiro al imbécil. Mi edad nunca me molestó, mas por alguna maldita razón, cuando se trataba de Davina, sí. No debería meterme con ella, pero un plan corrupto se estaba formando en mi mente. Y hacer que me pagara sometiéndose sexualmente a mi voluntad era solo una pequeña parte de él.

Sí, no había ninguna posibilidad de que la dejaría escapar.

—Quiero ver pruebas —exigí. No me extrañaría que los italianos mintieran.

—Pensé que lo preguntarías —afirmó Dante—. La grabación te está llegando ahora.

Mi teléfono sonó al segundo siguiente y lo abrí. Empezó a reproducirse un vídeo y, efectivamente, ahí estaba Davina, muy *sexy* con un vestido largo, agitando una botella de aceite y corriendo como si la persiguiera el mismísimo Satanás. Sin embargo, no había ni rastro de Wynter, Juliette o Ivy.

—También necesito otros ángulos —requerí—. Si estuvo en el casino, tuvo que haber jugado a las tragamonedas o al menos una partida. ¿Por qué aparecería allí solo para verter aceite de lavanda en tus preciados suelos de mármol?

—Espera un segundo —pidió Basilio, y luego silenció la línea.

Esta mierda no me gustaba nada. Sabía sin lugar a duda que esos idiotas ocultaban algo. No obstante, también era obvio que el maldito *girl squad* bajo mi protección también me lo escondía.

Sonó el pitido y se oyó la voz de Basilio.

—Dante te está enviando grabaciones de las cámaras sur y oeste. Las otras cámaras tienen información confidencial, así que no las recibirás.

Su comentario me pareció extraño, pero mi teléfono sonó y comprobé las nuevas imágenes. Tal y como sospechaba, Juliette e Ivy estaban allí. Vi cómo Juliette se acercaba a Dante y a su hermano rubio quien dirigía Philadelphia. Intercambiaron unas palabras, y desde luego parecía que aquella descarada estaba coqueteando con ambos. Ivy jaló la palanca de emergencia, y entonces Juliette le dio un rodillazo en las pelotas a Dante.

Esa fue la mejor parte de la grabación.

Aunque, eso dejaba la pregunta de dónde estaba Wynter. Tenía que ser ella la que jugó en la mesa. Wynter jugaba a menudo a las cartas con mi padre, incluso conmigo cuando tenía tiempo. A medida que crecía, se había convertido en una gran jugadora.

—¿Cuál es el maldito daño? —inquirí, refrenando mi temperamento. No podía preguntar por Wynter y atraer la atención sobre ella, y desde luego no señalaría a Juliette e Ivy. Ni Dante ni Basilio sabían quiénes eran. Si no me hubiera topado con Dante y Gio con Davina, tampoco la conocerían.

Jodido *girl squad*.

Los estudios en Yale parecían haber sido una pérdida de dinero si las chicas se habían dedicado al maldito crimen. La cuestión era por qué. ¿Se despertaron un día y decidieron empezar a robarle a la gente?

Era hora de darle una lección a mi pequeña ladrona. Fuera lo que fuera lo que Davina tenía entre manos, acabaría con ello antes de que la mataran. Antes de que alguna de ellas muriera. No obstante, Davina estaba en una situación peculiar, porque sabían que estaba conectada conmigo, y eso la hacía más vulnerable.

Cinco minutos después, tenía medio millón de dólares menos. Ganancias perdidas del casino por dos noches y servicio de limpieza para el aceite de lavanda.

—No más perder el tiempo —murmuré para mis adentros mientras agarraba el teléfono y enviaba el mensaje.

Yo: Mañana. En mi casa. Enviaré la dirección antes de tiempo.

La chica necesitaba una intervención importante.

Capítulo Treinta Y Tres

LIAM

—**G**io DiLustro está haciendo preguntas sobre Davina —farfulló Quinn—. Angelo está indagando sobre ella.

Angelo era el *hacker* y guardaespaldas de Gio. Para mi desgracia, era muy competente.

Nos sentábamos en mi despacho del *penthouse*. Tenía otras dos horas antes de que Davina llegara. Y este repentino interés de Gio DiLustro en Davina era el más inquietante. Cómo era ese dicho... cuando llueve, diluvia.

Desde luego que sí. Rusos que seguían atacando, la mierda del *girl squad*, y ahora esto.

—Puto DiLustro. —Maldije. Si empezaba a investigar a Davina, eso lo llevaría también a mi sobrina y a Juliette—. ¿Qué ha averiguado hasta ahora?

—No mucho —informó Quinn—. Solo lo básico. Su nombre, lugar de nacimiento, su exnovio. Morrelli pudo desviar la mayor parte de la búsqueda a detalles insignificantes.

—Bien. Mantengámoslo así.

—Deberías saber que ella fue a verlo. —Cuando alcé la ceja con curiosidad, aclaró—: A su exnovio.

—Si su exnovio es tan idiota como para entretener a un DiLustro, que se joda. —Me importaba una mierda.

Él no era mi problema. Davina y mi familia eran mi única preocupación.

Sonó el teléfono de mi escritorio y contesté:

—Sí.

—Liam Brennan. —Por el altavoz se oyó un acento ruso frío. Era el *Pakhan* o Alexei Nikolaev.

—Sí.

—Alexei Nikolaev.

«¡Gracias a todos los infiernos!».

—Gracias por ponerte en contacto —dije—. Cassio mencionó que acabas de tener un bebé, así que estoy seguro que no es un buen momento.

—No.

De acuerdo entonces.

—He oído que eres el mejor siguiendo a la gente. Necesito a alguien que vigile a cuatro mujeres y las mantenga a salvo hasta que neutralice la amenaza.

«Sin importar todo el tiempo que me tome».

—¿Por qué?

—¿Cuánto te contó Cassio? —pregunté.

—Nada.

Había una razón por la que Cassio era digno de confianza.

—Mi sobrina está emparentada con el *Pakhan*. Oficialmente, ella y su madre murieron hace veintiún años. Extraoficialmente, siguen vivas.

Un latido de silencio.

—Sus nombres —exigió con voz ronca.

A este hombre realmente no le gustaba hablar.

—Wynter Flemming, Juliette Brennan, Ivy Murphy.

—Cuarto nombre.

Demonios.

—Davina Hayes.

Dos latidos de silencio.

—Empezaré mañana.

Clic.

Fue el movimiento correcto. Sabía que las mujeres estarían a salvo. Sin embargo, no estaba seguro de haber hecho lo más conveniente para Davina. Me sentía directamente responsable de haberla metido en esta mierda. Primero los DiLustro, y ahora los rusos. Y para ponerle la cereza al pastel, sin querer la había puesto en el radar de su propia familia. La familia Ashford.

¡Maldita sea!

La curiosidad de Gio por Davina era una mala noticia. Todo el mundo sabía que a DiLustro le gustaba explotar las debilidades de sus enemigos. Y a pesar de nuestra tregua, éramos enemigos.

Me preocupaba que las chicas se hubieran metido en un lío, y si no llegaba al fondo del asunto, acabarían metidas en más problemas aún. Tenía que averiguar qué tramaban.

Tanto Juliette como Wynter me evitaban. Mi sobrina incluso llegó a enviarme un mensaje diciendo que me estaba imaginando cosas debido a mi vejez. Y luego envió un emoji de un anciano con un bastón. ¡Un jodido bastón!

Esas chicas necesitaban un buen castigo, excepto que tendría que atarlas a una silla para asegurarme de que no salieran corriendo en su lugar. Y solo los benditos santos sabían que cuando Wynter y Juliette se ponían en mi contra se desataba el infierno. Por desgracia, tenía la sensación de que habían ampliado sus fuerzas. Ahora incluían a una belleza de cabello negro y a una diabla pelirroja.

—Estarán a salvo con él siguiéndolas —aseguró Quinn.

—Sí. —Estuve de acuerdo—. Sigue tirando información para desviar a Gio y Angelo hacia otro lado —le ordené a Quinn—. Trabaja con Nico si es necesario. Wynter volará de vuelta a California en cuanto termine su último examen final en Yale. Juliette la seguirá.

—¿Y Davina? —cuestionó.

—La mantendré a salvo. —Porque era mía.

Regresé mi atención a mi *laptop* y empecé a revisar la hoja de cálculo. Quinn seguía sin moverse.

—¿Qué pasa, Quinn? —inquirí, exasperado, sin despegar los ojos de la pantalla. Quería terminar con la maldita hoja de cálculo. Revisar números y libros era la parte del trabajo que menos me gustaba, pero había que hacerlo.

—Me alegra ver qué has encontrado un interés —opinó, el significado detrás de sus palabras no se me escapó.

—¿Y? —Sonreí. No tuve que levantar la vista para saber que sus siguientes palabras estarían llenas de satisfacción.

—Y me sorprende que todavía sepas cómo usar tu polla. No se ha arrugado y caído, ¿*eh*?

Le hice un gesto grosero con el dedo medio.

—Teniendo en cuenta que eres mayor, imbécil, debe significar que el tuyo hace tiempo que se cayó.

—No, el mío funciona bien, viejo.

—Fuera, Quinn.

Su risita resonó en la oficina mucho después de que se fuera.

Capítulo Treinta Y Cuatro

DAVINA

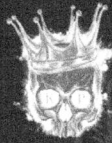

E staccioné el *Jeep* de Wynter en el garaje subterráneo, una hilera de vehículos de lujo alineados en toda la pared. El *Jeep* rojo brillante de Wyn no era en absoluto de baja calidad, pero comparado con estos coches, parecía antiguo. Mi Honda parecería un montón de chatarra. La maldita cosa podría estar fuera de servicio para el futuro previsible. La reparación costaría mucho más de lo que valía el vehículo.

Dejé a Wynter en su clase de *ballet* con *Madame* Sylvie, que estaba a las afueras de la ciudad. Apostaba a que sus planes abarcaban algo más que una clase de baile. No llevaba sus *leggings* informales y su camiseta extragrande. En lugar de eso, se arregló el cabello y se lo recogió en una coleta alta, se puso unos *jeans* recortados y una blusa rosa brillante que dejaba entrever su sujetador.

Juliette e Ivy estaban demasiado perdidas en sus maquinaciones para apoderarse del mundo creando una escuela para mafiosos y el próximo casino que deberíamos robar como para darse cuenta de que Wynter se había arreglado.

Cuando la dejé, había un *McLaren* en el estacionamiento con un tipo en traje de tres piezas apoyado en él. Era el mismo tipo al que le pidió que borrara los videos de vigilancia. Con las manos en los bolsi-

219

llos de su pantalón, parecía un gánster de la serie *Peaky Blinders*, pero italiano. Y súperguapo.

Nos vio incluso antes de que lo notáramos, su atención ya estaba puesta en Wynter.

El hombre tenía tanto atractivo sexual que prácticamente podía saborearlo. Y solo tenía ojos para Wynter, que resplandecía en el asiento de al lado. Su sonrisa era tan brillante que busqué mis gafas de sol para no perder la vista.

Después de cuatro años, Wynter podría haber desarrollado finalmente un gran enamoramiento. Solo esperaba que no fuera con el chico equivocado.

Mis ojos se clavaron en el objeto de su enamoramiento.

Traje caro. Coche rápido. Sonrisa confiada, y algo caliente brillando en sus ojos. Todo estaba dirigido a la mujer que estaba a mi lado.

—Llámame si me necesitas —susurré.

Se inclinó hacia mí, me dio un beso en la mejilla, agarró su bolso del asiento trasero y cerró la puerta. Corrió hacia él con sus *flats* rosas y una gran sonrisa en la cara. Él no se movió ni un milímetro, pero la intensidad de su mirada me dejó sin aliento. El calor que transmitía en ella parecía un horno ardiente. Era tan fuerte que el tiempo pareció ralentizarse, y toda su atención se centró en mi amiga de cabellos dorados.

Me preguntaba si Wynter podría sentirlo. Tenía que sentirlo. No pude evitar pensar que esos dos formarían la mejor historia de amor o la más trágica.

Cuando llegué al edificio de Liam, no estaba muy segura de si quería ser o no el objeto de la mirada que Wynter había recibido de su hombre. No creía exactamente en el amor. Deseo, lujuria, fijación temporal... sí. Sin embargo, no en el amor. No había más que mirar mi inexistente relación con mis padres. Ni siquiera los conocía.

Durante el trayecto en ascensor hasta su *penthouse*, los ojos de Liam pasaron por mi mente. Nunca había sentido nada parecido. Lo que él me hacía sentir solo lo había leído en los libros o visto en las películas. Quizás a Wynter le ocurría lo mismo.

Mi teléfono sonó y lo saqué del bolso. Era nuestro *chat* grupal.

> Juliette: Podríamos llamar a la escuela Badass Females.

Por supuesto, esa fue la sugerencia de Juliette.
Escribí rápidamente mi respuesta.

> Yo: Nos estaríamos limitando si abriéramos la escuela solo para chicas. Podríamos tener un programa mejorado para chicas, pero la escuela debería ser para ambos sexos.

> Ivy: Estoy de acuerdo con Davina. De nosotras, ella es la mejor en los negocios.

Mis labios se curvaron en una sonrisa. Esa era una primera vez.

> Yo: ¿The Kingmakers?

Sugerí, aunque no hablaba en serio.
Las burbujas aparecieron al instante, y ya podía imaginarme a Juliette tecleando enérgicamente.

> Juliette: A la mierda. Estamos haciendo reinas, no reyes.

> Ivy: Tacha esa. ¿Diamante?

> Wynter: Señoritas, estoy ocupada. ¿Podemos hablarlo en otro momento?

Era Wynter, y no se me escapó que no dijo que estaba en medio de su clase de *ballet*.

> Yo: ¿Qué tal St. Jean d'Arc? Era una mujer ruda, y sería una buena cubierta para la escuela exclusiva. Para cualquier extraño, parecería solo otra escuela católica.

> Juliette: Sí.

Juliette: Aunque no habrá nada santo ahí dentro.

Le siguió un emoji de un diablo.
Luego la confirmación de Ivy.

Ivy: Sí.

Eso estaba decidido. No esperaba una respuesta de Wynter, pero tenía la sensación de que estaría de acuerdo.

El elevador se abrió al impresionante vestíbulo, donde se encontraba Liam.

Mi respiración se entrecortó.

Me estaba esperando, como mi propio caballero. Liam Brennan era el tipo de hombre que se tragaba la habitación y te hacía palpitar el corazón. Desde luego, hizo que el mío bailara de la forma más inusual.

Sus anchos hombros parecían capaces de soportar el peso de todos los problemas del mundo y mantenerte protegida. Los músculos que sentí de primera mano hacía unas noches eran fuertes y voluminosos. Me ardía el trasero con el recuerdo de la palma de su mano golpeando mi piel.

¡Santo Dios!

Nunca pensé que permitiría que un hombre me azotara, y mucho menos que lo disfrutaría. Aun así, lo hice. Tanto que de tan solo pensar en ello me hacía sentir adolorida y húmeda.

—Davina —saludó.

Su voz me hacía cosas. Era ronca y áspera, puro sexo. Tal vez podría pedirle que solo hablara y yo me tocaría. No tardaría mucho en llegar al orgasmo. Sobre todo, después de experimentar su boca contra mis muslos. Tenía que ser esa barba desaliñada.

—Señor... —Mis palabras vacilaron cuando entrecerró los ojos—. Liam.

En sus iris brilló la satisfacción y sus labios se curvaron en una sonrisa. Me derretí al saber que lo había complacido.

Extendió la mano y deslicé la mía en la suya. Sentí una descarga eléctrica que me llegó hasta el corazón y mis ojos se clavaron en los suyos. Era tan alto que tuve que estirar el cuello para encontrar su mirada. Era difícil saber por su expresión si sentía la misma atracción.

«*Por favor, que no sea unilateral*», recé en silencio.

No se me escapó la ironía. Hacía unos minutos, había afirmado que no creía en nada más que en la lujuria y el deseo. Y aquí estaba, con el corazón desbocado, ahogándome en mis propias palabras.

—Te ves hermosa —alagó, recorriéndome con la mirada. No me arreglé porque no quería que pareciera que me esforzaba demasiado. Me puse un sencillo vestido amarillo y sandalias.

—Gracias —murmuré, sintiendo que el rubor me subía por el pecho y el cuello.

Me condujo a través de su *penthouse*, el espacio abierto de par en par con suelos de mármol, indicando nada más que lo mejor para el jefe de la mafia irlandesa.

Mis ojos recorrieron la decoración. Todo en este lugar era prístino y costoso, como si perteneciera a una revista. Vestíbulo elaborado. Precioso salón. Comedor formal con vistas a las brillantes luces de New York. Durante un fugaz segundo, vislumbré una cama tamaño *king* a través de la puerta entreabierta de lo que debía ser un dormitorio.

¡Jesucristo!

Nunca había visto una cama tan grande y con tantas almohadas. Un mullido edredón azul oscuro sobre la gran cama invitaba al *placer corrompido* que ambos disfrutaríamos. Un escalofrío recorrió mi espalda, seguido inmediatamente por una ráfaga de calor.

La mirada de Liam se desvió hacia mí, con algo oscuro en sus ojos.

—Pensé que primero cenaríamos. —La voz de Liam llenó la tensión sexual que crepitaba entre nosotros. Este hombre me leía como un libro abierto. Simplemente maravilloso.

—*Ummm,* de acuerdo.

Se rio como si hubiera dicho algo gracioso.

—A menos que estés deseando ir directamente a follar.

Lo fulminé con la mirada, aunque un delicioso escalofrío me recorrió ante sus sucias palabras. Las mariposas en mi estómago volaron mientras la expectación vibraba bajo cada centímetro de mi piel. Dios, lo deseaba tanto que no me importaría ir directamente a follar.

¡Jesús, María y José! Había perdido la cabeza.

Era mejor no comentar. No confiaba en que mi voz o mis palabras no me traicionarían.

En cuanto entramos en el comedor, mis pasos se detuvieron y mi respiración se entrecortó. El miedo a las alturas se apoderó de mí cuando miré a través de los grandes ventanales. Antes estaba tan nerviosa que no pensé mucho en lo alto que estábamos, así que mi miedo tuvo una reacción retardada y ahora, estaba en modo frenético.

Los ojos de Liam me quemaban la mejilla, esperando a que dijera algo, pero no encontraba mi voz.

—¿Está todo bien?

Demonios, la mesa del comedor estaba demasiado cerca de las ventanas. Nunca sería capaz de dar los pasos para acercarme a ellas. Mis ojos se desviaron hacia Liam.

Tragué saliva.

—M-me dan miedo las alturas —balbuceé—. Demasiado cerca de las ventanas.

Su vista se desplazó por el comedor y luego regresaron a mí, con una expresión de preocupación dominando sus rasgos.

—Si muevo la mesa más cerca a la pared de este lado, ¿funcionará?

Me lamí los labios, el corazón palpitante y la respiración acelerada me secaban la boca. No podía creer que estuviera siquiera contemplando una solución para mí.

—O podría arrancar las gruesas cortinas de mi dormitorio e intentar instalarlas aquí, aunque eso podría llevarme un tiempo —sugirió en tono pensativo.

Se me escapó una carcajada ahogada mientras imaginaba al jefe de la mafia irlandesa en New York instalando cortinas. Sería un espectáculo inolvidable.

—Creo que la mesa alejada de la ventana funcionará —afirmé, con la sonrisa ligeramente temblorosa. Era un milagro que pudiera sonreír—. Lo siento.

—No te preocupes —aseguró, apretándome la mano—.

Quédate aquí, o si te sientes más segura en el pasillo, también está bien. —Sus ojos se clavaron en mí, escrutando mi rostro. Asentí, y entonces la comisura de sus labios se levantó—. O siempre puedes ir a mi habitación —bromeó, intentando distraerme.

—¿Cena en la cama? —bromeé, aunque me temblaba la voz.

—Bueno, esa sí que es una excelente idea.

Se acercó a la mesa mientras yo permanecía pegada a la pared opuesta.

No tardó nada en apartar la gran mesa del comedor de la ventana. Observé sus músculos abultarse y flexionarse. Dios, tenía unos músculos realmente atractivos. Los más atractivos que había visto en un hombre.

Hablando de extremos. De la lujuria ardiente al miedo y de nuevo a la lujuria.

—¿Mejor? —preguntó. No pude evitar comparar su comportamiento con el de todos los hombres con los que había salido en el pasado. Cuando mi miedo a las alturas salía a la superficie, les gustaba burlarse de mí, pensando que estaban siendo simpáticos. Me sobresaltaban y me empujaban demasiado cerca del balcón. Se reían y prometían que me salvarían. No les creía.

Hasta Liam.

Apostaría mi vida a que él nunca haría algo tan inmaduro. Y algo me decía que me agarraría si estaba a punto de caer. Bizarro, realmente, ya que no lo conocía bien en absoluto. Y me atrapó robándole y luego me extorsionó para que le diera lo que quería.

Sí, seguro que había señales contradictorias.

Finalmente, satisfecho de que la mesa estaba lo suficientemente lejos de la ventana, Liam se me acercó y me condujo hasta ella. La comida ya nos esperaba, extendida sobre la mesa preparada para dos. Sin embargo, cuando movió la mesa, el montaje perfecto se tambaleó un poco.

—Gracias —dije, con el corazón encogido por un gesto tan sencillo.

El olor a carne y verduras cocinadas llenaba el aire y me rugió el estómago. No había comido desde el desayuno, ocupada con empacar y maquinar cómo robar algunos lugares más.

Sí, mis mejores amigas y yo estábamos locas.

Liam me sacó una silla y, como un verdadero caballero, se aseguró de que me sentara de espaldas a la ventana. Me conmovió su preocupación. Supongo que merecía puntos extra por no llevarme directamente a su habitación, darme unas nalgadas y luego follarme. Se me estremecía el coño, me gustaba la idea de que me azotaran y luego me cogieran.

Dios, necesitaba sacar de mi cabeza los pensamientos sucios. A este paso, podría lanzarme sobre este hombre. Era como si alguien me hubiera dado un afrodisíaco que seguía y seguía, pero solo cerca de él.

Se sentó a mi derecha y levantó la tapa.

—No estaba seguro de lo que te gustaba. —Comenzó—. Así que tenemos algo de marisco, pollo y cordero.

Sonreí ante su consideración. Aunque, no era como si hubiera tenido opción de venir aquí. Su mensaje era claro. Ven, *o si no*.

—Quiero pollo, por favor.

Preparó mi plato y luego procedió a servirse el suyo. Intenté no mostrar mi sorpresa, sin embargo, aquel hombre sí que sabía comer. Lo suponía, teniendo en cuenta su tamaño, pero en serio que tenía apetito.

—¿Y cómo te mantienes en forma? —Curioseé

Era una de esas mujeres que engordaba desde la primera rebanada de pastel que comía. Con mi metro sesenta y tres, era la más bajita de las cuatro, así que ese peso se me iba directamente al trasero.

—Hago ejercicio todas las mañanas. —Sí, a la mierda eso. Me gustaba dormir hasta tarde siempre que podía.

Mordí mi pollo y mastiqué despacio, luego esperé a que tuviera la boca llena. Tragando mi comida, tomé un sorbo de agua, y luego comenté:

—Entonces, ¿cuánto tiempo tengo que hacer esto?

—Por el tiempo que yo exija.

—Eso no está bien —protesté.

—No está bien que te haya atrapado robándome —me recordó. Sí, tenía razón, aunque no podía estar de acuerdo con él.

—Bueno, tiene que haber un plan de pagos que pueda seguir. Un calendario —declaré débilmente—. De lo contrario, esto podría ser una sentencia de por vida.

—No parecías quejarte cuando me montabas la cara.

Se me encendía las mejillas. Sabía que estaban rojas como tomates, y no era nada atractivo.

—No hay necesidad de ser vulgar.

Sonrió, claramente satisfecho de sí mismo.

—Pero lo disfrutas. Y apuesto a que, si te tocara las bragas ahora mismo, estarían empapadas. —Sacudí la cabeza débilmente—. ¿Lo corroboramos? Y después me puedo quedar con tus bragas.

Ahogué un suspiro. El hombre era un demonio irlandés, y uno muy guapo. No tenía sentido negarlo, ni a él. *Estaba* empapada y él aún tenía mis bragas de nuestra primera aventura. Resultaba que me encantaba mi ropa interior y no tenía dinero para gastar en otras nuevas. Bueno, excepto el millón que le robé, mas no me parecía bien gastar ese dinero en bragas y otras cosas frívolas.

—¿Cómo están yendo tus exámenes? —indagó, arrastrando las palabras. Algo en la forma en que lo dijo hizo que mis instintos se prendieran, aunque su cara no mostraba ninguna petulancia, así que lo atribuí a mi paranoia.

—Bien. Estudiar para los finales ocupa todo mi tiempo.

Sus hermosos labios se curvaron en una sonrisa, como si supiera algo que yo ignoraba.

—Seguro —replicó.

Me había convertido en una criminal y una mentirosa. Los objetivos profesionales se acumulan. ¡Qué bonito!

—Sí, ha sido estresante. —En teoría, no era mentira. Había sido superestresante planear nuestro robo. Durante las últimas veinticuatro horas, las chicas y yo habíamos estado en ascuas, esperando que la policía apareciera en la puerta de nuestro dormitorio. O los malditos Capos. No recomendaría buscarlos o la paranoia se multiplicaría por diez.

—Sin embargo, ya se han acabado —concluyó.

—¿Qué quieres decir? —Respiré.

—Ya has terminado con los exámenes, Davina. Has terminado con tu último final desde hace unos días. —Mierda, él lo sabía—. Ahora, vamos a discutir los términos de nuestro acuerdo y por qué ignoraste mi mensaje.

Se hizo el silencio y tragué saliva.

Todo se descontroló y sucedió tan rápido que apenas tuve tiempo de respirar. Tuve un novio, lo atrapé engañándome antes de mudarme por completo, quemé una casa por accidente, planeé un robo y fracasé, planeé otro robo y tuve éxito, y ahora estaba en este *penthouse* con este hombre tan guapo que me hacía temblar de necesidad. La pesadez entre mis piernas se estaba convirtiendo en una sensación familiar en torno a él.

—¿Siempre quisiste ir a Yale? —La pregunta de Liam me tomó por sorpresa. Esperaba que me interrogara por no haber respondido a su mensaje.

—Sí. Mi abuelo fue a Yale antes de enlistarse en el ejército. —Pensar en el abuelo siempre me hacía sonreír—. Decía que aquellos fueron algunos de los mejores años de su vida. También conoció a la abuela en Yale. Así que cuando llegó el momento de decidir a dónde ir, fue obvio.

—¿Han sido los últimos cuatro años los mejores de tu vida? —cuestionó.

Me reí entre dientes.

—Sí, en su mayor parte.

—¿Qué partes no te gustaron? —Liam parecía realmente interesado.

—*Umm*, yo... —A decir verdad, Garrett fue la única parte de mis cuatro años en Yale que no me gustó. Aunque, si no me hubiera molestado en perder el tiempo con él, no nos habríamos aventurado en nuestra empresa criminal. Sin embargo, de alguna manera, sentía que estaba exactamente donde debía estar. Tal vez era oficialmente una delincuente.

—Solo dilo, Davina —animó.

—Mi exnovio —Empecé, y Liam gruñó. Realmente *gruñó*—.

Resultó ser un imbécil, y no estoy muy contenta de haber perdido el tiempo con él.

—¿Qué hizo? —inquirió, con cara de estar a punto de ponerse en modo ataque. Algo sobre eso me hizo palpitar el corazón.

—*Eh*, me fue infiel. —Me encogí de hombros—. Supongo que estaba siendo un chico.

—Estaba siendo un imbécil —corrigió Liam—. Su pérdida es mi ganancia.

Mis mejillas se calentaron. Mierda, podía ser tan caliente y dulce.

—¿Y tú? —Desvié la conversación de mí.

Se pasó una mano por la boca, como si estuviera debatiendo qué debía decirme.

—Bueno, no le veo sentido a ser infiel —expresó, y le creí—. Es demasiado complicado.

«Completamente de acuerdo». No había más que ver el lío en el que nos habíamos metido mis amigas y yo.

—No tienes que preocuparte de que te engañe, Davina —notificó —. Eres más que suficiente para mí. La forma en que jadeas por mi verga. La forma en que tu coño codicioso se aprieta alrededor de mi polla. Es el paraíso. Nada me separará de ti. Ni el cielo, ni el infierno. Y ciertamente no otra mujer.

Por alguna razón, sus palabras me complacieron. *Mucho.* Su brazo rozó el mío y el calor de su cuerpo me abrumó. Y su olor, profundo y masculino. Me mareaba y la piel me zumbaba como un cable con tensión.

—¿Tienes algún pasatiempo? —pregunté, intentando cambiar de tema.

—¿Aparte de comerte el coño? —replicó. Intento fallido de distracción. Puse los ojos en blanco, dispuesta a ofrecerle una respuesta insolente, pero se me adelantó—. Creo que cuando me chupes la polla será otro de mis pasatiempos favoritos.

Exhalé un suspiro exasperado.

—¿Alguna afición *no sexual*?

Se rio entre dientes, con un destello de diversión en los ojos.

—Navegar.

—¿Navegar? —me burlé—. Con ese barco gigantesco no se le puede llamar navegar. Es una maldita mansión en el agua. Apenas podías sentir las olas mientras estabas en él.

Arqueó una ceja.

—¿Navegación de lujo?

—Supongo que sí —reflexioné. Quizá teníamos algo en común. A mí también me encantaba navegar, aunque nunca tuve el lujo de pasar tiempo en un yate. No hasta la otra noche—. A mí también me gusta navegar —admití.

Su ceja se alzó.

—¿En serio?

Asentí.

—Sí, crecí en un pueblecito de playa donde no había nada que hacer salvo pescar, navegar o holgazanear en la playa.

—En realidad suena bastante relajante.

Sonreí.

—Lo era, pero podía llegar a ser aburrido. Mi abuelo lo hacía emocionante.

—Eres muy unida a tu abuelo. —No fue una pregunta, pero aun así asentí.

—Sí, mucho. Mis padres... —Hice una pausa, aunque decidí soltarlo—. Mis padres no querían una hija, no me querían, así que él fue todo lo que tuve. Tuve mucha suerte, porque es increíble.

—Tus padres probablemente se estén arrepintiendo —comentó suavemente—. Eres bastante increíble.

No estaba muy segura de que me calificaría de asombrosa. Las chicas y yo habíamos hecho algunas cosas no tan maravillosas.

Incliné la cabeza, observándolo.

—¿Y tú? ¿Algún recuerdo de la infancia que eches de menos?

—Diría que pasar los veranos en Irlanda. Durante unos años vivimos allí exclusivamente, pero luego volví y tuve que trabajar para recuperar lo que mi padre perdió. Aun así, siempre que podía, volvía en los veranos y pasaba allí unas semanas.

—He leído que la mejor época para visitar Irlanda es en julio.

Sacudió la cabeza, con expresión divertida.

—En realidad, recomendaría septiembre. Menos turistas.

—Esos malditos turistas. —Me reí entre dientes—. ¿Eres cercano a tu padre o a tu abuelo? —inquirí con curiosidad.

—A mi abuelo lo mataron antes de que yo naciera —confesó con expresión tensa—. Cuando era pequeño, mi padre era mi héroe. Luego pasaron cosas y nos distanciamos. No obstante, soy muy cercano a mi hermana.

Intuí una larga y mala historia allí.

—Lo siento —murmuré y volví a prestar atención a mi comida.

Comimos el resto de la cena en silencio. La verdad es que hacía rato que había perdido el apetito, pero no dejaba de moverla por el plato para que pareciera que seguía comiendo. Algo en toda esta cena me tenía nerviosa. Me sentía como una presa que ya había sido cazada.

Peor aún, me comportaba como si quisiera ser atrapada. Por él.

Liam se recostó contra su asiento, su mirada quemándome la mejilla. Analítica. Estudiosa. Lujuriosa. Y mi corazón tropezó con su siguiente latido.

Lo anhelaba. Me temblaba el pulso y también las manos, así que agarré el tenedor como si mi vida dependiera de ello, ocultando el impacto que este hombre tenía en mí. Era demasiado, aunque al mismo tiempo no era suficiente. No hasta que pudiera sentir su piel contra la mía. Sus manos en mi corazón adolorido.

—¿Vino? —Ofreció, reclinándose en su silla. Negué con la cabeza, dejando el tenedor en la mesa—. ¿O prefieres mi coñac más caro?

¿Por qué no me sorprendió? En todos los delitos que habíamos cometido hasta ahora nos habían atrapado. De una forma u otra. Bueno, excepto Chicago.

—Quiero tu coñac más caro —asentí.

—No esperaba menos —reconoció con una sonrisa, se levantó y se dirigió a un pequeño minibar que había en un rincón de la habitación, junto a la ventana. Me dio un vuelco el corazón al verlo tan cerca de la ventana.

—¿No tienes miedo de que alguien te dispare a través de las ventanas? —pregunté—. Seguro que tienes un montón de enemigos, siendo un criminal y todo eso.

Me miró por encima del hombro.

—Las ventanas son a prueba de balas.

—*Oh.* —Supongo que era seguro entonces. Si una bala no podía atravesar la ventana, un cuerpo ciertamente no podría volar fuera de ella.

—Y tienes razón —continuó—. Tengo un montón de enemigos. ¿Son esas las palabras que te enseñaron en Yale?

—Eso y follar —repliqué con sarcasmo—. No deberías pasearte mucho por las ventanas si tienes muchos enemigos —señalé, viéndolo servir dos vasos.

Volvió y me dio un vaso. Había bebido suficiente alcohol para durarme toda la vida, pero lo agarré de todos modos. Apenas había rozado mis labios con el coñac cuando volvió a hablar.

—¿Preocupada por mí? —bromeó.

—No.

Se rio entre dientes, como si no me creyera. Bajó su enorme cuerpo y se sentó en la silla junto a mí.

—Te tengo una proposición. —Empezó, con voz profunda y firme.

—Me da miedo oírla —pronuncié.

Se rio entre dientes.

—Lo dudo. Una mujer lo suficientemente valiente como para robarle a la mafia debería ser capaz de manejar esta proposición como si fuera pan comido. —Elevó una ceja para enfatizar el punto—. Algo facilísimo —añadió.

Las alarmas sonaron en mi cerebro, mas no pude hacer nada más que esperar a que revelara lo que fuera que tenía que decir.

—Entonces no me tengas en ascuas —declaré, ocultando mi nerviosismo tras mi tono sarcástico. Di un sorbo a mi bebida mientras Liam me observaba como un lobo hambriento.

Sus ojos se oscurecieron y se clavaron en mi boca.

—Voy a disfrutar follando esa boca descarada que tienes.

Me atraganté con el coñac y tosía con fuerza. A diferencia de cualquier otra persona que hubiera conocido, Liam podía pasar de los negocios a la coquetería y a hablar sucio en el mismo segundo. Sabía exactamente lo que me estaba haciendo, no tenía ninguna duda.

—Me dejarías entrar en lo más profundo de tu garganta, ¿verdad? «¡*Mierda!*».

Tuve que luchar contra el impulso de asentir con la cabeza. Su tono era oscuro, puro sexo, y mis muslos se apretaron con necesidad. Dios, sus sucias palabras serían mi perdición. Me encendieron y mi coño palpitó en respuesta. Si otro hombre hubiera dicho esas palabras, le habría dado un puñetazo en el ojo. Con este hombre, quería preguntarle *cuándo* me cogería la boca.

Para asegurarme de que no hiciera tal cosa, di un sorbo al coñac.

—Mi propuesta es que te cases conmigo. —Volví a atragantarme con la bebida y la escupí por toda la mesa. Lo miré mientras tosía, esperando que se riera. Cualquier cosa. Lo único que podía ver a través de mis ojos llorosos era su rostro serio.

Juliette nunca me dijo que su padre estaba loco.

Capítulo Treinta Y Cinco

LIAM

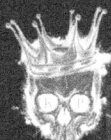

E n general, se tomó bien la noticia.

No se había ido. Ni me había abofeteado. No es que lo conseguiría. Vi millones de emociones cruzar su expresión. Si bien no era la idea más brillante que había tenido, era la más eficaz para protegerla y a mi familia.

Con su aventura en Chicago, habían traído más mierda. Debería encerrarlas a las cuatro en una habitación y darles de comer dos veces al día.

—No me casaré contigo —siseó, con los ojos como dos rayos dispuestos a golpearme en cualquier momento.

—O eso, o vas a la cárcel. —Sus ojos se abrieron de par en par con incredulidad—. No creas que no dudaré en entregarte. Tengo la grabación y pienso usarla si no cooperas.

A pesar de que nunca lo haría, no necesitaba saberlo. Además, tuvo suerte esa noche en mi club, ya que no existía tal grabación. No tuvo tanta suerte en Chicago, pero me lo guardaría para mí. Por el momento.

Vi cómo la delicada piel de su cuello se movía al tragar. Ya podía imaginarme penetrando su garganta.

—P-pero... —Respiró hondo, con el pecho subiendo y bajando. Un atractivo rubor le subió por el cuello.

Me aproveché de su falta de palabras.

—Haremos que nuestro acuerdo sea legal —aseguré—. Ya habíamos establecido que te someterías a mí. Cuando diga. Donde diga. Ahora, legalmente quiero que tú y tu coño sean míos.

—Esa es la cosa más loca que he escuchado —lanzó—. Mi coño es mío. Igual que tu verga es tuya. No puedes decir mierda como esa.

—Oh no, Davina. Ahí es donde te equivocas. —Ronroneé—. Mi polla es tuya. Pertenece a tu coño. —Luego sonreí—. Corrección, *mi* coño.

—Esto es ridículo. —Bufó y frunció la boca, fingiendo indignación.

No se me escapó como un escalofrío le recorrió la piel. Me encantaba cómo se excitaba con mis sucias palabras. Corromperla sería lo mejor de mi vida. Y no mentía. Ella era mi maná. Mi maldito cielo.

—Que luches contra mí y nuestra atracción es ridículo —declaré.

El abuelo de Davina estaba en un centro, y la única razón por la que podía pensar que necesitaba dinero era para él, pero no me hacía sentido. El millón que me robó debería ser suficiente para saldar cualquier tipo de deudas que tuviera. Quizá las cuatro chicas tuvieron alguna idea loca y al dividirlo entre cuatro no cubrió sus necesidades.

Fuera lo que fuera, no podía ni imaginarlo. Mas lo descubriría, de una forma u otra.

Cuadró los hombros y me miró de frente.

—Supongo que entonces terminaré en la cárcel —discutió obstinadamente, con voz temblorosa—, porque no me voy a casar contigo. Aunque extrañaré el sexo.

La chica tenía valentía, lo tenía que reconocer.

—Puede que te deje ir a la cárcel a cumplir tu condena, cariño —comenté, clavándole los ojos y observándola como un halcón—. Pero los italianos no.

Victoria.

Mi pequeña ladrona no se daba cuenta de que nunca me rendía.

La sorpresa brilló en sus iris. Sí, esta chica era un libro abierto.

—¿Italianos? —repitió con voz vacilante.

—Sé que las cuatro estuvieron en Chicago. —Su suave jadeo llenó la habitación—. Dime, ¿fuiste tú o Wynter quien jugó al póquer? Sé que no fue Juliette. Se le dan fatal los números. Y por lo que sé, Ivy no es mucho mejor en los juegos.

Los labios de Davina se afinaron. Sus mejillas se encendieron, y la culpa en sus ojos fue admisión suficiente.

—No eres buena mintiendo —señalé.

—No he dicho nada —soltó entre dientes.

—No tienes que hacerlo —expresé—. Solo recuerda esto, Davina. Te reconocieron. Irán por tu familia. —Los italianos no tenían escrúpulos. Mientras que en mi organización nos ceñíamos a un código, los italianos al mando de Gio y Franco DiLustro irían por todos y cada uno de los relacionados con Davina—. Irán por tu abuelo, no importa su edad. —Se puso rígida. Bien, por fin estaba llegando a algo con ella—. Tus padres.

Una vulnerabilidad brilló en sus ojos y se mordió el labio inferior. Maldición, no me gustaba verla alterada. La parte razonable en mí sabía que no necesitaba más problemas. Pero por primera vez en mi vida, la razón no hizo nada por mí. Se centró en ella y no la dejó ir. Y la idea de que estuviera herida o capturada por los italianos me volvía loco.

Además, ya había decidido que era mía.

Mi padre llevaba décadas molestándome. Joder, finalmente lo haría feliz, aunque por razones completamente egoístas. Para poseerla y mantener a mi familia protegida.

—Te protegeré y a tu abuelo —prometí—. Una forma de asegurarme de que puedo hacerlo es poniéndote un anillo en el dedo.

Bueno, mi padre estaría orgulloso. Atrapando a mi esposa por cualquier medio necesario. La cosa era que, para mí, era ella o nadie más. Era la única para mí. El beneficio añadido era mantener a mi familia a salvo. Apaciguar a mi padre era solo una idea de último momento.

—¿Qué se supone que debo decirle a Juliette? —desafió, su voz temblando, sonando amarga—. Lo de casarme contigo. No le va a gustar.

—Miéntele —propuse, encogiéndome de hombros—. No tienes reparos en mentirme.

—Eso no es justo —protestó—. La conozco desde hace mucho más tiempo. Además, es mi amiga.

Mis labios se curvaron en una sonrisa.

—¿Le dijiste que te comí el coño? —Sus mejillas de marfil se encendieron de color carmesí y obtuve mi respuesta. Me reí entre dientes—. Entonces esto no debería ser un problema.

—Casarse es un error —insistió—. Si te empeñas en que me case contigo, bien. Solo para mantener a salvo a mi abuelo. —No dijo padres. No sabía nada sobre ellos—. Pero no se lo diré a mis amigas si nos casamos. No durará, de todos modos.

Me encogí de hombros, aunque algo en aquella afirmación me molestaba. No perdí mi energía en darle más vueltas. No debería importarme, pero a la mierda si ahora empezaba a preocuparme por la moralidad de mis actos. Y contrariamente a lo que creía, nuestro matrimonio duraría.

Hasta que la muerte nos separe.

—No me importan los detalles, Davina —dije con frialdad—. Lo importante es que serás *mi esposa*, y te encontrarás en mi cama todas las noches. Y harás que las chicas dejen los dormitorios y se queden en mi casa.

—¿Aquí?

—No, el *penthouse* no. Mi casa en la ciudad. La misma en la que me espiaste masturbándome en la ducha.

Y así, sus mejillas volvieron a sonrojarse. Mierda, me encantaba ponerla nerviosa.

—¿Las tres? —Jadeó, con la voz ronca.

—Sí.

Me sentiría mejor con esas diablillas bajo mi techo hasta que se fueran a California. Alexei las seguiría a partir de mañana. Era lo más seguro por ahora.

—Pero aún tenemos los exámenes finales —argumentó.

—No es verdad. —Lo confirmé con la escuela—. Wynter está trabajando en un proyecto. Ella puede permanecer en su dormitorio hasta entonces, ya que está entrenando allí de todos modos. —Solo serían un par de semanas más. Además, con lo unidas que son las cuatro, estaba seguro de que se quedaría en mi casa de la ciudad más que en los dormitorios.

—¿Es un débil intento de controlarnos? —cuestionó, entrecerrando los ojos.

—Tómalo como quieras, pero ustedes señoritas se quedarán en mi casa. —Me incliné y estaba tan cerca de ella que pude ver tenues pecas de sol en su nariz—. Y tú, mi futura esposa, vendrás conmigo al *penthouse*. Aquí no tengo que preocuparme de que nadie escuche tus gritos mientras te follo. —Sus ojos se nublaron y me di cuenta de que a esta chica le gustaba que le hablara sucio—. O darte unos azotes —añadí con suficiencia.

Una aguda exhalación se deslizó por sus exuberantes labios entreabiertos.

—Estás loco —alegó, aunque su voz era demasiado jadeante—. Sinceramente, la idea del matrimonio me repugna. —Bueno, al menos no dijo que la idea de casarse *conmigo* le repugnaba. Era una afirmación general—. ¿Te asegurarás de que mi abuelo esté a salvo? Pase lo que pase.

—Lo prometo —juré—. Pase lo que pase.

La verdad era que nunca había planeado casarme, pero teniendo en cuenta la mierda en la que se habían metido Davina y sus amigas, era eso o dejar que ella pagara por relacionarse con nosotros.

Y no podía dejar que eso pasara. Era mía para protegerla, al igual que Wynter y Juliette.

—Mañana iremos al Ayuntamiento, Davina —pronuncié—. Pasarás la noche aquí para que nos aseguremos de que no haya intentos creativos por tu parte para salir de esta.

Tragó saliva y apartó la vista de mí, con el sentimiento de culpa reflejado en su expresión.

—Otra cosa, Davina —aseveré y sus ojos regresaron a mí, entrecerrándose con desagrado.

—¿Qué?

—No más robos —advertí—. Y no creas que he olvidado que ignoraste mi mensaje.

—Dios, qué exigente eres —se quejó, poniendo los ojos en blanco.

—Ya lo creo —gruñí—. Sin embargo, te gusta. Hace que se te humedezca el coño.

Otra rodada de ojos.

—Eres demasiado engreído, Liam.

—Tal vez, pero a tu coño le gusta. —Sonreí ante su expresión escandalizada—. Ahora deja de ser insolente o te castigaré.

Su mirada bajó hasta mis labios y supe al instante que estaba excitada. No costó mucho. Solo un poco de charla sucia y dominarla.

—Levántate e inclínate sobre la mesa.

—No otra vez esta mierda —renegó, aunque su voz estaba sin aliento.

—Son dos. Inclínate.

Su respiración se endureció.

—No voy a hacer esto, Liam. No puedes obligarme.

—Tres. —Ronroneé—. No te preocupes, Davina. Te azotaré ese precioso culo que tienes y luego haré que te corras toda la noche. Aunque solo si me obedeces.

Se puso roja. Qué excitante. Me levanté y palmeé un lugar de la mesa a mi lado.

—Cinco segundos, Davina. Si no, no dejaré que te corras. Te llevaré al borde del clímax, solo para retirarlo. Una y otra vez.

Aunque se burló, hizo lo que ordené. Se inclinó, con los codos apoyados en la mesa del comedor, y después de esta noche nunca más podría comer en ella sin pensar en su dulce coño.

Joder, podía oler su excitación. Se me hizo agua la boca.

—Buena chica —elogié, colocando la palma de mi mano en una de sus nalgas—. Te ves tan hermosa así. Con el culo levantado y lista para tu castigo.

—Fenómeno —murmuró, aunque, lo supiera o no, empujó su culo contra mi palma.

—¿Qué fue eso? —reté. Pude ver cómo le subía el rubor por el cuello.

—Nada.

Puse la palma de la mano sobre la suave piel de la parte exterior de su muslo y la fui subiendo hasta llegar a sus bragas.

Su agudo jadeo rompió el silencio del *penthouse*. Mis pelotas estaban tensas y a punto de estallar. Sin embargo, primero le daría una lección.

—No las necesitaremos. —Me deshice de sus bragas y puse la palma de mi mano sobre su precioso culo.

Nalgada.

Arqueó la espalda y gritó.

—¡Oh Dios!

Me reí entre dientes.

—Dios no puede ayudarte aquí.

De todos modos, no quería la ayuda de Dios. Volvió a mover el culo y miró por encima del hombro. Sosteniendo su mirada, bajé la mano.

Nalgada.

—Liam. —Sus gemidos vibraron por toda la habitación. Los pequeños maullidos que emitía eran música para mis oídos.

—¿Deberíamos pegarte en el coño también? —Sus muslos estaban brillantes por la excitación, y no se me escapó cómo apretaba las piernas entre sí.

—Pídeme amablemente que te pegue en el coño —exigí. Quería oírla decirlo.

Jadeaba, con la boca entreabierta y los ojos fijos en mí. Estaba tan duro que temí que, por primera vez en mis cuarenta y siete años, me corriera antes de estar preparado.

—Pídemelo —repetí entre dientes.

—Liam, por favor, dame unos azotes en el coño —suplicó, abriendo los muslos para permitirme un mejor acceso—. Por favor, Liam, yo...

Sus palabras se entrecortaron cuando mi mano golpeó la tierna piel de su sexo. Gritó y mi polla se sacudió. Parecía pura tentación, mirándome con aquellos ojos llenos de lujuria y su boca roja entreabierta.

Ajustándome, decidí que la próxima vez lo haríamos estando ambos desnudos. Esto también era una tortura para mí.

—Terminemos de comer —pronuncié. La verdad era que ya

habíamos terminado, pero necesitaría un trago fuerte para recomponerme.

—¿Quieres que me siente a comer ahora? —chilló, con los ojos desorbitados y la respiración agitada. Mi pequeña ladrona estaba tan excitada como yo.

Ignoré su comentario. Era lo mejor, de lo contrario volvería con otro comentario descarado. Entonces tendría que inclinarla sobre la mesa y darle unos azotes en su hermoso culo rojo y no podría sentarse al día siguiente.

«No podemos permitirlo el día de su boda», medité en silencio.

Demonios, el calor me llegó directamente a la ingle al pensar en sus preciosas nalgas rojas y en cómo las había manoseado como un gato.

—Puedo encontrar a alguien que no me deje toda incomoda. — Echaba chispas, sus iris brillando como relámpagos.

—No habrá otros hombres para ti —renegué—. Ahora eres mía. Tú eres mía *completa*. Si dejas que otro hombre toque lo que es mío, les acortas la vida. —Me incliné hacia delante, aspirando su aroma hasta lo más profundo de mis pulmones—. Y ellos sufrirán primero. — Alargué la mano y le pasé el pulgar por el labio inferior. Su lengua salió disparada y lo lamió—. Buena chica —elogié, y siguió con una suave mordida de sus dientes—. Tu boca es mía. Tus pechos son míos. Tu coño es mío. Tu culo es mío.

Deslicé la mano por su pecho, por encima de sus senos, pellizcándole los pezones a través de su vestidito amarillo de primavera, con los brazos desnudos y tentándome. Gimió con los párpados entrecerrados.

—Cada centímetro de tu cuerpo me pertenece ahora, Davina.

Un suave gemido salió de sus labios y apostaría mi vida a que estaba incluso más empapada. Me levanté e hizo lo mismo sin que se lo pidiera. Sus ojos se oscurecieron de lujuria y dio un pequeño paso, poniéndose pecho con pecho conmigo.

Puede que odiara la idea de casarse conmigo, mas no podía negar que me deseaba. Al menos, pasaríamos un buen rato follando. Y estaría a salvo de los italianos, los rusos y de cualquiera que se atreviera a amenazar a mi esposa.

Subió los brazos y me envolvió el cuello. Necesitaba enterrarme dentro de ella. La levanté por los muslos y me rodeó con las piernas.

Ahora mismo, solo estábamos nosotros. Nadie más. Ni sus amigas. Ni los italianos. Ni los rusos.

Capturé su boca en un beso, posesivo y exigente. Durante nuestro primer beso, me había dado cuenta de que estaba jodido. Sabía a gloria. Una dulce adicción.

Sabía cómo si ya fuera *mía*.

Separó los labios, dejándome entrar. Su lengua rozó la mía y quise más. Ninguna mujer tenía ese sabor. Si creía que su coño era adictivo, no era nada comparado con su boca. Me lamió suavemente el labio superior, dejándome sin aliento. Dios, si había una forma feliz de morir, tenía que ser esta.

Le mordí el labio inferior y la llevé a mi dormitorio. Me la follaría sin sentido hasta que le pusiera ese anillo en el dedo. Luego la jodería un poco más, hasta que gritara mi nombre. Hasta que no pudiera recordar el nombre de nadie más que el mío.

La coloqué en la cama y sus dedos se aferraron a mi cabello sin querer soltarme. Sus piernas permanecían rodeadas detrás de mí, como si temiera que la abandonaría.

Como si eso fuera a pasar. Nadie ni nada me alejaría de ella en ese momento.

—N-necesito... —Jadeó, con su aliento caliente contra mí y arañándome la camisa. La habitación estaba a oscuras, salvo por la luz del baño que iluminaba su pálida piel.

—Yo también —admití—. Necesito probar tu coño. —Se estremeció visiblemente debajo de mí—. Necesito enterrar mi polla dentro de ti.

Gimió, su piel se sonrojó atractivamente.

Sentándome, me quité la camisa y los pantalones mientras ella se quitaba el vestido. Me quedé admirando su cuerpo curvilíneo en sujetador sin tirantes. Tenía curvas en todos los sitios adecuados, justo como me gustaban. Nunca me parecieron atractivas las mujeres que eran solo piel y huesos. Quería sentir su carne, agarrarme a sus caderas mientras la penetraba.

Era perfecta.

Arqueando la espalda, me permitió meter la mano por detrás y desabrocharle el sujetador. Luego lo tiré al suelo de madera con un suave crujido.

—Bendita diosa —observé con voz ronca, más para mí que para ella.

Sus piernas se abrieron y pude ver su deseo resbaladizo brillando en el interior de sus muslos. ¡Maldición! Se me hizo agua la boca. Deslicé mi cuerpo sobre el suyo y mi boca devoró cada centímetro de su pálida piel, mordisqueándola y besándola. Se retorcía contra mí, frotándose como una gatita, pidiendo más.

La agarré por la cintura y nos di la vuelta, sentándola encima de mí. Chilló de sorpresa, no se lo esperaba.

La agarré por la nuca y la jalé para darle un beso posesivo y lleno de pasión.

—Quiero que montes mi cara —susurré contra sus labios—. Como la primera vez. —Sus labios se separaron y su jadeo se hizo más fuerte —. Muéstrame que tan buena chica que eres.

La levanté por las caderas, la coloqué sobre mi cara y me aferré a su coño. Un gruñido de satisfacción me subió por la garganta al mismo tiempo que ella gritaba de placer y mi lengua se deslizaba hasta el fondo de su entrada.

Clavé mis ojos en su cara mientras ella empezaba a moverse contra mis labios. Su mirada se mantuvo en la mía y me consumía.

Una chica con la mitad de mi edad me estaba corrompiendo tanto como yo a ella. Se movió más contra mí, su expresión y sus palabras reflejaban el placer que disfrutaba. Tenía que ser un maldito desgraciado, pero me importaba un carajo. Sería mía y la arruinaría con mi verga y mi boca.

Gritaría *mi* nombre cada noche. Calentaría *mi* cama cada noche.

Cuarenta y siete años, y por fin había perdido la maldita cabeza.

Chupé con avidez su clítoris, mordisqueándolo suavemente, y gritó mi nombre.

—¡Oh, mierda...! ¡Dios, Liam! —gritó—. ¡Oh, Liam...! ¡No pares, diablos!

Su coño palpitaba contra mis labios, sus suaves muslos se apretaban contra mi cabeza mientras su cuerpo se curvaba hacia dentro y se corría sobre mi lengua. Lamí hasta la última gota, comiéndola como si mi vida dependiera de ello. La devoré como el manjar que era. Temblaba, sus músculos se relajaban lentamente, pero no le di tregua.

Ella podría tomar todo de mí. *Tomaría* todo de mí.

Mi verga estaba dura como el mármol, deseándola. Sería mi cielo después de días de mierda. La madre de mis hijos. Una compañera con la que hablar y en la que confiar... con el tiempo. Con las manos en sus caderas, la deslicé por mi cuerpo y la penetré hasta el fondo con un movimiento brutal.

—Maldición —gemí, agarrándola del cabello para atraerla hacia mis labios. Me estremecí de lo bien que se sentía, apretándose alrededor de mi longitud—. Ahora fóllame, nena. Demuéstrame que me deseas tanto como yo a ti. Después de mañana, serás mía, y nunca te dejaré ir. Nunca.

Arrastré sus labios a los míos, mordiéndolos suavemente, y nuestras lenguas bailaron una danza ancestral. Gimió en mi boca, succionando mi lengua con avidez. Estaba tan hambrienta de mí como yo de ella. Tal vez por eso sentíamos una atracción tan ardiente. Ambos estábamos igual de ansiosos.

—Móntame —ordené.

Sus hermosos ojos tormentosos se centraron en mí y me agarró por los hombros para mantener el equilibrio mientras empezaba a cabalgarme. Rebotó sobre mi dura verga y su sexo se apretó contra mi longitud en un glorioso estrangulamiento.

Mi polla enterrada profundamente en su vagina, ella se movía sobre mí duro y rápido. Justo como me gustaba.

—¡Liam, Liam, Liam! —coreaba mi nombre como si estuviera rezando en el altar mientras perseguía su placer.

La agarré con fuerza por las caderas, clavándole los dedos en la piel, y la bajé sobre mi longitud cada vez con más fuerza. Sus gemidos de éxtasis vibraron contra las paredes del dormitorio.

—Así es, dulzura —gruñí—. Tómalo todo.

Esta mujer estaba hecha para mi miembro. La moví más rápido, empujando desde debajo de ella.

Más duro. Más profundo.

Sus gemidos eran como maná caído del cielo. Me abrazó con tanta fuerza que sentí que el sudor me corría por la frente. Echó la cabeza hacia atrás, llenando la habitación con sus jadeos.

—¡Voy a correrme dentro de ti! —bramé.

La embestí como un loco, todo mi control se desvaneció, y en ese momento, era como una bestia follando. Empujé dentro de ella desde abajo, duro y profundo, y sus gritos eran música para mis oídos.

—Di que sí —exigí—. Dámelo.

—¿Q-qué? —Jadeó, moviendo las caderas de arriba abajo contra mi verga.

—Dime que me venga dentro de ti. —Rechiné las palabras, aferrándome a duras penas a mi cordura—. Porque eres *mía*.

—Sí, por favor, Liam —gimió.

Dos rebotes más sobre mi polla y gruñí mi propia liberación, bombeando dentro de ella.

—Mía —juré con un gruñido mientras el corazón me retumbaba violentamente en el pecho. Dios, era el orgasmo más intenso que había tenido alguna vez, y estaba seguro de que era porque lo había tenido con ella.

Besé el suave punto de su cuello, su pulso latía con fuerza bajo mis labios. Le rocé la espalda con la mano, y una capa de sudor la cubría. Seguía dentro de ella y ya la deseaba otra vez. Una y otra vez.

¿Qué demonios me estaba haciendo esta mujer?

El sedoso cabello de Davina cubría mi pecho como una cortina oscura mientras yacía sobre mí, agotada y hermosa.

Tan hermosa que algo en mi pecho realmente dolía. Nunca había deseado una esposa. Tomé a Juliette y Killian como míos, no obstante, había visto lo que el amor podía hacerle a la gente. Con mi padre. Con mi propia hermana. Te arruinaba.

Sin embargo, deseaba a esta joven mujer. Quería consumirla, no solo su cuerpo, sino también su corazón y su alma.

La cuestión era si estaba dispuesto a darle el mío.

Capítulo Treinta Y Seis

DAVINA

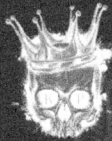

—**B**ueno, eso salió *muy* bien —dijo sarcásticamente Quinn. Fue nuestro testigo en el juzgado, donde la gente se casaba como si fuera un autoservicio de comida rápida—. Me sorprendió que el juez no llamara a la policía mientras recitaban sus votos.

Liam me había conseguido un precioso y sencillo vestido blanco *Chanel* y unas zapatillas blancas con un botón rojo que hacía juego con las rosas rojas que me había trenzado en el cabello el estilista que había contratado. Incluso me compró ropa interior de lujo de La Perla. Era como si supiera que me encantaba la lencería de lujo.

A pesar de las circunstancias, me sentía hermosa.

—Te comportaste como si te hubiéramos puesto una pistola en la cabeza —comentó Quinn secamente.

Me estaba irritando.

—El juez *debió* haber llamado a la policía —espeté—. Porque Liam me está obligando a meterme en esta mierda.

Liam me agarró la mano sudorosa y tiró de mí.

—Ya está hecho y no hay vuelta atrás —dijo.

Desde luego que sí.

Pasaron diez minutos desde que llegamos hasta que nos declararon marido y mujer. Hasta que la muerte nos separe, dijo el juez. «*O nos divorciemos»,* añadí en silencio. Aunque había algo en ese pensamiento que no me gustaba.

Un hombre nos había estado esperando en cuanto llegamos al juzgado. Se preocupó por nosotros desde el momento en que nos recibió hasta que nos entregó al juez que celebraría la ceremonia. Liam Brennan debía de tener contactos para conseguir un servicio tan rápido en tan poco tiempo. Aunque eso ya lo sabía. Tenía contactos tanto en el mundo criminal como en el político.

Y me confirmaron esas conexiones justo antes de que el juez iniciara el servicio.

—Gracias por su generosa donación, señor Brennan. —El juez sonrió como una bombilla de cien vatios—. El señor Byron Ashford insistió en que no lo mencionara, pero no podía no agradecérselo.

¡Mierda! ¿Se refería a Byron Ashford, uno de los *Reyes Multimillonarios*? Su padre, el senador George Ashford, había estado aspirando a la presidencia.

Incluso yo, con mis limitados conocimientos del mundo político, había visto en los periódicos que la hermana de Byron, Aurora Ashford, se había casado el año pasado con un mafioso ruso. Alexei Nikolaev. Un tipo aterrador, tatuado, si nos fiábamos de las fotos. Los periodistas se hicieron un festín con esa pequeña conexión. Era una mancha en la carrera política del senador, sin duda, pero su hija no se molestó en ocultarlo. No es que debiera hacerlo.

Sin embargo, todo eso se había desvanecido en el fondo de mi mente en cuanto empezó la ceremonia.

Mis pensamientos se dispersaron y solo era consciente de la mano de Liam en la parte baja de mi espalda y de su cuerpo junto al mío. No podía recordar todas las palabras que dijimos, solo lo sentía a *él*.

Toda la ceremonia fue un borrón, a excepción de los votos que Liam pronunció mientras me sostenía la mirada.

Eres sangre de mi sangre, hueso de mi hueso.
Te doy mi cuerpo, para que seamos uno.

Te doy mi espíritu, hasta que nuestra vida termine.

Las palabras eran hermosas, y mi corazón se estremeció con todas las posibilidades de amor con este hombre. El calor de sus ojos podía alimentar el mundo y se filtró en mi torrente sanguíneo, avivando esta adicción que se había formado mientras estaba demasiado ocupada haciendo otros planes.

En cuanto me puso en el dedo un costoso anillo de bodas con diamantes, me robó el aliento y el corazón. Para mi asombro, mi mano no tembló en absoluto. Como si esto fuera lo que había esperado toda mi vida.

Mientras prometía amarme, honrarme, quererme y protegerme durante el resto de nuestras vidas, su mirada se encontró con la mía, quemándome la piel, y mi corazón dio un vuelco. Para verme forzada a este acuerdo, me comporté de forma extraña, agitada y nerviosa. Como si fuera una auténtica novia ruborizada, y algo dentro de mí brillaba bajo la cálida brisa de la ciudad.

Cuando volvimos a salir, el sol de New York resplandecía y mantenía promesas de un futuro. No tenía ni idea de dónde salió ese pensamiento, mas se mantuvo firme en mi corazón.

Liam se puso delante de mí y me agarró suavemente la barbilla. Aunque la ciudad zumbaba a nuestro alrededor, de lo único que era consciente era de este hombre exuberante que tenía adelante. Nuestras miradas colisionaron y cada célula de mi cuerpo vibró con esperanza y con algo que hizo que mi corazón diera un vuelco de la manera más preocupante.

Una gran sombra apareció detrás de mí, y Liam alzó la vista por encima de mi cabeza.

—Brennan. —Resonó una voz fría y acentuada, y seguí la vista de Liam.

Jadeé, reconociendo al hombre. *Alexei Nikolaev.* Por un momento, todos mis pensamientos me abandonaron y me quedé observándolo. El hombre daba aún más miedo en persona que en las fotos. La cicatriz del labio le daba un aspecto amenazador, y la abundancia de tatuajes no mejoraba las cosas.

Instintivamente, di un paso más hacia mi marido y la mano de Liam me rodeó de forma protectora. Fue un movimiento equivocado, porque hasta este momento, su atención estaba centrada en Liam. Ahora, en mí. Los ojos azules más pálidos que jamás había visto me recordaron a las aguas árticas cuando se clavaron en mí.

—Hola. —Me atraganté. Algo parpadeó en su mirada, y fue esa pequeña expresión la que lo convirtió de completamente inaccesible a ligeramente menos frío. No podía apartar la vista de él, así que seguí observándolo. El hombre era hermoso de una manera que te daba miedo. Aunque eran sus ojos los que no te permitían apartar la mirada. Como si hubiera fantasmas acechando en ellos, amenazando con salir y tragarte entera.

Inclinó la cabeza hacia mí y luego volvió a mirar a Liam.

—Una palabra. Brennan.

Los ojos de Liam se desviaron hacia Quinn, y sin mediar palabra, este se me acercó, con la mano preparada en la pistola.

«Jesucristo, ¿en qué me he metido?».

Capítulo Treinta Y Siete

LIAM

No recuerdo haberte invitado a mi boda —comenté.

La mandíbula de Alexei apenas se movió, su expresión permaneció estoica.

—Ella es de la familia.

Esperaba que ni Nikolaev ni los Ashford supieran de la existencia de Davina. Esto era una clara confirmación de que lo sabían. Y maldición si eso no me enfadaba aún más. Sabían de ella y ni siquiera se molestaron en contactarla.

Mi mandíbula se tensó.

—Ahora es mía —declaré—. Antes no te preocupabas por ella. ¿Por qué ahora?

Me sostuvo la mirada.

—Davina no estaba preparada.

—¿Y cómo demonios lo sabes? —Mi voz era oscura—. Es una mujer adulta que sabe lo que quiere.

Alexei no movió un solo músculo.

—¿La obligaste a casarse contigo?

Ah, ahí estaba.

—¿Qué quieres, Nikolaev? —Apreté los dientes, dispuesto a

agarrar mi propia arma y dispararle al hijo de puta si intentaba quitarme a mi esposa.

—Quiero que mi cuñada sea feliz. —La voz de Alexei era indiferente—. Es el deseo de mi esposa.

Mi vista se desvió hacia Davina, que estaba de pie junto a Quinn, con los ojos llenos de preocupación y miedo puestos en nosotros.

—La haré feliz. —Se lo juré a ella, pero si conseguía que este desgraciado dejara de asustar a mi esposa, también se lo prometería. A todo el maldito mundo.

—Encárgate de que así sea. —Negué con la cabeza, lleno de sardónica diversión. Este imbécil era increíble.

—Cuando mi esposa esté conmigo, vigila a las otras tres mujeres —notifiqué—. Yo la protegeré.

Los labios de Nikolaev realmente se elevaron.

—No te preocupes, las otras tres mujeres están siendo vigiladas.

—No estás entendiendo.

—Entiendo. No me quieres cerca de tu esposa.

Me preocupaba que, si Davina se enteraba de lo de su familia extendida, se alteraría aún más y sentiría que tampoco la querían. Igual que sus padres.

—Sabe que su madre y su padre la abandonaron —expliqué, mientras volví a mirar a mi esposa, quien se mordía el labio—. Eso deja una marca en una niña. Si se entera de que sus hermanos sabían de ella, como es obvio, y nunca se molestaron en buscarla, pensará que tampoco la querían.

Fue en ese mismo momento cuando me di cuenta de que me había enamorado demasiado de mi esposa. Quería resguardarla no solo del daño físico, sino también de cualquier dolor.

—La quieren —concluyó Alexei—. Siempre lo han hecho.

Eso estaba bien.

—Entonces diles que dejen que Davina decida si los quiere en su vida.

Dependería de mi mujer y de nadie más.

Capítulo Treinta Y Ocho

DAVINA

Observé a los dos hombres intercambiar palabras y, de vez en cuando, su atención se centraba en mí.

Tenía que ser una señal de que estaban hablando de mí. La pregunta era por qué. No podía ser por el atraco en Chicago. Esos hombres eran italianos, no rusos. Aunque, si todos los rusos se parecían a este tipo, ¡teníamos que reconsiderar seriamente alejarnos de esos hombres!

—No se van a matar, ¿verdad? —le pregunté a Quinn, de repente muy preocupada por si me quedaba viuda después de haberme convertido en novia.

—No te preocupes, muchacha. Esto es normal. —Me estaba diciendo mentiras, lo sabía—. *Ah*, aquí vienen.

Ambos hombres se dirigieron hacia nosotros, dominando la acera. Los peatones les lanzaban miradas desconfiadas, y no podía culparlos. Tenían un aspecto aterrador.

—¿Todo bien? —indagué, con los ojos pasando de un hombre a otro.

—Sí —aseguró Liam, tomándome de la mano.

Alexei Nikolaev se limitó a inclinar la cabeza.

—Espero volver a verla, señora Brennan.

Se me escapó una risa ahogada. No estaba segura de si volver a verlo significaba que me mantendría con vida. El hombre parecía un asesino, diferente a cualquiera que hubiera conocido antes.

—Llámame Davina —aclaré. ¿Por qué? No tenía ni una jodida idea —. *Umm*, felicidades por tu reciente matrimonio. —Me miró sin comprender y me di una palmada en la frente. Volví a tragar saliva—. Lo vi por casualidad en el periódico —añadí, explicando que no era una acosadora.

—Estaré en contacto, Nikolaev. —Liam dio por concluida la reunión, aunque Alexei no apartó los ojos de mí. Se sentía tan incómodo.

Liam me empujó hacia el coche que nos esperaba, y me deslicé en la parte trasera de su Rolls Royce. Se me escapó un suspiro.

—Eso salió *fenomenal* —murmuré.

Liam se rio entre dientes.

—Lo hiciste muy bien. En realidad, Alexei es un buen tipo.

—Parece un asesino —opiné, boquiabierta y con los ojos muy abiertos.

—Tal vez, pero sigue siendo un buen hombre. —Liam lo sabría, supongo—. Ahora, vamos a celebrar nuestro matrimonio, esposa.

Insistió en hacer de esto un asunto elegante. Preferiría que no lo hiciera, aunque en el fondo me agradaba. Tal vez era eso lo que más me asustaba. Que él me gustara demasiado.

Por alguna tonta razón, mi estado de ánimo se agrió al instante. No porque me gustara demasiado, sino porque estaba segura de que yo no le atrajera tanto como él a mí.

—¿Qué te disgusta? —inquirió Liam.

—¿De verdad tienes que preguntarlo? —repliqué, más irritada conmigo misma que con él—. Me casé con un viejo sin que me lo pidieran. Sin mencionar que es un criminal.

Era la única munición que tenía, y la usé descaradamente. No quería enamorarme de este hombre. Cada orgasmo que me daba me hundía más profundo en un abismo. Y cuando se mostraba atento y dulce, temía que me iría a cualquier parte con él.

Como esta mañana, cuando me trajo el desayuno a la cama. A la maldita cama. Y luego me dio de comer, alegando que quería asegurarse de que mantuviera mis curvas. Las mismas curvas de las que Garrett se burlaba.

—Anoche no te quejaste de mi viejo culo. —Liam siempre tenía una respuesta para todo—. Si mal no recuerdo, me rogaste que te diera un respiro. —Tenía razón. El hombre era una bestia en la cama. Perdí la cuenta de los orgasmos que me provocó hasta que tuve que rogarle que me dejara descansar—. Y sobre el comentario criminal, somos dos gotas de agua, Davina.

Quinn soltó una risita en el asiento delantero mientras arrancaba el coche.

Que. Maldito. Idiota.

👹

—¿Qué te parece el pastel? —inquirió Liam mientras el silencio se extendía entre nosotros en el lujoso restaurante, del que acababa de enterarme que era propietario. Estábamos solos, todo el lugar estaba cerrado al público para que pudiéramos disfrutar de nuestro almuerzo de bodas. Quinn se había marchado en cuanto llegamos, dejándole las llaves a Liam. *Mi esposo.*

Jesús, María y José.

Me casé el día de hoy, a los veintiún años. Incendié una casa, le robé al jefe de la mafia irlandesa, asalté un casino y *me casé*. Todo en menos de un mes. Sin duda había estado muy ocupada.

Alcé la vista para encontrarme con los iris azul oscuro de Liam.

—Está delicioso. —Era cierto, el pastel se deshacía en mi boca. Era el postre más delicioso que había comido en mi vida—. Probablemente irá directo a mis caderas.

Sus ojos me recorrieron, como una cálida caricia sobre mi piel.

—Me encantan tus caderas —halagó—. Me dan algo a que agarrarme.

Sentí calor en el vientre bajo y apreté los muslos. Dios, las palabras que pronunció me hacían cosas. Y la forma en que me observaba. Su mirada ardía como un cerillo encendido, consumiéndome hasta que no quedaba nada de mí.

Nunca lo había dicho, pero tenía la sensación de que este hombre siempre lo exigía todo. No estaría satisfecho con solo fracciones de mí. Lo quería todo. Cada pensamiento, cada latido, cada respiración. Cada maldita cosa.

—Tengo que volver al dormitorio universitario —le avisé mientras clavaba el tenedor en mi pastel. Sería más fácil si mi reacción ante él fuera puramente física y fugaz. Preferiría eso a esto y al aleteo de mi corazón. Tal vez debería hacerme un chequeo en el pecho, podría ser una señal de un ataque al corazón. *«Genial, ahora soy doctora y criminal»*—. Tengo el coche de Wynter y tengo que devolvérselo —expliqué, con demasiada dureza, pero iba dirigida más bien a mí.

—Claro que no —objetó Liam—. Es nuestra noche de bodas, y estoy deseando estar enterrado en mi mujer.

Me ardían las mejillas y eché un vistazo a nuestro alrededor, rezando para que no lo oyera nadie de su personal.

—Jesucristo, baja la voz.

Mi teléfono zumbó por enésima vez hoy. Mi *chat* grupal con las chicas especulaba sobre dónde habíamos estado Wynter y yo toda la noche. Interesante que Wynter pasara la noche fuera también.

Y Garrett envió otra docena de mensajes amenazantes. Esperaba que al final se diera cuenta y siguiera adelante. El amigo de Wynter dijo que el reclamo del seguro de Garrett ya estaba en proceso, así que él estaría bien.

—Adelante, contesta —dijo—. Diles a las chicas que volverás a los dormitorios mañana y las llevarás de vuelta a la ciudad. Haré que uno de mis hombres lleve hoy el *Jeep* de vuelta a Yale.

—Esto no me gusta —indiqué—. Te estás apoderando de mi vida. No puedes decirme lo que tengo que hacer. Soy una mujer adulta.

—Gracias a Dios por eso. —Sonrió, su mirada se volvió suave, y tuve que recordarme a mí misma que debía respirar. Lo hacía lucir mucho más joven. Inhalé profundamente, su aroma único se había convertido rápidamente en algo íntimamente familiar.

Recorrió mi cuerpo con la mirada y sus iris se oscurecieron. Como cada vez que me deseaba. Un océano azul sin fondo. *Hipnotizante.* La forma en que me observaba con ardiente deseo me ponía más caliente que el fuego.

Puse los ojos en blanco, ocultando el impacto que me causaba. Solo la forma en que me veía abrumaba todos mis sentidos.

—¿Cómo se supone que voy a llevarlas? —Respiré.

—Te compré un coche —expresó—. Es mi regalo de bodas para ti.

Mis ojos se abrieron de golpe. ¿Me compró un regalo de bodas? Abrí la boca, la cerré y la volví a abrir.

—No me refería a eso —comenté—. Me refiero a cómo las convenzo para que vengan a tu casa de la ciudad. —Entonces me di cuenta de lo grosera que había sido y añadí rápidamente—: Gracias por el regalo de bodas, pero no es necesario. Ya me compraré mi propio auto cuando llegue el momento.

Mi Honda estaba perdido. No valía la pena salvar ese pedazo de chatarra.

—No, tomarás el auto que te compré o tomarás uno de los míos del garaje. —Dios, realmente era demasiado—. Haré arreglos para que las tres reciban una carta diciendo que tienen que desalojar el dormitorio inmediatamente. Le enviaré una nota a Juliette para que use la casa de la ciudad.

—Qué manipulador —mencioné con sorna. La verdad era que me gustaba cómo se hacía cargo de todas las situaciones. Lamentablemente, me asustaba demostrarle lo mucho que me gustaba que cuidara de mí cuando siempre existía la posibilidad de perderlo.

Como una niña que creció sin padres, me encantaba la protección y la atención. No me gustaba especialmente esa cualidad en mí, pero estaba arraigada. Mi abuelo era la única familia que había tenido y que siempre me puso por encima de sí mismo.

—Mantengo a salvo a mi familia —reveló, imperturbable ante mi mordacidad. Era como si me hubiera leído el pensamiento—. A toda costa. Y ahora también eres mía.

Luego se levantó y extendió la mano.

—Vamos a casa —murmuró suavemente.

Fue entonces cuando me di cuenta de que ya estaba enamorada de este hombre. Porque cuando puse mi mano en la suya, me di cuenta de algo sorprendente en la boca de mi estómago.

Dondequiera que él fuera, lo seguiría. Dondequiera que estuviera, me sentiría como en casa.

Capítulo Treinta Y Nueve

DAVINA

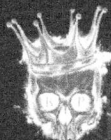

E n cuanto entramos en su *penthouse*, me quité los tacones y suspiré aliviada.

Liam se dirigió al minibar. Iba vestido con un traje negro de tres piezas, y tuve que admitir que, siendo la primera vez que lo veía con traje, estaba guapísimo. Ahora no podía decidir si me gustaba más con traje o con *jeans*. El hombre estaba buenísimo.

Desde mi lugar en la entrada, me apoyé en la puerta y lo vi girar el tapón de una botella de coñac *Brugerolle*. Otra botella que costaba más de ciento cincuenta mil dólares.

—¡Jesucristo! —exclamé—. ¿Cuánto dinero gastas en coñac?

Se dio la vuelta y levantó la botella con una mano, mientras sostenía dos vasos en la otra.

—Mi coñac más caro —anunció—. Hoy es el día perfecto para abrirlo.

—¿Estás seguro? —pregunté—. Esa botella vale ciento cincuenta mil.

Una sonrisa se elevó en sus labios.

—¿Cómo es que sabes tanto sobre marcas de alcohol?

Me encogí de hombros.

—Mi abuelo tenía una licorería. —No pareció sorprendido—. Pero eso ya lo sabías.

—¿Te enseñó sobre marcas de alcohol?

—A veces, cuando lo ayudaba en la tienda después de la hora de cierre. —La verdad era que mi abuelo debió haberse jubilado hacía mucho tiempo, sin embargo, siguió trabajando para poder mantenerme —. Era demasiado viejo para seguir trabajando, me gustaba ayudarlo y estar a su lado todo lo que podía.

—¿Qué sabes sobre tus padres? —cuestionó.

Tenía la sensación de que Liam ya conocía mi historia y, de alguna manera, lo resentía. No me gustaba que nadie supiera que mis padres me habían abandonado. Siempre me hacía sentir indigna. Inadecuada. Incluso antes de que aprendiera a hablar, me consideraron poca cosa y no se quedaron a mi lado.

—Solo estábamos mi abuelo y yo —dije en voz baja—. Sé el nombre de mi madre y absolutamente nada de mi padre.

Me negué a bajar la mirada. Mi cerebro sabía que no era culpa mía, pero emocionalmente era difícil no buscar una deficiencia en mí.

—Es su perdida —aseguró, sus ojos vieron demasiado de lo que había ocultado durante tanto tiempo que se convirtió en parte de mí.

—Ni tu madre ni tu padre te abandonaron —repliqué, y para mí horror, mi voz sonó ligeramente amarga.

—No lo hicieron. —Aceptó—. Sin embargo, mi madre se enfermó cuando era muy pequeño, así que apenas la recuerdo. Y mi padre estuvo muy ausente durante mucho tiempo después de perder al amor de su vida. No fue un buen padre para mi hermana y para mí cuando murió mi madrastra. Así que me quedé a cargo del cuidado de mi mucho más pequeña hermana.

—Lo siento —musité. No me cabía en la mente amar tanto a alguien, al grado de que no pudieras seguir adelante con tu vida sin él. Ni siquiera por el bien de tus hijos.

Me moví, observando las ventanas. Era mejor mirar al exterior, por muy asustada que estuviera, que ver a sus ojos, dejándolo descubrir las inseguridades que siempre me habían plagado cuando se trataba de mis padres.

Regresó a la tarea que tenía entre manos y colocó dos copas sobre la mesa del bar, luego vertió coñac en ellas. Se me acercó y me dio una.

—Pondré algo en estas ventanas —comentó—. No puedo tener a mi esposa quedándose en la puerta.

«Su esposa». Todavía me parecía irreal. Me había subido a un tren a toda velocidad y ya no había forma segura de saltar. No es que quisiera, lo que me aterraba aún más.

Agarré la copa y bebí un sorbo de coñac. Su mirada siguió cada uno de mis movimientos, fijándose en mi boca mientras lamía una gota de licor de mi labio inferior.

—¿Cómo es que nunca te has casado antes? —inquirí con valentía.

—Veo que tengo una esposa curiosa. —Soltó una risita divertida.

Un silencio tenso, aunque casi confortable llenó la habitación. Era engañoso, porque prácticamente podía sentir secretos bailando a nuestro alrededor en el aire.

—Nunca quise casarme porque vi de primera mano cómo destruye vidas. —Su confesión hizo que me recorrieran ondas eléctricas por todo el cuerpo. Y ni estaba segura de por qué.

—¿Qué quieres decir? —susurré.

—No creía en casarme solo por casarme, pero también vi lo mucho que cambió a mi padre y a mi hermana. Así que nunca me molesté en hacerlo —confesó—. Y la verdad, ninguna mujer me hizo querer dar ese paso.

Fruncí el ceño, confundida.

—¿Y por qué ahora?

—Desde el momento en que puse mis ojos en ti, Davina, mi polla cobró vida. Sí, fue físico, aunque en realidad es más que eso. Obsesión, pasión, admiración, fijación, afecto. Llámalo como quieras, pero me quedaré contigo. La vida te sigue poniendo en mi camino, porque me perteneces. Quiero todo de ti. Para siempre tú y yo. Todos los días por el resto de nuestras vidas.

Me quedé inmóvil ante su confesión. Su voz estaba tan llena de reverencia que mi pecho creció el doble de su tamaño por sentimientos que me negaba a reconocer, y un revoloteo de mariposas bailó en mi vientre bajo.

—Apenas nos conocemos —expresé mi preocupación. A pesar de que mi corazón sabía que era demasiado tarde, mi cerebro se negaba a obedecer. Insistía en la razón y en las barreras para no ser descartada por otra persona en mi vida.

—Davina, puedes confiar en mí. —La declaración fue inesperada. Como si me leyera como a un libro abierto, el momento en que lo hizo fue aterrador. El sexo era una cosa, entregar tu corazón y confiar en alguien para que lo manejara con delicadeza era completamente otra.

El único hombre en quien había confiado plenamente era mi abuelo. Incluso con las chicas, nunca me atreví a revelar ciertas cosas. Y confiaba en ellas, de verdad. Me habían apoyado durante los últimos cuatro años, y yo las había apoyado. Hicimos algunas cosas divertidas y otras tontas.

—De acuerdo. —No fue hasta que enuncié mi acuerdo cuando me di cuenta, para mi sorpresa, de que *quería* confiar en él. Mi abuelo me había dicho tantas veces que algún día encontraría lo que él tuvo con mi abuela, no obstante, nunca lo había creído.

Sin embargo, ahora mismo, cada fibra de mí quería confiar en Liam y en su fuerza. Excepto que mis secretos no eran solo míos para revelarlos ahora. También protegían a mis amigas.

—¿Cómo te sentirías si trasladáramos a tu abuelo?

Parpadeé. Y volví a parpadear.

—¿Qué quieres decir? —indagué, confusa.

—Ahora estamos casados —explicó—. Podríamos trasladar a tu abuelo a un centro privado más cercano.

¿Estaba diciendo lo que creía?

—¿Quieres decir aquí en New York? —cuestioné, conteniendo la respiración.

—Sí.

No había nada que me gustaría más, pero los precios aquí eran desorbitados y nunca podría permitírmelo.

—Las residencias asistidas son demasiado caras aquí —indiqué, resignada.

—Lo pagaré.

—Es demasiado —protesté, aunque mi corazón no estaba en ello.

—No, no lo es —objetó—. Podemos permitírnoslo.

—¿Nosotros? —susurré.

—Sí, Davina. Nosotros. —Dio un sorbo a su bebida—. Ahora eres mi esposa. Y mi responsabilidad. Nos aseguraremos de que tu abuelo esté cerca de nosotros para que puedas visitarlo cuando quieras.

—Pero...

—Mi dinero es tuyo, Davina.

Me reí suavemente.

—*Oh,* en ese caso —bromeé—. Dame la chequera. Pasaré todo el dinero a mi cuenta.

Sin vacilar, contestó:

—Tu dinero es mío, y mi dinero es tuyo. No importa en qué cuenta esté.

Me reí entre dientes.

—Apuesto a que la gente que se está divorciando no estaría de acuerdo. —Nuestras miradas se cruzaron. Liam estaba muy serio—. Es demasiado dinero —murmuré con seriedad.

Se pasó una mano por la mandíbula.

—Hago esto por una razón egoísta, esposa. No quiero que viajes a Texas para visitarlo, y desde luego no puedo ser tan desgraciado para prohibirte que lo visites. Tengo una lista de los mejores centros de cuidado, y puedes decidir cuál es el mejor para él.

Una sonrisa apareció en sus labios y mis entrañas se derritieron mientras las lágrimas se aposaban en mis ojos.

—Gracias. —Me ahogué.

Este hombre, que apenas me conocía y que nunca había conocido a mi abuelo, se preocupaba por su bienestar como si fuera lo más natural del mundo. Independientemente de si lo hacía por mí o por sí mismo, algo cálido se extendió por mi pecho, sentimientos que prosperaban como las primeras flores de primavera.

Me aterrorizó y me emocionó al mismo tiempo.

Dejé la copa sobre la mesa y cerré el espacio que nos separaba.

Extendí la mano hacia él y agarré el extremo de su corbata. Dios, era como un horno en un frío día de invierno.

Me puse de puntillas y busqué su boca.

—Esto significa mucho para mí —musité contra sus labios, con la voz temblorosa. Mi abuelo era la persona más importante de mi vida. Mis amigas también eran importantes para mí, sin embargo, mi abuelo había estado a mi lado toda mi vida. Quería devolverle todos sus sacrificios. Si no hubiera sido por él, quién sabe dónde habría acabado.

Apreté los labios contra la fuerte mandíbula de Liam, sintiendo su barba áspera bajo mis labios. Le besé la garganta y le pasé la lengua por el cuello, saboreando la piel sobre su pulso. Bajó su copa, me agarró por la nuca y me besó profundamente.

De alguna manera no me sorprendió que no fuera gentil. Le gustaba dominar, ser posesivo y duro. Y aparentemente a mí también.

Su sabor me emborrachó. Mareada de deseo y de algo más que no me importaba evaluar.

—¿Dormitorio? —Respiré contra sus labios.

—Maldición —gimió, luego me agarró de las caderas y me levantó. Mis piernas rodearon su cintura mientras su boca me devoraba. Me besaba como si estuviera hambriento por mí, igual que yo lo estaba por él.

Nos llevó a su recámara, sin romper el beso. Me besó como si fuera todo lo que alguna vez quiso, como si fuera a comerme viva. Su beso me controlaba, me consumía y hacía que mis muslos se estrecharan de necesidad y ardientes de deseo.

Una vez en la habitación, me deslicé sobre su cuerpo. Todas las luces del *penthouse* estaban encendidas, como si quisiera asegurarse de que podía devorar cada centímetro de mí. Me recorrió el cuello con la boca, mordisqueándome la piel, marcándola como suya.

Le dio un tirón al vestido y, al desprenderse de mi cuerpo, sonó un rasgón. Me bajó el sujetador y agachó la cabeza para chuparme los pechos. Mis manos se hundieron en su cabello y suspiré cuando me mordió suavemente el pezón.

—P-por favor —balbuceé mientras sus manos me agarraban el

trasero. Se me escapó una bocanada de aire cuando me mordió la sensible piel del pecho izquierdo—. Quiero verte desnudo. Por favor.

Todavía no lo había tocado todo mientras estaba desnudo, y como una esposa codiciosa, exigí verlo. Disfrutaría de todo esto mientras durara. Se lo daría todo, porque él me lo estaba dando todo.

Se enderezó y nos miramos fijamente. El único sonido en el aposento eran nuestras respiraciones agitadas y el retumbar de mi corazón.

Dio un paso atrás y, al verlo quitarse la ropa, se me hizo agua la boca. Los orgasmos que me había provocado la noche anterior me tenían temblando con expectación.

Admiraba su cuerpo fuerte. Lo llamé viejo, pero su cuerpo era el de un treintañero que pasaba mucho tiempo en el gimnasio. Su pecho era esculpido y ancho, y me picaban los dedos con la necesidad de explorarlo. Cada centímetro suyo.

Sus pantalones siguieron, dejándolo solo en bóxers, y el contorno de su longitud me hipnotizó. Pasé saliva. Quería probarlo, tenerlo en lo más profundo de mi garganta. Por primera vez en mi vida, estaba dispuesta a arrodillarme y ofrecer una mamada.

—Tus ojos —murmuró, y levanté la cabeza para encontrarme con su mirada—. Se oscurecen cuando te excitas.

—Debe ser todo el tiempo cuando estoy cerca de ti, entonces. — Las palabras se me escaparon antes de pensarlo dos veces.

Aun así, no pareció importarle, porque a continuación soltó una profunda carcajada. Su pecho subía y bajaba rápidamente, mirándome con avidez. «Bien», pensé con suficiencia. Quería que me deseara tanto como yo a él.

Se quitó los bóxers y mis ojos se abrieron de par en par. Liam estaba *muy* bien dotado. Definitivamente era más grande que un hombre normal, pero *este* hombre que tenía adelante no tenía nada de normal.

—¿Quieres mi polla en tu boca? —Me estremecí con anticipación ante su pregunta.

Me arrodillé lentamente y clavé mis ojos en los suyos. El músculo en su mandíbula temblaba, como si pendiera de un hilo, controlándose. Quería que perdiera el control.

Deslicé las manos por sus muslos y abrí la boca, sin dejar de observarlo a los ojos. Me puso la mano en la cabeza y metió so longitud. Su sabor salado y cálido era delicioso. Me estremecí de placer cuando se deslizó por mi lengua.

Me estaba emborrachando con su sabor.

Mis ojos se cerraron, pero él me exigió:

—Ojos en mí, mi *céile*. —Parpadeé confundida y tradujo—: Mi *esposa*. —Me calenté aún más. La forma en que pronunciaba esas palabras sonaba posesivo, entrañable, que me veneraba—. Ahora chúpamela.

Mi clítoris palpitaba, cada fibra de mi ser estaba completamente excitada por su dominio. Le sostuve la mirada y me aferré a sus muslos gruesos y fuertes mientras él entraba y salía de mi boca.

—Tan hermosa —elogió—. Déjame entrar hasta el fondo. —Relajé la mandíbula y la garganta, y Liam me penetró hasta que me dieron arcadas—. Tan perfecta —expresó con voz ronca.

Gemí y mis uñas se clavaron en sus muslos. Dejé que entrara profundo, atragantándome con su longitud. Sin embargo, nunca me había sentido tan poderosa. Sus iris se volvieron oscuros y turbios, sentí el calor crecer en mi estómago para luego moverse más abajo. Mi coño palpitaba por la necesidad de sentirlo dentro de mí y apreté los muslos para aliviar el dolor. Esto era para él, para ver cómo se deshacía igual que me hacía deshacerme.

Me tomó la cara entre sus ásperas palmas, acariciándome suavemente la mejilla con un pulgar.

—Así es, esposa —alentó—. Toma cada centímetro de mí.

Dios, no tenía ni idea de que fuera posible enamorarse de alguien tan rápido. La sorprendente revelación me llegó mientras estaba de rodillas, dándole una mamada. Sin embargo, la expresión de su cara, la forma en que se estaba deshaciendo por mi culpa, era el mejor tipo de afrodisíaco. Liam estaba al borde de perder el control y tenía el poder de hacer que yo misma lo perdiera.

Me relajé y respiré por la nariz para tomarlo más profundamente.

Empujó y luego se detuvo. Tragué y se deslizó más adentro. Sus caderas lo introdujeron hasta el fondo de mi garganta mientras me sujetaba la cabeza. Murmuró palabras suaves que no pude entender, pero pensé que tal vez eran gaélicas. Se retiró, respiré hondo y volvió a penetrarme.

Se hinchó en mi boca y lo chupé, mi lengua se arremolinó alrededor de su eje, y pude sentir su pulso. Su gemido retumbó en el fondo de su garganta, volviéndose ronco, mientras se corría en mi garganta. Me tragué su semen y me lamí los labios, con la piel cada vez más caliente bajo su atención.

Salió de mi boca con un suave chasquido, nuestros ojos se clavaron mientras me pasaba el pulgar por el labio inferior. Estaba en el paraíso, con su sabor aún en mi lengua.

—Tan hermosa. —Respiró—. Mi esposa puede obedecer cuando quiere, ¿eh?

Capítulo Cuarenta

LIAM

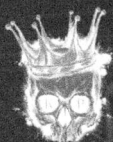

Mi *céile*.

Mi esposa. Nunca nada había sonado tan correcto. Ahora era mía y no había nada ni nadie en este mundo que pudiera arrebatármela.

Le pasé el pulgar por sus labios carnosos, curvados en una sonrisa triunfal. Estaba satisfecha de sí misma, aún de rodillas. Y tenía todo el derecho a estarlo. Nunca me había corrido tanto en toda mi puta vida.

Dios, era perfecta. Tenía el cuerpo más hermoso y exquisito, con curvas generosas. Y la lujuria y el hambre que acechaban en sus ojos coincidían con los míos.

—Vas a ser mi muerte —murmuré más para mí mismo. Era demasiado viejo para ella, pero a la mierda si me importaba. Era mía, y cualquiera que se atreviera a tocarla encontraría un doloroso final.

—Lo siento. —Se mordió el labio inferior, la lujuria persistía en sus impresionantes ojos. No parecía arrepentida en absoluto.

—No creo que lo estés.

Se le dibujó una sonrisa en la cara y ladeó la cabeza, como si estuviera pensando en cómo quería que fuera esto entre nosotros. Como si pudiera elegir. Solo podía ser de una manera.

—Sabes, creo que tienes razón. —Levantó la barbilla unos centímetros, mostrándome su pequeña llamarada de desafío que había llegado a conocer tan bien—. No lo siento. Quizá deberías darme unas nalgadas para hacer que me arrepienta.

«Pequeña descarada».

—No me tientes, *Céile* —advertí en voz baja y oscura. Sus mejillas se sonrojaron y bajó la vista al suelo. Le agarré la barbilla con los dedos, obligándola a sostenerme la mirada—. Estás jugando con fuego.

Algo brilló en sus ojos, pero desapareció tan rápido que no pude distinguirlo.

—Entonces azótame —susurró roncamente, con un visible escalofrío recorriendo su hermoso cuerpo—. Te reto. —El desafío coloreaba su voz y brillaba en sus fanales.

—No debería dártelo porque lo deseas —gruñí, pese a que no existía posibilidad alguna de que no le diera placer. Quería ver su cuerpo arder de excitación, sus mejillas sonrojadas y también su culo.

—A mí me da lo mismo.

Recorrí su suave piel con los dedos, la curva de su cuello y su clavícula. Me reí bruscamente.

—Apuesto a que no te da lo mismo, *Céile*. Apostaría todo el dinero que robaste a que ya estás empapada.

Se negó a apartar la mirada o comentar. Era la mezcla perfecta de terquedad y sumisión.

Era como si esta mujer complementara a la perfección todos mis deseos más oscuros. Yo prosperaba con el control, y mi joven esposa encontraba la forma de destrozarlo con cada mirada que me dirigía. Cada palabra que pronunciaba.

—Necesitamos una palabra de seguridad —concluí finalmente.

La sorpresa brilló en sus ojos y se quedó boquiabierta. Debía de pensar que no lo cumpliría. Mi esposa aún no sabía que me encantaban los retos.

—¿Asustada? —me burlé suavemente.

Sacudió la cabeza y su sedoso cabello negro se agitó con cada movimiento.

—Dame una palabra de seguridad, mi *céile* —exigí.

Su delicado cuello se balanceaba mientras tragaba, y las imágenes de ella chupándomelo hacía unos minutos me pusieron duro al instante. La observé como un pecador que esperaba su absolución mientras reflexionaba sabrá Dios sobre qué palabras.

Sus ojos se encontraron con los míos y sus dedos se apretaron en su regazo. Justo cuando pensaba que se echaría atrás, me llegó su suave voz.

—Coñac.

Mi boca se torció con diversión.

—Muy apropiado.

—También lo creo —afirmó sonriendo. Agarré la corbata que estaba tirada en el suelo. Siguió cada uno de mis movimientos con sus ojos pesados con deseo.

—Levántate —ordené. Se apresuró a obedecer, sus movimientos demasiado ansiosos. Mis labios se curvaron en una sonrisa pecaminosa. Davina no era una mujer que siguiera órdenes. Eso decía mucho de lo bastante que deseaba esto. Probablemente tanto como yo.

La excitación prácticamente vibraba por todos sus poros, su pecho subía y bajaba con cada respiración. Mis ojos vagaron hasta que encontré el cinturón. Lo agarré y lo golpeé contra la palma de mi mano, probando la fuerza y el peso del ardor.

Su aguda inhalación llenó la habitación.

—¿Quieres parar, esposa? —pregunté en tono suave.

Su mirada oscura y tormentosa se encontró con la mía y tragó saliva.

—Ni en sueños —murmuró sin aliento—. ¿Tienes miedo? —Dios, esa boca suya la metería en problemas algún día. Una parte de mí estaba demasiado ansiosa por usar el cinturón en su culo tierno y sin probar, y luego recompensarla. Su coraje me complacía inmensamente.

Estaba excitada, quizás incluso más que yo. El aroma de su excitación perfumaba nuestro dormitorio. Sus pechos se elevaban con cada respiración. Sus pezones endurecidos me tentaban.

—Inclínate sobre la cama —decreté en un gruñido.

Siguió la petición, con el trasero a la vista y tentándome. Tenía la sensación de que mi joven esposa me obedecería en el dormitorio, y solo en el *dormitorio*. Pero estaba bien, porque si hubiera querido alguien que se dejara pisotear, me habría casado mucho tiempo atrás.

—Estoy a punto de arruinarte el coño y el culo —gruñí, tocándole el trasero con la mano libre. No pude resistirme a meter los dedos entre sus muslos y deslizarlos por sus resbaladizos pliegues.

Se movió en mi mano y un suave gemido ahogado recorrió el aire. Le aparté el cabello al costado y mis labios encontraron su oreja. Su aroma era embriagador. Nunca necesitaría alcohol ni drogas, su aroma bastaría para tranquilizarme. Lo sabía en el fondo de mi negro corazón irlandés.

Tal vez tenía algo en común con mi padre después de todo. ¿No dijo que en el momento en que vio a la madre de Aisling, todos sus sentidos solo podían ser aliviados por esa mujer? No podía alejarse. Le dolía físicamente.

—Promesas, promesas —canturreó, intentando provocarme, mas su voz era demasiado ronca.

Le di una palmada juguetona en las nalgas, me enderecé y tomé mi teléfono.

—*Oh*, esposa mía, lo que prometo lo cumplo —alardeé mientras abría la cámara y la ponía en vídeo.

Me miró por encima del hombro, con su cabello oscuro en contraste con su piel de marfil.

—¿Nos vas a grabar? —preguntó, con los ojos clavados en mi teléfono, que apoyé en la mesita de noche.

—Lo haré. —No discutió, y solo por eso, la recompensaría. Dios, no podía esperar a sentirla apretarse a mi alrededor. Pero me lo tomaría con calma. Teníamos todo el tiempo del mundo. Así que admiré su cuerpo desnudo, atormentándome con la hermosa vista.

Regresé con ella y deslicé la mano por su sutil espalda, luego la pasé por su redondo trasero y la metí entre sus muslos.

—Tu cuerpo arde con anticipación. —Ronroneé con satisfacción —. Por tu castigo. Para sentir mi verga dentro de tu apretado coño. Para sentir mi semen goteando por tus muslos.

—Mierda —gimió mientras mi dedo se deslizaba entre sus pliegues y se mecía ansiosamente contra él.

Retiré los dedos.

—No tan rápido.

Un ruido de frustración salió de su garganta.

—No seas imbécil —se quejó, girando la cabeza para mirarme—. Solo dámelo.

Solté una risita sombría. Era codiciosa. Me complacía enormemente porque sería un desgraciado avaro cuando se trataba de ella. Me adueñaría de cada uno de sus agujeros, de cada uno de sus pensamientos, de cada una de sus sonrisas.

—Boca abajo sobre el edredón y el culo hacia arriba —establecí, dándole una suave palmada en el trasero.

Se movió hacia adelante y se puso en posición, meneando el culo y tentándome. Demonios, ese *trasero* era magnífico.

—Las manos detrás de la espalda. —Obedeció sin vacilar, empujada por la curiosidad. Con la mano en la parte baja de la espalda, le pasé la corbata de seda por las muñecas varias veces y luego la até con un nudo flojo.

La sentí tensarse cuando agarré el cinturón, asomándose por encima de su hombro.

—¿Recuerdas la palabra de seguridad? —cuestioné, inclinándome sobre su espalda y depositando un pequeño beso en su hombro cremoso.

—Coñac —musitó, con la cara todavía girada y los ojos mirándome. No pude resistirme a su boca. Rocé sus labios con los míos y los lamí, mordisqueando su carnoso labio inferior, deleitándome con sus estremecimientos.

Gimió y aproveché para meterle la lengua en la boca. Inclinó la cabeza hacia atrás y empujé mi verga contra la dulce curva de su culo. Con nuestras lenguas hambrientas, devoré su boca, mordiéndola con mis dientes y tragándome sus gemidos. A esta mujer, mi esposa, no parecía importarle la mezcla de dolor con el placer. De hecho, le encantaba, al igual que a mí.

En este punto, ya estaba dolorosamente duro. Y ella acababa de chupármela. Antes de perder la cabeza, me aparté.

—Así es, nena. Coñac.

Me aparté ligeramente y acaricié la correa del cinturón a lo largo de la curva de su trasero, provocándola con las posibilidades.

—Relájate —le pedí suavemente—. Tú tienes el control.

Rodeé la parte superior de sus muslos con la correa y abroché el cinturón para que no pudiera separar las piernas. Escuché su agudo suspiro de sorpresa. No era lo que esperaba.

Con sus brazos y piernas atados, parecía que yo tenía todo el control. Pero para mí era importante que supiera que ella tenía el control aquí.

—Recuerda que tienes el control —le aseguré mientras deslizaba mi mano libre por la pendiente de su columna y la otra acariciaba su trasero. Sentí que se relajaba a cada segundo, empujándose contra mi toque. Era pura perfección.

Su cuerpo era suave y dócil, ansiando el dominio. Esperándolo.

Nalgada.

Dio un grito ahogado de sorpresa, y calmé su dolor con la caricia de mi palma. Luego, al sentir que se relajaba en mi mano, le di una palmada en la otra nalga. La salvaje necesidad por ella se retorció en la base de mi espalda.

—Cuenta, *Céile.*

Su cuerpo se rozaba contra las sábanas y era tan erótico. Quería correrse, pero no lo lograría. Solo yo la haría venirse. Ni sus juguetes, ni sus manos, ni mis malditas sábanas.

Levanté la mano y le di un azote más fuerte.

Su grito vibró contra las paredes del dormitorio.

—Cuenta —ordené.

—Una. —Su voz era muy gutural. Me gustaba.

Lo hice de nuevo, mi codiciosa esposa empujando su trasero hacia mis manos.

—Demonios —gimió, con el aroma de su excitación a mi alrededor. Solté una risita oscura, pero antes de que pudiera corregirla, soltó con voz ronca—: Dos.

Recorrí con los dedos la raja de su culo y bajé entre sus piernas. Empujando mis dedos entre sus muslos, su excitación me los empapó. Esta mujer era una adicción que nunca vi venir. Desde las primeras palabras que me dirigió, se había introducido lenta y continuamente en mi torrente sanguíneo.

Otra nalgada en su trasero jugoso. Maldita sea, quería mordérselo.

—Tres. —Respiró.

Nalgada.

—Cuatro. —Un sonido de necesidad salió de su boca. Y entonces, como si no pudiera contenerse más, miró por encima del hombro, con los ojos nublados por la lujuria.

—Por favor, Liam. Te necesito —suplicó. Estaba duro como el acero y no podía esperar a enterrarme dentro de ella. Sus muslos se apretaron cuando intentó frotar sus piernas y un gemido de frustración salió de sus labios al sentirse restringida.

Se me escapó un gruñido grave y posesivo cuando introduje dos dedos entre sus muslos apretados hasta el fondo de su entrada. Se estremeció y su cuerpo se apretó contra mí.

—Gritarás mi nombre —declaré con voz ronca mientras le metía los dedos más profundamente en ella, golpeando su punto dulce.

Sus gemidos y quejidos eran afrodisíacos para mis oídos. Quería tanto de ella. Su todo. Mi otra mano se enroscó alrededor de su delgada garganta.

—¡Sí, sí, sí! —gritó, empujando su trasero contra mí—. ¡Liam, por favor. Dámelo!

Solté su garganta a regañadientes y le di otra nalgada.

—Yo soy el que digo cuando lo tendrás.

Gimoteó.

—D-de a-acuerdo.

Sus adentros se apretaron alrededor de mis dedos y, joder, quería sentir cómo su coño apretaba mi verga. Sus jugos cubrieron mis dedos y gotearon por sus muslos. Curvé los dedos en su sexo, explorando y acariciando su carne hinchada.

Sus gemidos aumentaron de volumen, sus paredes se cerraron en torno a mis dedos y su cuerpo se sacudió contra mí. Estaba a punto de alcanzar el clímax, y sus fluidos se deslizaban por mis dedos. Seguía empujándose contra ellos, rozándose.

—Tan hermosa —elogié, y luego volví a azotarle el culo.

—¡Santos cielos! —gritó—. ¡Por favor!

Se retorció bajo mis caricias. Le amasé las nalgas enrojecidas y, como si no pudiera apartarme de su coño, la agarré abajo por el culo con las manos. Mis dedos se deslizaron hasta su clítoris, acariciándolo y luego untando su humedad alrededor de su trasero.

—¿Alguien te ha cogido aquí? —inquirí, metiéndole un dedo en su zona prohibida. Se retorció contra las sábanas, sus súplicas ahogadas, su cuerpo suplicándome.

—N-no. —Respiró, con la voz ronca. Era tan delicada para mi rudeza que hizo que se me erizaran los pelos de la nuca. Un buen hombre no la corrompería, sin embargo, nunca había pretendido ser un buen hombre.

—Mi culo —gruñí, sacando el dedo y golpeándole el trasero una última vez. Hoy no tenía suficiente control para tomármelo con calma. Con un movimiento rápido, aflojé el cinturón y le abrí los muslos de par en par, con sus jugos goteando por la cara interna del muslo—. Di que es mi culo.

—Tuyo. —Jadeó, con las muñecas aún amarradas en la parte baja de la espalda. Le agarré la nuca con la mano y me introduje en su apretado coño con un movimiento brusco.

«Demonios».

Su grito rompió el aire.

—¡Liam!

Salí de su apretado canal y esta vez la penetré con más fuerza y más profundamente.

—Joder —gruñí. Era el paraíso en la tierra. Mis dedos se apretaron contra su nuca, agarrando sus sedosos mechones, y la embestí y la embestí con velocidad y obsesión. Los sonidos descuidados de piel contra piel, su excitación húmeda y sus gemidos resonaban a nuestro alrededor.

Quería estar adentro de ella para siempre. Morir así. Siempre me había gustado duro, pero esto era mucho más. Tan diferente. Crudo. Consumidor. Primitivo y salvaje.

—¡No pares, maldición! —vociferó.

La penetré cada vez más rápido, su cuerpo se deslizaba contra la cama, su cabello de ébano le cubría el rostro y tenía que verla. Ver su orgasmo.

Le aparté la melena de su rostro y le dije:

—Gira la cara.

Lo hizo sin preguntar, sus lujuriosos ojos tormentosos se conectaron con los míos.

Una de mis manos se enredó en su cintura, mis embestidas salvajes y duras.

—Me perteneces. —Aumenté mi ritmo, embistiendo dentro de ella rápidamente.

—Diablos. —Maldijo, sus paredes apretándose a mi alrededor—. Mierda... por favor, Liam... *oh*, necesito... por favor...

Una posesividad enloquecedora me recorría las venas y cada embestida en su apretado coño me descontrolaba. La penetré más profundamente y eso hizo que sus gritos se volvieran agudos.

—¡Sí... sí... Liam, por favor...!

Sentí que se apretaba con más fuerza, así que giré las caderas y la penetré más profundo y fuerte hasta que sentí que se desmoronaba alrededor de mi polla.

—¡Liam! —gritó, canturreando palabras irreconocibles una y otra vez mientras se deshacía. Mi ritmo se volvió frenético mientras la follaba durante su orgasmo. Se aferró a mí, ordeñándome y llevándome al límite. Mi esperma se derramó dentro de ella con tal fuerza que creí haber muerto e ido al cielo.

Cubrí su cuerpo con el mío, con sus muñecas aún atadas por detrás. Había perdido la maldita cabeza. Me la follé como si quisiera consumir cada fibra viva de ella y reclamarla para mí. La penetré lentamente y le desaté las muñecas. Mi mirada se clavó en el semen que goteaba de su coño, manchando el interior de sus muslos.

Una oscura obsesión, como nunca antes había sentido, se apoderó de mi mente y me caló hasta los huesos.

Quería marcarla, verla hincharse con mis bebés y atarla a mí para siempre.

Capítulo Cuarenta Y Uno

DAVINA

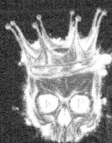

—Aquí está bien —le avisé al conductor de Liam. Aunque no se detuvo—. Oye, dije que aquí estaba bien. Detente aquí.

Mi nuevo marido insistió en que me llevaran de vuelta a Yale. A decir verdad, estaba segura de que él esperaba que las chicas se dieran cuenta de que me acostaba con él. Y que su chofer me llevara de vuelta al campus era una forma segura de que me atraparan.

Tiré de la manilla de la puerta, sin tener en cuenta que el conductor no se había detenido.

—El señor Brennan insistió en que la llevara hasta la puerta —se quejó.

—Bueno, puedes verme caminar hacia la puerta —protesté—. O detienes el auto, o saltaré de él.

Apenas jalé la manilla cuando frenó de golpe, y menos mal que llevaba puesto el cinturón de seguridad, de lo contrario me habría aplastado la cara contra el tablero. Miré al pelirrojo que tenía a mi lado. Liam dijo que era su chofer, aunque más bien parecía su asesino.

Desgraciado.

Será el siguiente al que le robaremos si no empezaba a conducir mejor.

—¿Lo suficientemente lejos, *lass?* —espetó. Abrí la puerta y le hice un gesto con el dedo medio.

—En realidad, no —reviré—. Hasta que estés tan lejos como en New Jersey sería suficiente.

Cerré de golpe la puerta de su lujoso y costoso auto y me alejé corriendo de él antes de que decidiera atropellarme. O peor, que me siguiera hasta el dormitorio.

No estaba preparada para decirles a las chicas que la había jodido a lo grande durante nuestro primer robo y que luego me acosté con el padre de Juliette. Pero ahí no quedaba todo. También me casé con él.

¡Jesucristo!

Era como cuando un tren de carga venía hacia ti a ciento sesenta kilómetros por hora. No obstante, el sexo de la noche anterior... Mierda, si me hubiera vuelto a pedir que me casara con él mientras me follaba, habría aceptado su proposición a gritos.

«Es más que eso», susurró mi corazón. Exhalé, lo ignoré y seguí caminando. Sentí una mirada que punzaba el costado de mi mejilla y giré la cabeza hacia la derecha. Estaba todo vacío. Juraba que alguien me estaba observando, y no era el loco conductor pelirrojo que seguía sentado en su coche.

No importaba a donde mirara, no había nadie.

Sacudiéndome la evidente paranoia, continué hacia el edificio. En la entrada, vi por encima del hombro y el conductor seguía allí. Di un manotazo en el aire, ahuyentándolo. No necesitaba una niñera que me acompañara hasta la puerta.

Subí las escaleras dando un portazo detrás de mí. Los pasillos estaban más vacíos que de costumbre, muchos estudiantes ya habían regresado a sus casas o a los trabajos que habían encontrado.

A diferencia de nosotras cuatro, la mayoría de los estudiantes encontraron trabajos normales.

En cuanto entré en el pequeño dormitorio, tres pares de ojos se giraron hacia mí.

—¡Por fin, carajo! —exclamó Juliette—. ¿Dónde demonios has estado?

—Fuera —murmuré.

—¿Durante dos malditos días? —chilló. Dios, se comportaba como si fuera mi madre, no mi amiga. Era un poco cómico.

—Sí.

—¿Estaba Wynter contigo? —inquirió Ivy, entrecerrando los ojos hacia mí.

Dejé caer el bolso sobre la mesa y me tiré en el pequeño sofá donde ya estaba sentada Wynter, con la cara oculta tras el libro.

—*Hmmm.* —No quería delatarla si me usó como excusa mientras estaba fuera. Había que admitir que también tenía curiosidad por saber dónde había pasado la noche. No era propio de ella salir y quedarse fuera. No con su estricto horario de entrenamiento.

Wynter me echó un vistazo desde la esquina de su libro y puso los ojos en blanco, aunque tenía una gran sonrisa en los labios.

—Esto es una mierda —se quejaron Ivy y Juliette al mismo tiempo. Definitivamente, algo las estaba molestando.

—De repente tú y Wynter están vagando por las calles de noche con Dios sabe quién, mientras Ivy y yo intentamos averiguar cuál es el próximo sitio donde robar. —Juliette también hablaba en serio. Bajó el libro de Wynter para poder verle la cara—. Eso no es justo, no podemos hacer todo el maldito trabajo.

Jesucristo, nunca había visto a Juliette o Ivy tan decididas. Si aplicaban la mitad de esa pasión a nuestro negocio una vez que arrancara, seríamos exitosas. Aunque sospechaba que lo que les atraía era la adrenalina de la vida criminal.

—Ya tengo un lugar dónde robar —anunció Wynter, colocando su libro de Física en su regazo mientras nuestras cabezas giraban hacia ella.

—¿Cómo? —preguntó Ivy con suspicacia—. Llevas dos noches fuera.

Dios, acababa de llegar a casa y ya estábamos planeando un nuevo robo.

Los ojos de Ivy oscilaban entre Wynter y yo.

—Ambas llevan dos noches fuera —declaró Ivy con suspicacia—. ¿Han ido a buscar sitios que podamos robar? —continuó, casi sonando decepcionada de que fuéramos sin ella.

—¿Sin nosotras? —añadió Juliette acusadoramente.

Wynter y yo compartimos una mirada. Por regla general, no nos mentíamos entre nosotras. Excepto que, desde que Liam me descubrió, había ocultado información. Parecía que Wynter también guardaba algunos secretos.

—No, no fuimos juntas —admitió Wynter entre dientes, como si estuviera decepcionada por tener que decir la verdad—. Solo estaba allí por casualidad.

—Estabas allí por casualidad —repitió Juliette, parpadeando como si intentara procesar las palabras.

—Probablemente su cita —musitó Ivy con picardía—. Si pasar días con un hombre puede considerarse una cita. ¿Te acostaste con el tipo del traje de tres piezas?

Wynter le hizo una cena obscena con la mano, con las mejillas sonrojadas. Su vestido de verano le dejaba el pecho al descubierto y nos permitía ver también el rubor. Juliette e Ivy soltaron una risita, ansiosas por conocer los detalles.

A pesar de lo erróneo que era, me alegré de que se hubieran centrado en ella y no en mí. Y como la amiga horrible que era, no intenté rescatarla. Porque en realidad, los detalles que sucedieron entre el padre de Juliette y yo no eran revelables. Clasificación X y todo eso.

—¿Fue bueno? —Juliette curioseó, sonriendo ampliamente, dejando temporalmente olvidada la actividad criminal—. Apuesto a que te folló hasta el cansancio.

Bajó la vista hacia el libro que tenía en el regazo y se mordió el labio. La piel clara de Wynter se tiñó de carmesí y sus rizos rubios no pudieron ocultarlo. Lo que fuera que pasó, había una cosa segura. Wynter había pasado una noche salvaje, posiblemente dos, con su misterioso desconocido.

—¿Quieres saber de este lugar o no? —Wynter acusó—. Porque es uno muy bueno, y probablemente podríamos sacarles millones.

Desafortunadamente para ella, Ivy estaba concentrada en sacar los detalles del encuentro sexual de Wynter.

—¿No vas a compartir? —cuestionó, decepcionada.

—Maldición, no —replicó Wynter.

No me sorprendió oírla negarse a Ivy, pero me preocupó. Nunca fue una chica reservada, y cuando se trataba de este chico, se lo guardaba todo. Yo no era mucho mejor, pero tenía más experiencia con hombres que ella. En el pasado, Wynter había mantenido relaciones platónicas, en parte porque estaba demasiado ocupada; sin embargo, creía que tampoco quería arriesgarse a sufrir un desengaño amoroso.

—Al menos dinos si fue bueno. ¿Era grande su verga? ¿Te partió por la mitad? —gimoteó Ivy.

—Ivy —regañó Wynter.

—¿Qué? —Pestañeó inocentemente—. Necesito detalles. ¿Cómo se sintió mientras empujaba dentro de ti...?

—¡Ivy! —exclamó Wynter, horrorizada.

—¿Te comió el coño? —preguntó Juliette con curiosidad—. ¿Te cogió el culo? ¿Le diste una mamada? Cuéntanos *algo*, ¡por el amor de Dios!

—Cállense las dos. —Exhaló Wynter, con la cara sonrojada. La miré, hipnotizada, con sus grandes ojos verdes clavados en nosotras. La había visto correr quince kilómetros *y* patinar, y nunca se había puesto tan roja.

—Al menos dinos quién es. —Intentó razonar Juliette con ella—. Danos su nombre para que, si te molesta, sepamos a quién matar.

Wynter suspiró pesadamente.

—No puedo darles detalles. Si el tío Liam se entera, no quiero que tengan problemas. Es mejor que no lo sepan.

La alarma me recorrió y las tres nos quedamos viendo a nuestra mejor amiga, momentáneamente estupefactas.

—¿Estás en problemas? —inquirió Juliette, preocupada mientras fruncía el ceño.

—Podemos ayudarte, Wyn. —Ofrecí—. Solo dinos lo que tenemos que hacer.

—No estoy en problemas. —No sonaba convincente—. Es que... —Su voz se apagó y miró por la ventana, distraída—. Es que mamá y tío no lo aprobarían.

—¿Al del traje de tres piezas? —indagó Ivy—. Puede que sí.

Parece bastante encantador. —Ivy nos miró a todas, animándonos a intervenir.

—Sí, definitivamente parece encantador desde lejos —opinó Juliette, aunque no estaba segura de que fuera de ayuda.

Wynter dejó escapar otro suspiro.

—No importará —murmuró—. Mi madre nunca lo aprobaría.

—Lo hará —argumentó Juliette—. Sé que siempre exige que toda tu atención se centre en el patinaje sobre hielo, pero eso no es viable. Toda tu vida ha sido eso. Debe haber un equilibrio, y ella lo sabe. ¡Te tuvo cuando tenía tu edad!

—Todavía puedes hacer ambas cosas —animé—. Puedes patinar sobre hielo y tener una relación.

Wynter forzó una sonrisa.

—Sí, probablemente estoy pensando demasiado en ello —coincidió —. Solo sé lo mucho que le disgusta la Costa Este y el mundo del tío lleno de actividades delictivas. —Se pasó la mano por los rizos e intentó aliviar la tensión de sus hombros.

—¿Alguna vez sientes que te estás perdiendo partes de la historia? —cuestionó Juliette de la nada.

Todas la miramos y, durante varios latidos, ninguna se movió ni dijo una palabra.

—Sí —admití—. La historia de mis padres. Siento que me lo estoy perdiendo todo. Tenía que haber una razón por la que no me querían. Y creo que el abuelo me lo oculta para evitarme el dolor.

—Me pasa igual —musitó Juliette—. Ya ni siquiera estoy segura de quién soy. ¿Brennan, Cullen... o qué?

—Eres Juliette —afirmé—. No me importa el apellido que lleves. Eres mi amiga a pesar de todo.

—De acuerdo —pronunció Ivy—. Esta es la razón por la que necesitamos construir esta escuela. Para que otros niños como nosotras tengan siempre un lugar a donde ir y hacer preguntas. Nosotras estamos aquí sentadas sin tener ni idea, y obviamente hay cosas en nuestras vidas que deberíamos saber.

—Aunque todavía no lo sabemos —replicó Wynter—. Tengo la sensación de que todos, menos nosotras, lo saben. Peor aún, estamos

indefensas. No sabemos cómo luchar, cómo *hackear*. Somos ladronas...
a duras penas. Lo hace aún peor que *seamos* en realidad miembros de
familias criminales, y sigamos sin tener ni una maldita idea.

—Tienes razón. —Aceptó Juliette—. Es triste, de verdad.
Formamos parte de algunas de las familias criminales más poderosas
del mundo y estamos totalmente a oscuras. Eso nos hace vulnerables.

—De acuerdo —asentimos las tres.

—Por cierto, oí por casualidad que el *Eastside Club* ha pasado a
manos de los italianos —informé y se me sonrojaron las mejillas.
Nunca se me había dado bien mentir.

Una ronda de jadeos.

—¿Qué? ¿Estás segura?

Asentí con la cabeza.

—¿Por qué?

Me encogí de hombros.

—Qué raro —refunfuñó Juliette—. Creí que era el club más
preciado de mi padre.

—¿Quién demonios sabe cómo piensan esos hombres? —se
quejó Ivy.

—Bien, volvamos a nuestro próximo robo —propuso Wynter.

Me giré hacia Wynter antes de que cambiáramos completamente de
tema.

—Nos avisarás si nos necesitas, ¿verdad? —Wynter me lanzó una
mirada de agradecimiento y asintió—. Ahora háblanos de esta posible
locación.

Su rostro se iluminó de alivio ante el cambio de tema y sonrió. Era
esa expresión la que siempre cautivaba al público. Normalmente, solo
la veía cuando estaba sobre el hielo. La había grabado muchas veces
para verla. Pero ahora, la había visto dos o tres veces en la misma
semana y solo cuando estaba cerca de su misterioso desconocido. Tenía
la sensación de que a Wynter le gustaba mucho este tipo.

—Es un casino de Philadelphia —explicó en voz baja—. Un
camión blindado recoge todo el dinero del casino cada sábado por la
noche. Si interceptamos el camión, puede que tengamos suficiente para
empezar el negocio.

Parpadeé. La confusión en las caras de Juliette e Ivy me decía que tampoco se lo esperaban.

—¿Interceptar? —Juliette repitió—. ¿Como robar el camión?

Wynter se encogió de hombros.

—Bueno, no he concretado todos los detalles. He estado ocupada —se burló Ivy, y sabía exactamente lo que estaba pensando. Wynter estaba ocupada con su hombre. Por suerte, Wynter la ignoró. Después de todo, era buena ignorando lo que no quería reconocer—. Pero sí, algo así. Solo para que podamos tomar todo el dinero en efectivo que están transportando y luego nos deshacemos del camión. —Sonrió como si de repente se sintiera muy orgullosa de sí misma—. Como las mujeres de la serie *Good Girls*.

Me incorporé.

—¿La has visto?

Asintió con la cabeza, sus rizos rebotando por debajo de los hombros. Wynter nunca veía la televisión. Nunca. Siempre tenía una competencia para la que entrenar, coreografía, *ballet*, o simplemente clases universitarias a las que asistir. Frecuentaba algunas fiestas, pero a diferencia de nosotras, nunca la entusiasmaban. Le encantaba patinar sobre hielo y, para ella, era la mejor manera de pasar el tiempo. Ivy le preguntó una vez si sentía que se estaba perdiendo algo, sin embargo, dijo que no. El patinaje sobre hielo le importaba, mientras que todas esas otras cosas no.

—Sí, estuvo *muy* buena. —Sonrió—. Podríamos imitar la parte en la que empujan el vehículo robado al lago o lo que sea.

Juliette e Ivy rieron entre dientes.

—¡Wynter Star Flemming se ha corrompido! Solo ha necesitado cuatro años de universidad.

Las cuatro estallamos en carcajadas cuando llamaron a la puerta. Juliette fue a abrir y se me revolvió el estómago al saber lo que vendría después. Tardó un minuto en volver con cuatro cartas.

Tragué con fuerza y la abrí de un tirón. Dios, el padre de Juliette debía de tener mucha influencia. Tal y como había prometido, llegó la carta en la que nos pedían que desalojáramos la residencia en veinticuatro horas. Sabía que las cartas de Juliette y de Ivy decían lo mismo.

—Qué diablos... —Juliette murmuró en voz baja, luego alzó la vista—. Nos quieren fuera. La universidad.

—Mi carta dice lo mismo —confirmó Ivy. Estaba estirada en el suelo mientras Juliette se sentaba con las piernas entrecruzadas. Wynter y yo seguíamos sentadas en el sofá.

—La mía también —mencioné, sintiéndome bastante mal. Debería decir algo, admitir lo que había sucedido entre Liam y yo. Que me había casado con él. Sin embargo, las palabras me fallaron y me quedé mirando, sabiendo que estaba haciendo lo incorrecto con mis amigas al no confiar en ellas lo suficiente como para contárselos.

Wynter respiró hondo.

—La mía dice que puedo quedarme otras dos semanas.

—Mierda. —Maldijeron Juliette e Ivy al mismo tiempo.

—Podrían quedarse aquí y esconderse —propuso Wynter—. No es como si revisaran los dormitorios.

—¿O podríamos quedarnos en casa de tu padre? —sugerí patéticamente—. A lo mejor nos deja quedarnos allí.

—No quiero ir a casa del tío Liam antes de que sea necesario —objetó Wynter. Si finalmente se involucró con alguien, lo entendería. Este lugar nos daba a todas más libertad. Aunque no había esperado que la primera protesta viniera de ella.

—¿Y si Ivy y yo vamos? —Intenté, sintiéndome como la mayor tramposa—. No tengo un lugar a donde ir, considerando... *ummm*... —Me aclaré la garganta incómoda—. Bueno, teniendo en cuenta los últimos acontecimientos.

Un latido de silencio, y luego las chicas asintieron con la cabeza.

—En realidad es una buena idea —intervino Ivy, y suspiré en silencio aliviada—. ¿Crees que tu padre nos dejaría quedarnos allí?

—Voy a esperar antes de unírmeles —notificó Wynter—. Es más fácil para mí practicar y entrenar aquí.

Juliette resopló.

—Sí, estás *entrenando* muy bien, pero no patinaje sobre hielo.

Ivy soltó una sonora carcajada y se cayó al suelo. Si bien a Juliette le brillaron los ojos de la risa, consiguió mantener la cara seria.

—Probablemente sea bueno que puedas quedarte aquí más tiempo,

Wynter. —Regresé al tema que nos ocupaba. Su atención se clavó en mí—. Así tendremos una excusa para irnos cuando vayamos a robar al siguiente sitio. Tenemos que hacerlo antes de que te vayas de aquí y tenemos que pensar qué hacer con todo el dinero que hemos robado.

—Mírate, mujer. —Juliette sonrió—. Finalmente viniendo al lado oscuro. Estoy tan orgullosa de nuestra pequeña criminal.

Puse los ojos en blanco, pero una sonrisa estúpida se elevó en mis labios.

—Definitivamente no queremos llevar el dinero de vuelta a casa del tío —reflexionó Wynter—. Además, ahora tenemos un poco más en la bolsa. Lo consideraría su interés y lo aceptaría como pago.

Juliette soltó una risita.

—No podemos permitirlo. Es nuestro dinero.

—Bueno, técnicamente... —Empecé, pero todo el mundo gimió—. Bien, es nuestro. ¡Todo!

Ahora solo teníamos que esconderlo hasta que pudiéramos averiguar cómo emprender este negocio.

Suponiendo que nos las arregláramos para seguir con vida.

Capítulo Cuarenta Y Dos

DAVINA

E mpacar era horrible.

Empacar mientras estaba de mal humor y escuchaba los lamentos de Juliette por tener que irse a vivir a la lujosa casa de Liam fue doblemente horrible.

—¿Cuál es tu problema? —señaló finalmente Wynter, entrecerrando los ojos hacia Juliette—. No has parado de quejarte desde que recibimos ese aviso.

Juliette fulminó a su prima con la mirada.

—Para ti es fácil decirlo —se burló—. Tienes otras semanas aquí.

—En cuanto termine, me les uniré —contestó—. Además, ya dijiste que vendrías a California conmigo, si eso es lo que te preocupa. Allí hay sitio de sobra para todas.

—Entonces también iré —anunció Ivy—. Es mejor que volver a Irlanda. Además, necesitan mi ayuda para el próximo robo.

Juliette asintió con entusiasmo. No iría a California. Ahora estaba casada y mi abuelo estaría aquí.

—Las visitaré. —Les di mi palabra.

—Ojalá vinieras también con nosotras —rebatieron Wynter y Juliette—, así podríamos estar todas juntas.

—Ojalá —declaré—. Pero encontré la manera de que mi abuelo

esté en un centro en New York. Así que quiero quedarme aquí, cerca de él. Y antes de que pregunten, no lo trasladaré a California. No quiero trasladarlo dos veces. Esta vez ya será bastante duro para él.

Sus ojos se abrieron de par en par.

—¿Qué? —exclamó Ivy—. ¿El abuelo Hayes viene a la Gran Manzana?

—¿Cómo? —preguntó Juliette.

—¿Cuándo? —cuestionó Wynter.

—Esta noche —admití, sonriendo. A pesar de todas las cosas que habían pasado desde que incendiamos la casa de Garrett, estaba feliz. Liam no solo había conseguido provocarme múltiples orgasmos, sino que también había demostrado lo mucho que le importaba conseguirle un lugar a mi abuelo en menos de veinticuatro horas—. Me gustaría ir a verlo cuando terminemos esta noche. —Miré a Wynter—. ¿Me prestas tu *Jeep*? Mi coche está fuera de servicio para siempre.

Y no quería usar el regalo de bodas de Liam. No había suficientes mentiras para explicar cómo tenía un Land Rover.

—Sí, claro. —Sonrió—. ¿Podemos ir contigo?

—Diablos, por el abuelo Hayes consideraría quedarme aquí —reflexionó Juliette.

—Yo también —coincidió Ivy.

Sonreí.

—Lo haría feliz. Pero… —Fijé la mirada en Juliette y la señalé con el dedo—. Tienes que decirnos qué te preocupa. Noto que algo no está bien y no me gusta verte así, Juliette.

La culpa bañaba su rostro, aunque también había algo más. Sus ojos azules, de un tono completamente distinto al de su padre, brillaban como zafiros mientras le temblaba el labio inferior.

Sobresaltada, me di cuenta de que estaba conteniendo las lágrimas.

—¿Es por las actas de nacimiento? —pregunté. Era lo único que había visto que la alteraba.

Al momento siguiente, las lágrimas corrían por su rostro. Me le acerqué al mismo tiempo que Wynter e Ivy, y las tres la abrazamos. La asfixiábamos con amor para que todo estuviera mejor.

—¿Qué pasó? —indagué. Por las miradas de Wynter e Ivy, estaban igual de desconcertadas—. ¿Quieres quemar otra casa? —bromeé suavemente.

Se le escapó un sollozo ahogado mezclado con una risa estrangulada, y fue como si se hubiera soltado. Sus lamentos sacudieron su cuerpo mientras lloraba en nuestros brazos. No dijimos nada, solo la abrazábamos mientras se desahogaba.

—*Shhh* —consolé. Miré a Wynter a los ojos y se veía sin palabras —. Sea lo que sea, lo superaremos juntas —prometí. Y lo haríamos. Éramos una familia. Haría cualquier cosa por las tres. Eran mi todo, junto con mi abuelo.

«*Y Liam*», susurró mi mente. Pero aún no estaba preparada para admitirlo.

—Dinos qué pasa, Jules —instó Wynter en voz baja—. Dinos a quién tenemos que matar.

—Papá. —Se atragantó y siguió otra oleada de sollozos—. No es mi padre.

—¿Qué quieres decir? —soltó Wynter con voz ronca—. Creí que esas actas de nacimiento eran falsas.

El corazón se me apretó en el pecho y enseguida temí que las cosas fueran demasiado buenas para ser verdad. Algo grande estaba a punto de arruinar la pequeña felicidad que había empezado a formarse en mi pecho.

—No es mi padre —repitió Juliette, con la voz temblorosa—. He estado investigando y encontré información sobre Aiden y Ava Cullen.

—¿Qué averiguaste? —preguntamos las tres en un susurro.

—Tuvieron dos hijos, nacidos en los días exactos que Killian y yo —explicó—. Encontré sus fotos del obituario. —Siguió una suave ronda de jadeos—. ¿Quieren verlas?

—Sí —respondí cuando Wynter e Ivy se quedaron calladas.

Juliette sacó su teléfono y se desplazó por sus fotos, luego nos mostró una foto a todas.

—Mierda —murmuró Wynter—. Killian y tú se parecen a ellos.

—¿Verdad? —Juliette estuvo de acuerdo—. Quiero decir, no se necesitan más pruebas.

—¿Qué más averiguaste? —inquirió Ivy.

La angustia en el rostro de Juliette era evidente. Lo que fuera que encontró, no era bueno.

—Mis padres biológicos fueron asesinados y quemados en su casa de Irlanda. Se escondían de los rusos.

—¿Rusos? —Wynter preguntó—. Eso no tiene ningún sentido. Creía que tu padre... —Hizo una pausa, como si no estuviera segura de poder seguir llamando a su tío el padre de Juliette—. Creía que los irlandeses nunca trataban con los rusos.

—Es una regla estricta que he oído repetir a mi padre —añadió Ivy —. Nada de negocios con los rusos.

Tragué saliva.

—¿Quizás es por lo que les pasó a los Cullen?

—No lo sé —susurró Juliette—. Todo lo que sé es que Ava y Aiden Cullen tuvieron dos hijos, presuntamente muertos. Papá... Liam era el mejor amigo de Aiden Cullen. Esas coincidencias son demasiado grandes para barrerlas bajo la alfombra. Aunque Killian y yo no nos pareciéramos a ellos.

—¿Así que te está escondiendo? —Wynter respiró—. A ti y a Killian.

La cara de asombro de Wynter coincidía con la mía. Ivy no dejaba de mirar a su alrededor, intentando encontrarle sentido a todo aquello.

Juliette asintió.

—Ahora tiene mucho sentido que nunca tuviera madre —continuó Juliette con un gemido—. Nunca se casó, a pesar de tener dos hijos. Saben que, si fuéramos suyos, habría arrastrado a nuestra madre al altar.

—¿Cómo conseguiste de repente esos certificados de nacimiento? —Ivy hizo la pregunta que me había estado haciendo.

—Cuando fui a ver a papá al *penthouse* después de nuestro viaje de vacaciones a Texas —explicó—. ¿Recuerdan aquel atentado en el club de la zona oeste de New York? Se retrasó por eso, así que lo esperé. Fui en busca de una manta. —Recordé una búsqueda similar de una manta hacía tres meses en su casa—. Él tiene ese *penthouse* para su uso privado, así que no estaba familiarizada con dónde guardaba las cosas. Me encontré en su despacho y los certificados de nacimiento estaban allí, sobre su mesa. Me llamaron la atención porque vi mi primer nombre.

Me preguntaba qué haría si por casualidad descubría el nombre de mi padre. Sabía quién era mi madre, pero mis conocimientos sobre ella se detenían ahí. Sabía su nombre, lo que el abuelo me había contado de su infancia, y eso era todo. Al abuelo no le gustaba hablar de ello.

—¿Le preguntaste a Killian? —susurró Wynter, como si le preocupara que el tono de su voz pudiera molestarla.

Juliette negó con la cabeza.

—Simplemente no pude —comentó con voz ronca.

El silencio llenó la habitación tras este descubrimiento. Lo único que lo perturbaba eran los resoplidos de Juliette. Era un descubrimiento sorprendente.

—¿Desde cuándo sabes que esas actas de nacimiento no eran falsas? —cuestionó Wynter.

—Llevo meses buscando información e investigando —admitió—. Así que lo sé desde hace tiempo.

—¿Y te lo callaste? —Wynter susurró.

—N-no quería que pensaras que ya no era tu familia —explicó Juliette, con la misma vulnerabilidad en la voz que en sus ojos—. La forma en que los irlandeses ven a la familia solo como parientes de sangre me asustaba —añadió con un susurro ronco.

—Juliette, somos familia —la reprendí suavemente—. Quizá no de sangre, pero has hecho más por mí que mis propios padres.

—Así es —asintió Wynter—. Nada ni nadie podrá quitarnos esto.

—Nadie. Ni un hombre, ni padres, ni hermanos. Somos un *girl squad* para toda la vida —afirmó Ivy—. Por el amor de Dios, convencimos a Davina para que silbara la canción de Rue. Quiero decir, ¿quién más haría eso?

—O quemar una casa —reafirmé, con una sonrisa en los labios.

—No conozco a ningún miembro de toda nuestra familia, de sangre o no, que me apoye como lo han hecho ustedes —continuó Wynter en voz baja—. Estamos aquí la una para la otra. Esto no es solo amistad. Somos familia, somos amigas, lo somos todo. Y estamos unidas para siempre. Pase lo que pase. No me importa en qué continente vivamos, siempre estaremos la una para la otra. —Los ojos de Wynter nos recorrieron como si quisiera demostrarnos que lo decía en serio.

Todas estuvimos de acuerdo, asintiendo con la cabeza y una sonrisa en la cara. Nos unían muchas cosas.

—Más vale que nuestros hijos sean familia y que nuestros maridos se lleven bien, o los echaremos —bromeó Wynter.

Y de repente todo estaba mejor. Mucho mejor.

—¡Abuelo! —Corrí hacia la ambulancia de la clínica privada, sin importarme que probablemente parecía una niña pequeña que no había visto a sus padres en años.

Las chicas estaban justo detrás de mí.

—¡Abuelo Hayes! —exclamaron al unísono.

Dos paramédicos acababan de sentar al abuelo en la silla de ruedas, caí de rodillas y lo abracé por la cintura. Su mano arrugada se acercó a mi cabeza y su palma suave y frágil me acarició la cabeza como lo hacía siempre.

—Ahí está mi niña —dijo, con voz ronca—. ¿Cómo hiciste que esto sucediera?

Le sonreí. Había tantas cosas que quería contarle, pero teníamos tiempo. Iríamos despacio. Lo principal era que ahora estaba cerca.

—Te quería cerca de mí —susurré suavemente—. Es mi turno de cuidarte.

—Además, sabemos que nos extrañabas, abuelo Hayes —comentó Juliette, con voz musical y juguetona—. Y nosotras también te echamos mucho de menos.

Mi abuelo se rio.

—Ah, Juliette. Siempre sabes qué decir para hacer que un viejo se sienta mejor.

—¿Qué? —Los ojos de Wynter miraban alrededor, brillantes—. ¿Dónde hay un viejo? No veo ninguno.

—Solo veo a un abuelo rudo —señaló Ivy—. Estoy deseando escuchar tus historias. Las extrañamos.

Mis labios se curvaron. Esto no tenía precio. Ninguna cantidad de dinero podría reemplazarlo.

—¿Puedo? —le pregunté al paramédico, inclinando la barbilla hacia las manillas de la silla de ruedas—. Ustedes han hecho mucho. Podemos enseñarle su habitación. La enfermera ya nos mostró todo y la hemos decorado un poco.

El paramédico asintió con una sonrisa y me puse en pie.

—Vamos, abuelo. —Agarré las manillas y empecé a empujar—. Las chicas y yo tenemos una pequeña sorpresa para ti.

—¿Qué es? —cuestionó ansioso. Le gustaban las sorpresas.

—*Ah*, si te lo decimos, entonces no será una sorpresa —dije con picardía—. No queremos estropearlo. ¿Verdad chicas?

—Claro que no. —Ivy cantó como un pájaro—. Aunque estoy deseando probar esos chocolates. —Le brillaron los ojos—. *Ups,* solté una sorpresa.

La risita del abuelo hizo que se me encogiera el corazón.

—Todos los compartiremos —intervino, sonriendo—. Pero tienes que contarme el resto de las sorpresas, Ivy.

Wynter puso la mano alrededor de la boca de Ivy mientras las demás fingían hablar, con la voz apagada.

—Ivy guardará un secreto —afirmó Wynter con naturalidad, aunque sus iris brillantes arruinaban su seriedad—. De lo contrario, la torturaremos.

Todos sonreímos.

—Me alegro mucho de que mi Davina haya encontrado tan buenas amigas —declaró el abuelo, con voz afectuosa y emocional—. Sé que estará en buenas manos cuando el buen Dios me lleve.

—Todas somos familia —aseguró Wynter en voz baja, apartando la mano de la boca de Ivy.

—Para siempre —corearon Ivy y Juliette.

—Todas seremos familia para siempre. Pero no vas a ir a ninguna parte, abuelo Hayes. Ahora tienes que convertirte en un auténtico neoyorquino, y eso lleva al menos veinte años —informó Juliette con seriedad.

—Así es —concordé con ella—. Acabas de llegar. El buen Dios tendrá que esperar.

—Además, abuelo Hayes —continuó Wynter—, queremos que estés por aquí para que conozcas a tus bisnietos. Así que aguanta. Necesitaremos al menos otros veinte años.

—Y otra medalla de oro —añadió el abuelo.

Sí, esto era familia.

Capítulo Cuarenta Y Tres

LIAM

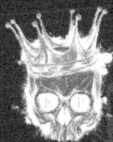

—¿**A** dónde me llevas? —Davina volvió a preguntar.

Iba a ser una cita sorpresa. La primera con mi esposa, fuera de casa. Pero resultó que mi esposa era impaciente y curiosa a más no poder. Fue demasiado tierno como no paraba de intentar adivinarlo.

—¿No te gustan las sorpresas?

—Sí, me gustan —asintió. Sus ojos brillaban con emoción y no podía apartar la mirada de ella.

—Entonces deja de interrogarme —demandé, divertido.

Mi chofer, el diablo pelirrojo como lo llamaba Davina, conducía sin problemas por el tráfico de New York. Eran solo las siete de la tarde y teníamos toda la noche por delante.

—Bueno, no puede ser la cena —reflexionó—. Ya comimos.

—Tuvimos una pequeña cena —le recordé—. Sin duda podríamos tener otra.

—¡Ajá! —exclamó—. ¿Así que cena y una película?

Me aseguré de memorizar todas y cada una de sus suposiciones, porque juré que le daría todas y cada una de esas citas.

—Hoy no.

Estaba deslumbrante con un vestido azul claro sin hombros que le llegaba hasta las rodillas.

—¿Pero otro día?

—Lo que tú quieras. —Y lo decía en serio. Le daría lo que deseara, solo por ver esa sonrisa feliz en su cara y sus iris resplandeciendo como diamantes—. ¿Viste a tu abuelo hoy?

Se le iluminó el rostro y le brillaron los ojos.

—Sí. Las chicas vinieron conmigo. —Sonrió, agarró mi mano y la apretó suavemente—. Está tan feliz y ya parece cinco años más joven.

—¿Necesitamos hacerle alguna mejora a su habitación? —Quería que fuera perfectamente feliz aquí porque sabía que, si a su abuelo no le agradaba ese sitio, a Davina tampoco. Ella lo seguiría a cualquier parte.

Se burló suavemente.

—Le conseguiste la mejor habitación. A él le encanta y a mí... —Una emoción parpadeó en su rostro y bajó la vista, alisándose el vestido mientras me examinaba bajo una espesa cortina de sus oscuras pestañas—. También me encanta.

—Bien. Si hay algo que tengamos que hacer por él, lo haremos.

—¿Nosotros? —inquirió, con dudas en los ojos.

Acaricié su mejilla y nuestras miradas conectaron.

—Sí, nosotros. Tu familia es mía. —Cerré el espacio que nos separaba y acerqué mi boca a la suya—. Ahora somos familia, *Céile*. Dejaremos que se acomode y luego podremos visitarlo juntos.

Asintió, y la satisfacción zumbó en mis venas.

El auto se detuvo y nuestra conversación terminó por el momento. Salí del coche, con algo cálido resonando en mi pecho mientras le tendía la mano y la ayudaba a salir del carro.

—¿Un velero? —exclamó.

—Dijiste que aún no habías tomado el barco a la Estatua de la Libertad. Así que nuestra primera cita será navegar al atardecer con la vista de la ciudad que ahora es tu hogar.

—¿Qué le pasó a tu gigantesco yate? —cuestionó con curiosidad mientras una dulce sonrisa jugueteaba en sus labios.

—Está atracado en otra marina —expliqué—. Este es nuevo.

Ladeó una ceja.

—¿Nuevo?

Le rodeé el hombro con la mano mientras caminábamos hacia el muelle.

—Sí, es nuestro bote. Y le puse tu nombre.

Sus ojos se abrieron de par en par.

—¡No, no lo hiciste!

—Claro que sí. —La guie hacia el extremo del barco, donde el nombre nos miraba con orgullo. *Para mi céile, Davina.*

Lo observaba en silencio mientras pasaban los segundos. No había nada en el mundo que me hiciera cambiar ese nombre.

—Mi abuelo le puso el nombre de la abuela a su bote —susurró—. Siempre pensé que era el gesto más bonito.

Nos observábamos y ella inclinó la cabeza para mirarme a los ojos. Sentí como si le hubieran robado las estrellas del cielo y ahora brillaban en sus orbes. Solo para mí.

—¿Quieres que lo cambie?

—¡Demonios, no! —exclamó y me rodeó el cuello con los brazos —. Me encanta. Absolutamente lo amo. ¡Gracias!

Deslumbraba cuando me sonreía. Si fuera listo, apartaría la mirada. En lugar de eso, me empapé de su belleza y calidez como si mi vida dependiera de ello.

—Pues adelante, capitán —indicó feliz—. ¡Esta será la mejor cita de mi vida!

Me reí entre dientes.

—¿Incluso mejor que robarme?

Sus mejillas se sonrojaron.

—Definitivamente mejor que robarte. —Luego me miró por debajo de las pestañas—. Excepto lo que pasó después de que vacié tu caja fuerte. Eso fue bastante... —Su pecho se hinchó ligeramente—. Fue muy memorable.

Le di una palmada suave en el trasero y la insté a avanzar.

—Vamos, esposa. Es hora de hacernos a la mar.

Por primera vez en mi vida, me sentí más ligero. Más feliz. Todo había girado siempre en torno a la responsabilidad y a mantener a salvo a mi familia. Pero con Davina, solo se trataba de nosotros.

Ella y yo.

Echamos a andar el velero y nos adentramos en la bahía. El día estaba tranquilo y los ojos de Davina recorrían el paisaje con entusiasmo. Ladeó la cara hacia el sol poniente.

Su cuerpo se apretó contra mí mientras nos dirigía por el agua. La agarré por la cintura y dirigí el barco con la mano derecha. Estábamos solos, por eso prefería el velero al yate. Necesitaba tripulación para el yate. Este sería solo para nuestras escapadas.

—¿Tienes hambre? —inquirí.

Estaba ansiosa por ponerse en marcha, sabiendo que le esperaba una sorpresa.

—No. —Giró la cara para mirarme por encima del hombro—. ¿Tienes hambre?

—Podría comer. —Tu coño. Ahora mismo. En la cubierta. Toda la noche.

—¿Quieres que vaya a ver si hay algo bajo cubierta? —preguntó, y me reí entre dientes. Si tan solo supiera lo que estaba pensando.

—No. Este tipo de hambre solo puedes saciarla tú. —El significado se entendió y sus mejillas se encendieron. Bajé la cabeza y acerqué mis labios a los suyos. El beso fue suave al principio, pero rápidamente se volvió hambriento. Apasionado. Ella siempre abrumaba todos mis sentidos. Nunca nada me había impactado como esta mujer.

Me obligué a retroceder antes de perder el control y mandar al infierno la cita planeada.

Volvió su atención al horizonte, con la mirada fija en la Estatua de la Libertad.

—Es una gran vista —murmuró—. De alguna manera parece más fascinante y magnífica desde este lugar.

—Estoy de acuerdo —susurré. Aunque no me refería a la Estatua de la Libertad. Era mi esposa la que parecía hipnotizante. Me robaba el aliento, y todo mi control.

Una vez en el lugar, la dejé sujetar el timón mientras fui a echar el ancla, y luego agarré la cesta de *picnic* que sabía que me esperaba.

Cualquiera diría que era un imbécil romántico. Sin embargo, no lo era. Al menos no hasta ese momento. De repente, me dediqué a cortejar a mi esposa para asegurar su felicidad.

Acomodé todo, mientras Davina me miraba con una expresión extraña. Como si no pudiera creerlo. «*Bienvenida al club*», pensé. Para mí también era una novedad.

Una vez preparado el *picnic*, palmeé el asiento de felpa que tenía al lado.

—Ahora ven aquí, esposa —la invité con voz seductora.

Sonrió mientras se me acercaba.

—Tengo que decir que disfruté bastante viéndote preparar el *picnic* con tanta destreza.

La jalé hacia mí para que aterrizara en mi regazo.

—Y disfrutaré mucho haciéndote muchas otras cosas a ti y para ti.

Resopló suavemente.

—Eso sonó sucio.

—No hay nada limpio en mis intenciones, esposa.

Puso los ojos en blanco y no pude resistirme a darle un ligero beso en la boca.

—Ahora come —ordené—. Queremos alimentar esas curvas. Quemaremos las calorías cuando lleguemos a casa. Contigo doblada sobre nuestra cama.

Jadeó y sus labios se separaron ligeramente.

Agarré un minisándwich, con forma de corazón, que parecía ridículamente pequeño en mi gran mano. No podía negar que mi cocinero tenía creatividad. Pero cuando vi a Davina entusiasmada con él, decidí darle un maldito aumento de sueldo.

—Abre más —exigí.

—Eso suena tan sucio cuando lo dices con esa mirada —se quejó, aunque abrió la boca de todos modos.

Le di el bocadillo, mientras me reía.

—Pareces relajado en el mar —comentó tras terminar de masticar y agarrar otro. Pero en lugar de comérselo, me lo ofreció—. Corazón para ti y corazón para mí —bromeó.

—Estoy relajado en el mar —admití—. Hay menos gente alrededor. Y menos posibilidades de que alguien me mate.

Abrí la boca y me dio el sándwich en forma de corazón.

—También amo el mar —manifestó suavemente—. Por razones diferentes. Evidentemente. —Entonces ladeó la cabeza, observándome, y me pregunté qué veía—. No te matarán, ¿verdad? Quiero tener más citas antes de que se nos acabe el tiempo.

—Dulzura, la muerte no me impedirá llevarte a más citas —aseguré—. O de disfrutar de tu boca, de tu cuerpo y, sobre todo, de tu compañía el resto de nuestros días en nuestra larga vida.

Se rio entre dientes.

—Entonces no tendremos problemas.

—Mi esposa quiere tenerme a su alrededor, ¿*eh?* —la provoqué.

—Sí, quiero. —Chocó suavemente su hombro contra el mío—. Creaste una bestia codiciosa. Ahora quiero sexo todo el maldito tiempo.

Eché la cabeza hacia atrás y me reí a carcajadas.

—Fuiste una bestia todo el tiempo, Davina. Solo me estabas esperando.

Volvió a poner los ojos en blanco, aunque una sonrisa afectuosa apareció en sus labios.

El sol se había puesto y el cielo se había oscurecido. Las luces del barco se atenuaron y casi parecía que fuéramos los únicos humanos en este mundo.

—Esto es tan romántico —suspiró—. Estás ganando algunos puntos.

—Ese es el objetivo —declaré, rozando con mi boca su mejilla—. Ganar suficientes puntos para asegurarme de que eres feliz.

Y para mantener ese suave resplandor en sus ojos.

—Tus ojos brillan tan bellos —señalé—. Las estrellas no son rival para ti.

En ese mismo instante, el cielo se iluminó.

—Fuegos artificiales. —Jadeó. Su mirada asombrada se mantuvo fija en el cielo mientras los colores iluminaban la noche que se oscurecía rápidamente. Me senté, observándola. Lo había preparado solo para nosotros. Los colores bailaban en el cielo oscuro, deslumbrantes y cautivadores, pero para mí, nada brillaba más que mi esposa.

Entonces, una profunda exhalación salió de sus labios y sus ojos se clavaron en mí.

—Liam, ¿tú...? —Se detuvo, ya que su atención volvió al cielo, donde resplandecían las palabras: *¿Quieres casarte conmigo?*—. Es eso...

Nunca pensé que vería esa boca descarada sin palabras.

—Es una pregunta de sí o no, *Céile* —murmuré, rozando con mis labios el lóbulo de su oreja.

—Pero ya estamos casados —me recordó con voz ronca y temblorosa.

—Sí, sin embargo, así es como debí haberlo hecho —confesé. Y era verdad. ¿Aun así la habría obligado a casarse conmigo? Sí. No obstante, se merecía ser cortejada, y quería que tuviera esa experiencia. Esta atracción entre nosotros era única, y estaba seguro de que habríamos acabado exactamente donde nos había llevado.

—Mi respuesta es sí, Liam —reveló, con los ojos radiantes como diamantes. Los fuegos artificiales palidecieron en comparación con su brillo.

—Estaremos bien juntos. Te lo prometo, Davina.

Capítulo Cuarenta Y Cuatro

DAVINA

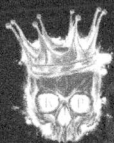

—**D**ense prisa, las dos. —Apuré a Juliette e Ivy—. Todavía tenemos que conducir dos horas para llegar a Yale.

Tardamos cuatro días en mudarnos a la casa de Liam en la ciudad. La misma en la que lo vi aquella primera noche. Sí, había cerrado el ciclo. Uno de sus hombres se llevó casi toda mi ropa de mi habitación a su *penthouse*. Sin hablar conmigo.

Pero qué demonios.

Estaba flotando en una nube. Liam era increíble. Dulce, amable y tan atento que me derretía por dentro. En más de un sentido. Me encantaba hablar con él. Me encantaba hacer cosas con él.

Además, era lo menos que podía hacer después de la increíble y romántica propuesta. Teníamos la atracción, aunque era mucho más que eso. Nunca había conocido a un hombre más atento aparte de mi abuelo. Era difícil contener la felicidad de tener a mi abuelo tan cerca y poder visitarlo todos los días. La mayoría de las veces venían las chicas. El abuelo sentía que había ganado más nietas y estaba emocionado por ello.

Lo único que entorpeció un poco mi felicidad fue que no les había contado a mis amigas que me había casado con Liam y que él fue quien pagó el traslado del abuelo hasta aquí. Les conté la historia de un donante anónimo que lo había pagado.

—Tenemos toda la noche —se quejó Juliette—. Deja de apresurarnos.

Tanta mentira me estaba pasando factura. Lo odiaba.

Pero Liam me esperaba en el *penthouse* todas las noches. Lo que significaba que teníamos que estar en casa. Fingía que me iba a la cama o que tenía que hacer un mandado, y luego me escabullía por la puerta. A diferencia de Wynter, yo no podía trepar por la ventana.

Lo peor era que, a estas alturas, no podía dormir sin el cuerpo de Liam apretado contra el mío. O al menos sentir sus manos sobre mí. Créeme, lo había intentado.

Una noche, Ivy y Juliette decidieron tener una fiesta de investigación de robos en el maldito vestíbulo. ¡El vestíbulo! Una casa enorme, y se colocaron en el vestíbulo, bloqueando mi salida. La puerta trasera habría sido una opción si la parte inferior de las escaleras no condujera al vestíbulo también, así que no hubo manera de escabullirme de ellas.

Así que me rendí y me fui a la cama. Acabé dando vueltas en la cama la mitad de la noche hasta que un cuerpo movió todo el colchón y me dio un susto de muerte.

—*¿Qué demonios?* —*siseé, su silueta oscura se me acercó mientras se metía en la cama.*

—*Crei haberte dicho que te quería en mi cama todas las noches* —*me gruñó al oído, con el pecho apretado contra mi espalda*—. *Recuerda mi condición, esposa. Debes someterte a mí. Cuando lo diga. Donde diga.*

—*Fenómeno* —*murmuré, aunque mi cuerpo ya se inclinaba hacia él, disfrutando sus músculos. Su mano se acercó a mi cadera y sus fuertes dedos me apretaron contra él. Se me erizó la piel al sentir su boca en la base del cuello.*

—*Para que conste, intenté ir* —*me defendí, con la voz convertida en un gemido gutural*—. *Pero tu hija decidió hacer una fiesta en el vestíbulo.*

—Sin excusas. —Ronroneó, mordiéndome el lóbulo de la oreja. Su voz, grave y profunda, vibraba con fuerza. Era embriagador—. Ahora tengo que castigarte. Y será mejor que no escuché ni pío de tu boca.

Dios, por la forma en que lo dijo, supe que sería bueno. Todo con Liam me parecía bien. Sabía que no podría permanecer en silencio.

Su mano se metió entre mis piernas y me encontró empapada.

—Mmmm, tengo una esposa insaciable. —Sentí escalofríos al escuchar su voz profunda en mi oído. Sus dedos encontraron mis pliegues y esparció mi humedad por mi clítoris—. Eres un desastre mojado entre las piernas.

Un gemido gutural llenó la oscura habitación. La ligera palmada entre mis piernas fue inesperada y me sacudí contra su mano.

—Dije que ni un sonido.

Mi respiración entrecortada fue la única respuesta. Los furiosos latidos de mi corazón retumbaban en sincronía con el dolor de mi coño. Aspiré, pero guardé silencio.

—Buena esposa —alagó arrastrando las palabras—. Tengo que probar el coño de mi esposa.

Con un movimiento rápido, puso su cuerpo sobre el mío, su mirada era oscura y hambrienta. Su dedo se introdujo en mi interior y no pude evitar gemir con necesidad.

Con la mano libre, me agarró por la cadera e inclinó la cabeza. Mis adentros se estremecieron ante la perspectiva de que me comiera. Me estaba volviendo adicta. Pero, en lugar de eso, su boca capturó mi pezón a través del fino material de mi camisa y lo mordió, haciéndome gritar.

Con su mano aún en mi coño, su voz se volvió dura.

—Cabalga mi mano. Muéstrame cómo te corres, esposa.

Nuestras miradas se cruzaron y empecé a moverme, frotándome contra su palma. Sus dedos dentro de mí me hacían sentir bien, pero no eran suficientes. Con los ojos entrecerrados con lujuria, vi cómo sus dedos entraban y salían de mí, y la visión fue tan erótica que me mordí el labio inferior para evitar otro gemido.

Su gran cuerpo se cernía sobre el mío, bajando cada vez más por mi cuerpo, hasta que su cara quedó frente a mis muslos abiertos. Me separó el coño con la mano libre y se inclinó hacia mi entrada. Inhaló profundamente y sus ojos se cerraron por un momento.

—Mierda, qué bien hueles —gruñó. Me retorcí sin pensar contra sus caricias, mis gemidos eran cada vez más fuertes—. Mi reina.

Su boca se aferró a mi clítoris y un fuerte gemido vibró en el aire.

—Joder.

Dejó de mover los dedos y sus ojos se alzaron hasta los míos.

—¿No te dije que mantuvieras silencio?

—Te quiero dentro de mí —gemí, con las caderas meciéndose contra él. ¿No se daba cuenta de que lo necesitaba? Jadeaba y temblaba por todas partes.

—Primero te correrás por mi boca. —Ronroneó—. Pero mantendrás la voz baja —advirtió en tono sombrío.

A estas alturas habría aceptado cualquier cosa.

—No haré ruido. —Jadeé. Le prometería el mundo solo por sentir su boca entre mis piernas.

Aquellas palabras tuvieron que ser las correctas, porque en el instante siguiente, su boca devoró mi coño. Fue la tortura más exquisita sentir su lengua en mi punto más sensible, chupándome con entusiasmo.

Su lengua se deslizó hacia delante y hacia atrás sobre mi clítoris hinchado y sensible. Cuando la introdujo en mis pliegues, mis caderas se balancearon contra su rostro. Una onda de placer creció y creció hasta que llegué a la cima.

Mientras me retumbaba el pulso y respiraba con dificultad, volé alto, en algún lugar entre las nubes. Entonces, abriéndome más las piernas, trepó por mi cuerpo y se acomodó sobre mí, equilibrando su peso sobre los codos.

Bajé la vista, observando cómo su miembro se deslizaba dentro de mí, conectando nuestros cuerpos.

—Mira este coño codicioso —halagó con voz ronca—. ¿Para quién es?

—Para ti —gemí—. Solo para ti.

—Qué esposa tan codiciosa. —Se rio entre dientes—. Desesperada por ordeñar mi verga.

Mi respuesta a sus sucias palabras fue un gemido que él ahogó con la boca mientras me penetraba profundamente. Arqueé la espalda, jadeante y fuera de mí, apretándome contra su cuerpo. Empecé a frotarme contra él, desesperada por la fricción entre nuestros cuerpos.

—*Suplica* —*exigió Liam con voz gutural.*

—*Mierda* —*gemí, rozándome contra su pelvis*—. *Por favor, fóllame con tu polla.* —*Mis dedos se clavaron en sus hombros*—. *Por favor, Liam.*

Me rodeó con las manos y una de ellas se deslizó entre mis nalgas, hasta que su dedo encontró aquel agujero prohibido. Lo acarició, untando la humedad a su alrededor y empujando dentro. Me sentía tan llena con su longitud y su dedo dentro de mí.

—*Se siente tan bien.* —*Respiré con fuerza, con el pecho agitado contra el suyo.*

Su boca amortiguaba mis sonidos y nuestras lenguas se enredaban, me cogió con fuerza. Su dominio me atrapaba, su dedo entraba y salía de mí desde atrás. Y mientras tanto, aumentaba la velocidad, empujando dentro de mí y llenándome hasta lo más profundo.

Retorciéndome debajo de él, olas de placer se abatieron sobre mí hasta que me sacudí debajo de él, gimiendo en su boca. Mi orgasmo me golpeó como la explosión de un volcán, y me convulsioné a su alrededor, perdiéndome en el intenso placer.

Y en este momento, él era lo único que me importaba. Este sentimiento que solo él podía darme. Liam se sentía bien.

Nunca me había sentido tan unida a otro ser humano como con Liam.

—Oye, tierra a Davina. —Juliette chasqueó los dedos en mi rostro, parpadeé y volví a hacerlo. Le quité la mano de la cara de un manotazo.

—¿Qué? —pregunté, agitada.

—¿Por qué nos estás apurando? —cuestionó—. Te he preguntado tres veces y lo único que has hecho ha sido mirar al vacío con cara de felicidad. ¿Qué te está pasando?

Me pasé la mano por el cabello. Todo el mentir tenía que terminar, sin embargo, no era el momento.

—Quiero ver a mi abuelo antes de que acabe el horario de visitas —mentí. Bueno, técnicamente una media mentira. Estas putas mentiras empezaban a acumularse. Wynter seguía ocupada con su entrenamiento, estudiando para los exámenes y viendo a su hombre. Yo estaba ocupada con mi abuelo, mi marido y buscando propiedades para la ubicación de la escuela.

Ivy y Juliette estaban ocupadas estudiando todas las afiliaciones del crimen organizado, ya que decidieron que era justo que robáramos también a los rusos, los colombianos y el cártel mexicano. Era un anticipo para que sus hijos recibieran la educación que necesitarían para sobrevivir en el bajo mundo.

Sí, todas nos habíamos vuelto *crazy*.

—*Ah,* de acuerdo —comentó Juliette sobre la visita a mi abuelo—. Eso tiene sentido. Vámonos. Podemos terminar de desempacar cuando volvamos.

Exhalé un suspiro de alivio. Gracias a Dios.

Nos amontonamos en el *Jeep* de Wynter. Desde luego, no iba a conducir el *Rover* que Liam me había comprado. Ninguna cantidad de mentiras podría explicar por qué de repente tenía un coche nuevo. Además, Wynter me aseguró que estaba casi siempre en el campus y que cuando salía, su *amigo* iba a recogerla.

Juliette se sentó en el asiento del copiloto e Ivy, detrás. Yo conducía, ya que era la única condición que me había dado Wynter. No quería que Juliette destrozara el vehículo, y a Ivy le costaba conducir por el lado derecho de la carretera. Aunque ella juraba que *nosotras* conducíamos por el lado equivocado de la carretera.

Abriendo el techo y encendiendo la radio, porque no estaba de humor para conversaciones, salí a toda velocidad de la ciudad en dirección a New Haven.

A medida que me acercaba al campus, me invadió un poco de nostalgia. La universidad residencial de Yale había sido nuestro hogar durante los últimos cuatro años. Los impresionantes edificios centrados en un patio verde eran nuestro escenario cotidiano, y el final había llegado demasiado rápido. Una asignación aleatoria de nuestro espacio vital nos unió a las cuatro. Nos convirtió en mejores amigas y en un sistema de apoyo mutuo. Las cuatro éramos muy diferentes, pero nos complementábamos a la perfección. A veces me preguntaba si alguien que trabajaba en la escuela nos conocía mejor que nosotras mismas.

Quizá podríamos hacer algo así en nuestra escuela. Ligeramente diferente, por supuesto. Porque en lugar de conocimientos académicos, estaríamos enseñando habilidades necesarias para sobrevivir en el mundo criminal.

Una vez estacionado el auto, las tres pasamos corriendo por la puerta de nuestro antiguo edificio. Le había avisado a Wynter antes de salir de casa para que no la atrapáramos desprevenida.

—¡Llegamos! —exclamé al entrar por la puerta, sin molestarme en llamar.

Las tres nos detuvimos bruscamente para encontrar a Wynter inclinada sobre la ventana, hablando en voz baja.

—¿Qué estás haciendo? —soltó Juliette, asustándola. Se golpeó la cabeza con la parte superior de la ventana.

—¡Ay! —se quejó, y se dio la vuelta mientras se frotaba la cabeza.

—¿Con quién estás hablando? —preguntó Ivy, mirándola sospechosamente. Analizando la habitación, como si esperara encontrar a alguien más.

—Con nadie —susurró—. Estaba tomando aire fresco por la ventana.

Sospeché que nos habíamos perdido a quienquiera que estuvo aquí. Mis ojos recorrieron la habitación. Las sábanas de la cama de Wynter estaban revueltas. Un leve aroma que apostaría pertenecía a un hombre permanecía en la habitación. Y en la mesita de noche había un reloj de hombre.

En el mismo instante en que me di cuenta, también lo hizo Wynter. Nuestras miradas se cruzaron y sus mejillas se sonrojaron. *Ah,* la reina de hielo había encontrado a su rey.

Le guiñé un ojo.

Exhaló un pequeño suspiro y sonrió agradecida, luego se movió para bloquear la vista del reloj antes de meterlo discretamente en el cajón.

—¿Cómo lo estás llevando sin nosotras? —pregunté, aunque parecía estar muy bien.

—*Ah*, ya sabes —expresó—. He estado ocupada con el patinaje sobre hielo y trabajando en un proyecto para el profesor Hall.

Juliette entrecerró los ojos.

—No hay ni un solo libro abierto —observó.

—Bueno, ya terminé —aclaró—. Sabía que íbamos a esbozar nuestros planes para el atraco de Philadelphia.

—Vamos a sentarnos —sugerí. Nos ubicamos en el suelo, puesto que la mayoría de los muebles ya estaban fuera de la habitación. Formamos un círculo y Juliette rebuscó en su bolso, para luego desparramar el papeleo. Eché un vistazo a los documentos que había en el suelo y, por primera vez, me quedé boquiabierta.

Sinceramente, nunca la había visto hacer un esquema tan detallado de *nada*. Ni para sus tareas. Ni para sus papeles en el teatro. Ni para nada.

No obstante, aquí tenía un plano detallado del casino de Philadelphia, cada salida marcada, las mejores rutas de escape de la ciudad, los horarios de las horas pico, los eventos programados para la semana siguiente y sus horarios que podrían interrumpir nuestra huida.

—Jesucristo, te has ido a lo grande, ¿*eh?* —señalé, observando todos los detalles.

—Bueno, queremos conseguir esos millones —aseveró orgullosa.

Wynter metió la mano debajo de la cama y sacó un cuaderno.

—Tengo el horario y la ruta que sigue el camión —notificó Wynter, con los ojos brillándole de emoción—. Se alternan, pero nunca se mezclan. Siempre es la misma. Una semana es South Christopher Columbus Boulevard, la siguiente es Market Street, luego toman el puente Benjamin Franklin, la siguiente Delaware Ave, y luego todo de nuevo. Este sábado, tomarán South Christopher Columbus Boulevard.

—El conductor llega por un lado, pero no puede salir por el mismo, ya que es unidireccional. Nos quedaremos en el club. Cuando tenga que irse, nos llamarán del club para que desalojemos el lugar para que el camión pueda partir. Lo seguiremos y entonces... *boom.*

Dejó en el aire su significado.

—¿Cómo sabes su horario? —inquirí.

Sonrió con suficiencia.

—Tomé una foto del horario de un documento que uno de los chicos dejó tirado cuando fue al baño. ¡Idiota!

Las cuatro nos reímos ante semejante error de novato. Dios, estábamos ascendiendo en el mundo criminal.

—Vaya, debe de ser peor criminal que nosotras —reflexionó Ivy.

—Demonios, sí —concertó Juliette—. Al menos nosotras aprendemos y mejoramos. Alguien debería decirle a ese imbécil que sus habilidades son una broma en el mejor de los casos. Nosotras, por otro lado, somos geniales.

Me estremecí ante el autoelogio. Nos habían atrapado las dos veces. Bueno, a mí, ya que Dante me reconoció y llamó a Liam. Pero al menos los italianos pensaron que solo era yo. Liam no era tan tonto y sabía que las cuatro estábamos en ello, aun así, me estaba dejando salir con la mía.

«*¿Porque le gusto?*», reflexioné.

Quizás ese debería ser mi objetivo. «*Dominarlo para que me deje salirme con la mía en todo*», sonreí en silencio, sintiéndome de repente tan engreída e inteligente.

—¿De qué te ríes? —me inquirió Juliette, e inmediatamente mi petulancia se evaporó como polvo en el viento.

—*Oh*, solo nos felicitaba por haber mejorado nuestras habilidades criminales —mentí.

—¿Verdad? —Aceptó entusiasmada—. Nos estamos volviendo buenas en esto. Pronto podremos comprar la propiedad para nuestra escuela.

Habíamos estado buscando posibles propiedades y comparando los precios de venta para saber cuánto duraría nuestra carrera delictiva.

—Si vamos a hacerlo, tenemos que hacerlo este sábado —concluyó Wynter—. Mientras todavía tengo este lugar. Tengo que mudarme la semana que viene.

Y sabíamos lo que eso significaba. Tendría que volver a California. Entonces su vida sería patinaje sobre hielo, entrenamiento y más patinaje sobre hielo. A menos que convenciera a su compañero de patinaje de mudarse a New York y entrenar aquí, ya que había encontrado novio.

—Será este sábado —avisé.

Capítulo Cuarenta Y Cinco

LIAM

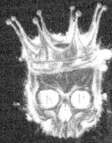

Dos semanas.

Dos semanas aguantando que mi esposa se escabullera para poder pasar las tardes conmigo y las noches en mi cama para poder follármela hasta dejarla sin sentido. Era partidario de apoyar a tus amigos; sin embargo, esto era una estupidez y le pondría fin, aunque tuviera que darles la maldita noticia a todas *yo* mismo.

Ella se había convertido en una necesidad, absoluta y única, diferente a todo lo que había experimentado antes. La necesidad de tenerla cerca estaba grabada en la médula de mis huesos. En el fondo de mi corazón. Sin posibilidad de salir jamás.

Estaba desnuda, de rodillas, con el culo al aire y la cabeza hundida en las almohadas. Su cabello oscuro se esparcía mientras mis dedos se clavaban en una de sus nalgas y mi otra mano rodeaba su cintura, levantando un poco su vientre. Ya no sabía si la estaba castigando o dándole placer.

La había follado una y otra vez. Cada vez, me prometía a mí mismo que sería la última vez, que la dejaría descansar. Pero luego sucumbía y la follaba de nuevo. Alrededor de esta mujer, no tenía voluntad para dejar de joderla. El aroma de su excitación alimentaba mi adicción.

Quería comérmela. Hundirla en mi deseo depravado para que nunca encontrara la salida.

La penetré con una fuerza agresiva y animal. Castigándola por no gritar a pleno pulmón que era mía. Quería poseer cada centímetro suyo para que nunca fuera a ninguna parte sin mí. Su cuerpo se sacudió debajo de mí. Sus dedos aferraron la cuerda que había enrollado alrededor de sus muñecas y atado a las barandillas de la cama.

—Maldición, maldición, maldición. —Jadeó, con el sudor brillando en su hermosa piel.

—¿A quién le perteneces? —gruñí, con una de mis rodillas firmemente plantada entre sus muslos abiertos, penetrándola como un loco. Mordió la almohada, amortiguando sus sonidos, mientras la penetraba. Fuerte y rápido. Me incliné para que mi pecho cubriera su espalda—. ¿A quién? —pregunté, soltando su culo.

Sus músculos se fundían con mi tacto y era lo único que no podía controlar. Tenía un cerebro perspicaz y una boca descarada, pero su cuerpo la traicionaba. Sentía su deseo tanto como el mío cuando sus paredes se cerraban en torno a mi verga.

La rodeé y le metí dos dedos en la boca. Los mordió, sus dientes perforaron mi piel. Demonios, me encantaba su fuego.

—Dímelo. —Miró por encima del hombro, sus ojos se encontraron con los míos, desafiantes y lujuriosos. Turbios y hermosos. Entré y salí de ella, ansioso por consumir cada fibra de su ser.

—¡A ti! —exclamó, estrangulándome por dentro. Se estremeció violentamente, ordeñando mi polla a la perfección. Apreté los dientes, embistiéndola durante su orgasmo. Gritó mi nombre, y estaba seguro de que toda la ciudad la escuchó.

—¡Liam! —Su grito desgarrador vibró contra las paredes de nuestro *penthouse*.

Me encantaba oír mi nombre en sus labios, la forma en que lo respiraba cuando jadeaba. La seguí hasta el borde y me derramé dentro de ella, con las pelotas adoloridas por la intensidad de mi liberación, mientras sus rodillas se doblaban y se desplomaba sobre el colchón.

Ambos respirábamos con dificultad y caí sobre ella. Mi frente se apoyó en la parte posterior de su hombro, inhalando su dulce aroma.

Me levanté y me acerqué al cabecero para desatar la cuerda de sus manos. Tenía marcas rojas en las muñecas. Moviéndonos, la acerqué a mí y empecé a masajearlas.

Se acurrucó contra mí, sus manos apretadas contra mi pecho mientras le frotaba las muñecas.

—Me gustas mucho —musitó somnolienta—. Demasiado.

Y se quedó inconsciente.

Habíamos caído en una rutina. Cenábamos juntos. Noches de cita, porque a mi esposa le encantaban, así que me propuse llevarla a tantas como fuera posible.

No obstante, se iría por la mañana, y eso no me gustaba una mierda. Lo había permitido durante demasiado tiempo. La quería conmigo, en el *penthouse*, todo el tiempo. Ya no quería mi propio espacio. Cualquier espacio sin ella era desolador.

Le pasé la mano por la frente, apartándole el cabello de la cara. Se inclinó hacia mis caricias, incluso dormida estaba en sintonía conmigo. Descubrí que mi esposa también me gustaba de verdad. *Demasiado*, como dijo antes de dormirse. Viendo cómo había acabado mi padre, estaba seguro de que no era algo bueno. Sin embargo, no podía detenerlo más de lo que podía dejar de respirar.

Me levanté de la cama, fui al baño y volví con una toalla mojada para limpiarla. Ni siquiera se movió. Cuando tiré la toalla, me deslicé entre las sábanas y la acerqué a mí. Dormía de cara a mí, con un muslo suave enganchado al mío. Tenía los labios ligeramente separados, la respiración tranquila y una expresión de paz en su rostro.

Parecía tan confiada, indemne a mi mundo, y quería que siguiera siendo así. Quería mantenerla a salvo y feliz. Recién salidas de la universidad, ella y las chicas tenían esa mentalidad invencible, y era mi trabajo protegerlas.

Mis pensamientos volvieron a mi padre y a la única mujer a la que decía amar. El tipo de amor que te destrozaba.

Winter Volkov. Tenía siete años cuando mi padre trajo a Winter Volkov a casa. Era hermosa y diferente. Su cabello rizado dorado y sus iris verdes hipnotizaban a los hombres de toda Irlanda. Pero, así como mi padre solo tenía ojos para ella, Winter solo tenía ojos para mi padre.

Su amor se vio truncado por el nacimiento de su primera, y última, hija. Mi padre estaba tan destrozado que al principio se negó a pasar tiempo con la bebé. Fui la única familia que sostuvo a Aisling en brazos. Durante los dos primeros años de su vida, fui su madre, su padre y su hermano. Si bien la niñera Shelby le daba de comer y le cambiaba los pañales, yo era quien le leía cuentos, la cargaba en brazos cuando se despertaba por la noche, la calmaba y le prometía que me aseguraría de que siempre estuviera a salvo.

Y fallé, maldición. Cuando me necesitó, no estuve allí.

La culpa de lo ocurrido veintiún años atrás seguía persiguiéndome cada maldito día y noche. Por eso me aseguré de que nadie de la mafia pudiera rastrear a mi hermana, a su hija o incluso a Juliette. Para el mundo, mi hermana estaba muerta, y su bebé también.

Mi esposa se agitó en mis brazos y mis ojos la recorrieron. Me casé con ella para proteger a mi familia, pero temía que Davina me hubiera embrujado y encontrado el camino hacia mi alma. Mi mayor temor se hizo realidad cuando la observaba.

Era tan frágil y hermosa que me dolía el maldito pecho. Ya era demasiado tarde para resistírmele. El mismo sentimiento que había visto en mi padre en torno a la madre de Aisling se había apoderado de mí sin darme cuenta.

Y, sinceramente, me asustaba muchísimo porque vi de primera mano cómo sería perderla.

Tenía que proteger a mi *céile* a toda costa.

Capítulo Cuarenta Y Seis

DAVINA

Me asomé al balcón. Mis mejores amigas, mi abuelo y Liam estaban dentro, pero estaba demasiado congelada por el miedo para llamarlos. Permanecí pegada en mi sitio, demasiado asustada para moverme y demasiado asustada para gritar.

Se reían y se abrazaban. Los extrañaba, aunque ellos no a mí.

—¿Abuelo? —grité, pero mi voz era demasiado pequeña, demasiado débil. Su felicidad la ahogó—. ¿Liam?

Mis mentiras alejaron a todo el mundo. Le mentí a mis mejores amigas. A mi abuelo. A Liam.

Ya no me querían. Igual que mis padres.

El sentimiento de soledad se expandió en mi interior hasta amenazar con ahogarme. El vacío me dolía en el pecho y me costaba respirar. Quería huir y esconderme. Como cuando era pequeña.

«Esto no es solo amistad. Somos familia, somos amigas, lo somos todo», la voz de Wynter resonó en mi sueño. «Estamos unidas la una a la otra para siempre. Pase lo que pase. No me importa en qué continente vivamos, siempre estaremos la una para la otra».

Había encontrado a mi familia. La mantendría, por cualquier medio necesario. Finalmente tomada mi decisión, determiné que era hora de sincerarme con las chicas. No podía seguir mintiéndoles.

Y un recuerdo apareció en mi sueño. Un recuerdo largamente olvidado que no debería haberlo sido.

Corrí y corrí, tan rápido como mis piernas me permitían. Tropecé y la arena amortiguó mi caída. La playa era caliente en mis rodillas. Me levanté lentamente y observé el horizonte. Las olas chocaban contra la arena de la orilla mientras las gaviotas me rodeaban, graznando. Me pregunté si me estarían saludando o avisando. El gran faro se alzaba sobre las dunas. Su marca de día era negra, blanca y gris, y lo reconocí de inmediato.

Mi abuelo solía traerme aquí en nuestras vacaciones de verano. El faro de Oak Island. Donde las tortugas salían de sus nidos y se arrastraban hasta el mar, y nos quedábamos despiertos toda la noche viéndolas hacer su viaje.

—¿Estás perdida, pequeña? —La voz de una mujer me sobresaltó y me giré para mirarla. No la reconocí, sin embargo, tenía el mismo aspecto que siempre había imaginado que tendría mi madre.

Asentí, pero recordé la regla del abuelo. No hablar con extraños.

—¿Buscas a tu abuelo? —Sonrió dulcemente, y le devolví la sonrisa feliz. Si conocía al abuelo, podría hablar con ella.

Así que asentí con entusiasmo.

—El abuelo y yo estamos de vacaciones. Me enseñó a nadar. No quiere que me ahogue —solté—. El agua salada sabe rara y hay tiburones. Tiburones bebé. No muerden, pero me dan miedo —parloteé, con las palabras tropezando unas con otras, ansiosas por salir de mis labios.

—Eres valiente —elogió—. Nadando entre tiburones, ¿eh? —Asentí con la cabeza y los ojos muy abiertos—. Y déjame adivinar, tienes seis años. —No preguntó—. Tu abuelo habla de ti.

Le brindé mi sonrisa sin dientes. Acababa de perder mis dos dientes delanteros la semana anterior.

Señaló el faro.

—Está ahí dentro. Quería ver la vista desde arriba.

Jadeé. Nunca me dejaría atrás.

—Adelante, ve a buscarlo —me animó—. Le gustan mucho los faros, ¿verdad?

—Sí. —Estuve de acuerdo—. Gracias.

Me agradaba. Tenía el cabello oscuro como la noche y los ojos grises, que me miraban pensativos. Me preguntaba si podría ser mi mamá. Todo el mundo tenía una mamá y un papá, menos yo.

—Adelante —me incitó hacia él.

Arrastré los pies descalzos por la arena y me dirigí hacia el faro.

—Amo la playa. Amo al abuelo. Amo las tortugas. Amo nuestras vacaciones —repetí las palabras una y otra vez hasta que entré en el faro.

El interior estaba vacío, pero parecía más fresco que afuera, bajo un sol abrasador. Empecé a subir las empinadas escaleras.

«Puedo hacerlo», el pensamiento sonaba fuerte en mi cabeza. El abuelo siempre decía que era una buena escaladora.

Estaba en el primer rellano.

—¿Abuelo? —Mi voz viajó, pero nadie respondió. La única voz que escuchaba era la mía.

—Continúa. —La voz de la mujer sonó detrás de mí, sobresaltándome. No la oí. Pensé que se había ido, aun así, su sonrisa alentadora me aseguró que estaba bien.

Seguí hasta el segundo rellano y fue entonces cuando vi al abuelo. Estaba hasta abajo.

—¡Hola, abuelo! —exclamé, sonriendo ampliamente.

—¡Davina! —gritó el abuelo—. ¡Baja de ahí!

Sonreí.

—No pasa nada —aseguré—. La señora me ha dicho que estás aquí. Vine a buscarte. Está conmigo.

Sus ojos viajaron detrás de mí y el horror penetró en su mirada.

—Dalia, ¿qué estás haciendo? —preguntó—. Aléjate de ella.

¿Por qué? Era tan simpática.

Unos ojos grises como los míos se llenaron con preocupación. Los ojos del abuelo miraron a su alrededor, buscando frenéticamente. No sabía qué. Estaba tan abajo, como en un túnel profundo, pero no tenía miedo.

Arrastró los pies hasta la primera escalera.

—Quédate ahí, Davina —ordenó con su voz severa—. Y tú, Dalia, tienes que irte.

Lamentablemente, estaba demasiado ansiosa por llegar hasta él y no quería que subiera tantas escaleras. Me apresuré a bajar los escalones. Un escalón. Dos escalones. Tres escalones.

Una mano en la espalda y un empujón. Intenté inclinarme hacia atrás y recuperar el equilibrio, pero mi pie tropezó con el estrecho escalón y, de repente, el mundo se me vino encima. Caí por los aires y extendí las manos hacia mi abuelo, mas no pude alcanzarlo.

Un grito desgarró mis labios mientras volaba por los aires.

La voz del abuelo me exclamó al oído:

—¡Despierta, mi Davina. Despierta!

Mis ojos se abrieron de golpe.

Estaba boca abajo, con la piel cubierta de sudor, colgada del borde de la cama, con los dedos agarrados a las sábanas. El corazón me latía tan fuerte que me dolía en el pecho.

Se me oprimió el pecho y me costó respirar. Me tragué un nudo en la garganta. De vez en cuando tenía pesadillas así, pero nunca habían sido tan vívidas y claras como esta noche. Me había olvidado de aquel faro de Oak Island, de todo aquel incidente. Y de la mujer. De algún modo, no creía que fuera una extraña, y sin embargo no la había vuelto a ver.

No me extrañaba que me dieran miedo las alturas.

Me moví lentamente, miré a mi derecha y encontré a Liam dormido, con la mano extendida hacia mí. Igual que en mi sueño, cuando buscaba a mi abuelo. Como para asegurarme de que era real, alargué la mano y toqué la de Liam. Lo toqué suavemente y sentí un alivio instantáneo.

«Liam está aquí».

Una lenta respiración de alivio recorrió mis labios y el salvaje estruendo de mi corazón se calmó. No tenía sentido que me importara que estuviera aquí. Me obligó a casarme con él.

«Después de robarle», me susurró la razón.

No obstante, se sentía seguro. Mi instinto me decía que me protegería, pasara lo que pasara. Mis ojos recorrieron su cuerpo desnudo. Era realmente hermoso. Sí, tenía cuarenta años, pero su cuerpo musculoso y en forma avergonzaba a los veinteañeros.

Desde el primer momento en que lo vi, tres meses atrás, mi atracción por él fue instantánea. No había duda de que era guapo con ese cuerpo esculpido y tatuado, aunque era más que eso.

Era como una fuerza de atracción. Siempre te arrastraba.

Me levanté de la cama con cuidado, mis pies descalzos no hacían ruido contra la madera. Estaba completamente desnuda y esperaba que el semen de Liam corriera por mis muslos, ya que me quedé dormida sin limpiarme, pero no había nada. ¿Me había limpiado él? Era la única explicación lógica.

Mis ojos se habían acostumbrado a la oscuridad, así que busqué algo que ponerme. No podía andar desnuda por su *penthouse*. Encontré su camisa y me agaché para recogerla. Me llegó su aroma único a sándalo, limpio y fresco, y me excité al instante a pesar de mis músculos adoloridos.

Ignorando la respuesta de mi cuerpo, me la pasé por la cabeza.

Caminé por la habitación, el suelo de madera fresco bajo mis pies. Se sentía bien contra mi piel caliente. Su habitación era mucho más grande de lo que estaba acostumbrada, sobre todo después de pasar cuatro años en un dormitorio con cuatro chicas. Nuestro dormitorio compartido cabía en su habitación con bastante lugar de sobra.

Me dirigí hacia la puerta de la recámara y salí al pasillo. Me moría por un vaso de agua. El único problema era que la cocina era una prolongación del comedor y la gran ventana del suelo al techo se extendía hasta él. Inhalando profundamente y soltando el aliento lentamente, miré hacia la entrada del comedor.

Se me paró el corazón.

Unas grandes persianas cubrían toda la ventana. Liam tenía cubierta toda la pared de cristal con la vista más magnífica. *Por mí.*

Algo revoloteó en la boca de mi estómago y mi corazón se sintió extrañamente... cálido. Algo que nunca había sentido.

Me lamí los labios y me dirigí a la cocina, luego agarré un vaso. Este lugar era tan prístino y limpio que temí que el simple hecho de servir un vaso de agua estropearía la inmaculada superficie.

Después de terminarme el agua, metí el vaso en el lavavajillas, con cuidado de no hacer demasiado ruido. Luego, continué deambulando hasta que encontré la oficina de Liam. En el gran escritorio de caoba había tres monitores. Al igual que todo lo demás que poseía este hombre, la habitación era grande y estaba decorada con gusto y lujo. Exudaba una vibra intensa y masculina.

Un sofá de cuero negro y unas sillas colocadas en la parte más alejada del amplio despacho le daban un aire accesible. Detrás del escritorio había una gran silla vacía, y me lo imaginé sentado allí.

Recorrí con los dedos las superficies lisas de los muebles. El sofá de cuero, luego el escritorio, las elegantes jaladeras. Mis dedos rodearon la manija del cajón y jalé. No esperaba que se abriera, pero lo hizo. Para revelar una pistola.

—Bueno, *es* un mafioso —murmuré.

Abrí el segundo cajón, que reveló documentos. Con curiosidad, los saqué y empecé a leer. Mis ojos se abrieron de par en par con cada palabra que leía.

Era un testamento hecho por la familia Cullen, con certificados de nacimiento adjuntos. De Juliette y de su hermano. Tenían que ser las actas de nacimiento que Juliette encontró.

Killian y Juliette Cullen.

Leí el siguiente documento. Era un árbol genealógico de la familia Brennan. Esta era la prueba, Juliette y su hermano no estaban en él.

Los siguientes documentos eran sobre Aisling y Wynter y su cambio de nombre legal. Nada de esto tenía sentido. Después, el testamento del padre de Liam, que dejaba todo a su hijo y a sus hijos biológicos. En caso de que no tuviera hijos biológicos, no recibiría nada.

¡Santo Dios! ¿Cuántos secretos acechaban en la oscuridad?

—¿Qué estás haciendo? —Me giré al oír la voz de Liam, y todos los documentos que tenía en la mano volaron por los aires.

—E-estaba a-abierto —balbuceé, mirándolo. Solo llevaba los pantalones de pijama, el pecho y el torso desnudos.

Dio dos pasos y estaba justo delante de mí. Observó el caos de papeles esparcidos por el suelo. Me arrodillé, rodeada de sus secretos, y me apresuré a recogerlos todos y volver a meterlos en el cajón con apuro.

—Lo siento —me disculpé—. Tuve una pesadilla y luego... —Me quedé a medias, porque ¿qué podía decir? ¿Estaba fisgoneando? Estaba claro que sí.

—¿De qué se trató la pesadilla? —preguntó, y suspiré. Tal vez dejaría ir mi fisgonear.

—Recordé algo —anuncié con voz ronca—. Creo que es la razón por la que me dan miedo las alturas.

La sorpresa brilló en sus ojos.

—¿Qué era?

Describí mi sueño, el recuerdo de mi infancia. Cada parte que recordaba. No esperaba soltarlo todo.

—Es estúpido, aun así, creo que esa mujer... creo que es mi madre —solté.

No sabía qué esperaba de Liam, pero no fueron sus siguientes palabras.

—Hay una carpeta en el cajón sobre ti. Es la última, justo al fondo.

—¿Qué? —Jadeé en estado de *shock*—. ¿Me investigaste?

No se movió, sosteniéndome la mirada. Permaneció en silencio demasiado tiempo, con los hombros visiblemente tensos. Mi vista se desvió hacia el cajón.

—¿Qué dice? —susurré.

—¿Segura que quieres saberlo?

El corazón me tamborileaba contra mi pecho salvajemente, como un pájaro en su jaula. Si me estaba preguntando eso, debía de ser malo. ¿Verdad? Sin embargo, no quería ser ignorante. Por fin entendía mi miedo a las alturas. Ya era hora de que lo supiera todo.

—Sí.

—Tienes razón. Esa era tu madre aquel día en Oak Island. —Mi corazón se hundió con su confirmación. La niña de mi sueño no lo entendía, pero mi yo adulta sí. Mi madre me envió a propósito al faro, sabiendo que el abuelo no estaba allí—. Te empujó por las escaleras. Tu abuelo no fue el único testigo. El guardián del faro también lo vio todo. La condenaron por intento de asesinato. —Se me escapó un pequeño hipo—. Intento de asesinato contra ti. Tuvo otra hija antes que tú. El escenario era similar al tuyo, excepto que esa niña no sobrevivió. No pudieron probarlo, no hasta que intentó lo mismo contigo. Todavía está cumpliendo su condena, programada para libertad condicional en otros dos años.

Parpadeé. Aunque un dolor sordo recorrió mi cuerpo, sorprendentemente no me destrozó. Apestaba, pero en realidad nunca tuve una madre. No se podía llorar algo que nunca se había tenido.

—¿Por qué? —Me ahogué—. ¿Por qué querría matarme? Solo era una niña.

—Estaba loca. Egoísta. Pensó que, si te eliminaba, tu padre la aceptaría de vuelta.

La explicación no me hizo sentir mejor.

Sus grandes palmas agarraron mis mejillas, manteniéndome cautiva.

—Ella se lo pierde.

Parpadeé.

—Todavía apesta un poco.

Asintió con la cabeza.

—Así es. A veces la vida apesta, y la gente que amamos nos lastima, pero nos hace más fuertes.

Exhalé un suspiro tembloroso.

—¿Se supone que eso debe hacerme sentir mejor?

Rozó con su boca la punta de mi nariz.

—Sí. Nunca dejaré que nadie te haga daño. Familia o no. —El calor de su mirada se filtró en mi torrente sanguíneo, llenándome el pecho de calidez—. Nunca te dejaré ir y te protegeré con cada aliento. Eres parte de mí, Davina.

La presión que se acumulaba en mis pulmones crecía ante la intensidad de sus palabras y promesas que estaba segura de que cumpliría. Me encontré con su mirada, posesiva y oscura que seguía atrayéndome.

—¿Por qué? —Respiré.

—Porque eres mía. —Simple. Posesivo. Cierto.

—Lo soy —confirmé contra sus labios. Y no me arrepentía.

—¿Quieres saber sobre tu padre? —inquirió.

Se me escapó una risa ahogada.

—¿Trató de matarme también?

—No, no lo hizo.

Apoyé la frente en su pecho.

—Eso está bien —murmuré—. No lo sé, Liam. Quiero saberlo. Estoy cansada de ser ajena a todo. No obstante, es evidente que no le importo. De lo contrario, al menos me habría conocido. Y sé que él no importa. La verdad es que no. Ahora tengo todo lo que necesito.

Necesitaba un padre cuando era niña, y no estuvo allí. No había nada que aprenderme su nombre pudiera darme. Solo había una cosa que lo diferenciaba de mi propia madre: no intentó matarme. Pero aparte de eso, ninguno tenían motivos para estar en mi vida.

Entonces, ¿por qué me empujó la curiosidad?

A pesar de que la ausencia de mis padres en mi vida siempre me hizo sentir que me faltaba algo, eso era culpa de ellos, no mía. Como dijo Liam: ellos se lo pierden.

—Davina, deberías saber una cosa sobre tu padre. —La voz de Liam era suave, pero firme.

El siguiente latido tamborileó dolorosamente dentro de mi pecho.

—Está bien, dímelo.

Probablemente era hora de que supiera quiénes eran ambos.

—Es un senador. —Mis hombros se tensaron, mas, permanecí inmóvil—. El senador Ashford.

—No me extraña que no quisiera una hija ilegítima —declaré—. Habría arruinado su carrera.

—Tienes cinco hermanos y una hermana, todos mayores que tú —continuó Liam—. Uno de esos hermanos es ilegítimo.

—El viejo y querido papá no perdió el tiempo, *¿eh?* —musité amargamente.

—No lo hizo —replicó.

Recordé el día que nos casamos, cuando el juez mencionó a Byron Ashford.

—¿Así que conoces a la familia Ashford? —cuestioné.

—Los conozco. Tu padre es un desgraciado corrupto, mas tus hermanos y tu hermana son buenas personas. Tu hermana Aurora se casó hace poco. El año pasado, de hecho. Es una perfiladora del FBI.

—Ese tipo... —Hice una pausa—. Alexei Nikolaev. Es su esposo.

Liam asintió.

—Es tu cuñado.

Sin que el senador Ashford lo supiera, sus dos hijas estaban casadas con mafiosos.

—¿Cómo se tomó su padre la noticia de que su hija se casó con un mafioso? —inquirí, aunque en realidad no importaba. Ese hombre nunca me aceptaría, aunque me casara con un presidente.

—Su hija se negó a terminar u ocultar su relación y matrimonio con su marido, por lo que cortó toda relación con ella.

Respiré hondo y exhalé lentamente. «*Tengo hermanos y una hermana*». Había deseado tener hermanos toda mi vida, y ahora que sabía que era una realidad, no sabía muy bien qué hacer con ello. Los Ashford eran conocidos como los *Reyes Multimillonarios*, entre la *crème-de-la-crème* de la élite de la sociedad. Guapos. Demasiados ricos. Y solitarios.

—Su madre es de esta zona, de hecho —expresó Liam—. Mi hermana la conocía. La señora Ashford fue asesinada hace veintitantos años. Un tiroteo en Washington por uno de los rivales del sindicato.

Acercarme a ellos sería inútil. Además, eran extraños. Nadie para mí. Tenía todo lo que quería y amaba aquí mismo: mis mejores amigas y mi esposo.

Sin embargo, no podía deshacerme del sentimiento de curiosidad. Siempre había deseado tener una gran familia, y esta era mi oportunidad para ello.

—¿Por qué estaba Alexei Nikolaev en el Ayuntamiento? —pregunté.

Liam dudó en contestar durante un latido demasiado largo.

—Tu hermana sabe de ti y te quiere en su vida.

«Todo está sucediendo demasiado rápido».

—No lo sé. —Dudé. La niña asustada por el rechazo seguía muy dentro de mí—. Tengo todo lo que quiero aquí mismo. —Si bien mi voz era ronca, hablaba en serio. Decían que la sangre era más espesa que el agua y que los lazos familiares siempre serían más fuertes, pero en mi caso, eso no era cierto. Mi abuelo era la única familia de sangre que me importaba, junto con mis amigas y mi marido. Era toda la familia que necesitaba por ahora.

—Tienes contactos, ¿no? —cuestioné, sin levantar la cabeza.

—Sí.

—¿Puedes asegurarte de que mi madre nunca salga de prisión? —No me arrepentí de las palabras que salieron de mi boca. Abuelo me enseñó a ser justa y a perdonar, aunque solo cuando una persona se lo merecía. Mi madre no lo merecía.

—Sí.

Y eso fue todo. Sabía sin lugar a duda que haría que sucediera, y ella nunca sería capaz de lastimar a nadie de nuevo.

—¿Quieres conocer a tu padre?

Negué con la cabeza.

—No, no quiero. —Ni siquiera tuve que pensarlo. El senador Ashford desperdició su oportunidad. Sabía de mí y me escondió bajo la alfombra. Mi abuelo nunca reveló los detalles de mi nacimiento ni la identidad de mi padre, pero era sincero. Cuando tuve edad suficiente y le hice un millón de preguntas sobre mis padres, por fin me sentó y me lo explicó todo.

Me dijo la verdad justa para que entendiera que mis padres no querían un bebé, y luego añadió lo feliz que estaba de tenerme. Siempre había dicho que la abuela y yo éramos lo mejor que le había pasado.

—¿Quieres conocer a tus hermanos y hermana?

—Quizás algún día. —Cuando sea más valiente y ya no planee robos con mis mejores amigas—. Gracias, Liam —pronuncié. Era curioso cómo funcionaba el universo. Tal vez estaba destinada a terminar en su habitación tres meses atrás o a que me sorprendiera en su oficina, para que finalmente pudiera aprender por mí misma lo que mi abuelo había estado diciendo todo el tiempo. La familia era más importante que la sangre—. ¿Es-tás enfa-adado por lo otro? —balbuceé.

Su gran palma frotó mi espalda. Tal vez era cobarde, pero no me atreví a levantar la vista para verle la cara. Así que me quedé, con la frente apoyada en su pecho, absorbiendo su fuerza y su consuelo.

—¿Qué viste, Davina? —inquirió, sin dejar de tocarme la espalda.

—Vi un arma —admití—. Lo cual no me sorprendió. Ya sabes, ya que eres un gánster y todo eso.

—¿Gánster? —Su pecho retumbó de risa.

—¿Un Capo del bajo mundo?

Una suave risita vibró a través de su pecho hasta llegar al mío. Mis labios se curvaron en una sonrisa, sintiéndome más ligera. Me gustaba que se riera.

—Si dices proxeneta a continuación, voy a tener que azotar tu bonito culito.

—Al menos crees que mi culo es bonito —bromeé, y sus manos bajaron hasta mi trasero, sus dedos lo apretaron suavemente. Sentí que su miembro se endurecía, presionando contra mi vientre, y mi cuerpo respondió al instante. Mis manos rodearon su cintura y me froté contra su erección—. También vi tu árbol genealógico y el testamento de tu padre con la cláusula sobre los hijos. Luego leí el testamento de los padres de Juliette.

Se tensó ligeramente, pero sus manos no dejaron de tocarme. En tan poco tiempo, las caricias de este hombre se habían convertido en una necesidad. Quería su aprobación, su aceptación... su amor. Dios, ¿era normal querer que todo eso sucediera tan rápido?

—Lo siento. —Ahogué la emoción en mi voz. Me tomó por los hombros y me separó suavemente de él. Me agarró la barbilla con una mano y me la sujetó con firmeza. Alcé la vista y me encontré con sus ojos azules. No parecía enfadado—. No diré nada —le prometí en voz baja—. Sobre nada de eso.

Aunque Juliette ya había visto el certificado de nacimiento, no me correspondía confirmárselo. No podía traicionar su confianza. Tenía que caminar por una línea delicada, siendo leal tanto a mi esposo como a mis amigas.

Nuestras miradas se cruzaron y era difícil saber qué estaba pensando Liam. Obviamente, me quería. Su erección presionaba contra mí, me deseaba, de la misma manera que yo parecía desearlo.

—Súbete al escritorio, mi *céile*.

Dios, el hecho de que mi interior ardiera en llamas ante su orden lo decía todo. Nunca había estado tan loca por el sexo y ahora me comportaba como si estuviera sexualmente privada.

Quería complacerlo. Quería ser su todo. Porque lo amaba.

Capítulo Cuarenta Y Siete

DAVINA

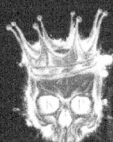

E l caer en cuenta tan repentinamente me inmovilizó mientras me quedaba viendo fijamente a mi marido mientras procesaba esta última revelación. Daba miedo. Era aterradora y emocionante. Tan emocionante que olvidé lo que me había pedido que hiciera.

Así que cuando no me moví lo suficientemente rápido para su gusto, me rodeó la cintura con las manos y me sentó en el escritorio. Mi esposo y yo nos miramos fijamente. Su torso desnudo me permitía ver sus músculos y sus apetitosos abdominales. Era tan hermoso y fuerte que me dejaba sin aliento. Pero incluso más que su cuerpo musculoso, me gustaba cómo se preocupaba por su familia. Protegía a sus seres queridos.

—Abre las piernas —dictaminó, con una expresión ilegible. Obedecí, lamentando no haberme puesto unas bragas y estar ahora a la vista—. Levanta las piernas y ponlas sobre el escritorio.

Hice lo que me dijo, tentada de luchar contra él, pero demasiado ansiosa por saber lo que estaba a punto de hacer. Después de todo, estaba acostumbrado a que fuera atrevida. No obstante, ahora mismo, más que nada, quería complacerlo. Esperé, con la expectación creciendo en mi interior. Con la respiración entrecortada, permanecí en silencio, con los talones apoyados en el borde del escritorio y las piernas abiertas.

—Tócate el coño.

Mi suave jadeo rompió el aire tenso ante su exigencia. Arqueó una ceja como si esperara que protestara, y me mordí el labio, tragándome las palabras. Vacilante, coloqué una mano entre mis piernas y rocé mi clítoris con los dedos.

Un escalofrío me recorrió el cuerpo, mis pliegues ya húmedos y adoloridos. Mis dedos se sintieron pegajosos mientras seguía frotando, y un suave gemido se deslizó por mis labios. Satisfecho de que estuviera haciendo lo que me había ordenado, Liam se dirigió al minibar del que no me había percatado.

Lo vi llenar un vaso con hielo y coñac, sus ojos me miraban para asegurarse de que seguía tocándome. Cuando volvió a mí, me estremecí con la necesidad de liberación, con los dos dedos dentro de mí, metiéndolos y sacándolos. Pero no era suficiente. Lo necesitaba a él, a sus dedos, a su verga.

Se sentó en su silla, me observó y bebió un sorbo de coñac. Con los párpados pesados, observé sus labios en el borde del vaso y, de repente, me moría por probar el alcohol. Por el sabor de él.

Mis dedos entraban y salían de mis pliegues húmedos, rozando mi clítoris cada vez más rápido. Me frustraba que se quedara ahí sentado, observándome, en lugar de tocarme.

—¿Vas a dejarme hacer todo el trabajo? —pregunté con voz ronca, molesta. Daba miedo lo mucho que ansiaba su tacto. Me había arruinado para cualquier otra persona. Solo lo quería a él: sus manos, su boca, su longitud—. Al menos podrías haberme ofrecido una bebida. —resoplé.

Me brindó una sonrisa oscura y bebió otro sorbo de coñac. Cuando retiró los labios del vaso, se llevó el hielo a la boca, se inclinó y apretó sus fríos labios contra la cara interna de mi muslo.

—Ahhhh. —Jadeé, apoyándome en una mano. Su boca era mi propio paraíso. Me froté el clítoris enérgicamente, hambrienta por mi liberación. La sentía en la base de la columna vertebral, ahora que sus labios se acercaban cada vez más a mi punto más dulce. Me besó en el muslo, pasando la punta del hielo por mi piel caliente. La combinación de frío y calor, junto con su barba contra mi suave piel, creaban una fricción insoportable. Mis caderas se levantaron del escritorio, ansiosas por sus labios en mi entrada. Estaba tan cerca.

Su mano rodeó mi muñeca y la detuvo, negándome el placer. Lo miré fijamente.

—¿Qué...?

—Tu placer vendrá de mí —proclamó mientras se llevaba el vaso a la boca con la otra mano. Un sonido de frustración burbujeó en mi garganta, pero no dije nada. Sabía que el placer al que aludía sería mucho mejor que cualquier cosa que yo pudiera hacer.

Liam se llevó el vaso de coñac a los labios, el hielo tintineaba con cada movimiento. Mi lengua recorrió mi labio inferior, mi corazón atronó contra mi caja torácica. Dio un sorbo a su bebida y atrapó otro cubito de hielo entre los dientes. Como si fuera mi opuesto magnético, me incliné, incapaz de resistirme, y lamí sus fríos labios. El hielo goteó por su barbilla con barba y seguí su rastro.

Este hombre era mi alcohol, mi droga, mi afrodisíaco.

Con un rápido movimiento, me inclinó hacia atrás y, antes de que pudiera protestar, desapareció entre mis piernas. El hielo contra mis pliegues calientes y empapados me hizo sacudirme sobre la superficie lisa de su escritorio. Los fuegos artificiales estallaron en cada fibra de mi ser, y antes de que pudiera apartarme, Liam me agarró por los muslos, manteniéndome en el sitio mientras empujaba el cubito de hielo contra mi clítoris.

El cubo debió de derretirse, porque sentí su lengua contra mi piel.

—Oh, maldición —gemí. Sus dientes mordisqueaban ese punto dulce al mismo tiempo que sus dedos me penetraban profundamente. La combinación de hielo y calor intensificó todos mis sentidos en mi entrada. Sus dientes en el clítoris me provocaron ondas expansivas mientras succionaba y lamía sin piedad.

El placer se disparó a través de mí y mi cabeza golpeó el escritorio, mi espalda se arqueó mientras me corría con fuerza, estremeciéndome contra su boca. Mis piernas se deslizaron fuera del escritorio, colgando del borde, y sentí que las manos de Liam me rodeaban los tobillos.

Levantó la cabeza de entre mis piernas y se lamió los labios mientras me observaba detenidamente. La arrogancia que se reflejaba en su rostro me decía que se sentía satisfecho de sí mismo.

Tenía toda la razón para ello, no era que se lo admitiría alguna vez. Pero santos cielos. Cada vez que estaba con él era increíble. Colocando mis piernas sobre sus muslos, se me acercó y se llevó el vaso de coñac a los labios.

Coñac. Con él siempre parecía que todo se reducía al coñac.

—¿Mi esposa quiere coñac? —cuestionó con indiferencia.

Me encogí de hombros.

—Es de buena educación ofrecer, ya sabes.

Se burló suavemente.

—¿Buena educación?

—Sí. —Me sentía demasiado relajada después del orgasmo que me proporcionó y no me di cuenta de la trampa hasta que fue demasiado tarde.

—¿Fue educado robar? —inquirió, tomando otro sorbo. No parecía enfadado, solo ligeramente divertido. Observé cómo se le movía la manzana de Adán al tragar. Maldita sea, ¿también debía tener un cuello bonito?—. ¿Fue de buena educación revisar mi escritorio y leer papeles que no eran para ti?

Allí me atrapó. Si había una tendencia aquí, parecía que siempre me atrapaba cometiendo un delito. Pero debería haber cerrado con llave el cajón si no quería los ojos de ningún extraño en él.

—¿Quieres un bebé? —pregunté en su lugar, sin querer admitir mis fechorías.

Personalmente, me pareció una mierda que su padre pusiera una cláusula así en su testamento, pero cada quien a lo suyo. No podías controlarlo. Aunque, sin conocer la situación económica exacta de Liam, estaba segura de que no necesitaba la herencia de su padre. Sin embargo, había algo en ese testamento que me molestaba.

—¿Quieres un bebé, *Céile*? —replicó en su lugar.

Incliné la cabeza, observándolo en busca de algún signo revelador.

—Liam, tengo veintiún años —contradije inexpresiva—. Un bebé es lo último que tengo en mente.

Me observó en silencio durante tres latidos antes de preguntarme:

—¿En qué piensas? —indagó. Agarré su copa de coñac, pero los dedos de su mano libre me rodearon la muñeca—. Dímelo.

—Bueno, en este momento, una bebida está en mi mente — anuncié.

—¿Y robos? —cuestionó, y mi corazón se detuvo—. ¿Estás planeando algún otro?

Me reí, aunque sonó falso incluso para mis propios oídos.

—¿Debería? —inquirí en su lugar—. Creí que me habías dicho que tu dinero es mi dinero.

«*Bien pensado*», me felicité. «*Dale la vuelta*».

—Evitando darme una respuesta, ¿*eh*? —musitó, como si lo divirtiera. Permanecí en silencio porque este hombre era demasiado perspicaz. Tenía muchos más años y experiencia como criminal que nosotras, así que me acogí a la Quinta Enmienda—. ¿Qué estás haciendo con todo ese dinero, Davina? —Jesucristo, este hombre era implacable.

—No tengo ni idea de lo que estás hablando. —Exhalé, con el corazón amenazando con salírseme del pecho.

Nota mental: nuestra escuela para formar criminales necesitaba una clase para evitar interrogatorios rápidos. *Ah*, y técnicas de distracción.

«*¡Distracción!*».

Me bajé de la mesa y le jalé los pantalones de la pijama. Entrecerró los ojos, probablemente consciente de mi táctica de distracción, aun así, me siguió el juego. Levantó su trasero de la silla, le bajé los pantalones por sus fuertes piernas y los tiré al suelo.

Dios, era hermoso. Cada centímetro suyo. La edad no era un factor.

Por un momento, la culpa me carcomió. Tantas mentiras. A mis amigas. A Liam. No me gustaba. Debería haber sido sincera con Juliette y mis amigas sobre lo que había pasado en el club. Pero ahora sentía que me había metido más profundamente en esta aventura prohibida.

«*¿Sigue siendo prohibido si es mi marido?*», reflexioné, e inmediatamente me di una bofetada mental.

Nada como encontrar justificaciones para mis malas acciones. Pero por ahora, había elegido ignorar mi conciencia y no arruinar esto.

Fuera lo que fuera. Era su esposa. Sí, mis amigas y yo estábamos haciendo algo malo, no obstante, solo le habíamos robado a criminales. Así que eso estaba bien. *¿Tal vez?*

Sin embargo, lo amaba. Aunque no estaba segura de qué tipo de amor era exactamente, sabía que quería hacerlo feliz. Complacerlo. Darle todo y más. Tal vez después de este robo, me centraría en mi matrimonio. Me sinceraría con las chicas, y luego me enfocaría en mi marido.

Mi esposo.

Era mío y me lo quedaría. El abuelo siempre decía que cuando encontrabas algo bueno, luchabas por ello. Lo conservabas. El abuelo luchó por mí. Así que, yo lucharía por mis amigas. Por Liam. Por mi propio final feliz. No era la hija de mis padres. Era la hija de mi abuelo.

Los latidos de mi corazón se agitaron. Sentí el pecho más ligero cuando me senté en su regazo y la determinación se instaló dentro de mí. Un bulto rozó mi trasero y fue mi turno de sonreír con suficiencia. Me acomodé de cara a él. A horcajadas y le rodeé el cuello con los brazos.

Me incliné hacia él y le di pequeños besos en el cuello mientras me rozaba contra su dura longitud, provocando fricción. Podía saborear su pulso y su adictivo aroma se había instalado en mis pulmones.

—Podrías convencerme para tener un bebé —murmuré contra su piel. Su longitud estaba dura, gruesa y tan lista que mis adentros se agitaron con una necesidad carnal.

Su mano me agarró por la nuca y me apartó para que pudiera verme la cara.

—¿En serio?

No me creyó. No me sorprendió.

—Sí, de verdad. —Exhalé, inclinándome de nuevo hacia delante y llenando su mejilla de besos.

«No seas mentirosa», susurró mi mente y la hice callar. Con el tiempo quería tener hijos. Y no le dije que podía convencerme de tener un bebé *ahora*, pero que, si él quería o necesitaba tener un bebé, lo haría. Por él. Cuando fuera el momento adecuado.

—No nos precipitemos —aclaré, queriendo ser lo más sincera posible con él. El feminismo salió por la ventana del *penthouse*—. Deberíamos practicar —propuse con voz ronca, lamiendo la comisura de sus labios. Dios, sabía increíble. A coñac, a mí y a delicioso pecado.

—¿Tomas anticonceptivos? —No pude evitar sonreír internamente. Estábamos teniendo esta conversación demasiado tarde. Habíamos tenido tanto sexo que, de no ser así, no me cabía duda de que estaría embarazada.

—Implante.

—Nos desharemos de él —gruñó, con la palma de la mano en mi vientre, como si ya me estuviera imaginando embarazada. Era una locura, pero me excitó. Este hombre era peligroso, sin escrúpulos para conseguir lo que quería. Después de todo, era la razón por la que ahora estábamos casados. Sin embargo, de alguna manera, me había atrapado y no tenía ningún deseo de escapar de él.

—Sí, eventualmente. —Acepté.

Liam entró en mí lentamente, mi núcleo resbaladizo permitió que su miembro entrara suavemente. Era grande, me llenó sin llegar a penetrarme del todo. Me estremecí de placer, con la sensación de que empujaba dentro de mí, agarrándome y desgarrando mis paredes.

Observé el punto donde nuestros cuerpos se unían, él empujando dentro de mí centímetro a centímetro, y un gemido gutural llenó el aire. Era tan erótico ver nuestros cuerpos unidos, su dura longitud desapareciendo dentro de mí.

—Demonios, me encanta oír tus gemidos —confesó—. Voy a follarte todos los días del resto de nuestras vidas solo para escuchar tu voz *sexy* y gutural.

Nuestras miradas se encontraron y la suya me arrastró a sus hermosas y oscuras profundidades. Fui de buena gana porque quería disfrutar cada segundo de ser suya. Giró las caderas hasta que su miembro estuvo completamente dentro de mí.

—He esperado toda una vida por ti.

Jadeé ante sus palabras, su pene me estiraba de la forma más deliciosa. *Me* estaba esperando. Y por extraño que sonara, yo lo había esperado. Tal vez también lo había buscado. A pesar de nuestra diferencia de edad.

Mis brazos rodearon el cuello de Liam mientras me penetraba lentamente, la posición le daba profundidad y golpeaba todos los puntos correctos con cada embestida. Su boca sobre mí era suave, casi fascinante, como si quisiera adorarme. Amarme. Era la primera vez que nos lo tomábamos con calma, y me sentí peligrosamente cerca de hacer el amor.

Este Liam desencadenó algo muy dentro de mí, algo que había temido toda mi vida. Ese sentimiento que todo lo consumía y que te hacía hacer cualquier cosa por la persona que amabas, incluso a costa de tu propia vida. Sin embargo, sabía que no podía detenerlo. *¡Lo amaba!*

Cada respiración, cada beso y cada segundo me acercaban más y más a admitir mi amor por él. El tipo de amor que consumía, corrompía y cegaba. Pero era mi amor para dárselo a quien quisiera.

Y Liam Brennan, mi esposo, fue al que elegí.

—Ábrete a mí, *Céile.* —Me mordisqueó suavemente la piel sensible del cuello y luego siguió con una lamida—. Déjame entrar hasta el fondo.

Era tan grande que sentía un delicioso ardor con cada embestida. Estaba empapada, mi cuerpo era un templo depravado solo para él. Sus dedos se clavaron en mi trasero mientras me penetraba, reclamando cada centímetro de mí.

Gemí contra él, moviendo las caderas.

—L-Liam. —Respiré—. Amo… —*a ti*— esto.

Las palabras casi se me escapaban, las sensaciones me engullían. Capturé sus labios mientras su ritmo aumentaba, la ferocidad de sus embestidas crecía. Profundas y pausadas. Rápidas y despiadadas.

Si bien podía haberle robado a este hombre un millón de dólares, él me había robado todos mis sentidos y mi razón. Me había robado el corazón; era suyo.

—Móntame, *Céile* —gruñó.

Embistió dentro de mí cada vez más rápido y con más fuerza, el poder de sus caderas impulsado por una fuerza animal, follándome profundo y frenéticamente. Se convirtió en mi aire y mis pulmones, su boca me consumía. Me aferré a él como si fuera mi salvavidas.

—Aaah... Liam... Voy a...

El orgasmo me golpeó tan fuerte que eché la cabeza hacia atrás y mis labios se separaron de los suyos. Fue tan intenso que mi vista se llenó de puntos blancos. Juré que volé hacia el espacio, donde no existía nada excepto esta sensación y Liam.

—Maldición, maldición —gruñó Liam y sus manos se tensaron en mí. Me penetró con fuerza, cogiéndome hasta el orgasmo mientras mi coño se apretaba alrededor de su longitud—. ¿Quién te está follando?

—Tú —gemí—. ¡Tú, mi esposo!

El orgasmo me tragó entera, mi corazón se alejó de mí, y estaba segura de que iba hacia él. Este orgasmo no se parecía a ningún otro que hubiéramos compartido, y me subí a la ola, hambrienta de una experiencia tan extracorporal como esa.

Mis dedos se clavaron en los hombros de Liam, aferrándome a él. Sus hombros se tensaron y se corrió, llenándome por dentro con su semen.

Cerré los ojos, saboreando todas las sensaciones que se arremolinaban en mi interior. Este hombre estaba en el centro de todas ellas. Su cabeza descansaba en el pliegue de mi cuello y su respiración se emparejaba a la mía.

Apoyé todo mi cuerpo contra él y aspiré profundamente su aroma. Dos latidos de corazón sincronizados como uno. Mi mente tardó un rato en calmarse y nuestra conversación anterior volvió.

Los segundos se convirtieron en minutos y una extraña sensación de paz me invadió con estas últimas revelaciones. Todo esto se sentía tan correcto.

Apartándose ligeramente de mí, busqué su mirada.

—¿Por qué tu padre puso esa cláusula en su testamento? —pregunté con curiosidad—. Por todo lo que he oído de Juliette, siempre dice que no quieres más hijos y que nunca quisiste casarte.

No esperaba que me respondiera con franqueza. Ni siquiera estaba segura de qué me había impulsado a preguntárselo. Me sostuvo la mirada, con la agitación sustituyendo a la lujuria anterior.

—En nuestra familia, las relaciones de sangre lo son todo. — Empezó, y me tensé en sus brazos—. No digo que esté bien, pero Killian y Juliette no serán reconocidos como mis descendientes. No en la familia Brennan. Ni en mis negocios ligeramente ilegales. —Me burlé de su terminología, mas no interrumpí—. Por desgracia, mi padre nos ha ganado unos cuantos enemigos que aprovecharían la primera oportunidad para atacar en cuanto nos debilitáramos.

Fruncí el ceño, sin entender lo que quería decir.

—Aisling, la madre de Wynter, es mi media hermana. Mi padre sedujo a la hija de un poderoso *Pakhan*. —Cuando le dirigí una mirada confusa, me explicó—. El jefe de la mafia rusa. Mi padre la sacó de Rusia de contrabando y la mantuvo como su amante.

Jadeé.

—¿Mientras tu madre estaba viva?

Sus manos recorrían mi espalda, sus movimientos me tranquilizaban.

—Mi madre llevaba varios años en coma en ese entonces —explicó —. Un traumatismo craneoencefálico. En nuestro mundo, el matrimonio es para toda la vida, y volver a casarse no era una opción mientras ella viviera.

Le mordisqué suavemente la barbilla.

—Habría estado bien saberlo antes de pronunciar mis votos — bromeé con él, tratando de aligerar el ánimo.

—Mi Davina —suspiró—. Una vez que te tuve, no iba a dejarte ir.

Definitivamente fue un error que sus palabras no me hicieran querer salir corriendo gritando. Viniendo de unos padres que no podían comprometerse entre ellos ni conmigo, este compromiso me hizo sonreír. Sabía que nunca abandonaría a sus hijos como mis padres me abandonaron a mí. Y en el fondo, sabía que tampoco me dejaría sola.

—Volviendo a tu padre y su matrimonio —le recordé antes de que pudiera desviarme.

—El matrimonio de mis padres no fue feliz. Fue concertado. Nadie culpó a mi padre por buscarse una mujer, y menos yo. Solo deseaba que no fuera esa mujer en concreto, porque empezó una guerra.

Aunque, Winter Volkov era increíble. Gentil y amable. Un poco difícil de creer que su padre fuera el despiadado *Pakhan*.

—¿Winter? —Jadeé en estado de *shock*.

—Sí, Wynter se llama como su abuela, solo que escrito de otra manera —explicó—. De todos modos, mi madre murió un mes antes de que naciera Aisling. Mi padre se casó con su amante, pero acabó muriendo un mes después mientras daba a luz a Aisling. Dios da y Dios quita. Mi padre amaba a la madre de Aisling más que a nada en esta tierra. Nunca ha vuelto a ser el mismo desde su muerte.

Tanta tragedia. Mis brazos se apretaron a su alrededor, con la esperanza de ofrecer consuelo.

—Lo siento —musité, mis dedos rozando su espeso cabello—. Por la pérdida de tu madre y la de tu padre. —Recordé a mi abuelo y lo mucho que hablaba de mi abuela. La amaba mucho y no había nadie más para él después de que falleció.

—Gracias. —Su nariz rozó la mía, en un movimiento tan tierno. Parecía hacer eso con frecuencia, como su propio lenguaje del amor—. De todos modos, el *Pakhan* quería a Aisling de vuelta, para reemplazar la pérdida de su hija. Culpó a mi padre por su muerte. No quisimos escuchar hablar de ello, y la disputa se intensificó. Poco a poco expulsé a la *Bratva* de New York; sin embargo, cuando Aisling creció lo suficiente, llamó la atención de otra familia mafiosa rival aquí en la ciudad. Y entonces hubo más derramamiento de sangre.

—Jesucristo —pronuncié—. Hablando de drama.

Asintió y, por un momento, ambos nos perdimos en nuestros propios pensamientos.

—¿Por qué Killian no puede ser tu heredero? —cuestioné, aunque recordando lo que habían dicho las chicas, sospechaba la respuesta.

—Considero a Killian mi hijo y pensé que sería mi sucesor llegado el momento…, aun así, era consciente de la posibilidad de que la gente le echaría en cara que no está emparentado conmigo por sangre. Se ha probado a sí mismo. Muchas veces. Pero las familias de esta organización son anticuadas. Insisten en que alguien de sangre herede.

—¿Tu padre no tenía hermanos?

Sacudió la cabeza y me apartó el cabello del hombro.

—Si no produzco un heredero, otros dentro de nuestra organización tratarán de hacerse cargo. Lucharán por ello. Pondrá a mi hermana y a Wynter en peligro. A Juliette y Killian también.

—P-pero ¿por qué? —No entendía su razonamiento—. Y si tuvieras un bebé, él o ella no podrá ayudarte durante décadas.

—Es propio de la naturaleza humana luchar por el poder, y la gente de mi propia organización no son diferentes. Sin embargo, me temen y me respetan. No ocurrirá lo mismo con Killian si lo nombro cabeza de familia. Algunos podrían ver a Juliette y Killian como obstáculos y eliminarlos. Los rusos intentarán aprovechar los puntos débiles de nuestra organización y entonces atacarán, pondrán sus manos sobre Wynter y su madre.

—Santos cielos —solté. Tenía que admitir que este mundo me daba un poco de miedo. Después de todo, solo había sido una criminal durante unas pocas semanas—. ¿Y quieres traer un bebé a este mundo?

—Con un bebé, verán el futuro de nuestra familia y de la organización. Y puedo contar con Killian para ayudar hasta que nuestros hijos tengan edad suficiente. —Maldición, eso era mucho para digerir. Cuando me chantajeó con este matrimonio, ni siquiera se me ocurrió que habría bebés de por medio. Pensé que tenía dos hijos adultos y que empezar de nuevo era lo último que tenía en mente.

Pero Juliette, Wynter e Ivy siempre me ayudaban. Si podía protegerlas con este simple acto, sabía sin lugar a duda que tenía que hacerlo. Igual que Liam las protegía a ellas.

—¿Por qué no te casaste antes entonces? —Curioseé. Era uno de esos hombres que atraía la atención de las mujeres a donde fuera. Lo sabía sin dudarlo. No habría tenido problemas para conseguirse una esposa.

—Nunca había atrapado a una mujer robándome —bromeó, tomando cariñosamente mi labio inferior entre los dientes. Lo mordió y luego alivió el escozor con la lengua. Me recorrió un escalofrío. Él sabía a mi felicidad—. Y nunca ha habido una mujer que me haya hecho sentir ni remotamente interesado en dar ese salto —reflexionó.

Entrecerré los ojos.

—¿Te estás burlando de mí?

—En absoluto. Tu boca descarada hace que sea difícil resistirme a ti.

Se me erizó la piel y sus brazos me rodearon, proporcionándome el calor que necesitaba. Las últimas semanas habían sido malas, pero a pesar de todo, me sentía más feliz que nunca.

—Supongo que tendremos un bebé —declaré, con las emociones ahogándome. Dios, si ya era emocional antes de que las hormonas hicieran efecto, sería un desastre durante el embarazo. Me moví para poder observarlo fijamente—. Agendaré una cita para que me quiten el implante. Lo único que pido es que no nos precipitemos.

—¿Así, sin más? —preguntó, con la incredulidad evidente en su rostro.

—Bueno, hiciste que trasladaran a mi abuelo a un centro de lujo aquí en la ciudad sin más —expliqué—. Esto no es diferente. Hoy por ti, mañana por mí.

Sus ojos me estudiaron, sus ojos penetrantes viendo profundamente en mi alma.

—Es mucho más que eso. —Me acarició la mejilla, sosteniéndome la mirada—. Tener un bebé es mucho más que haber ayudado a tu abuelo. Te preocupas por él, y tenerlo cerca te permite verlo con más frecuencia. Como te dije, también tenía una razón egoísta.

Parpadeé, con los ojos llenos de lágrimas que amenazaban con derramarse.

—Significa mucho para mí —expresé en voz baja—. Le va muy bien. Las chicas y yo lo visitamos casi todos los días. Es feliz, y cualquiera diría que ha recuperado años. Egoísta o no, me has hecho muy feliz.

Me dio un beso en la punta de la nariz.

—Bien, eso me hace feliz —afirmó, su voz cálida—. Tu felicidad significa el mundo para mí.

Sonreí estúpidamente.

—Fanático del control.

—Lo sabes, mujer. Eres mía, y no voy a dejarte ir.

Apreté mi mejilla contra la suya.

—También eres mío, entonces.

—Lo soy. —Ni una pizca de vacilación o demora. Este hombre sabía lo que quería, y yo lo era. Nunca había sido tan feliz. *«Es mío»*, pensé extasiada. Solo tenía que terminar este robo y luego nos pondríamos manos a la obra para tener un bebé. Para proteger a todas las personas que amo en mi vida.

—Las chicas me han apoyado mucho en los últimos cuatro años — admití suavemente—. Si tener un bebé contigo las mantiene a salvo, junto con tu hermana, Killian y tú, entonces lo haremos. —Rocé la nariz contra la suya—. Siempre quise una familia grande. Y me gusta la idea de ser tuya. Tal vez tener que atender al bebé te canse más pronto en el dormitorio y no tenga que rogarte por un respiro.

—Eres una mujer única, Davina. Y tengo tanta suerte de que decidieras espiarme en la ducha. —Las mejillas se me calentaron ante aquel recuerdo que parecía haber sucedido hacía una eternidad.

—Yo también —confesé tímidamente. Este hombre me cogió hasta el cansancio y me sonrojé al recordar cómo se masturbaba.

Su boca pasó sobre mi frente, bajó por mi mejilla y luego se cernió sobre mi pulso. El pulso que me salvaba y latía por él.

Me pesaban los párpados y sentía que el cansancio me calaba hasta los huesos. Después de todo, habíamos estado físicamente activos y había estado ocupada con las chicas maquinando nuestro próximo atraco.

—¿Liam? —murmuré somnolienta, acurrucándome en su pecho.

—*Hmmm.*

—Wynter me pidió que pasara las dos próximas noches con ella. Se siente sola y necesita que alguien la grabe mientras patina. Normalmente soy quien lo hace. La ayuda a detectar sus errores.

Se hizo el silencio.

—¿Te parece bien?

—No me gusta no tenerte en mi cama —refunfuñó.

—Casi ha terminado sus exámenes y ese proyecto en el que está ayudando. —Eso era verdad. Y si Wynter tenía razón sobre el próximo robo, no necesitaremos más dinero por mucho tiempo—. Entonces eso será todo —añadí.

—Davina, tenemos que decírselos. —Sabía que lo demandaría.

Honestamente, me sorprendió que me hubiera dejado salirme con la mía por tanto tiempo—. Cuanto más tiempo pase, más difícil será explicarlo. —Tenía razón, lo sabía—. Además, ¿qué dirás cuando estés embarazada? ¿Culparás al Espíritu Santo?

—Me gusta ese plan —comenté con ironía.

—Davina —advirtió.

—Tienes razón —accedí. Yo misma lo había decidido hacía apenas unas horas mientras dormía—. Se lo diremos. —«*Pronto*».

—Una semana.

Capítulo Cuarenta Y Ocho

DAVINA

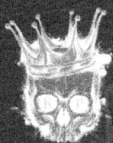

—¡**B**ienvenidos a Philadelphia!

El locutor de radio lo sincronizó perfectamente. Las palabras resonaron en los altavoces del *Jeep* de Wynter justo cuando pasábamos por el puente Benjamin Franklin que cruzaba Delaware River.

«Buena señal».

—¡Sí! —Juliette gritó desde el asiento trasero.

—¡Esta ciudad me da buenas vibras! —exclamó Ivy.

—Sin duda es una buena señal —convino Wynter, mirando por el retrovisor y sonriendo. Me observó y me guiñó un ojo—. Creo que después de este trabajo, podemos delimitar la propiedad para la escuela.

—Creo que necesitaremos entre cuatro y ocho hectáreas —añadí.

—¿Por qué tantas? —Juliette frunció el ceño.

—Bueno, será como una universidad. Necesitaremos dormitorios, salas de estudio, probablemente muchos gimnasios para enseñar algunas técnicas de lucha, y terrenos alrededor de la escuela para tener privacidad y para que los niños deambulen —detalló Wynter—. Regla número uno: no toleraremos ningún tipo de acoso. Habrá chicos de todas las organizaciones. Pero en nuestra escuela no serán rivales. Serán profesores y alumnos. Nada más y nada menos.

—De verdad leíste mis mensajes —bromeé.

—Claro que sí. Estoy adentro con todo —respondió Wynter.

—*Todas* estamos adentro —afirmó Juliette. Ella e Ivy se inclinaron desde el asiento trasero, Ivy justo detrás de Wynter y Juliette detrás de mí—. Y sé que hay mujeres casadas con mafiosos que son educadas y fuertes. Podríamos contratarlas para que dieran algunas clases y así no arriesgarnos a que nos descubran.

Giré la cabeza hacia ella.

—En realidad es una idea brillante —elogié a Juliette—. Necesitaremos una lista de todas las familias del crimen y entonces podremos empezar una evaluación de sus habilidades.

El corazón se me aceleró ante todas las posibilidades. «*¡Mira lo maduras que somos!*».

Juliette sonrió, orgullosa de su idea, y tenía todo el derecho a estarlo.

—Conozco a una perfiladora del FBI —añadí, las palabras se me escaparon antes de darme cuenta.

—Oh, eso está bien. La elaboración de perfiles va a ser importante para enseñar a nuestros pequeños criminales —señaló Ivy.

Mis ojos recorrieron a mis cuatro amigas y, de algún modo, el momento me pareció apropiado.

—De acuerdo, tengo que decirles algo. —Empecé en voz baja, y todas se tensaron.

—Jesucristo, no me digas que también encontraste tu acta de nacimiento —se burló Wynter.

Le di una palmada suave en el antebrazo.

—Bueno, está asociado a mi nacimiento —admití.

—Somos todas oídos, D —comunicó Juliette.

—¿Han oído hablar del senador Ashford y la familia Ashford? —pregunté.

Ivy y Juliette negaron con la cabeza.

—Creo que sí —respondió Wynter—. Su hija, agente del FBI, se casó con un asesino de la mafia o algo así. Casi destruyó la carrera

del senador. Sus hijos son conocidos como los *Reyes Multimillonarios.*

—He escuchado hablar de los *Reyes Multimillonarios* —comentó
Ivy, emocionada—. Atractivos. *Sexys.* Rebosando masculinidad cruda
y arrogante.

Me reí a carcajadas de su descripción. Realmente conocía a los
hermanos Ashford. Al menos lo que decían los periódicos.

—¿Qué pasa con ellos? —cuestionó Juliette con curiosidad.

Respiré hondo y exhalé lentamente.

—Aparentemente el Senador Ashford es mi padre. Y sus hijos son
mis medios hermanos.

Las chicas se quedaron mudas, el ruido de la ciudad parecía aún
más fuerte. Había que reconocer que acababa de lanzarles una bomba.

—Maldición —soltó Ivy, rompiendo el silencio—. ¿Los hermanos
Ashford son tus hermanos? ¿Los calientes, *sexys*, superricos y solteros
Reyes Multimillonarios?

—Sí, pero no te olvides de su hermana —le recordé.

Ivy agitó la mano.

—Sí, pero es una chica y no está soltera. Pero tus hermanos...

—Eres una exuberante virgen cachonda, Ivy —reprendí burlona-
mente—. La cuestión es que es una agente del FBI, o una exagente.
Sea cual sea el caso, sería una incorporación estupenda a nuestra
escuela. —Cuando todas se quedaron calladas, continué—: ¿No están
de acuerdo?

—Creo que es una gran idea —continuó Wynter—. Todavía estoy
procesando la noticia.

—Me parece que últimamente han estado saliendo muchos esque-
letos del armario —comentó Juliette. Tuve que darle la razón.

—¿Cómo te sientes al respecto, D? —preguntó Ivy.

Miré hacia el horizonte, hacia el río que corría hacia el sur.

—Saben, estoy bien —le aseguré a todas—. Aquí tengo todo lo que
necesito. Las tengo a ustedes y a Liam.

Se me escaparon las palabras y se oyeron jadeos a mi alrededor,
seguido de un silencio ensordecedor. Se me paró el corazón y la frustración hacia mí misma centelló en mi pecho. Liam y yo íbamos a

decírselos juntos. ¿Cómo podía haber sido tan estúpida de dejarlo escapar?

Me encontré con sus expresiones, la confusión teñía sus ojos.

—Lo siento. —Mi voz era vacilante—. Lo siento mucho —susurré—. No sé cómo pasó.

Bueno, sí sabía. Todo empezó la noche que lo espié en la ducha.

—¿Estás viendo al tío? —Wynter me dirigió una mirada vacilante y luego volvió a la carretera.

El gato estaba fuera de la bolsa. Era mejor contárselos todo.

—Me casé con él —respondí vacilante.

—¡No te lo creo! —chirrió Ivy.

—No le he dicho nada —les aseguré a todas rápidamente—. Me atrapó robando aquel día en el *Eastside Club*. No quería que se estresaran por ello. Luego, una cosa llevó a la otra, y me casé con él.

Bueno, técnicamente me obligó, mas no hacía falta entrar en esos detalles.

—¿N-no le has d-dicho n-nada? —tartamudeó Juliette.

—No le dije que encontraste tu acta de nacimiento —aclaré rápidamente, esperando que oyera la honestidad en mi voz—. O que les estamos robando a mafiosos. —Aunque era demasiado listo y lo descubrió por su cuenta—. No le dije que *todas* robábamos.

Dije *todas*, aunque por suerte ninguna se dio cuenta. Así que, en teoría, fui honesta.

—¿Pero te casaste con él? —Juliette inquirió de nuevo—. Quiero decir, sabía que pensabas que era *sexy*. Pero ¿realmente te gusta?

—Sí. Mucho. Tuvimos sexo y...

—*Qué asco....* —Juliette me cortó—. Puede que no sea mi padre biológico, pero seguimos sin querer detalles. —Entonces tomó mis manos entre las suyas—. Demonios, ¿eso te convierte en mi madrastra y en la tía de Wynter? —Sus ojos brillaron con picardía.

Sonreí.

—Ni se te ocurra llamarme mamá —advertí.

—Bueno, técnicamente no puedes ser mi madrastra porque él no es mi padre. —Lo dijo demasiado a la ligera, aunque sabía que su último descubrimiento aún la molestaba.

—Dios mío —dijo Wynter—. Estoy en *shock*, no sé qué decir.

—¿Que me perdonaran por no habérselos dicho enseguida? —sugerí esperanzada.

—Estoy un poco enojada por que te hayas casado sin nosotras —se quejó Ivy, aunque su amplia sonrisa arruinó su lamento.

—Pero haremos todo lo demás juntas —prometí—. Niños. Los cumpleaños. Las vacaciones. Debería habérselos dicho. Fue una estupidez. Tampoco se lo he dicho al abuelo.

—Oh, Dios. Te va a castigar —advirtió Juliette—. Dice que quiere ser el abuelo en todas nuestras bodas.

—¿Quizás podamos celebrar una pequeña ceremonia para apaciguarlo? —Wynter sugirió, sonriendo—. No te embaraces antes de que lo hagamos.

—Dios, las amo, chicas. —Sonreí—. ¿Quién necesita a los Ashford cuando tengo una familia tan maravillosa aquí?

—Claro que sí —respondieron las tres al unísono.

—Pero tendremos que conocer a tus hermanos —intervino Ivy—. Tenemos que mantener abiertas nuestras posibilidades.

Una ronda de risitas sonó en el coche, luego risas y vítores.

—De acuerdo, volvamos a la tarea que tenemos entre manos —expresé—. De lo contrario, nuestro robo se irá por el retrete.

Wynter agarró su teléfono y empezó a desplazarse por él, sin apartar los ojos de la carretera.

—Bien, este es el tipo al que le vamos a robar —informó, entregándole a Ivy su móvil—. Lo llaman Priest.

—De acuerdo, espero que no sea un cura de verdad —pronunció Ivy, con los ojos llenos de lujuria, fijos en la pantalla—. Ese cuerpo no debería desperdiciarse. Lo adoraría como si fuera mi templo. Tan *sexy*.

Wynter y yo nos burlamos. Lo encontraría *sexy* por un día y luego cambiaría de opinión. Hacía solo unos minutos, estaba salivando por los *Reyes Multimillonarios*. Ella seguía adelante rápidamente.

—Bueno, espera a venerar ese templo hasta después de que le hayamos robado —replicó Wynter secamente.

—Y después de que hayan pasado algunos meses —añadí con ironía—. Hasta que todo se asiente.

Ivy refunfuñaba sobre la abstinencia. ¿Por qué? No tenía ni idea, porque la chica seguía siendo virgen.

—Se me hace conocido —comentó mientras le pasaba el teléfono a Juliette.

El grito ahogado de Juliette hizo que todas la observáramos.

—¿Qué?

—Ese es el tipo de Chicago —susurró Juliette—. El rubio.

Parpadeé y luego le arrebaté el teléfono. Lo reconocí en cuanto vi la foto. El hombre no era del tipo que podrías olvidar. Igual que el hombre de Wynter, Dante DiLustro. Igual que mi marido. Todos eran hombres inolvidables. No porque eran guapos, sino porque exudaban esa fuerza bruta y despiadada.

—¿Estás segura? —preguntó Ivy—. No me culpes, solo vi sus hermosos traseros en Chicago.

—Sí, estoy segura —soltó Juliette—. Me ofrecí a dejar que me follaran los dos. Al mismo tiempo. No es algo que se olvide fácilmente.

Wynter frenó en seco en medio del tráfico del puente. Ivy y Juliette se agarraron a los reposacabezas de los asientos delanteros para evitar salir volando por el parabrisas en el mismo momento en que un claxon estruendoso resonaba detrás de nosotras.

—¿Tú qué? —chilló Wynter.

—Bueno, dijimos distraer a toda costa —explicó Juliette—. Los distraje. Mis pechos no eran fácilmente accesibles en ese vestido que llevaba, así que no podía simplemente enseñarlos.

—Jesucristo —murmuré. Mucho duró nuestra buena señal—. ¿No podías ofrecerles bebidas o algo? Eres una maldita virgen, ¿cómo creíste que lo podrías lograr?

Juliette puso los ojos en blanco.

—Todo era palabrería. En serio no iba a dejar que me follaran.

—Mierda. —Maldijo Wynter—. Si hiciste eso, seguro que se acuerda de ti. —Otro toque de claxon y ella sacó la mano por la ventanilla y les mostró el dedo medio.

Reanudó la marcha, musitando algo en voz baja.

—Dilo claramente —gemí—. Tengo que saber lo que dices.

—Sí, deja de murmurar como una vieja —añadió Juliette.

—Es como mejor piensa —aclaró Ivy, como si no lo supiéramos.

Wynter negó con la cabeza.

—Lo primero es, cuando me vio...

—¿Quién? —Juliette, Ivy y yo inquirimos al mismo tiempo.

—El dueño de este casino, y que dirige Philadelphia... Priest —detalló—. Traten de mantener el ritmo. —Las tres pusimos los ojos en blanco.

—¿Por qué tengo la sensación de que Wynter será una dictadora cuando empecemos esta escuela? Nos pondrá a todas en línea, nos guste o no —mencionó Ivy secamente.

Wynter la fulminó con la mirada, pero lo estropeó con su sonrisa.

—De todos modos, cuando me vio, no me reconoció de Chicago.

—¿Cuándo te vio? —indagó Juliette.

Tap. Tap. Tap.

Sus dedos golpearon el volante.

—Esa no es la cuestión ahora —continuó Wynter—. Está claro que Juliette consiguió distraer exitosamente a los hombres en Chicago —concluyó—. Lo que significa que tenemos que sacar a Priest de la ciudad; de lo contrario, sospechará si te ve.

—¿De verdad se llama Priest? —Curioseó Ivy.

Wynter se encogió de hombros.

—Ni idea.

—¿Es su nombre realmente importante ahora? —solté—. Tenemos todo el plan trazado. Se suponía que esto iba a ser entrar y salir. ¡Y ahora tenemos un obstáculo imprevisto a la *última maldita hora*!

Llegaríamos al club. Bloquearíamos la salida con el *Jeep*. Bailaríamos mientras esperábamos una llamada para desbloquear la salida con el camión del dinero. Seguiríamos al camión blindado hasta la gasolinera donde tenían previsto repostar. Distraeríamos a los dos hombres mientras el otro entraba en la gasolinera. Era el turno de Ivy para seducir y posiblemente drogar a sus víctimas. Luego robaríamos el camión y nos llevaríamos el dinero. *Voilà*. Muy fácil.

—*Umm*, en realidad solo son las cinco de la tarde —murmuró Ivy, sin conseguir nunca superar la jerga o las frases americanas.

—No entres en pánico, Davina —interrumpió Wynter mi pequeño ataque de pánico.

—¿Qué tal si le llamamos desde un número de Chicago y le decimos que hay una emergencia en ese casino? —Juliette sugirió—. Wynter puede pedirle su número al tipo misterioso.

—¿Estás tratando de sacar información sobre el hombre de Wynter? —Ivy provocó.

—*Oh*, tengo el número de Priest. Y el de Dante DiLustro. Pero centrémonos en el problema de Priest —interrumpió Wynter—. Llamar desde un número de Chicago es realmente una buena idea.

—Excepto que ninguna tiene un número de teléfono de Chicago —refunfuñé.

Juliette y Wynter pusieron los ojos en blanco y Wynter se apartó un mechón de cabello rizado de la cara.

—Conseguiremos un móvil desechable —concluyó—. He visto a mafiosos usarlos para llevar a cabo sus actividades ilícitas—aclaró.

—¿Cómo lo sabes? —inquirí, entrecerrando los ojos.

—¡Tienes razón! —exclamó Juliette—. Killian nunca llama a sus socios desde el mismo teléfono que usa para llamarnos a Wynter y a mí.

—De acuerdo, entonces necesitamos un teléfono desechable —declaré.

Veinte minutos después, teníamos un celular desechable y las cuatro lo mirábamos como si fuera tecnología alienígena.

—¿Por qué es esto tan complicado? —El gemido frustrado de Juliette resonó en el coche. Estacionadas en el hotel Hilton Philadelphia, en Penn's Landing, estábamos a solo diez minutos de nuestro destino final. Y seguíamos intentando usar el teléfono desechable.

«Nota para mí misma: añadir la configuración y el funcionamiento del teléfono desechable como parte de la clase de introducción en nuestra futura escuela lujosa».

Uno pensaría que cuatro estudiantes de la Universidad de Yale podrían resolver esta mierda. Pero no, nos costó asignarle un número de Chicago. El tipo de la tienda dijo que era fácil. Bueno, mintió.

—Creo que lo logré —indicó Wynter frunciendo el ceño, con el iPhone en la mano izquierda mientras leía las instrucciones. Su dedo pulsó un botón, luego otro y otro—. ¡Ya tiene el número de Chicago! —exclamó victoriosa—. Seremos las mejores criminales jamás vistas.

Una burbuja de risa se formó en mi garganta. No pude contenerla y estalló. Entonces las cuatro nos carcajeamos, riendo un poco histéricas. Estábamos nerviosas, y eso era decir poco. Los nervios nos mantenían en vilo, dispuestas a dejar atrás esta aventura.

Wynter se secó los ojos. Nos reímos tanto que se nos salieron las lágrimas.

—Tenemos que mantener la calma. —Se rio—. Nos rompemos después de la actuación. Eso es lo que dice siempre mamá. —Se nos quedó viendo—. Mantengan la calma hasta que termine.

Wynter estaba acostumbrada a la presión, a actuar desde muy pequeña.

Ivy y yo asentimos.

—Vamos a mantener la calma.

—De acuerdo, ahora descarga la aplicación para cambiar de voz y añade algunos efectos. —Instruyó Juliette—. Y le pediré a Killian que desvíe el número de teléfono del tipo de Chicago a este desechable.

Killian era uno de los mejores *hackers* del mundo. Y por suerte para nosotras, les debía un favor a Wynter y Juliette. Así que accedió a hacerlo sin hacer preguntas, si las dos mocosas, sus palabras, no las mías, consideraban la deuda saldada. No tenía ni idea de lo que tenían sobre su cabeza, pero debía de valer bastante.

Mientras Wynter trabajaba en la frenética grabación que parecía provenir de un hombre con disparos de fondo, Juliette tecleaba enérgicamente con Killian, dándole los detalles que necesitaba saber.

—Bien, Killian lo desvió. No contestes si suena el teléfono desechable —le ordenó Juliette a Wynter.

Antes de que este pudiera siquiera responderle, sonó el móvil.

Las cuatro compartimos una mirada y contuvimos la respiración. Dejó de sonar y una ronda de exhalaciones recorrió el interior del auto.

—Vamos allí, luego hacemos una llamada y vemos si Priest se va. —Wynter puso el coche en marcha y salió del estacionamiento del hotel.

—Paga en efectivo —comenté mientras se preparaba para pagar el ticket del estacionamiento.

—Muy bien pensado —elogió Ivy, retorciendo los dedos.

Justo cuando nos incorporamos en el tráfico, volvió a sonar el teléfono desechable. Y otra vez.

—Jesucristo, este tipo es popular, ¿eh? —comenté.

—Por lo visto no creen en los mensajes de texto —reflexionó Wynter, poniendo los ojos en blanco—. Habría sido interesante leer los mensajes. —Y como criminales malvadas, nos reímos.

Diez minutos después, Wynter se estacionó en la parte trasera del lujoso casino.

—¿Este es el lugar exacto donde se estacionará el camión? —preguntó Juliette.

—El camión blindado viene del otro lado —explicó Wynter, señalando la carretera—. Como dije, es de una sola dirección. —Tomó una respiración profunda y luego exhaló—. Bien, ¿estamos listas?

Cuatro cabezas asintieron. Salimos del vehículo, el sol se ponía detrás del gran edificio de cristal. Calculábamos que nos llamarían para mover el auto en una hora. Tiempo de sobra para causar estragos en el club y distraer a los hombres.

—De acuerdo, voy a llamar a Priest ahora.

Ring. Ring. Ring.

—¿Hola? —Se oyó la voz grave de un hombre. Contuvimos la respiración, sin atrevernos a pestañear.

Wynter pulsó el botón de su iPhone y comenzó la grabación.

Priest, te necesito ahora. Chicago.

En la grabación sonaron disparos falsos y Wynter la cortó, luego terminó la llamada.

Una ronda de exhalaciones.

Tragué saliva.

—¿Creen que funcionó?

—Eso espero, mierda —gruñó Juliette—. Si no, hicimos todo esto para nada.

—Bueno, es mejor hacerlo para nada a que te maten —comentó Ivy. Era la primera cosa cuerda que decía en mucho tiempo.

—A decir verdad, iba a saludarlo —admitió Wynter—. Seguiremos al camión y le robaremos, así que no habría estado de más ser amigable. Pero a ustedes, señoritas, se les olvidó mencionar que Juliette causó una gran *impresión* en los dos hombres en Chicago. Uno de los cuales resulta ser Priest.

—Lo siento —musitó Juliette.

—No lo hagas —replicó Wynter—. Los distrajiste. Realmente bien, porque el tipo ni siquiera se fijó en mí. Nunca me di cuenta de nada.

—Juliette de hecho se sonrojó —afirmé, sonriendo—. Es la primera vez que la veo sonrojarse.

Todas nos reímos.

—Quiero decir ¿Qué probabilidades hay de que sea el mismo tipo aquí y allá? —se burló Wynter.

Esperamos, observando. Se suponía que Priest estaba en el club. Wynter dijo que asistía a su club todos los sábados para asegurarse de que todo funcionaba bien.

Como si fuera una señal, sonó el teléfono desechable. Y otra vez. Y otra vez.

Efectivamente, salió una figura alta, e instintivamente las cuatro nos deslizamos hacia abajo en nuestros asientos.

—Es él —susurró Wynter, sin tener en cuenta que las ventanas estaban cerradas y no había posibilidad de que nos oyera. A menos que fuera el hombre araña y tuviera oído de alta frecuencia.

—Jesucristo, ¿por qué son todos tan *sexys*? —expresé, asomándome por la ventana—. Es como si sus padres se hubieran emparejado con gente hermosa para producir bebés superguapos.

Una ronda de risitas estalló en el asiento trasero.

—No me extraña que Juliette se ofreciera a servirles a ambos —se burló Ivy—. Quiero decir, dos magníficos hombres follándote. Es la forma preferida de morir e ir al cielo.

—Cállate —renegó Juliette—. Solo consideraría al otro tipo. Este da demasiado miedo. ¿Y te imaginas gemir su nombre mientras te come el coño? —preguntó.

—En realidad, podría. —Se carcajeó Ivy—. *Oh*, Priest. —Empezó

359

a gemir, como si realmente se la estuviera comiendo—. Por favor, no pares. ¡*Oh*, Priest! *Oh, oh...* Priest.

El *Jeep* tembló por nuestras risas mientras rodábamos contra nuestros asientos, con cuidado de no ser vistas mientras el tipo entraba en su lujoso coche negro.

—*Oh*, mierda —murmuré.

—¿Qué? —replicó Juliette secamente—. ¿Quieres gemir su nombre también?

Ivy se reía como una loca en el asiento trasero.

—*Shhh.* —Las hice callar—. Está mirando hacia acá.

Al instante, el interior se aquietó.

—Es imposible que nos haya oído —susurró Wynter—. ¿Verdad?

No lo creía, pero tal vez el *Jeep* moviéndose por nuestra culpa llamó su atención.

—No puede escucharnos —dije—. Aunque tal vez piense que alguien está teniendo sexo aquí.

—A lo mejor quiere unirse —bromeó Juliette y Wynter soltó un bufido, luego una risita. Se tapó la boca con las manos, intentando contenerla.

Entonces la puerta se cerró de golpe y el motor de un auto rugió.

—Demonios, eso estuvo cerca —susurré.

Nos quedamos escondidas en nuestro *Jeep* durante otros cinco minutos, solo para asegurarnos de que se había ido. ¿Tenía sentido? No, pero nada de lo que hacíamos tenía sentido. «*Más vale prevenir que lamentar*», decía siempre mi abuelo, así que lo aplicábamos aquí.

—¿Estás segura de que no sería más prudente esperar aquí? —preguntó Juliette.

—Parecería sospechoso —razonó Wynter—. No queremos que alguien se pregunte por qué estamos sentadas en el estacionamiento.

Así que, cuando estuvimos seguras de que Priest se había ido, las cuatro salimos del *Jeep* usando minivestidos negros sin mangas idénticos. El objetivo era distraer a los hombres, y por las miradas que nos lanzaban mientras nos dirigíamos a la entrada principal, estaba segura de que lo habíamos conseguido.

Recibimos varios silbidos, mas ninguna hicimos caso. Teníamos una misión. Caminamos hasta la entrada principal, donde ya se formaba una cola a pesar de que apenas eran las siete. Fiesteros impacientes.

Wynter se emparejó con Ivy, mientras que yo tenía a Juliette conmigo. Entramos en el club como si perteneciéramos allí. Dos porteros nos bloquearon la entrada cuando Wynter le regaló su famosa mirada de hielo.

—Estuve aquí antes con Bas —anunció, con la barbilla levantada como la reina que era. Jesucristo, ella sí que sabía actuar.

—¿Sigue tonteando con ese Bas? —me susurró Juliette al oído. Me encogí de hombros.

El otro portero asintió.

—Está bien, estuve aquí cuando la trajo —testificó—. Es su mujer.

Los ojos de ambos hombres nos recorrieron a las cuatro y luego retrocedieron respetuosamente. Dios mío, ¿quién demonios era Bas para imponer semejante respeto?

—Adelante. —Instaron, y Wynter miró por encima del hombro, asegurándose de que veníamos.

Inclinó la cabeza hacia ambos y murmuró su agradecimiento. Pasamos junto al guardarropa teñido de luces rojizas y una zona de bar. Detrás, las puertas se abrían a una oscura pista de baile y a un gran anuncio con una calavera en la pared más alejada.

Capos de la Mafia.

La música sonó hacia nosotras y entramos en la discoteca. El ritmo vibraba bajo nuestros pies, pero la pista de baile aún no estaba abarrotada. Unos cuantos cuerpos se retorcían y nos abrimos paso entre ellos hacia otra barra.

—¿Su mujer? —inquirió Juliette, entrecerrando los ojos hacia Wynter.

Wynter se encogió de hombros.

—Es lenguaje neandertal —explicó, lo que nos dijo absolutamente nada.

Pedimos una ronda de refrescos y, mientras esperábamos, estudié el lugar y la gente que había en él. Estaba claro que el club estaba dirigido a la alta sociedad.

Ivy y Juliette dejaron sus bebidas y se dirigieron a la pista de baile, mientras Wynter permanecía a mi lado.

Juliette e Ivy sonrieron ampliamente, echando la cabeza hacia atrás riendo mientras empezaban a retorcerse al ritmo de la música. Las vimos mover sus traseros, agitando y haciendo girar las caderas como si fueran bailarinas profesionales. O strippers que no comenzaban a quitarse la ropa.

—Necesitan un tubo —opinó Wynter, mirándome de reojo, y estallamos en carcajadas.

—Así que Bas, ¿eh? —cuestioné.

Incluso bajo la oscuridad del club, pude ver cómo se sonrojaba atractivamente.

—Sí.

Agarré su mano y la apreté.

—Me alegro por ti —le confesé antes de soltarle la mano—. Ya era hora de que hubiera algo para ti aparte del patinaje sobre hielo.

Se rio entre dientes.

—Haces que parezca que el hielo es toda mi vida. —Estaba bastante cerca, aunque no dije eso—. Las tengo a las tres, una familia maravillosa. Tengo mucho.

Sonreí. Tenía razón, pero apostaba a que nada de eso se comparaba con su hombre. Ahora que conocía parte de la trágica historia de su madre, deseaba que Wynter encontrara su felicidad plena. Dentro y fuera del hielo.

Sus ojos se dirigieron a mí.

—Y tú y el tío, ¿eh?

—Me gusta de verdad —admití con voz ronca, las emociones me ahogaban—. Mucho.

Esta vez, ella me tomó la mano.

—No te juzgaré, Dav —alentó y se inclinó hacia mí, dándome un beso en la mejilla—. No importa lo que pase. Nosotras, las cuatro, somos amigas para toda la vida. Podemos no estar de acuerdo o incluso discutir, no obstante, somos familia. De sangre o no. Familia para toda la vida.

Sonreí, animada por sus palabras. Inhalando profundamente y después exhalando, expulsé las palabras.

—Hablamos de un bebé —solté—. En el futuro. Sin prisas ni nada. Quizá dentro de un año. Hay presión para que tenga un heredero, a falta de un término mejor. —No podía hablarle de los peligros que acechaban en las sombras, amenazando a su familia. Me lo dijo confidencialmente—. Lo amo. —Era la primera vez que decía esas palabras en voz alta, pero no había nada que me hiciera retirarlas. Nada ni nadie—. Sí, lo amo —repetí —. Y me encanta la idea de tener una familia extendida con todas ustedes.

Wynter había perfeccionado su mirada carente de emociones para el público a lo largo de sus años de actuación. Lo ocultaba todo, sabiendo lo que podía costarle. La gente podía ser brutal e implacable. No obstante, ahora me observaba con una expresión de sorpresa en su rostro.

Movió los labios, mas no salió nada. Cerró la boca, la abrió y la volvió a cerrar.

—Sé que es mucho —susurré.

—¿Q-quieres b-bebés?

—Sí. Siempre he querido tener hijos. Por supuesto, no a mi edad, pero Liam dijo que está bien con esperar.

—¿Como bebés *pequeños*? —Apenas tuve tiempo de parpadear antes de que me jalara y me abrazara—. Maldición. —Sonrió—. Mierda. ¡Dios mío!

Mis ojos se desviaron hacia la pista de baile, pero ni Juliette ni Ivy nos prestaban atención, entonces me centré en Wynter.

—¿Eso es una buena o mala mierda? —Quise saber, aunque no parecía enfadada en absoluto.

—¡Creo que es estupendo! —exclamó sonriendo—. También quiero tener hijos algún día. Todos nuestros hijos pueden crecer juntos.

Me reí entre dientes, sintiéndome de repente mucho más ligera.

—Sí, lo harán.

—El tío es bueno contigo, ¿verdad? —indagó. Fue mi turno de sonrojarme, y los ojos de Wynter brillaron con picardía—. No te preocupes, no hace falta dar detalles —afirmó—. ¿Y sabes qué es lo mejor?

No podría borrar la sonrisa de mi cara, aunque quisiera.

—¿Qué?

—Juliette *nunca* te pedirá que compartas ningún detalle sexual —musitó, riendo entre dientes—. ¡Nunca!

Ambas nos reímos, echando la cabeza hacia atrás. Nos reímos tanto que nos temblaba el cuerpo y nos dolían las mejillas. El alivio de revelar mi secreto me hizo sentir más ligera y diez veces más feliz. Estaba deseando que llegara el futuro.

Sonó la canción *Morning After Dark* de Timbaland, con un ritmo fuerte y vibrante. Ambas compartimos una mirada y me arrastró a la pista de baile.

—¡Nuestro baile de celebración! —gritó, sonriendo ampliamente.

Nuestros cuerpos estaban cerca, nuestros ojos fijos y las dos sonriendo. Juliette e Ivy se nos unieron y supe que este momento formaría parte de mí para siempre. Las cuatro parecíamos más felices de lo que habíamos estado en mucho tiempo. Nos reímos, imitando los movimientos de baile de la otra, moviendo las caderas y sacudiendo el trasero.

Los hombres nos observaban, con los ojos hambrientos clavados en nosotras, aun así, no se atrevían a acercársenos. Ninguna les devolvía la mirada. Entonces empezamos a gritar la letra. Un baile se convirtió en dos, luego en tres y cuatro.

Juliette e Ivy consiguieron tomarse otro *gin-tonic* antes de que Wynter las regañara, pero seguimos bailando y divirtiéndonos.

La hora pasó demasiado rápido.

—De acuerdo, en cualquier momento —susurró Wynter, todas reunidas en circulo—. El anuncio llegará.

—Tengo que ir al baño —Ivy miró a su alrededor—. Seré súper rápida.

—Si oyes el anuncio —avisé—, no vuelvas aquí. Dirígete directamente al coche.

Asintió y se fue corriendo mientras Juliette, Wynter y yo bailábamos. Mis ojos se cruzaron con los de Juliette y ella sonrió.

—¡No recuerdo haberme divertido tanto nunca! —exclamó. Miré a

Wynter y ella asintió animada. Juliette captó nuestra mirada compartida—. ¿Qué? Están ocultando algo.

Wynter negó con la cabeza.

—Me lo acaba de decir, pero creo que es una noticia maravillosa.

Juliette sonrió.

—¿Qué? ¿Más noticias? Jesucristo, estamos llenas de noticias. ¿Estás embarazada?

Dejamos de bailar y nos quedamos paradas en medio de la pista, sin que nos importara el resto de la gente que nos rodeaba.

Antes de perder el valor, solté:

—Liam y yo hablamos de ampliar nuestra familia en el futuro. — Demonios, me encantaba decir *nuestra* familia.

—¿A la manera tradicional? —habló despacio, como si le costara comprenderlo.

Me cubrí la cara con ambas manos.

—Sí. Con mucho, mucho sexo.

La música se desvaneció en el fondo, lo único de lo que era consciente era de Juliette, Wynter y los latidos de mi propio corazón. Era como si estuviéramos en una burbuja, el mundo entero aislado. Me asomé entre los dedos, observando a Juliette, pero ella parpadeaba una y otra vez. Como si no pudiera procesar las palabras o el concepto.

—Te ama. Nada va a cambiar eso —declaré, preocupada de que hubiera llegado a un punto de ruptura.

Wynter agarró la mano de Juliette y la estrechó suavemente.

—Di algo.

—*Eww... Asco* —soltó finalmente Juliette—. *Guácala.* ¿No puedes adoptar?

—Me gusta la parte del sexo —susurré—. Al menos con él.

—No me extraña que lleves semanas con esa expresión postorgásmica en la cara. —Puse los ojos en blanco, pero no pude borrar la sonrisa de mi rostro—. En nuestro mundo, el matrimonio es para toda la vida —advirtió Juliette—. Tener un bebé te unirá a él para siempre, ¿sabes?

Respiré hondo y luego exhalé.

—Sí, lo sé.

—¿Qué pasa con nuestra escuela? —Wynter preguntó.

Y Juliette añadió:

—Sí, ¿y nuestra escuela?

—Planeé que nuestros hijos fueran a esa escuela —afirmé a ambas
—. Y nuestros planes no van a cambiar. Seguimos haciéndolo. Pero
lo amo.

—Mierda, realmente te gusta. —Juliette jadeó.

No tenía ni idea.

—Bueno, supongo que entonces está bien —murmuró Juliette. La
tensión salió de mis hombros y la abracé—. Ahora ya es oficial. Todos
nuestros hijos irán a nuestra escuela y estaremos unidas de por vida.

—De antemano pensaba que ya estábamos unidas de por vida —
bromeé.

—Pero ahora no puedes escapar. —Sonrió.

Antes de que pudiera pronunciar otra palabra, la música se interrumpió y las tres nos pusimos rígidas.

—¿Podría el propietario del *Jeep* de atrás mover el vehículo inmediatamente? —Se oyó el aviso y luego procedió a recitar el número de
la placa. Busqué a Ivy, pero debía de seguir atada en el baño.

—Vendrá por detrás —comenté. Con un movimiento brusco de
cabeza, salimos corriendo de allí.

Capítulo Cuarenta Y Nueve

DAVINA

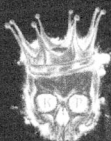

Las cuatro seguimos al camión hasta que hizo su parada programada. No me preguntes por qué siempre tenían programada una recarga de gasolina en esta gasolinera en específico, pero a nosotras nos funcionó.

La gasolinera estaba situada en una mala zona de la ciudad, sus luces fluorescentes parpadeaban encendiéndose y apagándose. La mitad del letrero no funcionaba en absoluto, y el conductor estacionó el camión exactamente allí.

—De acuerdo, Ivy —señalé—. Distráelos. Haz un trabajo tan bueno como el que hizo Juliette en Chicago.

Wynter soltó una risita. Todas lo hicimos; no pudimos evitarlo.

—Ofrécete a follártelos a ambos —propuso Juliette—. Eso seguro que los distrae.

—Tanta presión para actuar —gimió Ivy—. ¿Cómo lo haces con el patinaje, Wynter?

—Está bien, menos charla y más acción —regañé, aunque el humor tiñó mi voz.

Las tres vimos cómo Ivy salía del *Jeep* y se acercaba al camión contoneando las caderas. Luego se puso justo delante y empezó a bajarse la cremallera del vestido.

—*Oh, maravilloso* —musitó Juliette—. Se está desnudando. Esperemos que la policía no pase y la confunda con una prostituta.

—Si lo hacen, pagaremos su fianza. Creo que en algún momento tendremos que sacar a alguien de apuros. Podríamos ganar algo de experiencia en ese campo.

Wynter y Juliette se rieron, aunque hablaba muy en serio.

Vimos cómo el tipo se bajaba y se acercaba a Ivy, con los ojos hambrientos puestos en ella. Le dijo algo y él se rascó la nuca. Intercambiaron unas palabras y luego se dirigieron a la parte trasera del camión.

La puerta se cerró, bloqueando a Ivy y a ambos hombres fuera de nuestra vista.

—Dios mío —solté con voz ronca—. Lo está haciendo. Lo convenció para que la llevara a la parte de atrás del camión.

—Probablemente sugirió un *ménage* —especuló Wynter—. Admitió que se sentía bastante caliente. ¿Deberíamos darle un minuto más?

—Diablos, no —dije—. El tercer tipo está adentro de la gasolinera. A menos que quieras cogértelo, deshagámonos de esos dos hombres.

—No te estreses, D. —Juliette se rio—. Probablemente Ivy ya los tenga muertos.

Juliette y yo saltamos del *Jeep*. Wynter se quedó al volante para asegurarse de que tuviéramos un escape rápido. Juliette era la experta en forzar cerraduras, así que, una vez en el furgón blindado, se dispuso a ponerse manos a la obra mientras yo vigilaba.

Me retumbaba el corazón. Llegaron ruidos del interior del camión y recé para que no estuvieran follando. No creí que Ivy hablara en serio cuando sugirió hacer un trío. Era una maldita virgen, por el amor de Dios. Eso sería como ir de cero a cien en un deportivo en menos de tres segundos.

Seguí mirando hacia la gasolinera en busca del hombre que volvería en cualquier momento.

Juliette tardó treinta segundos en desbloquear la puerta trasera. Encontramos a Ivy sonriendo ampliamente junto a dos hombres inconscientes.

—Por favor, dime que no los mataste. —Me puse la palma de la mano en la frente.

—No te preocupes, están vivos —aseveró—. Y no, no dejé que me cogieran.

—Gracias a Dios —dijimos Juliette y yo al mismo tiempo.

—Ayúdenme a tirar sus grandes cuerpos por la parte de atrás. —Empezó a empujar a uno de ellos.

Asentí con la cabeza.

—Ivy, ve al frente y arranca el camión —ordené—. Iré enseguida.

Se escabulló hacia el asiento del conductor mientras Juliette y yo resoplábamos empujando los dos cuerpos inconscientes y haciéndolos rodar como sacos de patatas.

—¿Qué demonios les dio? —pregunté—. Son peso muerto.

Juliette soltó una risita.

—Es una droga poderosa. No recordarán nada cuando despierten.

Un cuerpo fuera del camión. Rodamos el siguiente cuando gimió.

—Maldición, debería darle una extradosis —espetó.

—No —objeté—. Solo empújalo. No puede hacer nada. No queremos darle una sobredosis.

Y otro cuerpo fuera del camión.

—De acuerdo, ve con Wynter —le dije a Juliette—. Nos vemos en nuestro destino.

Cerré la puerta trasera y corrí hacia el asiento delantero del camión blindado justo cuando Ivy conectaba con éxito los cables de debajo del volante. Se encendieron chispas y el camión arrancó.

Salió del estacionamiento y nos fuimos como si el mismo diablo nos persiguiera.

Wynter y Juliette estaban justo detrás de nosotras, siguiéndonos. No tenía ni idea de dónde había aprendido Ivy a robar vehículos, pero no me molesté en preguntar. Me alegraba que supiera lo que estaba haciendo. Mientras ella conducía, subí a la parte de atrás, con el vestido subiéndose y descalza. Una vez allí, abrí la caja fuerte y se me paró el corazón. Había bolsas y bolsas de dinero.

Empecé a acercar todas las bolsas de dinero a la puerta. No podía ni imaginar cuánto dinero había aquí.

—Llama a Wynter y dile que estaremos establecidas por al menos dos años —le avisé a Ivy sin aliento mientras ella aceleraba por la autopista, refunfuñando para sus adentros sobre los malditos estadounidenses que conducían por el lado equivocado de la carretera—. ¡Conseguimos el premio gordo!

Sonreímos durante todo el camino hasta el lugar donde pensábamos parar y dejar el vehículo.

Trenton, New Jersey. Delaware River.

Capítulo Cincuenta

LIAM

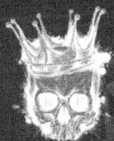

E ra casi medianoche cuando Quinn y yo salimos de mi despacho situado en la última planta del rascacielos del *Upper West Side* de Manhattan que daba al Hudson River. Había sido un largo día de revisión de planos y tratos con los arquitectos.

Mi teléfono zumbó. Luego volvió a zumbar. Y otra vez.

Preocupado por si les había pasado algo a las chicas, lo saqué y mis labios se curvaron.

> Wynter: Si rompes su corazón, te mataremos y enterraremos tu cuerpo en una fosa poco profunda para que los animales puedan llegar a ti.

Sinceramente, no sabía que mi sobrina tuviera pensamientos tan violentos. Luego siguió con un mensaje más apropiado.

> Wynter: Felicidades, tío. Estoy tan feliz por los dos. Te quiero.

El mensaje de Juliette fue aún peor.

> Juliette: Sí, eso es asqueroso. Solo de pensar en ti y mi mejor amiga me hace querer ser célibe por el resto de mi vida.

Escribí el mensaje de vuelta.

> Yo: Bien. Entonces mi misión ha sido cumplida.

Un emoji con los ojos en blanco siguió, junto con otro mensaje de Juliette.

> Juliette: Felicidades. Hazla llorar, y estás muerto.

Tuve que admitir que me alegró que Davina les contara lo de nuestro matrimonio. Ya era hora de que toda mi familia se enterara.

Entonces llegó un mensaje de Davina.

> Davina: Están felices. No puedo esperar a verte mañana.

No me gustaba no tenerla en mi cama. Sin embargo, accedí a que pasara la noche con Wynter en la residencia, pero esta noche sería la última. Perdido en mis pensamientos, salí del edificio y pisé la acera. Antes de que pudiera respirar aire fresco, empezaron a volar balas.

El cuerpo de Quinn se estrelló contra mí y me apartó del lugar justo a tiempo.

—Mierda —gruñí, preparándome para el impacto. Cuando mi cuerpo se estrelló contra el suelo, me eché la mano a la espalda y saqué la pistola que llevaba guardada en la parte trasera del pantalón.

Todo sucedió rápido.

El sonido de los disparos llenaba el aire.

—Toma tu derecha —siseé—. Tomaré la izquierda.

Podía ver a mi conductor desde aquí. Ya tenía un arma en la mano y había empezado a disparar. Ya había un hombre caído.

Examiné la situación. Nos superaban en número. Por mucho. Nos rodeaban unos veinte hombres.

Centrándome en el lado izquierdo, apreté el gatillo y le di a uno. Quinn levantó el arma y disparó.

Bang. Bang. Bang.

Las balas volaban a nuestro alrededor. Era como una maldita guerra en el corazón de Manhattan.

Por el rabillo del ojo, vi una sombra que se movía y lo imité, apuntando al tipo con la pistola.

—¡Maldición, Cassio! —grité—. ¡Casi te disparo!

Se rio entre dientes.

—No antes de dispararte.

Entonces me fijé en su hermano, Luca, que estaba detrás de él.

—¿Por qué no nos invitaste a la fiesta, desgraciado?

Sonreí con satisfacción.

—Es una fiesta sorpresa.

Ahora los tres estábamos disparando, y empezaron a caer cuerpos. La sangre salpicaba la acera de New York y, sinceramente, me sorprendió que no hubiera transeúntes inocentes cerca.

—¿Rusos? —preguntó Cassio.

—Probablemente. —Lo que significaba que sabían que Wynter estaba en New York—. Putos rusos —murmuré en voz baja mientras apuntaba a otro tipo. Su número disminuía rápidamente gracias al apoyo de Cassio y Luca. Cinco contra veinte nos daba más posibilidades.

Vi a uno de los rusos estrellar su cuerpo contra mi conductor y me apresuré a seguirlo. Entonces apunté.

Bang.

El sonido de los disparos resonó en el aire. Los enemigos estaban casi sometidos. Mi conductor estaba en el lugar equivocado. Seguí disparando, eliminando objetivos a su alrededor. Casi había llegado cuando una bala le dio justo en el cráneo, y vi cómo la vida abandonaba sus ojos incluso antes de caer al suelo.

¡Mierda! Odiaba perder hombres. Hombres buenos en particular.

Quinn jadeó detrás de mí, y me di la vuelta para encontrarlo en su trasero, con la espalda contra el edificio, y solo entonces me di cuenta de que estaba sangrando. Mucho.

—A tu derecha —advirtió Quinn, y me giré justo a tiempo para agacharme cuando una bala voló por encima de mi cabeza.

Cassio levantó su arma y disparó, y el último hombre cayó al suelo. Los cuatro respirábamos con dificultad, la adrenalina seguía corriendo por nuestras venas.

—Gracias —les dije a él y a Luca, tendiéndoles la mano. Nos dimos la mano y nos apresuramos a acercarnos a Quinn. Me agaché para ver cómo estaba, con la piel pálida mientras luchaba por mantener los ojos abiertos.

Esto era malo. Su camisa estaba empapada con sangre, al igual que sus manos.

—Más te vale que no te me mueras, viejo desgraciado —exigí. Quinn había pasado por mucho conmigo.

—Lo dice el otro viejo desgraciado.

—Déjame llevarte a mi casa. —Ofreció Cassio.

—No, tengo que llevarlo a mi recinto. —Teníamos una sala de hospital de última generación, y Quinn necesitaba estar en un lugar donde pudiera vigilarlo.

Levanté el enorme cuerpo de Quinn y corrimos hacia el Mercedes negro.

En cuanto estuvimos todos instalados en el interior del coche de Cassio, este aceleró mientras yo mantenía presión sobre la herida de Quinn.

Sonó mi teléfono y contesté sin revisar quién era.

—Sí.

—Liam. —La fría voz de Alexei me llegó y un frío pavor me invadió por dentro.

—Dime que las chicas están bien —solté entre dientes. Si les pasaba algo, quemaría la maldita Rusia hasta los cimientos si hacía falta y mataría al *Pakhan* de una vez por todas. No podía perder a mi mujer, ni a mi sobrina, ni a mi hija.

—Robaron en un club en Philadelphia que pertenece a DiLustro.

—¿Qué hicieron *qué*? —bramé.

Quinn rio débilmente.

—¿Están robando las chicas otra vez?

374

A pesar de lo jodido de la situación, sonreí, porque si Quinn tenía energía para reírse, sabía que saldría adelante.

—Interceptaron su vehículo blindado —detalló Alexei, con voz monótona, como si estuviera hablando del tiempo.

—Demonios. Maldita mierda. Llamaré a Nico y le pediré que borre los videos de vigilancia y cualquier prueba sobre ellas —añadí.

—Ya está listo —aseguró Alexei—. Nico se encargó de las grabaciones del casino. Sasha se encargó de la gasolinera y eliminó a los testigos.

—¿Gasolinera? ¿Qué le hicieron a la gasolinera? ¿La hicieron estallar? —Mierda, ¿acaso de verdad quería saberlo?—. ¿Qué diablos están haciendo ahora? ¿Quemando una maldita ciudad?

Llegó la voz sin emoción de Alexei.

—Están intentando empujar un camión robado al río.

Habían ido demasiado lejos. Las chicas de veintiún años no deberían planear robos y destruir propiedades.

—Atrápalas. —Ya las había dejado salirse con la suya demasiado.

—Soy solo yo y cuatro de ellas.

—No me digas que te dan miedo —me burlé—. Cuatro chicas recién salidas de la universidad. Se cagarán en los pantalones cuando te vean.

Alexei no perdió el ritmo.

—No voy a maltratarlas y asustar a mi cuñada.

—Por el amor de Dios —refunfuñé—. Tengo un hombre desangrándose aquí. No me importa cómo lo hagas, solo tráelas aquí.

—Bien. —Aceptó—. Sasha está en esta zona. Haré que las asuste.

—¿Suena como a problemas de mujeres? —bromeó Luca una vez que colgué.

—No tienes ni la más mínima puta idea.

Capítulo Cincuenta Y Uno

DAVINA

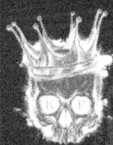

—**M**-maldición —balbuceé, viendo cómo el camión se hundía lentamente en el Delaware River. Aunque eran casi las diez de la noche, no necesitamos ninguna de las linternas que habíamos traído. La luna llena brillaba sobre el río y nos permitía ver muy bien.

—Totalmente de acuerdo contigo —murmuró Wynter.

—Maldición —repitió Juliette.

El dinero estaba ahora todo amontonado en el *Jeep*. Estaríamos apretadas el resto del trayecto hasta la residencia, pero teníamos suficiente para comprar diez propiedades. Probablemente había entre veinte y cuarenta millones, a simple vista.

—Maldición —dije una vez más. Porque ¿qué otra cosa podía decir?

Las cuatro estábamos de pie en la fresca noche primaveral. El camión estaba casi completamente sumergido. Y de la nada, Wynter rio suavemente.

—Esta es la parte donde el Bluetooth tomó una llamada telefónica en *Good Girls*.

Juliette gimió.

—Wyn, eres rara.

Se encogió de hombros.

—Es una buena rareza. —Sonrió suavemente—. Al menos eso es lo que he oído.

—Sigue diciéndote eso —se burló Juliette.

—*Good Girls* es más maduro que usar el silbido de Rue como señal de alarma —replicó, inteligentemente.

—*Ummm* —Ivy rompió el silencio—. Odio interrumpir esta extraña conversación, pero tengo que decirles algo.

Todas la mirábamos, olvidando el camión.

—¿Qué? —preguntamos al unísono.

—*Ummm...* cuando fui al baño, me encontré con un chico —susurró.

Fruncí el ceño.

—Sí, ¿y?

—Priest —confesó.

—¿Qué? —chillamos todas—. ¡Ese tipo se fue!

—Sí, supongo que volvió —Ivy señaló lo obvio.

—¿Estaba cerca de la pista de baile? —cuestionó Wynter, entrecerrando los ojos—. Esto era algo que deberías haber dicho antes de que interceptamos el camión. Si vio a Juliette, sabrá que fuimos nosotras. La misma persona en dos lugares distintos que fueron robados es una prueba bastante fuerte de quién lo hizo.

—Bueno, creo que nunca llegó al área de la pista de baile —explicó, apartando la vista de nosotras. No era propio de ella evitar el contacto visual. Y al igual que Juliette, nunca se avergonzaba.

—¿Por qué, Ivy? —inquirió Juliette en voz baja, entrecerrando los ojos.

—De alguna manera, nosotros... *umm...* Puede que hayamos empezado a *tocarnos* en el pasillo.

Una risa ahogada burbujeó en mi garganta.

—¿Como *tocarse* con la boca?

Ivy me fulminó con la mirada.

—Sí, con la boca, y quizá con mis manos —siseó.

—*Oh.*

—Sí, *oh* —susurró, y luego apretó las palmas de las manos contra sus mejillas sonrojadas—. Jesucristo, deberíamos dejar de hacer esto.

—Ivy, ¿te...? —Se me entrecortó la voz y el corazón se me oprimió en el pecho—. ¿Hizo algo más que besarte? —Se me atragantó la voz, con un nudo en la garganta causado por el miedo a lo que ella pudiera haber sufrido.

Sacudió la cabeza.

—N-no. Perdí la cabeza —admitió en voz baja, con los hombros caídos—. C-casi dejé que me follara allí mismo, en el pasillo. Sé que siempre digo tonterías, pero en realidad quiero esperarme hasta el matrimonio. —Un grito ahogado sonó a mi lado. Pensé que era de Juliette, aunque no estaba segura—. Para ser un *cura*, era muy bueno con las manos —atestiguó, la vergüenza tiñendo su voz—. Si ese anuncio no hubiera ocurrido, creo que habría llegado hasta el final.

Wynter se adelantó y le colocó las manos en los hombros.

—¿Y qué? —indagó—. ¿Te gustó?

Ivy parpadeó, conteniendo las lágrimas que amenazaban con derramarse.

—Creo que sí. Sí. Pero...

—Que se joda el pero —intervino Wynter—. Perdiste la cabeza. ¿Y qué? Te gustaron sus manos sobre ti y dejaste que te tocara. Lo único que importa es que lo disfrutaste.

—Dios, creo que Wynter está completamente corrompida —apuntó Juliette a mi lado—. Sin embargo, estoy de acuerdo. Si te gustó, ¿qué demonios importa dónde te tocó?

—Creo que me gustó la idea de que alguien nos observara —confesó Ivy en un susurro—. Me corrí en sus dedos.

Dios, si supiera la mitad de las cosas que había hecho con Liam.

Juliette se burló.

—Bueno, eso suena bastante excitante. Seguro que Davina hizo eso y mucho, mucho más con su marido. Aunque, por favor, sin detalles. ¡Nunca!

Wynter soltó una risita, incapaz de contener la carcajada. A decir verdad, yo tampoco podía. A pesar de que intenté fulminar a Juliette con la mirada, mi estúpida cara no cooperó y acabé sonriendo.

—Apuesto a que te azota —afirmó Juliette, y mi cabeza se giró hacia ella.

—¿Cómo lo sabes? —pregunté, sorprendida.

Un segundo de silencio y luego todas estallamos en carcajadas histéricas. Nos reímos tanto que pensé que me iba a mear encima.

Mi teléfono zumbó.

—Ese debe de ser *papi* que llama para ver cómo está su joven esposa. —Se rio Juliette—. Ven a casa, *nena*, para que pueda azotarte el trasero y follarte.

—Creí que no querías detalles. —Sonreí mientras rebuscaba en mi bolso.

Se me cayó la sonrisa. No era Liam. Era Garrett.

—Mierda, ¿ese perdedor todavía te está dando lata? —Ivy sonaba molesta en mi nombre. No tenía ni idea.

Mi teléfono volvió a sonar y esta vez contesté.

—¿Qué quieres, Garrett? —Chasqueé en el auricular.

—*¡Quemaste mi casa!* —gritó, arrastrando ligeramente las palabras.

—No tengo ni maldita idea de lo que estás hablando —respondí con calma—. Pero puedo escuchar que estás borracho. Deja de acosarme o pediré una orden de restricción contra ti.

Empezó a reírse maníacamente.

—*Eres una criminal que quemó mi casa. Tú y tus estúpidas amigas. No irás a la policía.*

Sentí que la ira aumentaba en mi interior.

—Otra vez, Garrett. No tengo ni idea de lo que estás hablando —pronuncié, manteniendo a duras penas la calma—. Pero te aseguro que no dudaré en mostrarle a la policía todas estas llamadas y mensajes de texto que me has estado enviando durante las últimas semanas. Créeme, hay pruebas de sobra para una orden de restricción.

Terminé la llamada, sin molestarme en escuchar lo que tuviera que decir.

—Ese tipo realmente necesita una vida. —Juliette rompió el silencio—. Si no deja de acosarte, quemaremos su próxima casa.

—Las cuatro necesitan una vida —afirmó una voz grave detrás de nosotras, y las cuatro nos dimos la vuelta.

Capítulo Cincuenta Y Dos

DAVINA

Alexei Nikolaev estaba en lo alto de la colina, bloqueando nuestra salida y nuestro acceso al *Jeep*. Junto a él había un tipo que se le parecía. Mucho. Y detrás de ellos, había una mujer... con un maldito bebé.

—Hola, señoritas —nos saludó el tipo que se parecía a Alexei, con cara de diversión—. Soy Sasha.

—Demonios —murmuró Ivy—. ¿La acabábamos de joder?

Intercalé la vista entre Alexei y Sasha. Tenían que ser hermanos. Ese tipo de parecido era espeluznante. Ambos daban demasiado miedo, por razones completamente distintas. Uno me recordaba a un psicópata y el otro a un lunático temerario.

—Hola. —Intenté usar algunos modales.

Juliette me empujó con el hombro.

—No hables con los rusos que dan miedo —masculló.

La verdad es que Sasha no tenía acento. No era que pudiera escucharlo por encima del zumbido de mis oídos con la adrenalina corriendo por mis venas. Jesucristo, no parecía menos aterrador que Alexei Nikolaev.

—*Umm*... escuchen, no queremos problemas. —Wyn trató de sonar firme y segura, mas su bravuconería falló a lo grande. No obstante, ganó puntos por intentarlo—. Solo déjenos llegar a nuestro coche y nos iremos.

Sasha parecía divertido y Alexei no tenía expresión alguna. Me moví de un pie a otro, ansiosa e insegura de cómo interpretar su presencia.

—¿Cuándo *ha* funcionado eso? —Ivy siseó.

—Necesitamos una maldita pistola —resopló Juliette—. Ahora estos desgraciados se llevarán todas nuestras ganancias y volveremos al punto de partida.

—Silencio. —Las callé—. Estos son los hombres Nikolaev.

Wynter giró la cabeza y sus ojos se desorbitaron.

—¡Mierda, no lo creo! —soltó—. Qué pequeño es el mundo, *¿eh?*

—Demasiado pequeño —coincidí.

—¿Por qué están aquí? —Wynter exigió, sus ojos se estrecharon en ellos.

—¿Por qué no podían aparecer cuando no estábamos haciendo nada? —Ivy se quejó.

—¿Y por qué hay una mujer con un bebé escondida detrás de ellos? —preguntó Juliette—. Será mejor que no sean unos raros haciéndole daño. Haré que mi hermano les patee el maldito trasero.

Las tres nos burlamos. Killian era un tipo duro y todo, no obstante, estos tipos le llevaban al menos diez años.

—¿Por qué no podían venir por nosotras tipos que dieran menos miedo? —Ivy se lamentó—. Vinieron unos putos luchadores de MMA.

—Saben que estamos aquí, ¿verdad? —intercedió Sasha. Una suave risita femenina sonó detrás de ellos. Alexci desvió la mirada e, hipnotizada, vi cómo su expresión se suavizó.

—¿Por qué están aquí? —exigí con voz fuerte, mis entrañas se revolvían.

—Para mantenerlas a salvo —declaró Sasha—. Es obvio que ustedes cuatro necesitaban ser salvadas. Tienen problemas escritos por todas partes.

Wynter bufó.

—¡Tú también! Apuesto a que te metes en problemas todo el maldito tiempo.

—Ella ya te conoce —comentó Alexei, casi sonando divertido. *Casi*.

Empujé a Wyn con el hombro y le dirigí una mirada mordaz.

—Nos están manteniendo *a salvo* —acentué la última palabra.

—Bueno, ¿quién los envió? —Juliette exigió—. No tratamos con los rusos.

—Liam Brennan.

—¡No! —Juliette y Wynter murmuraron al mismo tiempo—. No le agradan los rusos.

Sasha se metió las manos tatuadas en los bolsillos.

—Parece que le agradamos bastante.

—Podría ser una trampa —argumentó Ivy.

Les lancé una mirada exasperada.

—Si están aquí para mantenernos a salvo —anuncié a todas—, técnicamente podemos darles órdenes.

Sasha soltó una risita y Alexei levantó el labio. Al menos alguien se estaba divirtiendo.

—No lo creo, señora Brennan. —Sasha soltó una risita. Las cuatro compartimos una mirada. Era raro que me llamaran señora Brennan. Me hacía sentir mucho mayor.

—Las llevaremos a casa.

Me erguí más recta.

—No hace falta. Nosotras nos encargamos.

Una mujer se acercó al lado de Alexei y se me escapó un suave jadeo. Era Aurora Ashford. No, Aurora Nikolaev. *Mi hermana*. Con un recién nacido en brazos.

Wynter también la reconoció, porque su mano se deslizó hasta la mía y la agarró con fuerza.

—Hola, chicas —nos saludó, pero sus ojos se clavaron en los míos. Era hermosa, con el cabello y los ojos oscuros. El colorido era aún más marcado al lado de los dos hombres Nikolaev—. Soy Aurora.

Juliette e Ivy me observaron, con las cejas levantadas.

—Es esa... —Juliette susurró, y yo asentí—. ¿Nos escuchó hablar de ella?

Me encogí de hombros, incapaz de apartar la atención de mi hermana. Parecía irreal. Mi hermana estaba delante de mí.

—Hola —la saludó Wynter—. Supongo que ya sabes quiénes somos.

Aurora asintió, y algo en mi garganta se apretó tanto que no pude obtener suficiente oxígeno. No tenía sentido. No sabía que tenía hermanos y una hermana hasta hacía poco. No debería emocionarme tanto por una perfecta desconocida.

Sin embargo, algo al verla me golpeó justo en el pecho. No era una extraña. Era familia. *Mi* familia.

—Sí —respondió Aurora en voz baja, con los ojos fijos en mí—. Hola, Davina. Hace tiempo que esperaba conocerte.

Mierda, ya me agradaba.

Capítulo Cincuenta Y Tres

LIAM

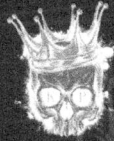

En cuanto llegaron los hermanos Nikolaev, me dirigí hacia ellos. Abrí la puerta del *Mercedes G-Benz* y vi a Sasha al volante y a Alexei conduciendo el *Jeep* de Wynter.

Las chicas se deslizaron fuera, mirándome.

—¡¿En qué demonios estaban pensando las cuatro?! —bramé en cuanto sus pies tocaron el suelo.

Los iris de Wynter brillaron desafiantes y maldije en silencio. Conocía esa mirada. La había visto antes. Juliette la había perfeccionado.

Entrecerré los ojos hacia Davina y ella se encogió de hombros.

—No me vengas con cosas, Liam. ¡Hiciste que nos siguieran! También guardabas secretos.

Mi labio se curvó a pesar de las horas de preocupación que había soportado. Primero, para asegurarme de que Quinn estuviera bien y, después, de que las chicas llegaran sanas y salvas a casa.

—De alguna manera creo que tus secretos superan a los míos, esposa.

—¿Quién está compitiendo? —murmuró en voz baja.

Las cuatro chicas se quedaron paradas en la entrada, sin saber qué hacer o decir, mientras me acercaba a Alexei. Sasha había dejado el coche para acercarse a su hermano y a una mujer que reconocí como Aurora Nikolaev, la hermana de Davina. De algún modo, no me sorprendió.

—Gracias —les dije tanto a Sasha como a Alexei—. No olvidaré esto.

—Lo siento —intervino Aurora en voz baja—. Coincidió que estaba en la ciudad con Alexei, y no pude mantenerme alejada.

No podía culparla por intentarlo.

—Dependerá de Davina si quiere tener algo que ver con esa parte de su familia —advertí en voz baja.

Alexei gruñó suavemente, pero la mano de su esposa tomó la suya y apretó.

—Por supuesto —me aseguró. Luego inclinó la cabeza hacia su pequeño recién nacido en brazos—. Pero he traído munición. Nadie puede resistirse a un bebé, ¿verdad? —Sonrió con satisfacción.

Sacudí la cabeza.

—Nadie. Y felicidades.

Al ver al pequeño en sus brazos, no pude evitar imaginarme a Davina con nuestro bebé. Las cosas iban rápido y había secretos que debíamos revelar, entre ellos, que no habría más robos, pero estaba deseando ver su vientre crecer con nuestro hijo.

—Quizá puedas hacer entrar en razón a estas mujeres —declaré, y luego volví a centrar mi atención en las cuatro chicas problemáticas—. Antes de que hagan que las maten.

—Oh, por favor —replicó Juliette, poniendo los ojos en blanco—. Si nos quisieras a salvo, nos habrías dicho la verdad.

Fruncí el ceño.

—¿Qué se supone que significa eso? —indagué. Estaba tan cansado. El maldito sol saldría pronto, así que las posibilidades de dormir eran nulas.

—Lo sabemos, tío —reviró Wynter, su tono sin remordimientos—. Incluso tuviste la oportunidad de confesar. ¿Recuerdas la mañana que salimos a correr? Así que no nos sermonees sobre mantenernos a salvo.

—¿De qué demonios están hablando? —solté entre dientes, manteniendo a duras penas la calma. Era como si esas chicas hubieran metido en un mismo mes los años de la infancia, la adolescencia y la universidad.

—¡Sé que no eres mi padre! —gritó Juliette.

El silencio que siguió fue ensordecedor. Todos nos quedamos quietos en el camino de entrada, con el sonido de la ciudad tenue y distante. No era así como imaginaba que se expondrían nuestros secretos.

—Vaya, eso es inesperado. —La voz de Cassio llegó desde detrás de mí, mas lo ignoré. Ese había sido mi miedo durante los últimos veinte años. Hice de todo para protegerla. Proteger a mi familia.

Mis ojos se desviaron hacia Wynter. ¿Cuánto sabía?

—No me mires, tío —refunfuñó Wynter—. No voy a salvarte. —Su atención viajó detrás de mí—. Aunque, me gustaría saber ¿por qué tenemos a todos estos criminales siguiéndonos?

Una risita sonó en algún lugar del patio, y no pude determinar si era Sasha o Luca.

—Me lo tomaré como algo personal —protestó Sasha, aunque la diversión bailaba en su mirada.

Wynter le entrecerró los ojos.

—Bueno, que difícil para ti. ¿Cuántas cosas no nos estás contando, tío?

—¿Eh? —Juliette continuó, mirándome fijamente—. Todos ustedes están decidiendo mierda en nuestro nombre sin siquiera molestarse en consultarnos.

—Legalmente somos adultas. —Wynter puso las manos en las caderas, mirándome—. Noticia de última hora, tío. Tenemos derecho a decidir por nosotras mismas.

—Estás jodido, Brennan —intervino Luca, sin ayudar.

—¿Y quién demonios eres tú? —Juliette estalló.

—Cassio y Luca King. —Los presenté—. Y Juliette, muestra algo de respeto.

Su respuesta fue rodar los ojos nuevamente.

Davina se acercó y deslizó su mano entre las mías.

—Te prometo que no se los dije —confirmó en un susurro, con la vista clavada en mí. Quizás era un idiota, pero le creí.

—Encontré los certificados de nacimiento —explicó Juliette—.
Tanto el de Killian como el mío. —Sus ojos brillaron y algo se apretó
en mi pecho. Quería protegerla, no alterarla—. ¿Él lo sabe?

Casi quería mentir y proteger a Killian, aunque en realidad no lo
necesitaba.

—Sí —admití suavemente—. Era mayor cuando los acogí.
Recuerda a tus padres biológicos. —Solté de mala gana la mano de
Davina y di dos grandes pasos hacia mi hija—. Todo era nuevo para
mí. Killian me ayudó, y también tu tía. Estaba fuera de mi elemento.
Los echaba de menos, ansiaba encontrar a sus asesinos y tenía una
recién nacida y un hijo de la noche a la mañana.

—Podrías habernos dejado —argumentó Juliette.

—En primer lugar: no, maldición. Puede que no sea tu padre biológico, pero soy tu padrino. Tanto tuyo como de Killian. Y segundo, hice
una promesa —confesé—. A mi mejor amigo. Era la única forma de
protegerlos. Dejando que el mundo creyera que ambos habían muerto.

Tantos putos años manteniéndolos fuera del radar. Estaba tan
cansado. Sabía que sería una necesidad hoy. Mañana. Tal vez incluso
tomaría años. No obstante, encontraría a los responsables de sus
muertes y los mataría. Mataría dos pájaros de un tiro, porque la misma
amenaza acechaba a Wynter y a mi hermana.

—Debiste decirnos hace mucho tiempo —acusó Wynter—. Todos
esperan que no nos enteremos de nada. Creen que nos hacen un favor,
cuando en realidad nos ponen en más peligro al no decirnos. Tenías
que haberlo hecho ya cuando éramos mayores. Tanto tú como Killian.

Por supuesto que tenía razón. Excepto, ¿qué día eliges para decirle
a tus hijos y sobrina toda la mierda que los amenazaba? Mi hermana lo
sabía y aun así terminó dañada por nuestra forma de vida.

—Estoy de acuerdo —musitó Juliette—. No deberíamos enterarnos
de esta manera. Wynter quiere saber sobre su padre. No tiene nada,
solo su nombre. ¿Alguna vez te has parado a pensar cómo nos hace
sentir eso?

—No —concedí—. Me aterra pensar en ello. Pero odio aún más
tener que poner la preocupación sobre sus hombros.

—Bueno, al menos deberías enseñarnos a sobrevivir, demonios —

renegó Wynter—. Porque batallamos para configurar un maldito teléfono desechable.

Se me escapó una risa ahogada, tratando de imaginarme a estas mujeres configurando un teléfono desechable.

—Puedo enseñarles cosas así. —Ofreció Sasha, y no estaba muy seguro de cómo sentirme al respecto.

—Sería estupendo —respondieron las cuatro al unísono, radiantes como bombillas de cien vatios.

Wynter se acercó y me rodeó con sus brazos.

—Todavía te amo, tío.

—También te amo. —Tiré de sus rizos rubios, como cuando era pequeña—. Pero tienes que volver a enderezarte —continué suavemente—. De lo contrario, habrá un infierno que pagar con mi hermana.

Juliette se unió y ya todo estaba bien. Había mucha mierda por venir, pero por ahora, disfrutaría de esto. Ambas me enorgullecían. Necesitarían su fuerza.

Juliette me recordaba a su padre con su carácter temerario. Aun así, era fuerte y leal, como él. Me preocupaba Wynter. En el fondo, era demasiado suave.

Dejé que las dos primas se abrazaran, volví junto a mi esposa y le tomé la mano. Saber que estaban a salvo me tranquilizó.

—¿Por qué roban dinero? —pregunté. Mis ojos recorrieron a las cuatro—. Y no más mentiras.

Vi cómo las cuatro tragaban al mismo tiempo. Era casi cómico. Luego compartieron una mirada.

Fue Davina quien contestó:

—Para una escuela.

Parpadeé.

—¿Una escuela?

—Sí, una escuela —corroboró. Desvié la mirada hacia Wynter, luego hacia Juliette y después hacia Ivy. Había esperanza y emoción en sus ojos, sin embargo, no sabía por qué. Me faltaba un dato clave.

Cassio y Luca se apoyaron en el *Jeep*, observando todo el intercambio con intriga. Esperaba que los desgraciados estuvieran tomando notas. Se acercaba su hora.

—¿Qué tipo de escuela? —Acabó preguntando Aurora. Menos mal que no era la única confundida.

—Para criminales —manifestó Wynter con una amplia sonrisa.

—Bueno, para sus hijos —aclaró Juliette.

—Sería una universidad para chicos y chicas de cualquier familia criminal —añadió Davina—. Para que los niños no se encuentren despistados como hemos estado nosotras. Hemos aprendido cosas sobre la marcha. No obstante, esta escuela les enseñará lo necesario para sobrevivir en este mundo... además de las cosas que aprenderían en una universidad normal. Ya saben, Matemáticas, Lectura, Historia, Ciencias.

En realidad, no era una mala idea.

—Me gusta la idea —opinó Cassio.

—A mí también —acordó Luca—. Si necesitan dinero, me interesaría invertir. —Las cuatro negaron al instante con la cabeza—. ¿No? ¿Por qué no? —cuestionó Luca con curiosidad.

—No queremos que nadie controle quién pueda o no entrar en la escuela —informó Davina.

—Sin discriminación —anunció Wynter.

Otros dos latidos de silencio.

—¿Cómo demonios se les ocurrió una idea así? —indagó Sasha con curiosidad, apoyándose en el Mercedes.

Los ojos de las chicas se apartaron de nosotros, negándose a mirar en nuestra dirección.

—¿Davina? —gruñí.

—Cuando quemamos una casa —confesó en voz baja—. La de mi exnovio. Nos estaba chantajeando, así que necesitábamos el dinero, así que primero le robamos a Liam, pero luego vino un amigo y borró las pruebas de vigilancia. Y así es como surgió la idea de la escuela.

—Bueno, técnicamente, quemé la casa —explicó Ivy—. Se me cayó el cerillo.

—Recolecté el alcohol y los cerillos —agregó Juliette.

¡Quemaron una casa! ¿Quemaron su maldita casa? ¿Por qué demonios nadie me dijo esto?

—Intenté apagarlo —dijo Wynter.

—¿Por qué? —inquirió Alexei.

Wynter parpadeó, con confusión en el rostro.

—¿Por qué intenté apagarlo?

Alexei negó con la cabeza.

—¿Por qué intentaste quemar la casa?

—El exnovio de Davina la engañó —razonó Juliette, como si fuera una razón perfecta—. Era eso o cortarle la verga.

Entonces le entraron arcadas, como si solo con mencionarlo fuera a vomitar.

—No somos asesinas —aclaró Wynter—. Aunque nos hemos vuelto bastante buenas robando.

Me burlé.

—No, no lo son.

—Cuando el imbécil nos chantajeó, se nos ocurrió un plan para el dinero del chantaje —gruñó Ivy.

El exnovio de Davina estaría muerto cuando le pusiera las manos encima.

Capítulo Cincuenta Y Cuatro

DAVINA

—¿**P**odemos quedarnos el dinero? —inquirí valientemente.

Se oyó una ronda de risitas. Tenía que admitir que no era así como me imaginaba conocer a mi hermana. En medio de un atraco. Definitivamente no era una buena primera impresión.

—No estamos preguntando —añadió Wynter—. *Nos* quedaremos con ese dinero.

—Así es —asintió Juliette—. No tienes ni maldita idea de lo que hemos pasado.

—Tendrán que limpiarlo —respondió Liam. No parecía enfadado. A decir verdad, cuando Sasha se detuvo en su propiedad con las cuatro en el asiento trasero de su Mercedes, Liam salió furioso con un aspecto más preocupado que enfadado.

—La esposa de Luciano puede hacerlo por ellas —sugirió Cassio. Mis ojos se desviaron hacia él. Era un tipo apuesto, más o menos de la edad de Liam. No tenía ni idea de quién era, ni de quién eran Luciano o su esposa. Pero había duda en mi mente sobre utilizar a alguien que él apuntara, porque Cassio era letal. Debió de captar mi mirada curiosa porque añadió—: Tu marido puede ponerte en contacto con Grace. A través de la *dark web*. Ella lava dinero, y su esposo también.

—No te creo. —Juliette jadeó—. ¿Cómo encontramos la *dark web*? Liam gimió.

—Aléjate de la *dark web*, Juliette. Las pondré en contacto, y ustedes, señoritas, lo harán a la antigua. Cara a cara. Grace Vitale vive cerca. —Luego, como si se diera cuenta de que nos había dejado libres de culpa con demasiada facilidad, continuó—: Nada de robarle a la gente —advirtió.

—No más. —Aceptamos las cuatro. El resto de los hombres nos observaban, divertidos. Tal vez se encontraban con cosas así todo el tiempo. No podía saberlo.

Estudié a mi alrededor, volví a captar los ojos de Aurora clavados en mí. Debía admitir que también la observaba. A ella y al pequeño bebé envuelto en una suave manta azul.

—¿Quieres sostenerlo? —preguntó, sonriendo suavemente mientras se me acercaba. Su marido vigilaba atentamente, dispuesto a abalanzarse sobre cualquiera que mirara mal a su esposa y a su bebé. Sinceramente, me daba miedo cargar al bebé con papá oso cerca.

—¿Estarás bien? —cuestionó Liam.

Asentí y se alejó para hablar con los hombres mientras Wynter, Juliette e Ivy se unían a Aurora y a mí.

—Es tan pequeño —dije mientras me lo ponía en los brazos.

—Tengo la sensación de que será del mismo tamaño que su padre —declaró soñadoramente. Todas nuestras miradas se dirigieron hacia Alexei y lo sorprendimos observándonos mientras hablaba con Liam y Cassio. Sasha y Luca se habían ido al otro extremo del patio.

—Así que será enorme —comentó Ivy.

—Y dará un poco de miedo —añadió Wynter.

Aurora rio entre dientes.

—También lo pensé cuando nos conocimos, pero él es el mejor. —Estaba totalmente enamorada—. Espero que no te importe que te haya arrebatado esta oportunidad de verte, Davina.

Me burlé suavemente.

—Solo desearía que no hubiera sido en medio de nuestras actividades criminales.

Agitó la mano como si fuera nada.

—¿No eres una agente del FBI? —pregunté vacilante. No sería algo si mi hermana me arrestara. «¡*Maldito FBI!*».

—Primero soy madre, esposa y hermana —explicó.

—Tu-tus hermanos... —titubeé, pero luego continué—: ¿Tus hermanos son como tú?

Se rio entre dientes.

—Son un dolor en el trasero, aunque al igual que a mí, ya les agradas.

Fruncí el ceño.

—¿Sí? Ni siquiera me conocen.

—Cuando supieron de ti, empezaron a estar al pendiente de ti. Y yo también.

—¿En serio? —Curioseé, sorprendida.

—Sí, siempre había querido una hermana —asintió suavemente—. Nuestro padre es un idiota, pero al menos me dio a ti. —Sus ojos recorrieron a mis amigas—. Espero que todas vengan a visitarnos a Portugal. Pasamos la mayor parte del tiempo allí, excepto cuando Alexei tiene trabajo.

—¿De verdad es un asesino a sueldo? —Juliette soltó, y la empujé con mi hombro.

—No contestes a eso —le dije a mi hermana.

—Sí, no lo hagas. Si no, Juliette tendrá pesadillas —bromeó Wynter, y todas nos reímos. El bebé se agitó en mis brazos e inmediatamente hice callar a las chicas.

—No despierten al bebé —susurré.

—Dios, ya puedo verlo —indicó Juliette, con cuidado de no despertarlo—. Davina nos hará callar todo el día y toda la noche cuando sea madre.

Puse los ojos en blanco, ignorándola.

—Sobre la escuela. —Empezó Aurora, y las cuatro nos pusimos rígidas al instante—. ¿Puedo ayudar? Puedo donar. Alexei también lo haría. Sin condiciones.

Las chicas y yo compartimos una mirada. Nos manteníamos firmes en no aceptar el dinero de nadie.

—En realidad, ¿considerarías enseñar en nuestra escuela? —

pregunté en su lugar—. Ya que trabajaste en el FBI, apuesto a que tienes grandes conocimientos y recursos.

A Aurora se le iluminaron los ojos.

—¿En serio?

Asentí.

—Eres familia. Haría cualquier cosa por ti. —Aurora me abrazó, con cuidado de no despertar a su bebé. Luego, su mirada se dirigió a mis mejores amigas—. Por todas, porque estuvieron ahí para Davina cuando yo no pude estar.

Y así, Aurora pasó a formar parte de nuestro equipo.

Capítulo Cincuenta Y Cinco

LIAM

Me metí en la cama esperando encontrar a Davina dormida. En cambio, la encontré despierta y esperándome.

—¿Por qué no estás dormida? —inquirí.

—No puedo dormir sin ti —replicó suavemente, y joder cuanto amaba su admisión.

—Repasé algunos detalles con Alexei y chequé cómo estaba Quinn. —La acerqué más a mí, amando su cuerpo apretado contra el mío.

—¿Quinn va a estar bien? —cuestionó, con la preocupación grabada en la cara—. No quiero ni pensar que ese seas tú.

—¿Aún no quieres ser viuda? —provoqué. Hoy había estado cerca, y me abrió los ojos de que una guerra se avecinaba, me gustara o no. Puede que ya estaba aquí.

—No, no quiero —gruñó—. Ni siquiera bromees al respecto.

Le di un beso en la nariz.

—¿Qué te pareció tu hermana?

Levantó los ojos e, incluso antes de responder, supe su respuesta.

—Me agradó mucho, mucho. Y el bebé.

—Me alegra oír eso.

A decir verdad, en nuestro mundo, las cosas malas pasaban todos los días. Podrían haberme disparado a mí en vez de a Quinn. Quería asegurarme de que Davina, mi sobrina y mi hija tuvieran a alguien que las cuidara si algo me pasaba. Y ahora sabía que lo tendrían.

—Nos ayudará con la escuela —anunció, bostezando.

—Sé que las cuatro podrán sacar adelante la escuela —declaré—. Si necesitan algo, me lo dicen.

—Escribiré una dedicatoria —bromeó—, para mi marido gánster. —No pude evitar reírme. De algún modo, no creía que estuviera bromeando—. Y si tenemos hijos, quiero que formen parte de esa escuela. Tanto niños como niñas.

—Por supuesto —asentí—. Tal vez debí haberles enseñado a Wynter y Juliette más sobre este mundo en lugar de protegerlas.

—Hiciste lo que creíste mejor. —Luego me miró con severidad—. Pero nuestros hijos no serán mimados y protegidos hasta el punto de ser vulnerables.

Sonreí como un adolescente y, por primera vez en mi vida, me ilusioné con una larga vida con una mujer a la que amaba a mi lado.

—¿Estás segura de que quieres tener hijos conmigo? —Su felicidad me importaba y quería que estuviera segura.

—Sí, segura. No tenemos que precipitarnos, ¿verdad? —Me dio un beso en el pecho—. Quiero preparar un plan de negocios, entre otras cosas.

Me encantaba cómo hacía planes para nuestro futuro. Para nosotros y nuestros hijos.

—Tenemos tiempo. Les enseñaré a nuestros hijos todo lo que debí haberles enseñado a Wynter y Juliette —admití a regañadientes.

—No lo sabías. —La voz de Davina era suave—. Juliette te ama. Wynter también. Ambas te admiran mucho. Aunque no creo que los secretos les hagan ningún favor.

Tenía en la punta de la lengua preguntarle qué pensaban y sabían Juliette y Wynter, pero eso pondría a mi esposa en una posición injusta. Era su amiga y mi esposa. Arreglaría nuestros problemas directamente con ellas.

—Entonces, ¿cuáles son tus planes para mañana? —pregunté—. Ahora que no hay más robos.

Se rio entre dientes.

—Voy a grabar a Wynter patinando sobre hielo por la mañana. Entonces pensé que tú y yo podríamos ir juntos a visitar a mi abuelo. —Su voz vaciló y la duda se extendió por su voz—. Si quieres.

—Sí. Lo visitaremos y le hablaremos de nuestro matrimonio.

—Sí. —Aceptó en voz baja.

—Ahora que todo el mundo lo sabe —pronuncié—, nadie ni nada me alejará de ti.

Se rio suavemente.

—Tan exigente.

—Siempre, *Céile* —gruñí.

—Pero no quieres extraños aquí, ¿verdad? —cuestionó.

—Es tu casa tanto como la mía —aseveré. No había nada que deseaba más que verla feliz en nuestro hogar—. Puedes invitar a quien quieras, pero que sea gente que conozcamos. Tengo enemigos, mi amor.

Siguió el silencio, y me pregunté si era porque la llamaba amor o por la admisión de que tenía enemigos.

—¿Tienes muchos enemigos? —preguntó.

—Intento no ganarme enemigos —añadí en voz baja—. Por desgracia, en mi trabajo, se acumulan.

Exhaló pesadamente.

—Pero nunca irían contra mi abuelo, ¿verdad?

—Dos hombres vigilan a tu abuelo en todo momento.

Bufó.

—¿Por qué no me sorprende? —Luego frunció el ceño—. No me gusta la idea de que me acosen, Liam. No volverás a hacerlo.

No me sorprendió que exigiera eso. No me extrañaba que se llevara bien con Wynter y Juliette.

—Están pasando cosas, y vendrán aún más —expliqué. Se tensó ligeramente y le agarré la barbilla entre los dedos—. Voy a proteger a mi familia, sin embargo, necesito que tú y las chicas dejen de ser imprudentes.

—Mi esposo fanático del control —soltó, aunque sus ojos me dijeron que se tomaba en serio mis palabras.

Quería que entendiera que esto iba en serio.

—Si te pasa algo, no podré seguir viviendo. —Parpadeó y vi cómo se le movía el cuello mientras tragaba—. Eres todo lo que quiero y necesito, Davina. Mi esposa. Mi familia. Mi hogar.

Asintió, con la garganta moviéndose y lágrimas en los ojos.

—Lo mismo digo.

—Confío en ti, Davina. —Podría ser estúpido, pero realmente lo hacía—. Los rusos se acercan, y vendrán por todo lo que me importa. —Nuestra relación había cambiado rápidamente. Ya no era solo sexo, también había confianza—. Tengo suficiente dinero. Sin ataduras. Toma lo que necesites para tu escuela. Solo quiero que tú y mi familia estén a salvo.

—Eres sobreprotector.

—En eso tienes razón. —No me disculparía por mantener a salvo a mi familia, y sabía que ella lo apreciaba. Podía ser que le gustara hacerme pasar un mal rato por ello, mas le gustaba estar protegida—. Quiero mantenerte a salvo.

—No te preocupes, mi maridito —bromeó cariñosamente—. Agradezco tu protección. Y si alguna vez alguien intenta secuestrarme, te dejaré migas de pan.

—¿Migas de pan?

—Un rastro para que lo sigas —aclaró.

—Sé lo que significa, *Céile*. Pero si prestas atención a los cuentos de hadas, recordarás que las migas de pan se comen.

Davina soltó una risita incrédula.

—No lo decía literalmente. No obstante, si quieres ser más específico, déjame pensarlo. —Se quedó callada y tarareó durante unos segundos—. De acuerdo, dejaré caer trozos de mi ropa.

Fruncí el ceño ante aquella extraña lógica.

—¿Ropa?

—Sí, me quitaré el sujetador. Mis bragas. Tal vez mis calcetas.

Gruñí.

—Si te secuestran, será mejor que no te quites la ropa. Siempre te encontraré. Y mataré al desgraciado que se atreva a llevarte.

Se rio suavemente.

—Bueno, eso es intenso. —Pensó que bromeaba, sin embargo, hablaba muy en serio—. ¿Qué me dices de ti? Si alguien te secuestra, ¿cómo sabré dónde encontrarte?

Su pregunta me sorprendió.

—¿Te importo lo suficiente como para ir a buscarme?

—Por supuesto. Ahora dime cómo encontrarte —exigió.

—Amor, si alguien me secuestra, significa que estoy muerto. —Porque nunca dejaría que nadie me capturara vivo. Y mis enemigos lo sabían. Estarían muertos ellos o yo.

—Será mejor que no estés muerto. —Su suave voz temblaba—. No me casé contigo para quedarme viuda.

—Ni siquiera la muerte me alejará de ti —gruñí—. Cada centímetro tuyo es mío. En la vida y en la muerte.

—De acuerdo entonces. En la vida y en la muerte, soy tuya. —Sonreí ante su aceptación. Me encantaba cuando cedía—. Hablemos de temas más ligeros, como nosotros practicando el acto de hacer un bebé —soltó suavemente, y joder, mi polla saltó ante las posibilidades.

Ahogué una risita. Mi *céile* tenía una forma peculiar de cambiar de tema, pero me encantó su sugerencia.

Mi esposa me esperaría en casa el resto de mi vida.

Capítulo Cincuenta Y Seis

DAVINA

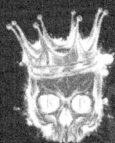

Bostecé, el cansancio pesaba en mis huesos. Solo dormí pocas horas. Wynter aún menos.

Llevábamos horas así. Eran casi las once de la mañana y estaba impaciente por ir a ver a Liam y luego a mi abuelo.

Sin embargo, Wynter me había rogado otros diez minutos y no podía negárselos. Wynter era muy perfeccionista. Aunque algo estaba mal. Estaba estresadísima, y eso se notaba en su patinaje. Como siempre, se levantó a las cuatro de la mañana. Salió a correr. Luego hizo pilates y una sesión de ejercicios. A las ocho, estaba lista para ir a la pista.

Nos amontonamos en el *Jeep* y nos dirigimos al Northwell Health Ice Center. Era donde entrenaban los *New York Islanders*, que conocían bien la larga carrera de Wynter como patinadora artística.

Llevaba dos horas y media patinando, trabajando sus elementos técnicos: saltos, triples *Salchows*, giros y más saltos. Pero la mayoría de las veces se caía. La había visto patinar durante los últimos cuatro años y había visto vídeos suyos desde que era una niña. Rara vez o nunca se caía. No obstante, hoy seguía ocurriendo.

Otra caída.

Rodó y terminó desparramada sobre el hielo. Apagué la cámara y entré en la pista de hielo con cuidado de no caerme. Sabía que, si me atrapaban sin patines, alguien me llamaría la atención de mala manera, pero tardaría demasiado en cambiarme.

Me arrodillé junto a ella.

—Wynter, ¿qué tal si te tomas un descanso? —sugerí—. No tiene sentido magullarte todo el cuerpo. Ayer tuvimos una larga noche. Necesitas un buen día de descanso.

Miró hacia arriba, con la cara inclinada hacia el techo. La pista de patinaje de Yale tenía su nombre ahí arriba. Más de una pancarta. Desafortunadamente, aquí, las pruebas de su increíble carrera eran inexistentes. Me pregunté si se había dado cuenta, porque estaba claro que tenía algo en la cabeza que estaba afectando su concentración habitual.

—Sí. —Sus ojos permanecían pegados al techo, algo triste cruzaba su expresión.

Tomando su cara entre mis palmas, con mis dedos fríos, la obligué a que me mirara.

—¿Qué pasa? —pregunté—. ¿Es por el dinero que robamos?

Un suspiro pesado se deslizó por sus labios rojos y una nube de aliento caliente se esparció por el aire frío. Aunque hacía calor y estaba precioso afuera, aquí adentro hacía demasiado frío. Ella siempre se vestía con *leggings* para sus entrenamientos, pero yo era la idiota que nunca se vestía adecuadamente, incluso después de todas las veces que había hecho esto con ella. Tampoco bombeaba mi ritmo cardíaco como ella, así que siempre me congelaba el trasero cada vez que estábamos en la pista. Cada. Vez.

—¿Es sobre tu chico? —susurré, mirando por encima del hombro para asegurarme de que no había nadie. No era que hubiera alguien tan cuerdo como para estar en esta pista helada en una hermosa mañana de domingo.

Cuando no contestó, continué interrogándola.

—¿Sobre la escuela? ¿Sobre lo que pasó ayer?

—Me alegro de que todo saliera bien ayer. Y conocimos a tu hermana.

Moviendo la cabeza, volvió a fijar la vista en el techo, con la preocupación aún grabada en el rostro.

La noche anterior buscamos en Internet grandes propiedades en la Costa Este. Aurora parecía tan entusiasmada como nosotras mientras explorábamos las posibilidades. Localidades, hectáreas, edificios. Llegamos a la conclusión de que lo más probable era que la escuela tuviera que construirse en un gran terreno en lugar de comprar un edificio ya existente.

—Dime, Wyn —supliqué—. Estoy preocupada por ti. —Estaba claro que algo la preocupaba, y odiaba verla así.

Suspiró, sus patines picaban el hielo mientras doblaba las piernas.

—No quiero volver a California —murmuró finalmente—. Pero mi madre no vendrá aquí...

Si bien no terminó la frase, la entendí. Hacía unos años me contó que su madre se negaba a pisar New York. Ahora que Liam me había contado parte de la historia, comprendí por qué. Wynter quería quedarse por amor, pero toda su carrera como patinadora dependía de su madre. En California.

Ambas eran muy unidas, y encontrar otro entrenador no era una opción. Wynter patinaba tanto por su madre como por sí misma. Sus padres eran patinadores sobre hielo. Su padre murió antes de que ella naciera, y la carrera de su madre terminó al mismo tiempo.

—Ya veo.

Golpeando el hielo con las manos, gruñó suavemente mientras se ponía en pie, balanceándose sobre sus cuchillas. Sus ojos viajaron detrás de mí y se iluminaron. Seguí su mirada hasta el hombre con traje de tres piezas y cabello oscuro como el carbón.

—Tu Bas está aquí —señalé, sonriendo. Al menos algo la hacía sonreír. Sus ojos brillaban de felicidad.

Asintió, sin apartar la vista de él. Estaba locamente enamorada de ese hombre.

—Bueno, al menos puede sacarte del hielo —la provoqué. Salí de la pista arrastrando los pies con ella a mi lado—. Tu triple *Salchows* puede esperar.

Nos dirigimos hacia el pequeño muro que rodeaba la pista y

Wynter hizo un gesto de dolor. Supongo que el dolor se iba sintiendo poco a poco, ahora que ya no estaba llena de adrenalina.

—*Ouch*—murmuró en voz baja, frotándose la cadera izquierda y la nalga. No paraba de cojear sobre el costado izquierdo y estaba segura de que le dolía muchísimo.

—Te vas a llevar mi *Jeep*, ¿verdad? —me preguntó justo cuando nos acercábamos a la puerta donde estaban sus protectores de las cuchillas de sus patines. Y donde el objeto del enamoramiento de Wynter estaba en toda su gloria.

—Sí. —Ni siquiera me dio una ojeada—. Es *sexy* —opiné en voz baja.

—Es genial —susurró.

Radiaba bajo la mirada de aquel hombre. Su rostro resplandecía como la luz de una vela y sus ojos brillaban como piedras preciosas.

En cuanto llegamos a él, incliné la cabeza en señal de saludo.

—Hola.

—Hola —saludó con voz grave, pero sus ojos no se apartaban de Wynter. Esos dos juntos quemarían el mundo. No tenía ni idea de dónde venía ese pensamiento, aun así, era una convicción por la que me jugaría la vida.

—Hablaremos más tarde, Wyn. —Le di un beso en la mejilla.

—De acuerdo. —Me miró sonriendo. Luego, como si no pudiera resistirse, sus ojos volvieron a él.

Dejando a ambos atrás, me dirigí al estacionamiento donde estaba estacionado su *Jeep*.

Era un día hermoso. El sol brillaba y una ligera brisa recorría el aire. Iba a ver a Liam. Iríamos a contarle a mi abuelo que nos habíamos casado. Sentía que mis pies apenas tocaban el pavimento.

La vida era genial.

Me acerqué al *Jeep* y no podía borrar la sonrisa de mi rostro, pensando en mi marido. Perdida en mis pensamientos, alcancé la manilla de la puerta, pero antes de que pudiera tirar de ella, sentí una presencia a mi espalda.

Mirando por encima de mi hombro, me quedé congelada. Garrett estaba detrás de mí. Sus ojos parecían ligeramente desorbitados, con barba de varios días en la cara.

—Hola, Davina. —Su aliento rozó mi oreja, y odié sentirlo tan cerca—. Me has estado evitando.

«*Bueno, duh*», quería decir, pero afortunadamente mantuve la boca cerrada.

—Tengo prisa, Garrett —anuncié, tratando de mantener mi voz casual mientras varios escenarios pasaban por mi cabeza.

—Ya no me ignorarás.

Me quedé quieta. «*Demonios*».

Manteniendo la calma, recé para que tal vez Wynter y su atractivo hombre salieran en cualquier momento. Mas no podía contar con ello. Tenía que salvarme.

«*De alguna manera*».

—No te estaba ignorando. He estado ocupada.

Se burló, con una expresión fea y disgustada en el rostro.

—Nos vamos a dirigir a mi coche —siseó—. Estoy harto de tus excusas.

Miré a mi alrededor, pero el estacionamiento estaba vacío. Solo había dos coches estacionados. El *Jeep* de Wynter y un Honda brillante. El maldito auto de Garrett. Si hubiera prestado atención en vez de soñar despierta, me habría dado cuenta antes.

—De acuerdo.

Solo debía mantenerlo apaciguado.

Me clavó algo en la espalda.

—Ve a la parte de atrás de mi coche.

—¿P-puedo dejar mi bolso en el *Jeep*? —tartamudeé—. Así Wynter tendrá las llaves de su coche, y no se preguntará por qué dejé el auto y no las llaves.

Lo pensó un momento y luego aceptó.

—No intentes nada raro —advirtió—. Si no, te clavaré este cuchillo.

Garrett se había vuelto loco.

Tragándome el nudo que tenía en la garganta, abrí la puerta del conductor y puse mi bolso en el asiento, a la vista de todos. Mi bolsa estaba abierta, así que agarré mi sujetador deportivo del día anterior y dejé que se deslizara por la parte delantera de mi cuerpo.

La noche anterior le había dicho a Liam que le dejaría ropa como pistas, así que esto debería funcionar. ¿Verdad?

—De acuerdo, hecho —dije, impresionada de que mi voz estuviera calmada.

Me apartó del *Jeep*. Cinco pasos y estábamos junto a su coche. No obstante, cuando me acerqué al asiento trasero, volvió a pincharme y chasqueó la lengua.

—La cajuela.

Desgraciado grosero.

Pulsó el botón del llavero y el maletero se abrió. Cuando entré, intenté quitarme el zapato de una patada, pero, por desgracia, no fui tan sigilosa y solo conseguí molestar a Garrett.

—Métete en la maldita cajuela —espetó.

Al segundo siguiente estaba en el maletero, levantando las rodillas y haciéndome bolita.

La puerta de la cajuela se cerró de golpe y la oscuridad me envolvió.

Capítulo Cincuenta Y Siete

LIAM

—**C**álmate, Wynter.

La verdad era que me costaba mantener la calma, pero a mi esposa no le serviría de nada que Wynter perdiera la cabeza y no pudiera darme todos los detalles.

—Se suponía que Davina se llevaría mi Jeep —informó, con la voz aún temblorosa—. Pero todavía está aquí. Y su bolso está aquí. ¡Eso fue hace una hora!

—¿Dónde estás?

—*Northwell Health Ice Center.*

—Ve a un lugar público —ordené—. Déjalo todo como está en ese estacionamiento. No vuelvas a entrar en la pista. Enviaré a alguien a buscarte.

—Pero...

—Wynter, haz lo que te digo —ordené con firmeza.

—De acuerdo. —Aceptó—. Tengo un amigo aquí conmigo, así que no estaré sola. No mandes a nadie a buscarme. Estoy bien.

No la dejaría ahí afuera, vulnerable. Le debía a mi hermana mantener a mi sobrina a salvo. No le fallaría a ella también.

—Dame tu dirección, y haré que uno de mis hombres vaya a buscarte.

—No, no —protestó—. No me iré del lado de mi amigo. Te lo prometo.

—¡Wynter! —bramé—. No tengo tiempo para esto.

—Estoy a salvo —aseguró—. Mi amigo no se irá de mi lado.

¿Quién demonios era ese amigo?

—¿Qué amigo?

—*Ummm,* no lo conoces —murmuró—. Es de la universidad. —Estaba mintiendo. Apostaría mi vida en ello. Aunque teniendo en cuenta que Wynter nunca tuvo interés en los chicos, tal vez le preocupaba que lo ahuyentáramos—. Vayan en busca de Davina —continuó en tono jadeante, como si tuviera miedo de que le quitaría algo preciado. Bien, la dejaría pasar tiempo con ese chico, pero en cuanto mi esposa estuviera a salvo en mis brazos, averiguaría su nombre y todo lo que tuviera que ver con él—. C-creo que... —se interrumpió sin terminar la frase, y un malestar me subió por la espalda.

—¿Tu y las chicas hicieron alguna estupidez? ¿Algo que yo no sepa? —gruñí.

—*Umm,* no. Creo que no. Nada más de lo que ya sabes. —Eso no fue nada convincente.

—Wynter —advertí—. Sea lo que sea, necesito saberlo para encontrarla.

Dudó y me costó todo lo que tenía no gritarle al teléfono, exigiéndole que me lo contara todo. No obstante, sabía que no funcionaría. No con Wynter.

—N-no lo sé, pero tal vez Garrett vino tras ella. —¡Por fin! Fue bueno que mantuviera mi temperamento bajo control.

—¿Su exnovio? —pregunté. Fruncí el ceño, sin saber por qué el tipo se molestaría con una exnovia. Esa sería una manera muy pobre de manejar una ruptura—. ¿Por qué haría eso?

—La ha estado acosando desde que quemamos su casa —explicó—. Mandándole mensajes y llamándola. Seguía intentando chantajearla. Incluso ayer antes de...

Dos latidos. Me hervía la sangre, pero mantuve la calma.

—Sigue, Wynter.

—El sujetador de Davina está en el suelo. —Se ahogó Wynter. Mis dedos apretaron el teléfono con tanta fuerza que un crujido de protesta me advirtió que estaba a punto de romperlo. Me obligué a aflojar el agarre.

—Ve con tu amigo, Wynter, y no estés sola. Cuando sea seguro, te enviaré una nota. Si pasa algo, llámame o a Killian. —Su suave jadeo llegó a través de la línea—. Ha vuelto —aclaré.

—*Oh,* de acuerdo. Lo haré.

—Bien. Ahora sal de ahí y no tomes un Uber —advertí—. Si este amigo tuyo no puede traerte a casa, me llamas. ¿Entendido?

—Sí.

Y la línea se cortó.

Me paré frente al *Jeep* de Wynter, con el sujetador de Davina en la mano.

Maldición, debí haber mantenido a Alexei con ella. O a alguien más. A cualquiera. Si lo hubiera hecho, Davina estaría aquí.

Sin duda era de mi esposa. Nuestra última conversación sonó en mi mente. El momento era sospechoso. O tal vez estaba paranoico, porque la obligué a casarse conmigo. Sin embargo, en el fondo, no creía que Davina fuera una mujer que se comprometiera a algo y luego huyera.

Llamé al centro donde estaba su abuelo.

Llegó la voz de la recepcionista.

—*Sunrise. ¿En qué puedo ayudarlo?*

—Este es Liam Brennan. —Fui directo al grano—. ¿Ha ido ya mi esposa de visita?

No habría ido sin mí, pero no estaba de más ir descartando posibilidades.

—*No, señor Brennan. Todavía no.*

—Gracias. —Terminé la llamada y le marqué a Nico Morrelli.

—*Liam* —saludó—. *A este paso, seremos mejores amigos en poco tiempo.*

Ignoré su comentario. No había tiempo que perder.

—Necesito todas las direcciones de Garrett Davison.

—*¿Quién demonios es Garrett Davison?* —escupió.

—El exnovio de mi esposa —refunfuñé—. Las chicas quemaron su casa.

—*Jesucristo. No estabas bromeando antes, ¿verdad?*

—¡Joder, no! —exclamé—. Mi sobrina cree que secuestró a Davina. —Seguí girando el sujetador de Davina una y otra vez en mi mano. Probablemente parecía un maldito pervertido.

—*Dame cinco minutos y te mandaré un mensaje.*

Pulsé el botón para terminar la llamada y me subí al *Jeep*, echando un vistazo a mi alrededor en busca de alguna otra señal. Tomé el bolso de Davina y rebusqué en él. Dejó el teléfono. Un pequeño estuche. Su cartera. Un calendario antiguo.

Lo abrí con la agenda de hoy: **Liam. Abuelo. Sexo.**

Si había una pizca de duda, ya no la tenía. Volvería a casa conmigo. Alguien se la había llevado, y Wynter parecía convencida de que era su exnovio. Confiaba en mi sobrina, y si su sexto sentido le decía que era Garrett, le creía.

Y la había estado acosando. ¡A mi esposa!

«Ya voy, mi céile».

Mi teléfono emitió un pitido con un mensaje de Nico, enviándome dos direcciones.

> Nico: La primera dirección es la casa quemada.

«Segunda dirección es», pensé en silencio. Davina me dejó una señal. Contaba conmigo para mantenerla a salvo. Y lo haría. A. Toda. Costa.

Mi teléfono empezó a sonar y era Nico llamando. Esto no podía ser bueno.

—Sí —respondí.

—Liam. —La voz de Nico era cautelosa, y las alarmas saltaron en el fondo de mi mente—. *Gio DiLustro transfirió doscientos mil dólares a la cuenta de Garrett Davison hace una semana.*

—Hijo de puta —solté entre dientes—. Dame el resumen.

«Te traeré de vuelta, mi céile». Sana y salva.

Capítulo Cincuenta Y Ocho

DAVINA

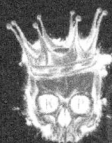

No pasé mucho tiempo en el maletero. Veinte minutos, como mucho.

¡Gracias a Dios!

Estaba muy oscuro y no quería tener miedo a la oscuridad. Me encantaba lo que Liam me hacía en ella. Me reprendí mentalmente.

—Concéntrate en salvar tu propio trasero, Davina. No el culo *sexy* de tu esposo —me reprendí mientras pasaba las manos por la cajuela en busca de algo útil. A lo mejor tenía suerte, encontraba una pistola y le disparaba al loco de mi ex.

El coche se detuvo de repente y mi cuerpo rodó. Garrett nunca supo conducir. Maldito imbécil.

Escuché cómo se abría la puerta del auto y unos pasos que se dirigían al maletero.

En cuanto se abrió, el sol me dio en los ojos, cegándome. Antes de que pudiera recuperarme y empezar a luchar, la mano de Garrett se enredó en mi cabello, agarrándolo para llevarme fuera como si fuera un maldito perro.

«Ugh, voy a matarlo».

Me sacó de la cajuela y caí de pie. Gracias a Dios. Necesitaría mantener las heridas al mínimo para poder salir corriendo de aquí.

Mirando a mi alrededor, observé que estábamos estacionados frente a una pequeña cabaña de madera como las que se utilizaban para refugio temporal de los cazadores. El bosque nos rodeaba, y la única salida parecía ser el camino por el que nos había traído. Una sucia carretera asfaltada de un solo carril.

Si corría en esa dirección, me encontraría en minutos, si no en segundos.

—Te vas a quedar aquí hasta que admitas lo que has hecho y me des el dinero que me debes —renegó, empujándome hacia delante.

—No tengo ni maldita idea de lo que estás hablando —objeté, haciéndome la tonta. Sabía que había recibido el dinero de la compañía de seguros porque el novio de Wynter lo confirmó. Pero ni de broma lo admitiría.

Quiero decir, Garrett podría comprar otra casa. ¿Qué más quería este codicioso desgraciado?

Sí, sí. No se me escapó la ironía de llamarlo avaricioso hijo de puta después de robar casi cuarenta millones de dólares en efectivo, no obstante lo hacíamos por una buena causa. Una causa decente. Bueno, era una causa, aunque no estaba segura de qué tipo.

—¡Sí, lo sabes. Admítelo! —gritó como un loco—. ¡Me lo debes!

—Caray, Garrett —murmuré—. ¿Qué le pasó a tu casa? No sé de qué me hablas.

—¡No tenías derecho! —bramó.

—No he hecho nada. —Me mantuve firme, aunque por dentro estaba temblando. *«Wow que criminal tan ruda era»*, pensé sarcásticamente.

—¡Tú y tus amigas quemaron mi casa! —reviró.

Tragué saliva. Dios, realmente no conocía a este tipo para nada. Tal vez Juliette e Ivy me salvaron al iniciar ese fuego. De lo contrario, podría haber seguido con este imbécil.

—Escucha, Garrett —Empecé, tratando de ganar tiempo—. Mi marido me está esperando. —Se le salieron los ojos de la cabeza—. Él no va a estar feliz cuando no esté allí. ¿Y sabes quién va a pagar por eso? —pregunté lentamente, con mi acento tejano saliendo un poco.

Sin esperar su respuesta, continué—: Tú, amigo. Porque, ¿adivina qué? Odia que otros hombres me hablen.

—¿Te casaste? —cuestionó, con una expresión casi destrozada.

Me burlé.

—Te lo dije, he estado ocupada. Me enamoré y me casé. Vamos a tener un bebé. —De acuerdo, una mentirilla, aun así, si hacía entrar en razón a Garrett, valdría la pena.

—Pero si acabamos de terminar. —Había pasado casi un mes, y no había tiempo apropiado para seguir adelante después de una ruptura. Después de la muerte, sí. Pero no después de un exnovio infiel.

Garrett se dio la vuelta, como si tuviera que procesar mis palabras sin mirarme.

Esta era mi oportunidad. Mi momento para escapar.

Salté lejos de él, corrí hacia el bosque y me mantuve en la zona general de la carretera. Habría sido más fácil correr por la carretera, pero entonces él podría seguirme en el coche, y no tenía intención de que me atraparan.

—¡Maldita zorra! —Lo oí maldecir detrás de mí, mas seguí adelante.

Mis pies crujían sobre las agujas de pino y las ramas, delatando mi ubicación. No me importó, seguí corriendo. Podía ser que no estuviera en buena forma como Wynter, pero estaba en mejor forma que Garrett. A pesar de que tropecé un par de veces, siempre me levantaba y me alejaba arrastrando los pies. Me ardían las palmas de las manos cada vez que amortiguaba mi caída.

Escuché el arranque de un motor. Como era de esperar, intentaría atraparme siguiéndome en el auto. ¡Maldito flojo! Deseé que me siguiera a pie para poder golpearlo en la cabeza con el tronco más grande que encontrara.

Solo tardé otros diez minutos antes de empezar a jadear, totalmente sin aliento. Me agaché, con las manos apoyadas en las rodillas, sintiendo cómo el oxígeno me quemaba los pulmones. O quizás era la falta de oxígeno lo que me quemaba los pulmones.

Lo que sea, mierda.

Sabía que no podía respirar. Le pediría a Liam que empezara a despertarme por las mañanas para poder entrenar juntos.

Después de descansar mucho de las actividades del fin de semana pasado.

Fue un trabajo duro emprender un robo.

Pude ver el coche de Garrett a través de las ramas, entonces llegó mi confirmación.

—¡Entra en el maldito coche, Davina! —gritó, con una oscura advertencia en la voz.

Sí, lo haría. Pero tendría que atraparme primero. Intenté correr de nuevo, aunque esta vez no fue tan rápido. Dios, me preguntaba dónde estábamos. Había tantos árboles alrededor, pero no podíamos estar lejos de la ciudad. No pasamos tanto tiempo en el vehículo. Intentando mirar por dónde pisaba, me precipité por el bosque, dándome cuenta de mi error demasiado tarde.

Las líneas de árboles desaparecieron y salí a la carretera. Un chirrido de neumáticos. Frenado de golpe. ¡Garrett!

Me di la vuelta, sin embargo, en cuanto mis pies tocaron el suelo de tierra blanda y mis zapatos resbalaron con las agujas de los pinos, me di cuenta de lo estúpida que había sido por no prestar atención. La puerta del coche se abrió, pero no me molesté en mirar detrás de mí. Me retrasaría, y ya iba demasiado despacio.

Antes incluso de llegar al primer árbol, Garrett me tacleó tan fuerte que me dejó sin aliento. Me ardían los pulmones y no podía respirar. Si pensaba que eso era malo, lo que siguió fue diez mil veces peor.

Las balas volaban por encima de nuestras cabezas y llenaban el silencio del bosque. Los pájaros piaban furiosos. Mis oídos zumbaban. Me pareció oír gorgoteos. Apreté los ojos mientras una oleada de terror me golpeaba. El cuerpo de Garrett aún me cubría, aunque me sorprendió que se hubiera molestado.

Más balas rasgaron el aire. «*Dios mío*».

Esto era algo que pasaba en las películas. No en la maldita ciudad de New York o Long Island. O donde demonios que estuviéramos.

El corazón me martilleaba en el pecho, amenazando con romperme las costillas. La adrenalina me recorrió el cuerpo y, a pesar de que mi razón me decía que no mirara detrás de mí, lo hice. Si Garrett intentaba protegerme, al menos debía asegurarme de que estaba bien.

Mis ojos se desviaron hacia atrás y el horror se abalanzó sobre mí. Los ojos vacíos y en blanco de Garrett me miraban fijamente. Le goteaba sangre de la comisura de los labios. Un grito de terror salió de mis labios y me estremecí, pero estaba demasiado asustada para apartarme.

«*¿Puede una bala atravesarlo y entrar en mí?*».

Me sentí como una perra egoísta. Luché por moverme y salir de aquí. De lo contrario, era un blanco fácil. Quienquiera que estuviera disparando, me atraparía. Los disparos ya sonaban demasiado cerca.

—¡Quédate abajo, Davina! —Una voz familiar recorrió el aire. «*¡Liam!*».

Sin dudarlo, volví a bajar la cabeza, con la cara besando la tierra. Mientras pudiera oler la tierra y sentirla contra mi mejilla, estaba viva. Los disparos continuaban, y cada uno de ellos hacía que mi cuerpo se estremeciera y mi corazón saltara de miedo.

Por mi esposo.

El terror de perderlo sabía a una mezcla de pólvora y dolor desgarrador. Del tipo que me destrozaría.

Neumáticos quemados. Las puertas se cerraron de golpe. El silencio cayó como el peso muerto de Garrett aplastando mi cuerpo. Lentamente, giré la cabeza, mirando a mi derecha, enviando una plegaria silenciosa a los cielos. Necesitaba más tiempo con él. Mucho más tiempo.

Una figura familiar corrió hacia mí y un sollozo brotó de mi interior. La garganta me oprimía el flujo de aire hacia los pulmones y cada inhalación desesperada me producía un alivio vertiginoso.

Luché por salir de debajo del peso muerto de Garrett. Lo siguiente que supe, el peso había desaparecido y las manos de Liam me agarraban por los hombros y me levantaban.

La conmoción por lo que acababa de ocurrir hizo que mis pies no pudieran sostenerme, pero Liam me atrapó. Me estrechó contra su sólido pecho, soportando mi peso. Enterrando mi cara en él, perdí la lucha y mis sollozos me desgarraron.

—Te tengo, mi *céile*. —La voz de Liam estaba ronca de alivio—. Siempre vendré a buscarte.

Mis ojos se posaron en el cadáver de Garrett y la bilis se revolvió en mi estómago, un tenso dolor se instaló en mis músculos y huesos.

—Está muerto —solté, con voz estrangulada mientras escondía la cara contra Liam, sin querer ver el rostro de la muerte.

—Llevó a los italianos hasta ti —anunció, con rabia en sus palabras —. Si no estuviera ya muerto, lo mataría con mis propias manos — gruñó.

—¿Garrett? —inquirí con voz ronca, confundida. ¿Cómo iba a conocer a algún italiano?

—Sí.

Me levantó en brazos y le rodeé el cuello con fuerza. Me aferré a él como si fuera mi cordura. Mi roca. Me abrazó mientras subía al asiento trasero de una SUV negra.

Me aferré a él con más fuerza, lo necesitaba ahora más que nunca.

Capítulo Cincuenta Y Nueve

LIAM

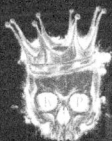

Malditos DiLustro.

Intentaron matar a mi esposa. Putos cobardes. Cada fibra de mi ser ardía con rabia, la ira vibraba en mi pecho. Quería meter a Davina a salvo en mi torre y luego ponerme a matar hasta el cansancio.

—Liam. —Davina tragó saliva, no estaba acostumbrada a verme tan enfurecido. No confiaba en mi propia voz. Cada gramo de rabia corría por mi torrente sanguíneo y estaba seguro de que se derramaría en mis palabras—. Liam. —Me agarró la mano y me la estrechó suavemente.

—Está bien, amor. —Intenté suavizar mi voz, pero fracasé. La senté suavemente en el sofá. Sus brazos rodearon su cintura mientras metía las piernas debajo de sí misma.

Saqué el teléfono del bolsillo y llamé a Alexei. Aurora llevaba treinta minutos llamándome sin parar.

—¿La tienes? —Su voz monótona fue un bienvenido respiro para la furia que hervía en mi interior.

—Sí, dile a tu esposa que Davina está ilesa.

—¿Estás bien? —preguntó Alexei.

—¡Le dispararon! —rugí, incapaz de contener mi rabia por más tiempo—. Le dispararon, maldición. ¡Intentaron matarla!

—No tuvieron éxito —afirmó con calma—. Ya sabes qué hacer para eliminar la amenaza que pesa sobre toda tu familia.

—Lo sé —declaré—. Me pondré en contacto más tarde.

La llamada terminó y empecé a pasearme por la habitación. Davina tenía los ojos muy abiertos y seguía todos mis movimientos. Por primera vez en mi vida, sentí que perder algo o a alguien sería mi muerte. Tenía la respiración agitada, la vista nublada y el cuerpo me temblaba por la rabia que me consumía. Y el miedo.

Casi la perdí.

Por Dios. Casi la perdí. Iría a la iglesia y agradecería a todos los de arriba y los de abajo que la salvaron. Ella era mi otra mitad.

Por fin entendí por qué mi padre se convirtió en un cascarón de hombre tras la muerte de Winter. Era su oxígeno, su corazón.

Llamé a Wynter y, por suerte, contestó al primer timbrazo.

—Sí. —Una palabra y el miedo grabado en cada sílaba.

—La tengo.

Un suspiro de alivio que reflejaba el mío sonó a través de los auriculares.

—¿Puedo hablar con ella? —pidió.

Le entregué el teléfono a mi esposa y sus dedos helados rozaron los míos. Jesucristo, mientras estaba ocupado echando humo, Davina estaba helada de miedo. Se llevó el móvil a la oreja, asintiendo, aunque Wynter no podía verla.

—Estoy bien —aseguró Davina.

Bien, claro que no lo estaba. Me senté a su lado, la levanté y la subí a mi regazo. Apreté los labios contra su cuello, su pulso era fuerte bajo mis labios. Era el mejor consuelo, porque estaba viva.

—No, no hay por qué preocuparse —continuó Davina—. No pasó nada. Estoy bien. Quédate dónde estás.

—¿Estás segura? —Oí la voz de Wynter, suave y preocupada—. No me importa. Puedo quedarme contigo.

—Estoy bien, lo prometo —repitió Davina—. Solo quiero estar en casa, a solas con mi marido.

Wynter se rio entre dientes.

—Bueno, si estás pensando en eso, entonces tal vez realmente estás bien.

Davina sonrió y en sus ojos brilló el primer destello de diversión. Levanté una mano y le acaricié la mejilla. «*Es mi oxígeno, mi corazón*». Sin ella, sería un cascarón de hombre. De algún modo, ella hacía que valiera la pena vivir esta vida.

La puerta del elevador de mi *penthouse* se abrió y Quinn entró con el brazo en un cabestrillo, encontrándose a mi esposa envuelta en mis brazos.

—De acuerdo, tengo que irme —comentó Davina a Wynter—. Te quiero mucho. Hablamos luego.

—También te quiero.

La llamada terminó. Estaba a punto de levantarme e ir a la oficina, pero no quería dejar a Davina.

—¿Cómo te encuentras, Quinn? —Davina lo miró preocupada. Sinceramente, quería que descansara, pero a veces era un imbécil testarudo.

—Como nuevo —respondió—. Y listo para trabajar.

—Necesitas descansar —declaré—. Has perdido mucha sangre.

Se sentó.

—Estoy bien —insistió. Como dije, un idiota obstinado.

Quinn vio entre Davina y yo, como si estuviera esperando a que se fuera. Debió de captar la señal.

—Debería saber lo que pasa —protestó, con los ojos clavados en mí. Sabía a quién apelar—. Estoy casada contigo y...

—Davina, no quiero que te veas envuelta en todo esto. —La tranquilicé.

—*Estoy* envuelta en todo esto —replicó obstinadamente—. Desde el momento en que me casé contigo. —Me acerqué para darle un beso en la sien. No sabía si sentirme orgulloso de ella o regañarla por intentar ser demasiado valiente—. En realidad, tacha eso —se corrigió —. He estado envuelta en esta mierda desde el momento en que te robamos. Te agradezco que me protejas, que *nos* protejas a todas, no

423

obstante, tenemos que ser conscientes de las amenazas. No me dejes a ciegas, Liam.

—Estoy tratando de protegerte. Los italianos incluso metieron a Garrett en su plan de venganza —reviré. Cuando me miró confusa, expliqué—: Recibió un pago de los italianos.

—¿Pero por qué? —indagó—. Déjame ayudarte.

—¿Recuerdas al viejo del club? —pregunté. Asintió con la cabeza, frunciendo sus delicadas cejas—. Ha intentado hacerle daño a mi familia desde que Aisling lo rechazó. Mi hermana pagó un alto precio por ello —narré. Solo de pensarlo me hervía la sangre—. Sabe lo mucho que significas para mí y no dejaré que te toque a ti también.

Jadeó, sus ojos como nubes tormentosas se clavaron en mi cara.

Tal vez era hora de ir tras el *Pakhan* y Gio DiLustro.

Porque no tenía intención de perder a mi joven esposa.

Capítulo Sesenta

DAVINA

L iam había hablado por teléfono con todo el mundo. Estaba listo para ir en modo ataque, pero tenía que jugar bien sus cartas. Había mucho más en juego. Podría destruir a Wynter y no podía evitar preocuparme por ella.

Una vez terminadas las llamadas, el silencio en el *penthouse* era demasiado fuerte. Igual que mis pensamientos. Las acciones de Garrett eran incomprensibles. Aunque era un desperdicio de vida, había elegido su camino cuando decidió trabajar con Gio DiLustro y me secuestró. Todo seguía pareciéndome tan extraño.

—Está bien, mi amor. —Liam regresó después de acompañar a Quinn hasta la puerta del ascensor—. Sé que tienes muchas preguntas.

Mis ojos se alzaron hacia su figura alta y fuerte, de pie frente a mí. Gracias a Dios que vino por mí, tal y como prometió.

—¿Por qué Gio DiLustro haría todo eso por mí? Apenas me vio un minuto —cuestioné.

—Gio DiLustro disfruta infligiendo dolor a la gente. No descansará hasta destruirnos a todos. No conseguí proteger a mi hermana de él, pero ni muerto vuelvo a fracasar. —Le sostuve la mirada y supe que se culpaba por no haber resguardado a su hermana—. Lo eres todo para mí, Davina.

—¿En serio? —inquirí, esperanzada.

Le tendí la mano y él me levantó de un tirón, envolviéndome en sus enormes brazos.

—Significas el mundo entero para mí, mi *céile*. —Sus ojos brillaban como zafiros azules—. Eres mi oxígeno, mi corazón y mis pulmones.

Sus labios se apretaron contra los míos, consumiéndome. Devorándome. Como si realmente no pudiera respirar sin mí.

—Quiero verte el resto de mis días en esta tierra. —Respiró en mi boca—. Tu lugar está a mi lado, y el mío al tuyo. Te amo, mi *céile*. Para siempre.

—Para siempre —repetí.

Entonces Liam sonrió, y el universo entero resplandeció.

—La noche que me espiaste en la ducha fue lo mejor que me ha pasado nunca.

Se me escapó una risa estrangulada, recordando la noche que lo empezó todo.

—Te amo —susurré contra su mejilla—. No tengo ni idea de cómo o cuándo ocurrió. Quizá cuando me diste esas nalgadas. —Sonrió de esa forma tan *sexy* y fastidiosa—. Solo sé que mi corazón y mi cuerpo son tuyos.

Me besó de nuevo, y el mundo entero tembló.

Sabía que lo que fuera que estaba ocurriendo estaba lejos de terminar, y que de alguna manera todas nuestras vidas iban a cambiar pronto. Pero lo que fuera la amenaza que se cernía sobre nosotros, sabía que sobreviviríamos. Teníamos que hacerlo.

Nada se interpondría entre Liam y yo, y nada dañaría a nuestra familia. Lo que sea que era esta guerra... Sobreviviríamos.

Por él y por mí. Por nuestra familia.

Epílogo

DAVINA

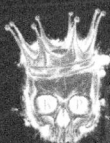

Tres meses después

Me enamoré de Irlanda y de mi irlandés.

La vida había sido un torbellino, pero no la cambiaría por nada. Esta familia era lo que siempre había anhelado, lo que siempre había esperado. Tenía todo lo que necesitaba aquí.

Mi esposo. Mi abuelo y mi suegro. Mis mejores amigas. Mi hermana y su familia.

Inhalé profundamente, el aroma del aire fresco invadió mis pulmones. Era julio, la época perfecta para visitar Irlanda. Y esperaba que Wynter se tomara este tiempo para sanar. Mis ojos se desviaron hacia mi amiga, que estaba sentada junto al lago. Estaba preocupada por ella.

Curiosamente, fue Sasha quien se sentó con ella y pareció ser capaz de sacarla de su depresión. Incluso salió a correr con ella por la mañana mientras estaba aquí. Lunático, pero estaba agradecida por él. Parecía ser capaz de distraerla al menos un poco.

—Estará bien. —La voz de Liam me hizo retroceder, sus brazos me rodearon y al instante me incliné hacia atrás, absorbiendo su fuerza. Su mano bajó hasta mi vientre, frotándolo suavemente. Estaba embarazada de seis semanas, en marzo daría a luz. Justo después de las Olimpiadas de Wynter.

El pedacito de felicidad llegó en el momento perfecto.

Y eso que no queríamos apresurarnos.

Contemplando el gran patio trasero rodeado por una vieja valla de piedra, me maravillé de cómo había cambiado la vida. El abuelo y el padre de Liam habían estado jugando juntos alternativamente al ajedrez y al póquer. Nunca en mi vida había visto unos perdedores tan malos, pero se llevaban muy bien.

Juliette e Ivy se dedicaron a quemar la casa cocinando. Sería otra noche para visitar la casa ancestral de Ivy si queríamos alimentarnos.

Alexei y Aurora estaban sentados en el gran columpio con el pequeño Kostya haciendo soniditos. Habíamos pasado mucho tiempo juntas. De alguna manera era más fácil relacionarme con Aurora, pero aún tenía que arrancarme la tirita con mis hermanos. Algún día me aventuraría a conocer a los *Reyes Multimillonarios* cara a cara. Por ahora, solo intercambiábamos mensajes de texto.

Las verdes colinas y valles se extendían kilómetros y kilómetros a nuestro alrededor. Era impresionante.

—Este sitio es hermoso. —Sonreí, sintiéndome relajada a pesar de todo lo que estaba pasando.

El aliento de Liam rozó mi mejilla, su boca recorrió mi piel.

—Nada es tan hermoso como tú.

Resoplé suavemente.

—No dirás eso cuando este gorda y redonda.

—*Oh,* lo haré. —Sonrió, apartándome el cabello de la cara—. Porque eres mía, y estoy tan enamorado de ti.

—¿Tan enamorado que te gusta azotarme el trasero? —me burlé, empujando mis nalgas hacia él.

—Te doy nalgadas porque te hace gritar por mi polla. —Me ronroneó al oído—. Y me encanta hacer feliz a mi esposa.

Jadeé, fingiendo sorpresa.

—Señor Brennan, ese tipo de palabras no son aptas para los oídos de nuestro bebé.

Sentí su sonrisa contra mi oreja.

—¿Debería hablarte bonito al oído hasta que nazca nuestro pequeño?

Le dirigí mi mirada más severa.

—Tendrás que hacerlo, esposo.

—Te prometo el primer bocado de mi carne y el primer sorbo de mi copa, esposa. Prometo que tu nombre será siempre lo que grite en voz alta en la oscuridad de la noche. —Me tembló el labio inferior al oír su promesa con voz grave y mirada suave—. Y cuando me masturbe. —Lo empujé juguetonamente por ser tan vulgar, pero funcionó. Mis hormonas y mis emociones se dispararon—. Prometo honrarte por encima de todos, Davina. Nuestro amor permanecerá para siempre. Soy tuyo y tú eres mía.

—Te amaré para siempre.

—Y yo te amaré hasta mi último aliento.

Sin duda, sabía que este hombre cumpliría su promesa y me amaría hasta el final.

Porque lo amaría hasta que el mío cruzara mis labios.

FIN

Capos de la Mafia

CAPO PERVERSO

Prólogo

BASILIO

La crueldad corría por mis venas.

Formaba parte de mí. Igual que la sangre, el oxígeno y el ajetreo. Era lo que éramos los DiLustro. La gente se cagaba en los pantalones cuando me veían.

Sin embargo, la chica de los rizos dorados ni siquiera pestañeó. Cayó literalmente por el balcón y directa a mis brazos, y puso mi vida patas arriba. Puso mi mundo de cabeza y, por primera vez en mi vida, no todo era sangre y dinero.

Se trataba de una mujer. *Mi mujer.*

Nunca me había sentido tan feliz. Tan bien, y fue gracias a ella. Wynter Star. Y al igual que su nombre, se había convertido en mi estrella. Mi luz guía en la oscuridad de mi inframundo.

Las últimas semanas habían sido sin duda los mejores días de toda mi vida. Y ahora que me había jurado amor y lealtad, sabía que nuestro futuro sería feliz. Juntos.

Y todo gracias a ella. Mi ángel de rizos dorados y grandes ojos que brillaban como piedras preciosas cuando me miraba. Solo a mí.

Había visto y hecho suficientes cosas jodidas y había acabado con más de una vida miserable como para saber que cuando encontrabas *esto*, tenías que agarrarlo y quedártelo. Mi única oportunidad de ser feliz.

Ella era la única oportunidad que tenía de conservar la humanidad en mi alma. A diferencia de todos los demás en mi mundo, era inocente y gentil, daba amor sin querer nada tangible a cambio. Solo a mí.

Tenía poder sobre mí sin intentarlo. No me arriesgaría a perderla.

Ante cualquiera: primos, familia, mafia rival o cualquier otra persona.

Pondría fin a los planes de robo que tenía con sus amigas. A la mierda. Si esas cuatro tenían problemas de cleptomanía, les montaría tiendas para que pudieran robar. Tenía dinero de sobra para las próximas veinte vidas.

Metí la mano en el bolsillo, con la cajita de terciopelo quemándome el traje de tres piezas. La acaricié por enésima vez desde que la había recogido.

Me moría de ganas de deslizar una promesa en su dedo. Mientras llevara mi anillo, eso era lo único que me importaba.

Mis labios se curvaron en una sonrisa pensando en cómo la dejé. Desnuda. La sonrisa más suave que jamás había visto en el rostro de una mujer. Su piel enrojecida por lo que acabábamos de hacer. Sus ojos brillando como las más bellas esmeraldas. Y su cabello. Dios mío, sus rizos dorados se esparcían por mis sábanas de satén negro. Era como un ángel capturado en la cama del diablo. Un ángel dispuesto en la cama del diablo.

Mía.

Nunca renunciaría a ella. Me importaba un carajo a quién tendría que arruinar o matar. Era mi perfección. Lo mejor era que ella me dejaría porque quería ser mía.

Mis enemigos me llamaban el *Capo Perverso*. Un diablo con traje de tres piezas. Ella me llamaba suyo. Me amaba, tal como era. Y Dios sabía que yo la amaba tal como era. Mi más bella perfección.

Doblé la esquina de mi calle y una alerta instantánea me recorrió.

El coche de mi padre estaba aquí.

¿Qué demonios hacía él aquí?

El pavor trepó por mi espalda y mi sexto sentido hizo saltar las alarmas de advertencia. Nunca venía a visitarme. Nunca, maldición. Cada célula de mi ser se puso en alerta y me desabroché la chaqueta para asegurarme de tener fácil acceso a mi pistola.

Entonces empujé la puerta principal para abrirla. *Sangre.*

Huellas de manos ensangrentadas decoraban las paredes del vestíbulo. Manos pequeñas. El sabor del miedo era nuevo. Algo que no había sentido en tanto tiempo que olvidé su sabor amargo en el fondo de la garganta. Como el metal y la pólvora que seguro iban a arrebatarte algo que amabas, más que nada en este mundo.

Se apoderó de mi garganta y me ahogó. Se me nubló la vista y una neblina roja lo cubrió todo.

Como una jodida película sangrienta.

Saqué mi pistola y, a cada paso que daba, mis pies crujían sobre cristales rotos, rompiendo el ominoso silencio. De esos que traían noticias que te cambiaban para siempre.

«Pero no a ella», recé por primera vez en mi vida. *«Tómalo todo, pero déjamela a ella».*

Escuché voces de hombres en voz baja, gruñidos, y enrosqué el silenciador en la boca del cañón, sin detener mis pasos. Cada segundo contaba ahora. Doblé la esquina de mi sala.

Entonces lo vi.

Mi padre, sangrando como un cerdo en medio de mi sala. Dos balas en su pierna derecha. Un trozo de cristal clavado en su cuello, y el lado derecho de su cara rebanada. Angelo, su *hacker* y mano derecha, le curaba las heridas.

Sus dos miradas se dirigieron hacia mí. Una cautelosa y la otra furiosa. Esta última pertenecía a mi padre.

—¿Dónde está? —pregunté, con la voz vibrando de rabia mientras estudiaba mi alrededor. El pavor era como una cadena alrededor de mi corazón, apretando cada vez más fuerte—. ¿Dónde demonios está? —bramé, mi voz rebotando en las paredes y devolviendo mi propio eco como respuesta.

Tenía que mantener la calma, de lo contrario la rabia me cegaría y dejaría de pensar racionalmente. No obstante, la adrenalina que corría por mis venas se negaba a hacer caso de la advertencia. Solo le importaba encontrar a mi mujer.

La sala estaba completamente desordenada. Los suelos de madera estaban manchados de sangre y había cristales rotos y muebles volcados esparcidos por toda la habitación.

—Rusos —escupió mi padre, con la sangre brotándole por la comisura de los labios—. Se la llevaron.

Tenía una fea cortada en la cara, de la que manaba sangre, y dos agujeros de bala en la pierna. Sin embargo, no lo mataría.

—Nombres —gruñí, arrodillándome para cruzar mi mirada con mi padre.

Tuve que tragarme la rabia ardiente hasta que tuviera los hechos para poder recuperar a mi chica. Quería matarlo por permitir que se la llevaran. Por no dar su vida para protegerla.

La furia se apoderó de mí y la sangre retumbó en mis oídos. Estaba perdiendo el control.

—No los reconocí. —Algo en el tono de su voz me advirtió que estaba mintiendo—. Intentó huir —declaró mi padre—. La maldita chica intentó huir, y ya sabes cómo les gusta la persecución.

La neblina roja de mi visión se oscureció hasta volverse carmesí al imaginarme lo aterrorizada que debía de estar. Las imágenes de cómo el miedo habría inundado sus grandes ojos no dejaban de reproducirse en mi mente. Juré por Dios que, si esos desgraciados le ponían un solo dedo encima, quemaré sus casas, sus ciudades y mataré a sus familias.

—¿Dónde estaban ustedes? —rugí—. ¿Los guiaste hasta aquí? ¿Cómo es que no te mataron?

La *Bratva* no dejaba supervivientes. Así como ninguno de nosotros, los Capos, dejábamos testigos. Por una razón.

—Los atrapamos cuando se iban —replicó mi padre, escupiendo sangre al suelo. Un diente rebotó en la madera—. Desgraciados —reviró.

Cerré los ojos, respiré hondo y me levanté.

Será mejor que no hayan tocado a mi chica. Ni una sola hebra de su cabello dorado. Y si alguien la lastimaba, les causaría estragos y a este puto mundo.

Salí furioso de la sala, con la pistola aún en la mano, y subí corriendo las escaleras hasta mi dormitorio. Mientras subía las escaleras de tres en tres, mis dedos se clavaron en la barandilla de caoba, los peldaños de mármol resonaban bajo mis pies, y no pude evitar recordar que ella se burló de mí. La llamaba una lujosa casa de mafiosos.

Se suponía que era el hogar más seguro de este país, joder. Le prometí que estaría segura aquí.

Empujé la puerta entreabierta del dormitorio, pero era como si aquí arriba no hubiera pasado nada. Aún podía oler su débil aroma floral. Las sábanas estaban arrugadas igual que cuando la dejé. Excepto que ella no estaba entre ellas.

Su bolsa de viaje estaba en el alféizar de la ventana, donde le gustaba sentarse.

Se la habían llevado.

Mi estrella. Mi luz. Mi vida.

«No te la lleves», recé. A cualquiera menos a ella. Tráela de vuelta.

Y por primera vez en mi vida, caí de rodillas.

Si no la recuperaba, sería el villano más despiadado del mundo.

No había vida sin ella.

Continuará
¿Ya tienes tu copia de Capo Perverso? Preordena aquí

Agradecimientos

¡Otro libro terminado!

¿Lo pueden creer? Y todo gracias a ustedes y a su apoyo, ¡mis increíbles lectores!

Gracias a mi familia y amigos por no rendirse conmigo.

Gracias a mi editora de **MW Editing** por detectar mis frases raras que no son en inglés.

Gracias a mi diseñadora de portadas, Victoria, de **Eve Graphic Design**, por ponerle cara a mis libros.

Gracias a **Susan Hutchinson, Beth Hale y Brooke Crites** por detectar mis errores. ¿Dónde estaría sin ustedes?

Gracias a mis maravillosas lectoras beta -**Christine Stephens, Jill Haworth, Mia Orozco y Denise Reynolds,** por no rendirse conmigo.

Y, por último, pero no por ello menos importante, a mis hijas y a mi esposo. Ahora son, y siempre serán, mi razón de ser.

XOXO
Eva Winners

Made in the USA
Monee, IL
07 May 2025

17063928R00260